Denmark Police's Mystery

懸案密碼

Denmark Police's Mystery

懸案密碼

BEST 嚴選

奇幻基地出版

懸案密碼9
純潔殺手

The Shadow Murders

猶希・阿德勒・歐爾森 著
廖素珊 譯

Jussi
Adler-Olsen

BEST 嚴選

緣起

在繁花似錦的奇幻文學花園裡，你或許還在門外徘徊，不知該如何抉擇進入的途徑；也或許你已經置身其中，卻因種類繁多，或曾經讀過不合口味的作品，而卻步、遲疑。

BEST嚴選，正如其名，我們期許能透過奇幻基地對奇幻文學的了解，以及對讀者的理解，站在出版者與讀者的雙重角度，為您精選好作家與好作品。

他們是名家，您不可不讀：幻想文學裡的巨擘，領域裡的耀眼新星。

它們最暢銷，您怎可錯過：銷售量驚人的大作，排行榜上的常勝軍。

這些是經典，您務必一讀：百聞不如一見的作品，極具代表的佳作。

奇幻嚴選，嚴選奇幻。請相信我們的眼光，跟隨我們的腳步，文學的盛宴、幻想世界的冒險，就要展開。

excellent bestseller classic

獻給艾麗，我們聰明美麗的孫女。

序曲
一九八二年

接到電話後五分鐘，救護車就來了。救護車穿越草坪，駛向一幕混亂不已、恐令人永生難忘的光景。

地上有個大洞冒著蒸氣，周圍倒著六具毫無生氣的軀體。雷擊後，空氣中仍瀰漫著肌肉被烤焦的腐臭味與臭氧的異味。

一群學生從馬路另一邊的大學跑出來，看到這副景象後呆站在原地，彷彿被釘住一般。

「退後！」一名救護人員對學生大喊。

他的同事拉拉他的手臂。「我們已經無能為力了，馬汀，但你看那邊！」

他指著一個年邁的男人，老人緩緩跪倒在被雨水浸濕的草地上。

「他們為什麼站得這麼靠近，為什麼閃電沒有擊中樹？」兩人接近時，那男人啜泣著說。大雨如瀑，男人的外套像濕透的破布般黏在身上，他卻只在乎剛才發生的事。

馬汀轉身面向大學建築，陣陣警笛聲從那邊傳來，藍色警燈閃爍不斷，預告更多救護車和巡邏車正趕過來。

「我們會給他注射一點鎮定劑，免得他中風。」他的搭檔說。

馬汀點點頭。

在傾盆大雨中，他只能依稀分辨出有兩個女人蹲在越變越大的積水旁，靠近防風林。

「快過來！」女人叫道，馬汀一把抓起急救箱奔跑過去。

「我想她還在呼吸。」一個女人喘著氣說，輕輕抱著第七名受害者的脖子。

這名受害者是個年輕女子，她失去知覺，除了衣服被嚴重燒焦外，看起來並沒有像其他受害者一樣遭到嚴重灼傷。

「我想她是被雷擊抛到這邊來的，」女人聲音顫抖地說，「你能救活她嗎？」

馬汀將那名女人虛弱的身體從積水旁拉開，然而積水範圍漸漸擴大，這時他身後傳來叫喊聲。他的同事剛剛抵達，確定其他受害者已回天乏術。

閃電殺害了六名在大雨中蜷縮在一起的人。

把受傷的女人擺放成側臥後，馬汀開始檢查脈搏，脈搏緩慢而微弱，但還算穩定。他起身揮手示意他同事抬擔架過來，這時女人的身體開始抽搐。她短促而深沉地猛烈吸氣幾次，胸口緊縮。全身抽搐過後，她突然用手肘撐起身子。

「我在哪？」她環顧四周，雙眼充滿血絲。

「妳在哥本哈根的菲勒公園，」馬汀回答，「你們都被閃電擊中了。」

「閃電？」

他點點頭。

「其他人呢？」她朝那混亂的場景望去。

「妳認識他們嗎？」他問。

她點頭。「對，我們是一起的。他們死了嗎？」

馬汀猶豫了一下，接著給她肯定的答案。

「所有人？」

他再度點頭，觀察她的表情。他期待能看到一絲震驚或悲傷，但她陰險的表情似乎訴說著另一個故事。

「好吧，就這樣吧。」她鎮定異常。儘管仍感到痛楚，卻有一抹惡魔般的微笑閃過她的臉龐。「你知道嗎？」沒等馬汀回答，她繼續說，「如果我活過了這場災難，那在上帝的幫助下，我就能通過任何試煉。」

第一章　瑪嘉

一九八八年一月二十六日星期二

距離元旦已經過了二十六天，酷寒的冬季毫無預警地襲擊鄉野，冷冽的寒風呼呼狂吹，造成罕見的零下低溫。看見冰雪有如一席毛毯鋪滿住宅區後院，瑪嘉深深嘆息。這是連續第三年她得換雪胎，但聖誕節後，她已經沒有足夠的錢來支付平常替她修車、換胎的技師了。幸運的是，她看到當地報紙上刊登了一家修車廠的廣告，提供迅速、有效和超級便宜的換胎服務——那家修車廠甚至更靠近她兒子在南港的托兒所。她決定換一家試試看。

這就是單親媽媽的現實，妳得精打細算。

那家店叫「奧維．懷德修車廠」，也做車身噴漆。老闆渾身散發男性魅力，活脫脫就像那種從小就把強壯的手臂埋在汽車引擎裡長大的男人，看起來值得信任。

瑪嘉鬆了一大口氣，事情會順利的。

「我們會檢查全車的狀況。」他邊說邊對兩名技師點頭，他們正用手電筒照著用千斤頂舉起來的車底。

「幾小時就能換好。我們有點忙，妳應該看得出來。」

不到四十五分鐘，她接到電話。當時她正在工作。又快，服務又好。當她聽到修車廠男人的聲音時想著，但她的微笑馬上消失。

「這可能會很複雜，」他說，「我們發現妳夏季輪胎的後輪磨損不均，所以猜想懸吊系統可能有問題。但眞正有問題的是妳的後軸轂，或後軸，有些人這樣叫它。這樣的話情況就整個不一樣了。」

瑪嘉握緊話筒。「後軸？所以你能把它焊接好吧，對不對？」

他的聲音聽起來很嚴肅。「我們會再看看，但妳最好不要抱太大希望，因為它侵蝕得很厲害，可能需要整個換掉。」

瑪嘉深吸口氣，她甚至不敢想會有多貴。

「等我去托兒所接我兒子後，會過去一趟。」她注意到她放在桌上的手開始顫抖。她要拿什麼錢來付？沒有車，她又該怎麼辦……

「妳說妳會過來一趟是嗎？行，我們五點關門。」他冷淡地回答。

幫小孩穿脫雪衣很費時，所以等瑪嘉終於用嬰兒車推著麥克斯抵達修車廠，已經五點過後不久了。她非常緊張，當她看見巷尾的鐵門還是開的，和她那輛在門口停得稍微突出的車頭時，不由得鬆一大口氣。雪積到了車輪鋁圈。

她趕上了。「我的車！」麥克斯大叫。他好愛那輛車。

兩人經過籬笆時，她看見一雙男人的腿從車後頭露出來。

好奇怪！他為什麼在這種天氣躺在雪裡？她只來得及這麼想，一個爆炸聲轟然響起，整棟建築物的窗戶都爆破成玻璃暴風雪。第二個爆炸緊接著引爆，震波將麥克斯連人帶嬰兒車從她手中扯飛，也把她拋到後方幾公尺之外。

等她最後終於能站起來，周遭盡是一片火海和煙霧。眼前的修車廠整個崩毀，她的車子也翻了過來，就在離她幾公尺遠處。

她心跳怦怦加速，轉著身體到處查看。

「麥克斯！」她尖叫，接著再也聽不到自己的聲音。

另一次爆炸再度來襲。

第二章　馬庫斯

二〇二〇年十一月三十日星期一

當凶殺組組長馬庫斯·亞各布森發現他的首席警官正垂著頭坐在辦公桌後，眼睛緊閉，嘴巴大張，他想著，這成何體統！

他輕輕推一推桌下的腳丫。

「希望我沒打斷任何重要的事，卡爾。」他苦笑著說。

卡爾似乎疲倦到對他的諷刺毫無反應。

「嗯，那得看你怎麼定義『重要』，馬庫斯，」他打個呵欠，「我只是在測試從桌邊到我腳丫的距離完不完美。」

馬庫斯點點頭。警察總局的地下室正在翻修，逼得他的懸案組同事得搬離原地，而對於這個國家最漫無秩序的部門，竟搬到這麼靠近他在南港瓦片半島的新辦公室這點，他可一點也開心不起來。這裡是哥本哈根警察調查局的最新駐所，而卡爾·莫爾克脾氣暴躁的臭臉，加上蘿思·克努森不斷咆哮的組合，真的會把任何人逼瘋。他真希望卡爾小組能盡快被送回警察總局的地牢，尤其是在這新冠肺炎爆發的可怕的一年，但馬庫斯知道他不會如願以償。

「看一下這個，卡爾。」他打開檔案夾，指著一張從報紙撕下的訃聞，「你怎麼想？」

卡爾揉揉眼睛後細讀。

瑪嘉．皮特森
生於一九六〇年十一月十一日，死於二〇二〇年十一月十一日
家人將深深懷念

他起抬頭。「嗯，一個女人死在她的六十歲生日，除了這點沒有任何異狀。怎麼了？」

馬庫斯嚴肅地瞪了他一眼。「我來告訴你怎麼了，這讓我想起我跟你第一次碰面的時候。」

「眞的？眞是個不幸的聯想。你說第一次？在什麼時候？」

「一九八八年一月。那時候你是康根大道警察局的巡佐，而我是凶殺組的警官。」

卡爾稍微挺起身子。「你到底怎麼會記得？一九八八年的時候你甚至不認識我。」

「我會記得是因為，你和你同僚是第一批趕到爆炸的修車廠的人，那裡燒著大火。我還記得你照顧一個半昏迷的女人，她的小孩在爆炸中身亡。」

馬庫斯看著他手下最棒的調查人員眼神呆滯了一會兒，接著拿起報紙再次細讀。他在泛淚嗎？難以置信。

「瑪嘉．皮特森，」他慢慢說著，「那個瑪嘉．皮特森？」

馬庫斯點頭。「沒錯。兩個星期前，我跟泰耶．蒲羅被叫到她的公寓執行任務。她已經吊死在走廊好幾天了，不用怎麼查，就可以確定她的死因是自殺。她身下的地板上有張小男孩的照片，可能原本握在手裡，直到死後才掉下來。」他搖搖頭。「客廳桌上有個發霉的蛋糕，連碰都沒碰，上面用藍色糖霜整齊地寫著『瑪嘉六十歲，麥克斯三歲』。有點奇怪的是，蛋糕是用兩個

十字架裝飾，而不是小旗子或蠟燭。名字後面各有一個十字架。」

「好吧。」卡爾放下訃聞，往後重重一靠。「聽起來很沮喪。自殺，你確定？」

「是的，我確定。她的葬禮在昨天舉行，我參加了。除了我、牧師，和一位年邁女士，小禮拜堂完全是空的，沒有比這更令人沮喪的事了。我在葬禮後和那女士說話，她是死者的一位表姊，原來她就是訃聞裡的『家人』。」

卡爾望著他，一臉深思。「你說那麼久以前你也在爆炸現場？我不記得了。我記得那場雪和寒風，還有很多其他的事，單單不記得你。」

馬庫斯聳聳肩。超過三十年前的事，他沒必要記得。

「熊熊烈火燒得太大，消防隊無法確認爆炸是怎麼發生的。」馬庫斯說，「但不管怎樣，我們查出修車廠也是間違法的車身噴漆廠，所以建築物裡存放很多易燃物，多到事情很容易出錯。還有，是的，我也在意外發生不久後抵達現場，那是個巧合，因為我剛好在那一帶出任務。」

卡爾對自己點點頭。「我記得小男孩死了。一看就知道，他嬌小的身體就躺在路邊，腦袋卻在雪堆裡冒出來。那種景象絕不可能馬上忘記。我緊緊抓住他母親，才能阻止她衝過去親眼看見自己的孩子變得多可怕。」他抬頭。「馬庫斯，你為什麼會去參加瑪嘉的葬禮？」

「為什麼？」他嘆口氣，「我從以前就放不下那個案子，甚至當年我就覺得事有蹊蹺。」他輕敲桌上的檔案夾，「現在我有幾天時間能好好重讀和思索案情。」

「你的結論是什麼？爆炸不是意外？」

「我想我從來不真的相信那是場意外吧，不過鑑識報告的第二頁上有句話，是我當年沒注意到的。也許那個三十多年前的我，當下沒有太多理由要注意那句話。」

他將那頁從檔案中抽出，推向卡爾。「我用螢光筆畫了那句話。」

卡爾．莫爾克傾身向前。他讀了讀用黃色螢光筆畫出的句子幾次，接著抬頭看馬庫斯，他臉上的表情讓他的眼珠顏色變得更深沉。

「鹽？」他說了這個字，又重複好幾次。

馬庫斯點點頭。「我看得出來，你和我有一樣的懷疑。」

「關於鹽的案子，對。但那是什麼時候的案子？給我一點提示。」

「我沒辦法確切知道是你經手過的哪個案子，但有另一件也牽扯到鹽，對吧？」

「是的，好像是有這麼一個案子。」

卡爾看起來正絞盡腦汁，卻徒勞無功。

「也許蘿思或阿薩德會記得。」卡爾最後說。

馬庫斯搖搖頭。「我不認為喔，那是在他們到職之前。那哈迪呢？」

「哈迪現在又在瑞士接受治療，馬庫斯。」

「我知道，但你聽說過一種聰明的發明叫電話吧，卡爾？」

「當然，好，我會打電話給他。」他皺眉，「看來你已經想那個案子一陣子了，馬庫斯。幫我溫習一下當年在南港發生的案情，好嗎？」

他點點頭，感到如釋重負。

馬庫斯告訴他，第二聲爆炸響起時，他們正在修車廠附近的公寓搜索，結果那裡的窗戶猛烈爆破，玻璃碎片四散，深深插入木製品和家具。好在馬庫斯和同僚當時人在面對後院的臥室，所以安然無恙。儘管如此，這還是讓住在裡面的那個可悲毒蟲完全崩潰，他在公寓裡替維斯特布洛的幾名重刑犯藏了武器。毒蟲嚇得開始語無倫次，說當他還是小男孩，曾經歷過煤氣廠在法爾比的那場爆炸。

馬庫斯躡手躡腳走到廚房，進入從爆破的窗戶吹進的西伯利亞寒風中，隨即看見漆黑雲朵般的濃濃煙霧，還有幾條街外的屋頂上熊熊火焰燃燒著，至少有二十五公尺高。

幾分鐘後，馬庫斯和巡佐去到那裡，只見已經有一輛閃著警燈的巡邏車擋住入口。就在院子門口，一位年輕同僚的手臂緊緊擁住一名婦女。眼前混亂至極，燃燒的殘骸和瀝青正在冒煙，更多黑色煙柱裊裊而上。馬庫斯左邊有個孩子顯然當場死亡，小小的身軀俯臥著，毫無生氣，臉埋在深雪中。

那時，建築物中央的火焰至少有四十公尺高，空氣中的熱氣幾乎讓他們招架不住。一輛雪鐵龍 Dyane 被爆炸拋得整個翻過來，殘骸和零件在融冰中散落，而融冰很快就覆蓋大部分的區域。左邊幾輛展示代售的車則像丟在垃圾場的廢棄車般被壓得扁扁的。

一輛廂型車在前面不遠處被碎石堆壓扁，從它後面露出一雙燒焦的裸腿。這顯然是建築裡曾有過生命的唯一跡象。

幾小時後，消防隊才將火勢控制住，但馬庫斯留在現場，亦步亦趨地跟隨同僚和消防隊，看他們有什麼發現。

在午夜之前，他們在建築物內部深處發現另外四具屍體，屍體徹底燒焦，幾乎無法辨識性別。儘管四個人頭部都有類似的鈍傷，但他們無法立即確定那是強烈爆炸造成的，還是修車廠裡架上的金屬器材被爆炸拋射後導致的。

雖然他們極有可能是在處理一場意外，馬庫斯仍在之後的幾天內按照慣例，調查某些人也許會有行凶動機。他們排除了保險詐欺的嫌疑，因為儘管法規嚴格，修車廠卻沒有投保；最重要的是老闆也死於爆炸，所以他縱火又會得到什麼？也沒有任何和幫派牽連的可能性，因為所有的死者後來都被辨認為技師，全都沒有犯罪紀錄。

老闆的妻子哀慟欲絕。在她的同意下，馬庫斯仔細檢查了修車廠裡寥寥幾份可用的紀錄。

「妳丈夫或他的家人曾和任何人有過節嗎？」他問，「有沒有無力支付的債務？敵人？有沒有曾經遭到對手威脅？」

妻子對每個問題搖頭，她完全一頭霧水。她說她的丈夫是位幹練的技師，可不是做文書工作的料。在那一行又有誰擅長文書呢？

馬庫斯不得不承認這個事實。這個小生意確實符合上述說法，他們沒有僱用會計；任何信件、顧客紀錄或財務報表也都隨著煙霧消失——如果這些東西曾經存在的話。妻子說，納稅申報期限快到了，有很多事要做，但修車廠只開了幾個月，所以毫無疑問它沒有問題。

幾週後現場清理完畢，他們仍舊毫無頭緒。只有一個明顯卻毫無意義的疑點，那是個警覺心強的鑑識人員在報告中提到的，和其餘人的結論相較下顯得很突兀。而馬庫斯是在許多年後，在最近的一次細讀下才注意到。

鑑識人員寫道：入口大門外幾公尺遠處，就在金屬欄杆旁，有個九公分高的鹽柱。

接著是一個本該引起警覺的小備註：那是食鹽，不是道路用鹽。

第三章　卡爾

二〇二〇年十二月一日星期二

「檔案室裡有那個案件的副本，卡爾。」蘿思將檔案丟在他面前的桌上。「我和高登今天早上讀過了，上面說你是第一個抵達現場的人？」

「顯然是。」他點頭，指指馬庫斯的副本，「這幾年來，這份報告在馬庫斯的幾個辦公室裡囤積灰塵，妳應該知道那是什麼意思吧？」

「知道，他沒辦法放下那個案子，」高登多此一舉地回答，「而現在他想要我們替他減輕心理負擔。」

卡爾對他豎起大拇指。「說得對極了。那就是為什麼我們會接手，然後把所有案子放到一邊，先解決它的原因，你們懂吧。」

「把所有案子放到一邊？那是不是有點本末倒置，卡爾？」蘿思嘟噥，「你不覺得我們現在手上的案子已經滿了嗎？」

卡爾微微聳肩。也許她說得對，但指揮一切的是凶殺組組長，而那個案子也意外地讓卡爾傷神。許多年後，在想到那個小男孩和他母親，他仍舊感受到強烈的痛苦。那位母親失去了摯愛，他閉上眼就會想到那場可怕的意外，片刻後全身顫抖，那景象鮮活得彷若昨日。是因為他自己現在是個父親了嗎？

「你們應該已經看到馬庫斯在火災鑑識報告裡最後面的畫線，所以不必解釋這案子的優先次序。這不僅是為了馬庫斯，也是為了我們和懸案組。」

「你是指食鹽？」高登問。

卡爾點點頭。「蘿思，妳從二〇〇八年就職懸案組，應該對這個有點記憶吧？」

「食鹽？」她搖搖頭。

「嗯，調查一下，我確定幾年前有個懸案也和鹽有關，馬庫斯也記得那個案子。但，就像我說的，那一定是很久以前，因為我們記不得時間了。翻一下陳年舊案，從二〇〇〇到二〇〇五年開始查，妳也許會找到什麼。」

「和鹽有關的？」她看起來可不開心。

「沒錯。」

「哇，分配到這種任務眞是美妙，眞多謝，卡爾。我突然想到，我堂弟的院子裡也有一大堆鹽，你現在要逮捕他了嗎？」

卡爾揚起眉毛。如果她表現得這麼不滿，他只能靠自身的權威壓制她。

「多謝妳的嘲諷。就想想馬庫斯為妳做過什麼吧，蘿思。他在五年前讓妳不受分毫影響地回到工作崗位上，回到現場調查和所有工作上。妳難道不覺得馬庫斯値得妳盡力做任何事來減輕他的心理負擔嗎？」

她嘆口大氣。「以前你是個尖酸老混蛋，還比現在是個道貌岸然的尖酸老混蛋好應付。沒錯，如果你要用翻查舊案來折磨我，然後讓阿薩德痛快地解決那些我們桌上正在處理的案子，我也得服從命令。」

在他能反駁前，蘿思已經轉身離去。該死的討厭鬼。

他轉身面對高登，高登臉上的表情像是想為蘿思承擔起所有指責。

「你呢，高登，」他沉重的口氣讓高登嚇一跳，「你會幫我吧。」

高登垂下肩膀。

「找到修車廠老闆的遺孀，然後去找那天參加葬禮的老女人，也就是瑪嘉·皮特森的表姊。等你都辦好了，把她倆帶到我跟前。快去！」

卡爾在二樓的新辦公室就和所有辦公室一樣，有標準化的可擦拭家具。他打開窗戶，把馬庫斯的報告放在窗台上從頭開始讀。他抽了約四分之一包香菸才讀完，因為報告罕常地瑣碎，就像馬庫斯·亞各布森在任職刑事警官時寫的所有報告一樣。但他似乎對這個案子更為關注，可能是因為他幾乎算是第一手目擊證人，還從來無法忘記年輕母親的哀痛。

馬庫斯在第一頁就曾表達對時任凶殺組組長的不滿，那時組長阻止他繼續調查，並將此案歸類為意外。

隨後好幾頁是馬庫斯的目擊證人偵訊摘錄，但客觀來說他們都沒有提供任何實質線索。

你看見了什麼？還有你知道什麼？馬庫斯總會問接受偵訊的人這兩個問題。而在這個案子裡則是：你知道有什麼事可能導致這場強烈爆炸嗎？沒人給出任何線索。失去孩子的年輕女人解釋她為何去修車廠，她的雪鐵龍 Dyane 的後軸侵蝕嚴重，需要更換。每當她對馬庫斯描述爆炸，說到載著她三歲兒子的嬰兒車被扯離她手中的那一刻，她就會崩潰。

那之後則是死去技師們的遺孀的敘述。總而言之，所有跡象都顯示這家創立不久的修車廠勤快且技術嫻熟。技師常超時工作，薪水總是按時支付，一名妻子還提到薪水相當優渥。卡爾特別在那個事實上畫重點。

「找到那些遺孀的住處並不難，卡爾。修車廠老闆的太太已經再婚，換了姓氏，但好在她還住在同一個地方。」

「她什麼時候會到這，高登？」

「她已經到了，在蘿思的辦公室裡等著。」

卡爾讚許地對他點點頭。當下他得承認，他們部門裡最年輕的成員不再乳臭未乾。

「一小時內，在報紙刊登訃聞的表姊會過來。她有點緊張，很困惑你為什麼要找她談，我告訴她正常情況下，你不會咬人。」他咧嘴而笑。

正常情況下不會咬人？卡爾無力地微笑，或許高登仍舊乳臭未乾。

「請她進來。」卡爾闔上檔案夾，這樣遺孀才不會看到讓人不安的現場屍體照片。

他對她三十年後會有的模樣完全沒有概念，但對一位六十幾歲的女人而言，她看起來罕見地年輕。那張臉絕大部分不是上帝的傑作。她脫下口罩時他忖度。女人嘗試微笑，但沒有笑意。

他在前幾分鐘還耐著性子問一般問題，後來他想，不入虎穴，焉得虎子。便瞎問了一個報告上沒問的問題。「你先生在那時經手很多錢，妳是怎麼處理的？」

她將頭髮拂到一邊耳朵後，前額的一道智慧紋隱約可見。「我們按時支付所有帳單，你的意思是這個嗎？」

「不，我講的是那些津貼，車子、洗碗機、新衣服，那類的。」

列出具體項目後，她看起來鬆口氣。

「嗯，奧維買了棟度假別墅，在蒂斯維爾德，現在還在我名下。」

卡爾吹了聲口哨。「那一定是在蒂斯維爾德買度假別墅的最佳時機，現在可買不起了。」

她抬高頭。

「你們付了多少錢，妳還記得嗎？你們是用現金買的，對吧？」他立刻問。

她點頭，看起來若有所思。她很容易跟著警探的話走。

「十萬多一點，我想。」她點頭，彷彿想確定這句話。

「所以修車廠很賺錢囉？」

她點點頭。「奧維工作很勤奮，所有人都是。」

偵訊持續了二十分鐘，這也可能是他們最後一次找她。

「我想他們比大部分的修車廠還忙。」遺孀走後，卡爾對蘿思說。

她卻沒在聽。「你知道你要我做什麼嗎，卡爾？」蘿思的表情一向很豐富，但現在這個卻不是他喜歡的。她說**誰**是脾氣暴躁的混蛋？

「從二〇〇〇到二〇〇五年的舊案都還沒數位化，所以我得翻閱一份又一份的報告。如果你要我做快一點，就趕快付我加班費。」

「只要讓我知道妳做了多少小時，然後繼續妳卓越的工作就好。」

她剛對他吐舌頭嗎？

第四章　卡爾

二〇二〇年十二月一日星期二

卡爾打開檔案夾，細看修車廠的眾多屍體照片。現場調查或解剖報告都沒能讓他更了解案情。執行解剖的法醫對一具屍體寫下：

因爲死者陳屍在鋼桌下方，因此沒有受到嚴重傷害，除了後腦杓有個重擊，我們可以斷定，打中他腦袋的物品就是殺害他的凶器。之後，考量到我們沒有在他頭顱發現碎片，這個物品可能完好無缺地掉到地上；另兩具屍體的情況如出一轍。在這三個案例裡，鈍傷的形狀和程度幾乎相同，也只有後腦杓受傷，相當明顯。也許這顯示爆炸是在一定高度發生，這三名受害者都站得靠它很近，並且是背對它。

卡爾讀了好幾次這段複雜的解釋，一邊仔細端詳照片。另外兩具屍體也有頭部鈍傷，但位置比較靠近太陽穴，除了那之外，身上還有幾處鈍傷。一名受害者的身體甚至插了數不清的金屬片，看起來簡直像個帶釘木板。

他往前翻閱，發現受害者的現場挖掘照片。這可不是個愉快的任務。

就在卡爾翻到修車廠院子的照片紀錄，他聽到走廊傳來腳步聲，於是他闔上檔案夾等待。

瑪嘉的表姊抵達，顯然受瑪嘉的自殺影響很大。

「喔，瑪嘉在生日那天自殺眞是太可怕了。她有邀請我，但很不幸我在最後一刻婉拒了邀請。她死後，我實在無法忍受良心的苛責。我是個護理師，在這個新冠肺炎肆虐的時期，病院像往常一樣需要人手，所以我得……」她抿緊嘴唇，試圖維持鎭定，「如果那天我有去，也許……」她看著卡爾，眼神哀求，彷彿希望他不要再討論此事，放她回家。

卡爾考慮握住她的手，但掛在她鼻子下的口罩讓他決定不要。「不要責怪自己，事情會變成這樣不是妳的錯。我的經驗告訴我，想自殺的人通常會確定自己在死後不久就會被發現。畢竟如果死後自己會變得太詭異或太可怕，大部分的死者都無法忍受。所以不管怎樣，我確定瑪嘉都會在妳抵達前自殺。妳赴約的話只會早點發現她的屍體。」

她點點頭。「是的，我也這樣想，但謝謝你的安慰。瑪嘉的個性很難懂，很難預測。自從她的孩子死後，她從來沒恢復到以前的那個老瑪嘉。沒錯，她嘗試過了，實際上還能把工作做得很好，但我可以感覺到她的人生一直折磨著她。」

「就我了解，妳和她很親近。妳是那個寫訃聞的人。」

「是的，我是活著的人裡面，唯一了解她的。她從來沒有眞正和同事交心過，也沒怎麼和前夫聯絡，他前夫是她兒子麥克斯的父親。在意外發生前，他們的關係就破裂了，她哀慟欲絕時他也從來沒支持過她。我想這事也深深影響了她。」

「妳和瑪嘉會碰面是嗎？」

她點點頭。「會，但在那麼多年裡，我們從沒眞正談到那場意外。這個，剛開始當然有，我們只能談論那件事，但後來就完全不談了。不眞的去談。」

她抹掉從鼻子流出的清澈鼻涕，即使在這種情況下仍然表情堅毅。

「喔，她責怪自己很多事。她特別怪自己選了那家修車廠，只為了省幾百克朗。也怪自己買了那輛爛車。她怪自己想在冬天開車，又怪自己幹嘛那麼想知道後軸會花她多少錢。你該知道她的深深自責如何宰制了她的人生，她沒辦法談到雪衣、嬰兒車、舊車，或很多相關的人事物，一提到就會崩潰大哭。和她相處的同事一定很體諒她。」

「我從法醫報告得知，小男孩一隻腿上有夾板。妳知道是什麼問題嗎？」

「對，麥克斯的右腿天生膝關節就不管用，所以他在出生頭幾年開過好幾次刀。」

「但他能走？」

「他盡量想辦法做到最好，但所有壓力都落在瑪嘉身上。那也是為什麼麥克斯出生幾個月後，她的先生離開她。他無法和殘障小孩，以及整天只能想著這件事的妻子共度人生。他是那種萬事不順時就拋棄妻子，重新來過的懦夫。」

他拿到表姊的工作聯絡電話，要是有任何新的問題就可以打過去，但卡爾覺得，他不該期待從她那得到任何有力線索。

現在，他的大腦要處理幾個理論。最關鍵的是，年輕的瑪嘉宣稱在第一次爆炸前，就看見一雙腿躺在從修車廠入口；儘管她可能是錯的，那雙腿也有可能是從車底下伸出來，而非車後，他仍選擇相信她的證詞。畢竟，她說自己特別注意到這點，那又有什麼理由會錯？可是如果這點是對的，那為什麼那個男人會躺在那？他有沒有可能在爆炸前就已經死了？

卡爾思索現場細節。如果那個男人已經身亡，那下一個假設當然就是爆炸前有犯罪事實，而這推論又導致了幾個新問題。

是什麼東西導致屍體的頭部和脖子鈍傷？那個在修車廠入口的男人是想嘗試逃跑嗎？為什麼沒有人成功逃出——因為他們在爆炸前已經被殺害了嗎？根據修車廠的平面圖，有四具屍體位於靠近建築物中央的更衣室。但誰能在他們全都沒反抗的情況下，殺害他們全體？還是曾經有過搏鬥？是什麼導致爆炸？鑑識人員推論第一場爆炸來自甲苯罐，那是種強烈溶劑，但真是那樣嗎？為何建築物外有一小堆鹽？它是特意被留在那，還是有人拿著破洞的鹽包經過——但究竟誰會帶著一包鹽經過這個荒涼的地方？大部分的問題可能永遠得不到答案，但卡爾已經可以了解為何馬庫斯不想停止調查，為何老是放不下這個案子。

對卡爾和其他調查人員來說，處理犯罪時，往往只剩一個意義重大的問題：動機是什麼？顯然，奧維．懷德的修車廠賺得比平常人多。但這是如何辦到的？毒品、洗錢或某種詐欺嗎？卡爾搖搖頭，再次看看檔案夾裡的照片。這案子已經發生超過三十年前了，他們要如何才能有所進展？

「你有從我找來的兩位女士口中問到什麼嗎？」高登熱切地問，「她們有提供新線索嗎？」

卡爾的頭從一邊轉到另一邊。「這個……至少現在，我比較了解在爆炸中失去兒子的，那個女人的事了。」他說得結結巴巴。他應該說「意外」失去，但就是沒辦法吐出那兩個字。

「這種案子眞的會讓人沮喪。想想看，一個人的人生就那樣被毀，一個小小火星，然後……轟！」高登搖搖頭，突然對著檔案夾上面的照片皺眉。他將靠牆的椅子拖過來，慢慢坐下，眼睛直盯著照片。「那是瑪嘉被炸翻的雪鐵龍 Dyane，對吧？」

卡爾點點頭，照片底下有清楚的註記。

「那張照片不在我們的副本裡！」高登以充滿懷疑的聲音說。

「原來如此，你好像覺得它很特別。」

「你抽屜裡有放大鏡嗎？」

卡爾找了一下快速遞給他。

高登將放大鏡在照片上移動好幾次。「嗯，該死。」他說。

他抓起檔案，有條不紊地翻閱著，直到發現要找的東西。接著在他反覆閱讀某段落幾次、完全確定後，高登放下檔案，不可置信地搖著頭，將那一頁推向卡爾。

「看看這個，卡爾，這是馬庫斯在意外發生一個月後對瑪嘉的偵訊。」他輕敲那段。

「是的，我有讀過。懷德的工頭告訴她，因為侵蝕嚴重，她的後軸需要更換。」

「沒錯。現在看看她翻過來的車子照片，你看到什麼？」

卡爾前後移動放大鏡幾次。「就像他們說的，後軸換過了。看起來不是全新，但至少沒侵蝕。他們可能是用現有的零件。」

「好，但現在讓我來喚醒你的記憶。修車廠在瑪嘉把車子留下後的四十五分鐘，就打電話給她，告訴她他們可能得換後軸。」

「沒錯。」

「抱歉我得這麼說，如果你以為換後軸那麼快，那你就不懂汽車。」

「所以你認為他們在打電話前就已經換好了。那有什麼問題嗎？」

「那不是新的後軸。再仔細看看，那看起來像是原來的。所以如果你問我，我會說那根本不需要換。」

「我懂你的意思了。」卡爾說話時瞄著他的香菸。如果能幫助他思考，究竟為何他不能在室內抽菸？

他嘆口氣後看看高登。「他們對她撒謊，想做不必要的修理。你是這個的意思嗎？」

「對，或他們根本不想修理——只想騙錢。不管是哪個，都是存心騙那女人一大筆錢。」

卡爾點點頭，再次看向照片。

「所以你是在告訴我，奧維．懷德的修車廠騙客戶錢？」

「老天，是的。你知道，如果他們客戶充足，這能讓他們賺多少錢？你有概念嗎？考量到他們廣告打的低廉價格，我認為他們眞的有幹。我敢打賭，他們會對顧客帶進來的車編出某種問題，然後顧客會在毫不質疑的情況下讓他們修理。你能想像嗎？」

卡爾蹙緊眉頭，他們也許需要察看所有技師的財務狀況。

這份工作有賺頭到能買下度假別墅嗎？

第五章　哥本哈根北部

二〇二〇年十二月一日星期二

桌上，聖靈待降節燃燒的蠟燭慢慢流下蠟油。蠟燭旁放了幾張紙，記錄著下次要「清洗」的兩名最新候選人的細節。兩張影印的大頭照綻放著滿足的燦爛微笑，眼神堅定，兩人的履歷都充滿讓人噁心想吐的自私職涯選擇。他們是兩個憤世嫉俗的權勢人士，為追求成功不擇手段。所以現在的問題是，誰該是第一個？

這是個困難的選擇。其中一人在等候名單中多年，另一個則是最近幾個月才被列入名單內。為何不直接挑那個製造最多傷害的？或是挑那個比較容易解決的，將被發現的危險降到最低，會不會比較合理？每次都必須嚴肅考慮這些兩難。

對他們來說，第一個候選人獨居自然有利於成為首選。像他那種外向的獨居人士常常有出人意表的行為。他們不斷認識新朋友，社交圈不斷更新，而最新的個人接觸就會變得晦暗不明。因為這樣，任何調查到最後就容易陷入僵局，可能性太多會拖延或誤導警方的調查方向，而那可從來不是件壞事。另一方面，第二個候選人與功能失調又有點愛管閒事的家人同住。他是再婚，所以執行綁架時，誰能確切預測家人在哪、正在做什麼？第一個候選人的年紀使得自然死亡可能阻斷「清除」行動，他們可不怎麼希望如此，雖然他強壯健康的身體條件還能再活個幾年。無論如何，另一個候選人最近接受頗具爭議的報紙專訪，而那份報紙現在就躺在桌上，彷彿在控訴他。

所以該挑誰？距離綁架還有一個星期，而準備工作需要花點時間。

一道強烈的光線刺穿窗戶，橫越那兩張照片。有人走到鋪路石上，朝前門走來。門鈴響起。現在是晚上十一點五十分，所以會是誰？她用綠色桌墊蓋住照片，從抽屜中取出尖銳的雙刃拆信刀。多年來，在這種夜晚時分小心謹慎總是有其必要。

走近的人影在監視器下被密切觀察。門上的燈閃爍著，所以影像不是很清晰，但只有一個人站著不動。沒有突如其來的舉動，沒有前後移動。

前門緩緩打開一條縫，拆信刀小心地藏在身後。

她認識那個走近玄關燈光的人。「喔，原來是妳，底波拉。妳怎麼沒先打電話來？」

「我想討論有人該被逐出團體時，不會先打電話，妳知道的。」

「逐出團體？夏娃被逐出團體已經是很久以前的事了，兩個月了吧？」

「是的，她很久以來一直是個望教者。」

「我們會有麻煩嗎？」

「我對她不是很確定，我聽到一些傳聞。」

「我相信她了解打破緘默會有什麼嚴重後果。」

「希望如此，我也了解妳的憂慮。」她走過微敞的門，冷靜的表情強調了她的話。

「那很好，底波拉，非常好。找代替她的人還順利嗎？」

「是的，她非常珍貴，我叫她路得。我想那是個很棒的聖經名字，但她的真名是拉格希兒。

拉格希兒・班特森。」

第六章　拉格希兒

一九九三年

拉格希兒坐在老舊羽絨被上，下面墊著紙箱，紙箱裡裝滿她父親口中的「垃圾」。她父親是個眞正難以理解的怪咖，她曾看到電視裡說有這種人。怪咖可不是什麼好東西，那種人很難對付，她得很小心。

拉格希兒幾乎都單獨坐在客廳紙箱上的羽絨被上。實際上那是唯一能坐的地方，沙發和扶手椅上堆滿老舊的噁心事物，但她又不想坐在地板上，那裡有各種小蟲到處爬，光想到就讓她起雞皮疙瘩。

如果不小心說出她朋友的家可不像這個樣子，她母親會變得暴跳如雷，用力搖晃她，這樣她的頭和脖子好段時間都會很痛。所以拉格希兒總是小心禍從口出，盡可能閉上嘴巴。

她的父母每天吵架。她父親狂吼她母親是隻豬玀，母親則更大聲回嗆他自己就是一隻，只是方式不同。

拉格希兒聽不懂他們在吵什麼，但吵架讓她悲傷。

她父親晚上從來不在家，母親則坐在臥室後面的儲藏室裡，把東西前前後後、左左右右地搬來搬去。在那樣的夜晚，拉格希兒會快樂地坐著觀賞黑白小電視，不會有大人噓著要她走開。

拉格希兒愛死電視上的很多東西。她家的電視和她朋友家的彩色電視不同，但這沒有關係，因為電視幾乎屬於拉格希兒。其他小孩都沒看到拉格希兒看到的東西，如野生動物節目。深夜其他小孩得上床睡覺時，拉格希兒能看到凌晨，如果有好電影的話。

所謂的好電影是由與她父親年紀相仿的男人主演，他們對好人很好，會痛揍壞人。她最喜歡的是約翰．韋恩，他臉上總掛著嘲諷的微笑，昂首挺胸而緩慢地走著路；手很大，握有槍，所以每個人都怕他。如果有人膽敢不怕，他們就麻煩大了，因為他會痛揍他們一頓，接著約翰．韋恩會再度展露他那招牌諷刺微笑。約翰．韋恩、阿諾．史瓦辛格和席維斯．史特龍是最棒的，她練習說他們名字的發音好多次。有時候，她在學校裡講太多關於他們的事，其他人都聽得不耐煩了。有人說，她不認為他們有什麼特殊——他們甚至不存在。這讓拉格希兒特別難過和憤怒。

有時天氣炎熱，房子會臭氣熏天，她父親甚至連白天都不回家。在他脾氣特別暴躁或生氣時，他會一直說學校老師不喜歡的字眼。她會知道是因為有次她意外脫口而出時，老師們曾提醒過她。拉格希兒的父親也會當著她的面叫著難聽的字眼，有時候會激動到真的嚇壞她。去年夏天，她剛滿六歲，陽光燦爛，照得她臉上跑出很多雀斑，別人看了後總會對她微笑。但她父親可不是如此。他說她像她母親一樣是個壞人，才會有雀斑，壞遺傳和壞習性都要跑出她的皮膚了。後來他還想用抹布洗刷掉雀斑，抓住她大腿和兩腿之間，說雀斑就是從這裡冒出來的。但之後雀斑並沒有消失。

她今年沒有冒出很多雀斑，但他還是做同樣的事，拉格希兒不喜歡這樣。但如果她敢抱怨，只會得到更糟糕的待遇。

拉格希兒想要一隻貓，這樣她就有玩伴和說話的對象，但她母親會很憤怒，大吼大叫。貓尿和貓食很臭，她才不要忍受那股惡臭，讓拉格希兒最好別在家裡偷養。但拉格希兒不怕，反正整棟房子已經夠臭了。當鄰居的貓生小貓時，他們給她一隻棕色斑紋小貓。

當她父親聽到小貓喵喵叫時，整張臉漲得通紅，用大鞋子用力踢牠。拉格希兒開始哭泣，將小貓擁入懷裡。那沒能阻止她父親的憤怒，他轉而揍她。在一片混亂中，她母親來到客廳大吼，說她不聽話就罪該萬死。那是拉格希兒眞正開始恐懼的時候。

在拉格希兒七年的人生中，那是她父母第一次同意彼此的看法，也是拉格希兒頭一次覺得，沒有父母，她可能會更好。

第七章　馬庫斯

二〇二〇年十二月二日星期三

在這麼忙碌的一天，馬庫斯最不需要的就是這類拜訪，而又名「緝毒犬」的緝毒組組長萊夫・拉森在傳達他剛得到的消息時，聽起來也很猶豫。

「現在案情膠著，馬庫斯，我只是想提醒你。但問題是，荷蘭警方、斯雷格瑟的警察，和我們在哥本哈根這裡的部門，正想聯合起來起訴卡爾・莫爾克，可能還有哈迪・海寧森，甚至已死的安克爾・荷耶爾。我們相信他們是操縱大規模古柯鹼貿易的幕後小組，運作直到安克爾於二〇〇七年過世。我講的案子就是我們長年來所謂的釘槍事件——一個非常嚴重的案件。我很抱歉，馬庫斯，我知道卡爾對你和你的部門意義重大。」

馬庫斯深吸口氣。

「你聽到我說的話了嗎，馬庫斯？」

馬庫斯大力吞下口水後吐氣。「該死，真是個壞消息。你說古柯鹼？哈迪和卡爾會合作蹚那種渾水嗎？我覺得難以置信。你說他們聲稱什麼？我是說，卡爾和哈迪要怎麼牽扯其中？你有任何確鑿證據嗎？你最好有，因為你指控的是兩位受到高度尊敬的同僚。」

「我知道，這很嚴重，而在卡爾的案子裡，顯然嚴重到足以判決至少六年的刑期，不得假釋。哈迪的角色還是不明朗，但我們對安克爾・荷耶爾的罪行有扎實的證據。如果他還活著的話，我相信他至少得面對十二年徒刑！」

「你說『顯然』，但那在我的部門裡站不住腳，萊夫。無論如何，多謝警告，你真體貼。我會暫時保密，我還要仰賴你通知我任何進展。」

馬庫斯真的很震驚。哈迪和卡爾的同事安克爾．荷耶爾可能有這類罪行不是不能想像，單單在解剖時發現他身體裡有古柯鹼殘留就耐人尋味。但卡爾？他不會也不能相信。但他了解「緝毒犬」，一旦聞到任何不對勁，他就會跟著鼻子走。

他起身走出辦公室，踏入長長的走廊。他現在無法忍受獨坐辦公室裡，任由這些思緒奔騰。

「嗯，麗絲，」他對始終都在的部門祕書說，「幫我個忙，找來所有和釘槍事件有關的檔案，影印給我好嗎？慢慢來，不急。」

他說「釘槍」那兩個字時，瞥了瞥懸案組的兩個辦公室。他要很小心，因為這層樓的人很會讀人的表情。

卡爾辦公室的門一如往常半掩著，高登、阿薩德和蘿思的辦公室門則大開。就他所見，只有高登在，他戴著耳機，拿著筆記本。他在微笑嗎？

從走廊底端傳來精力充沛的腳步聲，這部門只有一個人會散發出那種精力。馬庫斯等待著。

「嗨，阿薩德，來我辦公室一下好嗎？」他在那人大步走向他時說。

馬庫斯知道，他得在阿薩德消失進懸案組奇怪隱密的世界前逮住他。阿薩德的滿頭捲髮現在白髮斑斑，考量到過去兩年的艱辛，這並不奇怪。

「你剛出過任務嗎？」

阿薩德同時點頭和打呵欠，兩人在辦公室坐下。「抱歉，我從早上七點開始就在按門鈴。」

「那個在赫德胡塞內的舊案。」

阿薩德又打呵欠。「是的，我們近期在那案子上恐怕不會有任何進展，馬庫斯，那個案子太久遠了。」

馬庫斯皺起眉頭。當阿薩德這樣說，表示破案的希望不大，但要馬庫斯接受這點則完全違反本能和教養。如果他能插手，任何謀殺案都不該被淡忘，尤其是這一件。

他以沉重的眼神看著阿薩德。「你家的情況怎樣？你還好嗎？」

阿薩德強顏歡笑。「你知道的，當動物園的駱駝要被宰殺時，牠的皮膚會長出斑點，然後躲進長頸鹿群裡。」

馬庫斯給他一個心照不宣的微笑。那真的是阿薩德的心情寫照嗎？

「但聽起來你妻子還好？」

「對，瑪娃的情況比任何人好，那並不令人意外。她是丹麥人，很感激能回來。奈拉也過得不錯，畢竟在伊拉克那麼多年，她有她母親的支持，而她都和瑪娃講丹麥語。但在歷經性侵、她和羅妮雅的新生寶寶被殺，以及生命遭受許多威脅後，她們就不再是老樣子了。」他停下來，努力不要掉淚。「我在盡我所能，但在她們晚上能安然入睡前，還有好長好長的日子要走。羅妮雅的情況更艱難，在伊拉克和敘利亞的日子使她意志崩潰，完全改變了她。雖然她遭受多年的惡劣對待，她幾乎只說阿拉伯文。而且很難過，我們在這住得越久，她似乎變得越來越激進。很明顯，她並不像其他兩人那樣融入丹麥社會。」

「好吧。我很遺憾，阿薩德。我想那是斯德哥爾摩症候群，羅妮雅對傷害她的人產生感情——儘管很難相信，但這很常見。我想她現在已經得到支持，正在接受心理治療？」

「我們都是，已經超過一年了。就這方面來說，丹麥是個很棒的地方。在這種情況下，我的家庭比大多數人都幸運。」

馬庫斯點點頭。「你兒子呢？」

「謝謝你問，但他的問題有點不一樣。最大的問題是，阿菲夫出生在伊拉克，不是丹麥公民。我們很幸運他能跟我們同住，他的庇護申請也正在進行。但如果他被遣送回伊拉克的話，我們該怎麼辦？我們該舉家跟著他搬回去嗎？」

馬庫斯知道規矩很嚴格，他搖搖頭。「我們這裡不能沒有你，阿薩德，所以我會確定把話傳到移民署。」

阿薩德試著給他一個微笑，表情像是在說這事沒人有權能辦到。不幸的是他可能是對的。

「如果阿菲夫被遣返，我們就會骨肉分離。阿菲夫永遠無法通過留在丹麥的考試和要求。他幾乎不會說丹麥文，可能也永遠學不會。我們眞的不知道他的智力為什麼這麼遲鈍，瑪娃說生他的時候一切正常。他還在接受檢查和密切觀察，儘管他現在已經是十九歲的年輕男人，內心仍然像小男孩。」

「對，那很可以理解，阿薩德，畢竟他是在很不同的環境下長大的，沒有安全處所能讓心靈扎根。」

「老實說，我不知道他是怎麼長大的。」阿薩德低頭望著桌子，眼睛含淚，接著挺身。「他和劫持他的人，迦利布之間的關係比較像主人和狗。眞希望那個混蛋在地獄裡腐爛。我確定阿菲夫長年來被孤立，刺激不足。現在瑪娃和我只能面對他永遠不會正常的事實，儘管我們用各種方式試圖引導他。比如在他來丹麥前，他從未用過手機、iPad、電腦、串流電視——就是任何種類的電子產品——所以我們教他按按鍵和看螢幕。他第一次在電視上看足球時，他尖叫得好像他在現場。現在好多了。他喜歡玩電腦遊戲，整天看電視，吸收一切知識。我們最近聽到他嘗試使用更多詞彙，所以他是有在學習的。但，瑪娃和三個小孩現在又因為新冠肺炎而得關在公寓裡好幾個月，事情又變得有點……」他嘆口氣，多說無益。

阿薩德看著馬庫斯。「我以前謝過你，馬庫斯，你給我和我家人這麼多方便，我永遠也謝不夠。在柏林發生的事件後，我和我家人共處的那六個月絕對解救了我們的生命，所以請讓我知道我能做些什麼來報答你。不管是什麼，只要你一句話，我就會赴湯蹈火。如果你要我們割你家的草，我們會搶著做。任何事都行。」

馬庫斯哈哈大笑，揮了揮手。「住嘴，住嘴，阿薩德，我家根本沒有草坪。」

「好吧。但如果你便祕，我可以幫你泡一杯道地的伊拉克咖啡，你就會知道它的厲害了。」

他又被逗笑了。感謝上帝，他們還有阿薩德。

「嗯，多謝，我可以期待一下。但說到回報，你可以跟卡爾說，你會幫他解決他們正在調查的新案子。我最近才發現，那案子對我來說意義重大，以前我都沒察覺。」

阿薩德點頭後離開。

馬庫斯思索了一會兒。如果「緝毒犬」的警告成真，他就得面對該死的相反情況。卡爾．莫爾克也許很難搞懂，但毫無疑問，在亞瑪格島的那場槍戰中，他出了某些差錯，而槍戰害安克爾喪命。但懷疑他最棒的調查人員是毒販？卡爾打造了一整個部門，帶領優秀小組解決這麼多陳年舊案，比同僚優秀許多。不可能是他。

第八章　卡爾

二〇二〇年十二月二日星期三

「你最好在蘿思氣沖沖衝進來前，打開窗戶，讓這裡的煙味散掉。」阿薩德說。

卡爾疲憊地望著他，揮揮手想揮散煙霧，這樣應該就行了。現在阿薩德被派來協助調查這個爆炸案子，所以卡爾繼續向他報告進度。

「我請高登打電話給技師的遺孀，問她們的丈夫在死前有沒有花了一大筆錢。我叫他告訴遺孀，如果有不法情事，她們大可和盤說出，因為法律追訴時限已經過了。我們問她們這些只是想確定修車廠爆炸的可能原因，以及她們丈夫的死因。」

阿薩德搖搖頭。「我們不是已經知道了嗎，卡爾？」

「不，當年調查時，他們密集尋找殺人動機——如果有殺機的話。他們調查是否有幫派會有動機，或是否和毒品有關；他們也調查了牌照詐欺和東歐贓車貿易，但每條線索都是死胡同。修車廠只成立了六七個月，除了頭兩次退增值稅顯示嚴重赤字外，我們查不到他們的收入細節，因為他們的生意還沒有久到可以報退稅。而且所有東西都被燒光了——電腦、顧客紀錄、訂購單、備用零件購買清單等等——那是另一條死胡同。警察總局裡有些人認為那不是意外，真正的目標可能在別處，那是場誤炸。但他們只能查到這裡為止。」

阿薩德搔搔鬍碴。「你說，高登早上發現他們詐騙顧客，所以一定有漏網之魚（fishing），問題在於要用釣竿，還是漁網。」

「你的意思是一定有可疑之處（fishy）吧，阿薩德。」卡爾微笑。阿薩德常誤解諺語，創造新詞。「但如果修車廠會騙顧客支付他們沒做或不必要的修理費，他們可能還做過更糟糕的事。」

卡爾問，「你有任何建議嗎？」

「我們問過老闆的遺孀，他們有沒有買賣車子嗎？」

「我們知道他們有，當地報紙的免費廣告裡有寫。」

「贓車在改變車輛識別碼和整車噴漆後，很容易出麻煩。比如，如果你騙東歐人，他們會非常生氣，我說的是在里程表動手腳、假服務紀錄那類事情。車子有爆炸物的痕跡嗎？」

「沒有。」

「馬庫斯為什麼對這案子這麼執著，卡爾？你知道嗎？」

卡爾轉開臉片刻，他太清楚了。

「那是很多因素的組合。死去的小男孩、男孩的母親自殺，還有懸而未解的問題。」

「我自己覺得是馬庫斯曾承諾死去男孩的母親，他會查出誰該為爆炸負責。」

卡爾點點頭，很有可能。那不是警察第一次被迫食言。面對那樣的案子，如果能提供安慰，你會願意承諾任何事。但他從來無法置背棄的承諾於不顧，那是事實。

「你是對的，卡爾！」走廊傳來大喊。那傢伙為何就是不能等到進辦公室再說，這樣整層樓好管閒事的人才不會知道。

高登那張牛奶白的嬰兒臉頰仍布滿清晰的紅斑，他整個人很激動。

「你沒聽錯，所有技師都在意外前做了大筆投資。就那個小生意來說，交手的錢可真大。」

「好，很好高登，比如什麼？」

「汽車、電子產品、旅遊。最重要的是，遺孀們告訴我，他們都付現金。」

「檯面下。」阿薩德嘟囔。

「當然。技師在讀科技學院時就認識彼此，一起幹盡壞事。一位妻子告訴我，他們有很多人是惡棍，但她不在乎，因為她在丈夫死前就離開他了。她很坦白，還說他們從不錯過能在修車廠做假帳的機會。他們賣的車是表面整理過的老舊垃圾。她確定他們都會去二手拍賣會，買任何人都不會碰的舊車。她算過，他們一個星期大概賣出四或五輛這種經過噴漆整理的爛車。」

「老天，那在修車廠存在的短暫時間內，就賣出一百多輛。她知道他們賣給誰嗎？」

「她說，賣給任何容易上當的人。很多是移民。」

阿薩德和卡爾面面相覷。他們在想同一件事。

「她說，他們從來不談生意細節，如果她問她丈夫，他就會叫她閉嘴，管自己的事就好。」

「她沒向警方舉報嗎？」

「爆炸發生前她就已經離開他了，在太陽海岸和一位瑞典餐廳老闆同居三個月。她回家後才聽說那場意外。所以，沒有，她沒和警方談過。」

「她有提到他們做過其他詐騙嗎？」

高登雙頰的紅點變得更加明顯，看來他們要聽他高唱精彩的副歌了。

「她告訴我，她從一位妻子那裡聽說，技師們會在修車帳單上動手腳——一點也不客氣。所以我是對的，卡爾。每張帳單在加上所謂的汽車嚴重損害修理費後，都高達幾千克朗。」他志得意滿，幾乎要當場跳起舞來。

「幹得好，高登。我們的嫌疑犯可能是想報復的顧客。現在我們就等蘿思，看她能不能找出犯罪現場附近也有一堆鹽的陳年舊案。」

「一堆鹽？」阿薩德滿臉困惑。

卡爾將檔案夾推向他。「好好跟上進度。你得自己讀，因為我今天要去托兒所接露西雅。」

他感覺一股溫柔襲上身。

如果卡爾誠實以對，他必須承認，儘管現在新冠肺炎大流行，但這卻是他人生中最棒的時候。每件事都美妙無比。他和夢娜生了最甜美的小女兒。兩人住在一起，討論著結婚。最近幾個星期，路威每兩週就去跟一個朋友同住，現在則住在卡爾這裡，直到聖誕節。夢娜又開始工作後，有時要協調誰去接露西雅有點困難，但隔壁公寓正好有個年輕女孩很想賺外快。這整個完美景象中，唯二不足的是夢娜的長女，在露西雅出生後，她就不和他們說話；以及阿薩德的工作顯然被新的家庭生活影響。卡爾就實際目睹過幾次，阿薩德這個強壯結實的男人在以為只有自己獨處時，暗暗垂淚。

「阿薩德被派到那個爆炸案，」晚餐喝過咖啡後，他告訴夢娜關於案子的細節。「妳上週和他診療過，他最近如何？」

她搖搖頭，集中注意力將嬰兒湯匙放進女兒的嘴裡。

「啊，我懂了，心理醫生得尊重病人的隱私，替他保密。那我用另外一個方式問妳好了。如果我認為他現在能正常進行調查，我是對的嗎？我想這會是個很複雜的案子，因為馬庫斯和我都懷疑它跟其他懸案有關，所以我得分配工作下去。當我們手上有這種案子，就不能讓阿薩德繼續去按門鈴和做例行警察事務，那太浪費了。」

她依然微笑著，彷彿她戴著耳塞，只能想著餵下一湯匙的香蕉泥。

卡爾嘆口氣。「夢娜，我需要知道，期待太多會不會傷害到他。」

她看著他。「你會有辦法的，你不覺得嗎，卡爾？」

第九章　蘿思

二〇二〇年十二月二日星期三、十二月三日星期四

那晚，懸案組只有一盞桌燈亮著，蘿思在抽屜裡找到放了很久的一袋炸薯片，吃了起來。在五個小時的加班後，她累垮了，聞到紙的發霉味就想吐。但這時，她看到一樣東西。

你很容易在一大堆檔案夾裡錯過那份二〇〇二年的薄薄報告，因為它只有封面、幾張照片和兩張紙。案件調查的結論是自殺，但最後一段則展現出典型的哈迪・海寧森的文風，他寫著自己懷疑事有蹊蹺：「在溫和的抗議下被迫擱置。」

那案子是個中年男子，他在聖靈降臨節後幾天被人發現在車庫中一氧化碳中毒死亡。他請的打掃阿姨進車庫去拿補給品時，意外發現他的屍體。經過法醫的審訊調查，在排除合理懷疑後，認定他已在那三天，而他剛加滿油的 Volvo 已經空轉一段時間了。儘管他是位國會議員，他激進的觀點人盡皆知，比如他認為那些領社會救濟金，又生超過兩個小孩的女人應該強制絕育，但他的死並沒有上頭條。對於他的政治職涯如此虛無地結束，一般大眾似乎認為世界得到了公義，而他得到了報應。

這件二〇〇二年單純的自殺案，為何仍被列為懸案？原因在於法醫注意到死者的兩個手腕周遭有淺淺的凹痕。打掃阿姨臉紅地認為，這是因為那男人有她和她丈夫絕不會做的性行為。馬庫斯・亞各布森指派卡爾・莫爾克和哈迪・海寧森的任務，是去找出男人可能的性伴侶，當他們遍

尋不著後，這案子便帶著哈迪．海寧森的最後評論而被擱置。

報告中間有對車庫的觀察：一個普通櫥架上有成堆的廚房毛巾、番茄罐頭和衛生紙。此外還有油漆用具、乾掉的油漆桶、地板上有漏出來的油和鹽，以及一台應該好幾年沒用的腳踏車。最後，天花板掛著架子，上面有掃把和水桶。

在蘿思讀完報告後，儘管吃過薯片，但她的胃還是不耐煩地大聲抗議了一個小時。如果她剛剛向飢餓屈服，草草讀過報告好趕快回家的話，她可能就不會注意到地板上有鹽這個重要卻細微的事實。

她迅速翻到照片證據。

屍體坐在駕駛座上，稍微前傾。他的雙手放在大腿上，身穿時髦的斜紋軟呢外套，那是他的招牌穿著。除此之外沒有不尋常之處。解剖台上的照片清楚顯示一氧化碳中毒的特色：粉紅色斑點。不怎麼賞心悅目。蘿思對那位肥胖的白癡政客很有印象——他是個可怕的人。

這棟洛德雷的平常房舍，車庫還真大。如果男人有結婚和青少年子女，他們會在那開狂歡派對。但這間車庫只是個維護得很整潔的附屬建築，有個入口通往房舍，一扇電動門則意外沒鎖。直到他們將車子從車庫移走，鑑識人員才拍到那一小堆鹽。一堆白色六或七公分高的鹽——沒有人會認為這不尋常，畢竟每天都有雜貨經過車庫。

蘿思全然忘記她的飢餓。

「妳昨晚該打電話給我的，蘿思。」卡爾隔天早晨說。

「不，我不想吵醒露西雅，而且我只想馬上回家。我不想在十點半才回韋勒瑟，卡爾。」

她的老闆點點頭，感謝她的努力。

「跟我來。」他一邊說一邊拉著她走，手上還拿著檔案夾。在去凶殺組組長辦公室的路上，他在對同僚微笑嗎？他的眼角是否閃過一抹幸災樂禍？

馬庫斯．亞各布森立刻認出他們眼中勝利的光芒，草草結束電話。

「你查到什麼新線索？」他問，卡爾將檔案夾放在他前面。

「這就是你想要的案子，這都要歸功於蘿思，她從檔案室裡把它挖出來。」他對她露出燦爛微笑。「我讀了報告後，也清楚想起這個案子了。你說得對，我早該打電話給哈迪，如果有他的幫助，我會馬上想起來。」

他指指哈迪最後一句表示抗議的話。

「他絕對會記得報告的結論，或許還有這點。」

他將空蕩蕩的車庫照片放在老闆前面，敲敲照到鹽的地方。

馬庫斯戴著半框眼鏡瀏覽。

「該死，就在那！」他轉向蘿思，「妳知道妳可能開啟了什麼嗎？」

「我知道，那堆鹽看起來就像一九八八年修車廠爆炸案外面的那堆。或許它們之間有關連，可能還有其他案子。」她皺緊眉頭。「但，現在我有點擔心，因為如果真是這樣，我們會因為要查出一九八八年到現在的案子而忙到瘋掉。我希望你察覺到這點，老大。我們可能不會找到任何有鹽堆的案子，甚至還得回頭去找一九八八年之前的案子，但我該死的希望不用這樣。」

「我知道那是個大工程，但妳為什麼覺得該那麼做，蘿思？」

「因為我們手上有兩個犯罪案件，而行凶的人卻布置得讓它們看起來好像不是。」

「所以，妳認為這兩個案子都是預謀謀殺？」

馬庫斯小心觀察蘿思。

「我們兩人都這樣認為，你也是，馬庫斯，」卡爾插話，「所以你放不下修車廠那個案子。」

「是的，但聽好，你們兩個，我們必須保持客觀。直覺是一回事，但僅憑巧合就去從事白費力氣的辦案又是另外一回事。直到你們再發現更多被害者身邊有一堆鹽的案子之前，我們得假設這只是巧合。如果你們又找到一個案子，我們就可以再討論。」

「悉聽尊便，」蘿思說，「但**如果**這幾個案件後面有犯罪罪行，我們應該假設，死因遭到有效隱藏，因此案子可能從沒進到凶殺組，不會在我們的檔案室裡。比如，被歸檔為『致命意外』、『自殺』，或所謂『自然死亡』的案子，而且我們說的可是幾千樁案件。除了這點，我們也要假設，從地理上來說，案子可能發生在丹麥任何地方。」

馬庫斯將手放在桌上，傾身向她。「沒錯，蘿思。我同意地點的問題，但先告訴我，國會議員何時死亡？我不太記得了，那是十年前嗎？」

「幾乎十二年前，很久了。死亡日期推測是聖靈降臨節那天，二〇〇二年五月十九日晚上，他的名字是帕勒．拉姆森。」蘿思說。

「喔，對了，那是很久以前！」馬庫斯吹個口哨，靠回椅背。

他心裡的日曆在試圖翻回那天嗎？

「老實說，馬庫斯，要懸案組獨立偵辦這案子，人會不會太少了？我認為我們人手不夠。」卡爾說。

馬庫斯在空中立起食指，他還沒想完。

蘿思看著桌上的照片，打斷他的思緒。

「我想我們應該影印這張照片和一九八八年的鹽堆，然後發送給全國的警察分局。我們只需要一位調查人員或鑑識人員想起他們處理過類似的鹽堆就好。」

她的表情讓他們清楚知道她對此很嚴肅。

「我們敢大膽推論，還有更多鹽堆案件嗎？」馬庫斯問。

「你是說我們有個連續殺人犯？」卡爾說。

「如果在超過兩個案子的犯罪現場附近發現鹽堆，那就是了。」

「那就表示我們得使出渾身解數了：心理側寫分析、犯罪手法、幾百場訪談、審訊、鑑識重新審理，和比較各種報告等等等等，可能會花上幾個月。」很難錯過卡爾語氣中的悲觀。

「是的，是沒錯，卡爾。但想像如果更多案件指向同一方向，你不想一口氣解決好幾樁積壓的案件嗎？想像一下，如果我們解決了懷德修車廠爆炸案，就能連帶破好幾個案子。」

卡爾的臉皺起數條皺紋，橫豎交錯，顯示心裡五味雜陳。他看起來活像建築師在吸食搖腳丸後畫出來的圖像。

第十章 卡爾

二〇二〇年十二月三日星期四

「答應我，只要我們的辦公室還是只離走廊底的同僚五公尺遠，就必須對接下來要辦的案件謹慎。我知道你們會忍不住和其他組長討論，但別告訴他們我們部門的辦事方式。如果我們破案成績好，三分之二的同僚都會痛恨我們；如果我們表現不佳，他們會大笑，而我可不想被任何一種情況干擾。只要我們依然離其他調查人員這麼近，我們就得保密。懂嗎？」

卡爾指指阿薩德、蘿思和高登的辦公室牆壁上的一排白板。

「從現在開始，這是我們的簡報室，好嗎？我畫了五個大框框，希望我們能盡快填滿它。第一欄不言自明：『日期/犯罪地點』。第二欄叫『被害者』，但有點複雜。如果被我們假設是謀殺的案子發生在多年前，那麼想要創造被害者側寫和挖掘他的活動和習性，就會非常困難。第三欄是『謀殺手法』，我想它也很難確立。第四欄要等到我們辨識出可能的罪犯後才能填滿，我叫它『動機』。我們可不可以假設，目前兩個案子有個共同特徵，那就是被害者在謀殺案發生前，都被以某種方式失去行動能力？」

卡爾對蘿思點點頭。「妳覺得我們朝那個方向偵辦怎麼樣？」

「這個，技師在修車廠爆炸前的確是如此，而國會議員帕勒·拉姆森應該在一氧化碳中毒前，就已經死在方向盤前了。」她說。

「我們知道議員那輛 Volvo 出廠多少年了嗎？」

「老到沒有觸媒轉換器。」

卡爾點點頭。那對帕勒．拉姆森來說眞是糟糕，也解釋了為何車輛排出那麼多一氧化碳。他轉向阿薩德。「你看起來有其他想法，要不要跟我們分享？」

「喔，我現在腦袋裡亂糟糟，轉個不停，有點難以釐清。但我納悶，你要怎麼讓五名技師昏倒在地？誰有辦法成功敲昏他們，還沒有任何人試圖反抗？」

高登禮貌性地舉起一根手指，他實在得改掉這個習慣。「我也這麼想。我認為眞正死因是頭上那一記，引發爆炸只是為了掩蓋罪行，這樣就會消滅ＤＮＡ、監視器……或任何能被發現的物證痕跡。」他想不到其他例子，但其他人懂他的意思。

「我也這麼認為。」蘿思說。

「或許他們在被敲昏前就已經被下藥了，」阿薩德說，「躺在入口的那個男人曾試圖爬到有新鮮空氣的地方，但沒成功。這是我對案情的大概想法。」

「嗯，那就一吐為快。他們怎麼被下藥的？有沒有任何建議？」

「也許用某種氣體？」高登提議。

「對，但他們在建築物裡做車身噴漆，我們幾乎可以確定通風一定很好。這點不就會指向另一個方向嗎？」

「不能像老式吸塵器一樣，把通風系統扳成反方向嗎？這樣廢氣就會吹進房間。」蘿思問。

卡爾聳聳肩。「不曉得，也許可以，但那聽起來有點複雜？」他們似乎都同意他的看法。

「那國會議員呢？他發生了什麼事？」

「我想是相同手法，」阿薩德說，「先被迷昏，所以一氧化碳中毒時無法從車內逃出。」

「可能是用醚或氯仿，對吧？」高登問。

「對，我想是有這種可能性。」卡爾顯然有想到這個解釋，「這兩種化學物質從屍體上都很難被追蹤，三天後氣味也早就消失了，尤其考慮到還有廢氣。我們該在白板上寫下這個可能嗎？」全員點頭。

卡爾寫下來。「這方法是否也能用在修車廠殺人案上？」

「是的，很有可能。」高登說。

「那樣的話，這告訴我們凶手是什麼樣的人？」

「他熟知犯罪現場和被害者。國會議員什麼時候回家、修車廠的平面圖等等。」高登繼續。

「對，還有他或她知道哪種化學物質是對的，而且謀殺經過精心策畫，修車廠的複雜罪行明確顯示這點。但有什麼顯示這跟車庫殺人案是同一人所為？」

他環顧四望，阿薩德第一個回答。

「車底下有鹽。在車子停進車庫前，那堆鹽就已經在那了。」

卡爾對他豎起大拇指，再度環顧他們。

「蘿思，送出備忘錄，詢問是否有和鹽有關的任何消息。當然要送給所有警察分局，也給所有組織內部的人。妳知道該怎麼做。妳會變成他們的聯絡窗口。如果他們沒有馬上回報，打電話給分局施加壓力。」他對她微笑，但這招顯然不管用。她痛恨這類任務。

「你們記憶裡有任何被害者身邊有一堆鹽的單一案件嗎？」他追問。

眾人搖頭。「嗯，那可真糟糕，因為我也不記得。這表示，我們要把注意力集中在一九八八年到二〇一〇年間的案子，蘿思已經開始著手了。你現在要接手過來，高登。根據蘿思的經驗，你應該從審視案件的照片證據開始，好節省時間。如果你在照片裡發現鹽，就仔細閱讀案子，然後回報。小心別錯過任何細節。」

「為什麼我不直接通知不同部門的警官和刑事警官，問他們記不記得有關鹽的案子就好？他們可以從照片證據開始。」蘿思建議。

卡爾點點頭。「當然可以。現在輪到你了，阿薩德。我要你去調查在白板上的兩件殺人案的可能動機，因為我認為它們有一個類似的地方。在我看來，技師的售車詐欺和國會議員帕勒·拉姆森頑固和激進的觀點，指向幕後有一或多位移民涉案的可能。我知道這條線索可查的不多，但離開丈夫的那位技師妻子的確提到，移民是修車廠誆賣廉價汽車的最佳對象。如果你查閱爆炸前的行車執照紀錄，會發現買家名字列表。如果某人剛好是帕勒·拉姆森騷擾過的人，那就可能有共同動機，即使我覺得希望不大。」

「我不認為從這方向辦案管用，卡爾。」阿薩德說。

「好，為什麼，阿薩德？」

「因為我很確定那些汽車銷售是在檯面下進行，所以店名不會出現在銷售紀錄裡。」

卡爾皺起眉頭。「的確，但總有人得為銷售負責，不是嗎？所以我建議，你只要在紀錄裡去找技師的名字，因為他們是得為汽車銷售負責的人。看看你能不能找到有關技師的更多線索。」

阿薩德聳聳肩。他沒被說服，那很糟糕，但只要他做好自己的工作，卡爾就不在乎。

「那你會做什麼，卡爾？」蘿思怨恨地瞪他一眼。現在又是什麼情況？「趁我們為你跑腿調查時，抽菸抽到手指發臭？」

卡爾蹙緊眉頭。「嗯，當然也會，但首先最重要的是，我需要確保我們有一大筆額外預算以支付你們所有人的加班費。我想你們不想用未來十年的休假來取代加班費吧？」

「太好了，卡爾，你去找錢。」高登看起來欣喜若狂。只要能領錢，他熱愛加班，畢竟他在警察總局外沒有人生可言。

「我也會比較兩個案子的發現，試圖建立可能罪犯的心理側寫。」卡爾又說。

「喔，我確定你會讓夢娜做那件事，你這懶鬼，然後你可以癱在那裡，跟你女兒玩，我們卻在做苦工。」蘿思眞的是為反對而反對。

卡爾選擇微笑。「好主意，謝謝妳提醒我。」

「就剩一個小問題，卡爾，」她繼續說，「如果鹽是故意放在犯罪現場，那我們面對的罪犯就是在玩危險遊戲，冒著曝光的險，或至少是某個想留下標記的人。我認為他是位有條不紊的連續殺人犯，我們應該趕快把他抓進牢裡。但如果鹽只是巧合呢？」

「那就是為什麼你們得對我們的進展或挫折保密。如果妳的憂慮成眞，我們對外的說法會是，我們只是試圖解決兩個舊案，那不就是我們正在做的事嗎？」

討論完後，卡爾在辦公室坐下來，頭探出窗戶抽菸。看著藍白色煙霧往天空盤旋而上可以幫助他思考。下一步要做什麼？

馬庫斯會竭盡全力去找預算，所以那點會自行解決。至於被害者的心理側寫，他會從國會議員的職業開始，找出他的公共形象、任何可能的誹謗或其他警察案件。雖然那已經是多年前的事了，卡爾還記得他和哈迪當時被派去調查他的案子。不過他確定一件事：毫無疑問，哈迪會比他更記得案件細節。

第十一章　卡爾

二〇二〇年十二月三日星期四

「我正在候診室等，所以很吵，你講話清楚點，卡爾。」

卡爾聽不到任何吵雜的聲音。「莫頓說你在瑞士有進步。你感覺樂觀嗎，哈迪？」

「樂觀？你是在問我，我能不能再走路嗎？」

「你覺得可能嗎？」

「如果我最後幾次脊椎開刀成功，他們製造出來的動力服又能讓我這麼高大的男人走路穩定，同時還能重新啟動我不能動的肌肉的話，我就能站立，但你不要對我能不能跑百米，抱太大希望。」

「哈迪，我還沒想到那麼遠。但你的手臂不是有感覺嗎？你有沒有機會讓手再動起來？」

漫長的停頓足以回答這個問題。哈迪自頸部以下百分百癱瘓已經超過十年，所以到底為何要費神去思考這麼愚蠢的問題？要不是莫頓拿著手機貼在他耳旁，他甚至沒辦法接這通電話。

「我想是有這個可能性，是的。」他還是這麼說了。

卡爾嘆口氣。就算哈迪只恢復部分肌肉的行動能力，還是能改變一切。雖然那難以置信。

哈迪不想再談更多有關治療的事。只要莫頓和米卡每天鼓勵他，他不需要為此小題大作。那依然是場實驗，沒人知道結果。他是個謹慎的男人。

「說到莫頓，卡爾，他提到你在調查國會議員帕勒．拉姆森的自殺案。這是你打電話來的原因吧？」

「不，我……」

「那個案子有事情不對勁。喜歡沐浴在鎂光燈下的公共人物怎麼會突然自殺？沒有解釋、沒有遺書、沒有證據顯示他飽受憂鬱之苦。是的，我清楚記得那個案子。他是丹麥最受鄙夷的政客，從恨意上收割好處，不管是針對他自己或其他人。他怎麼會突然質疑起他悲慘的人生？」

「是啊，說不通。但，哈迪，你記得車庫地板上有一堆鹽嗎？」

「你說一堆鹽？」

「是的。我們發現多年前另一個案子裡也有類似的一堆鹽。」

「不，我不記得那個細節。那很重要嗎？」

卡爾告訴他兩案間的雷同點。

「該死。但那可能是巧合……你怎麼想？」

「我不知道，我會再調查帕勒．拉姆森。以前我們曾經調查過，他是否曾和綁他的人進行性行為。你記得法醫發現他手腕上有凹痕嗎？」

「我記得，但就像我那時說的，法醫也確認，如果人還活著，那類皮膚凹痕不會保持太久。所以，他要不是在從國會回家途中進行某種虐戀式性愛——我記得我們確定他有時間——要不就是有人把他綁在方向盤上。你記得嗎？他的打掃阿姨說，他的方向盤包著某種人工布料——長毛絨之類的——而他們發現他時，卻不翼而飛。」

「我不記得了，哈迪。你的意思是，如果方向盤套還在，鑑識人員應該可以發現，用來把他綁在長毛絨上的東西的跡證？」

「我只是說，方向盤套會不見，很奇怪。」

「他們為何擱置這個案子？我記不得。當然，我會和馬庫斯談談，但如果你——」

「我想他們隨時會來接我，卡爾，所以我長話短說。」他思考了一會兒，「這被歸入懸案是因為，有人發現，帕勒．拉姆森在聖靈降臨節前參加了家族晚餐，也就是在他死前幾天，那頓晚餐藏有線索。」

「好，我一定是忽略了。」

「但你最後幾天不是沒在處理那個案子嗎？你在辦另一個案子，安克爾的。」

「是嗎？嗯，好吧。晚餐是怎麼回事？」

「家族宣稱，帕勒．拉姆森在那晚又像尋常般喝得醉醺醺的，然後開一位剛在直播前開槍自殺的電視女主持人的玩笑，說那是任何人所能想像的最瘋狂的自殺方式。『你自殺時，我認為你該確定自殺時會留下一具漂亮的屍體，』他說。『你自殺時』是他的確切用字，他家人的看法是，那暗示他自己想自殺。我們那個月案子多得不得了，所以我猜馬庫斯沒把它列入優先。而且老實講，他那樣做，我很火大。」

卡爾聽到背景有點騷動，有人講法文，哈迪以英文回答。

「方向盤套和家族晚餐不是應該寫在報告裡嗎，哈迪？」

「嗯，報告裡面沒有嗎？」更多吵雜聲傳來，「喔，我是自己私下想到的，卡爾，希望有點幫助。」

當然有，但也引發更多新問題。

「我們再聯絡好嗎，哈迪？」

「再見，再見。」哈迪回答，結束電話。

「嗨，蘿思，抱歉打攪妳工作。」

她的手機還貼在耳朵旁，給了他一個陰沉的眼神。

「國會議員自殺案的檔案裡會不會有有其他附錄或附頁？」

她不情願地結束電話。「什麼意思？」

卡爾告訴她剛才和哈迪談話的內容。

「老天，他還好吧？」

「嗯，他有進步。他還不知道會怎樣，但他保持樂觀。回到我的問題：檔案裡會不會有紙張放到別的地方去了？」

「不曉得。但如果是這樣，高登在瀏覽那堆檔案時應該會發現放錯的報告。你自己去問他。」她往後指指蒼白的瘦竹竿，高登正坐在那裡，被聖誕精靈紙偶包圍，一邊是檔案夾高塔，另一邊則是很矮的塔。

「你進行得如何，高登？有進展嗎？」

高登抬頭茫然地看了卡爾一眼，他的思緒顯然在天邊。

「我看得出來你快做完了。」卡爾開著玩笑，指指高登還沒看的檔案夾高塔。

「你是什麼意思？這算什麼？檔案室裡還有多得數不清的暴力犯罪懸案，都是命案。」

卡爾安慰地拍拍他肩膀，瞥瞥他電腦螢幕上方的蒼白精靈。「有人在為聖誕節做裝飾，很有節慶氛圍。」他撒謊。他催促高登加快尋找速度，然後在那小伙子有機會發洩挫折前，迅速溜進走廊。

要決定去拜訪帕勒．拉姆森的哪位親戚並不難，因為卡爾只找得到一位最親密的家族成員，那人曾被找來指認屍體。

一名男人打開前門，他穿著格子襯衫、鬆垮的棕色燈心絨夾克、舒適的鞋子和寬鬆牛仔褲。他以前可能留著紅色大鬍子，但現在只剩灰白的雜亂鬍碴，隱隱看得出以前的顏色。這位反文化原型人士是一名七十年代、衣衫藍褸的教師，這一幕可不怎麼讓卡爾開心——他就像現代憤青的翻版。

卡爾拿出他的警察證，拉下口罩。

「你是已故國會議員帕勒．拉姆森的堂哥，沒錯吧？」

「我不能否認，所以是的。」他沒做出任何想邀請卡爾進入屋內的姿勢，「委婉點講，他不是受人們喜愛或緬懷的那種男人。」

「你還記得在帕勒死前幾天，你有參加一場他也在場的家族晚餐？」

「我能問你為何突然出現在這，又重新在挖掘這件事嗎？那都超過十五年前了。」

「它和我們現在正在調查的另一個案子有關連，兩者有相同點，我只能透露這麼多。」

「好吧……」卡爾的回答顯然對一位前任教師來說說服力不夠。

「我是多年前調查他死亡的組員之一，所以才會是我在做後續追查。」

「但他是自殺，那個白癡，而且走得好。」

「你怎麼這麼確定？」

「被你抓到語病了。」他縱聲大笑，露出經年累月喝紅酒和抽菸草而不再潔白的牙齒。「但沒錯，我的確有出席那場家族派對。那是聖靈降臨節前的家族傳統，我們當年曾向你那位高得不可思議的同僚解釋過，帕勒說了些有關自殺的事，考量到家族那時才剛發生的事件，那非常失禮。」

「原來如此，什麼事件？」

「我們的一個堂弟，勞利茲剛告訴我們他罹患癌症，他非常沮喪。」

「時機不對，我猜。」

那位教師給他一個責備的表情，彷彿他沒做功課。「時機不對？帕勒哪會不知道什麼時候該說什麼？他是有意識地戳我們那個堂弟的痛處，想嚇壞他，讓他震驚。他就是那副德性，不但惡毒，還完全沒有同理心。徹徹底底的混蛋。」

「你認為帕勒是自殺嗎？」

「我？坦白講，我當年不在乎，現在也一樣不在乎。」

「你認為那是家族共識嗎？」

「如果你想和不相信他自殺的人談，」他邊說邊倒退到門階，「你該和帕勒的姪女談談。她很迷戀他，也著迷於他的病態理念。」

「姪女？」

「對，他們幾乎同個歲數。她是帕勒大哥的女兒，帕勒是兄弟姊妹裡最小的。」
「你知道她住在哪嗎？」
「喔，少假裝你不知道。寶琳．拉姆森，你肯定知道她。」
「好，我們談的是那位寶琳．拉姆森？但她不可能是——」
「你是想說法西斯主義者？不，完全不是。現在她是右派，藍得不得了（注）。」

注　譯注：丹麥的右派政黨，如自由黨和丹麥保守黨，陣營顏色是藍色。

第十二章　寶琳

一九九三年

寶琳不是一般的青少女。

她的朋友夢想著長大後要當什麼、會和誰結婚時，寶琳的夢想更私密。

寶琳只想被看到。站在房間裡，或在舞台上被觀看。向聚光燈伸直手臂，讓好幾百雙眼睛盯著；不被忽略，不被輕蔑，不再感覺孤單。這個夢想讓她手心冒汗，皮膚漲紅。

在一個溫暖的夏季，寶琳十六歲，她的小家庭受邀去住度假別墅，同住的還有她父親的兩個弟弟和他們的家人。

在百般無聊的一個星期過後，一位臉上帶著放肆表情的年輕男人突然抵達。從他看她的第一眼開始，他的眼神就能讓她的皮膚刺痛。

帕勒．拉姆森在其他兄弟口中風評不佳。當他抬高聲音開始爭論，讓原本舒適的下午突然變得令人不自在時，兄弟們認為他太超過，太不懂察言觀色。

寶琳從父親那邊得知，帕勒正在展開政治生涯，那比當商店老闆、會計師，或任何拉姆森家族從事的行業有趣多了。

寶琳第一次和叔叔獨處時，他把乒乓球拍塞進她手裡，要她拿球拍用力摑他。

她猶豫了，但後來他抓住她的下體，威脅她如果不馬上聽話，就會揍她肚子，於是她用力拿乒乓球拍摑他，用力到球拍裂開。

他踉蹌倒退，驚訝地望著她。她眞能做出這種事，她也很震驚。結果之後，他拿起另一支球拍，要她再做一次。

他們在晚餐桌旁坐下時，另一位家族成員可能有注意到他鮮紅的雙頰，但帕勒泰然自若。那時，寶琳已經愛上他了。

不用多久，寶琳就有帕勒的公寓鑰匙，而他們對彼此做的事，別人永遠都無法企及。人生首次，她感覺到自身的性和慾望的力量。她了解到，這就是她在人生中冀望獲取任何事物的手段。

帕勒以別人不曾有的方式，讚美她、傾聽她，而這些使兩人都慾火焚身。他們在一起時，兩人之間的所有事都那麼獨特、那麼親密，以她從來無法想像的方式令她極度興奮，而那種感覺讓她很嗨。她知道自己有能力駕馭另一個人的身體，這帶來一種高度的興奮感。聽著另一個人的痛苦嗚咽，看著他皮膚上的紅色痕跡和瘡疤所代表的痛苦，她得到的快感無與倫比。

第十三章 卡爾

二〇二〇年十二月四日星期五

被問及和叔叔的早年愛戀，喜劇演員兼夜總會演員寶琳・拉姆森顯然並不開心。所以當卡爾隔天早上出現在她的表演排練上，並公開表達他的來意，她立刻將他拉到後台，叫他降低音量。

卡爾點點頭。「我想妳該告訴其他人妳想休息一下，我們就能到運河的另一邊散步，坐在長凳上安靜聊聊。」

她發著抖，將外套拉得緊緊的，隨後在長凳坐下。卡爾完全可以理解她的本能反應，他之前查看天氣預報，發現溫度會剛好在冰點以上。

「我就直接切入重點了，寶琳。妳以前和妳叔叔處得很好，但之後妳已經有所改變了，所以不要擔心。」他做出在嘴唇上拉上拉鍊的動作。「我從妳親戚那聽說，只有妳和帕勒比較親，而且妳說什麼也不相信他會自殺。妳記得妳為什麼那麼覺得嗎？」

「你能保證我的回答只有你知道嗎？」她緊張地看著他。

「可以，我保證。保密義務，妳知道的。」

卡爾在電視上看過她。她是位經驗老道的女演員，有喜劇才華，歌喉非常甜美。但現在坐在長凳上的她，並沒給人有趣或沉著的印象。她的聲音略略顫抖，眼神悲傷。

「現在一定難以相信，但我當年對他很癡迷。我知道人們會因此評判我，尤其考慮到我們是怎麼認識的。但他瀟灑不在乎的態度讓他有一種獨樹一格的魅力，也解釋了他為何在大選中得到那麼多個人選票。我愛上他，我們發展祕密關係長達快九年半。他在死前幾個月和我分手，說他愛上別人了。最傷害我的是，他因為這個新歡而思考變得正面，整個人好像在發光，直到他死前。所以他為何要自殺？他是個非常強悍的人，能克服任何困難。」

卡爾小心地隱藏他聽到寶琳和帕勒的亂倫關係時的沮喪。「即使他愛的女人拒絕他？」

她點點頭。「即使是那樣。」

卡爾關上辦公室門。他的下一個約談不適合打開門。

科特．漢森是名前政客和退休警官，曾給過卡爾幾次有用的建議。他曾在政治舞台上活躍數年之久，卡爾確定他絕對也曾同時間和帕勒．拉姆森共事過。

當科特接到電話，聽到另一頭是卡爾時，他開心地咕噥。真是古怪，也許他無聊的退休生活讓他喪失了警察的警覺，更別提人們在新冠肺炎期間缺乏人際接觸到令人乏味的地步。

「帕勒．拉姆森！對，你還很難找到比他更混蛋的混球，我在協商時居然還得和他坐在同一個房間裡。他在克莉絲汀堡無所不在——在國會裡完全無法避開他。甚至在工作假期他依然神出鬼沒，那個該死的無神論者。光想到那個男人就讓人難受！」

「科特，你停下來好好想想！我正在調查他的自殺案，需要立刻知道他有沒有敵人。」

「哈哈！你不確定他是不是真的自殺，你是這個意思嗎？我該死的希望不是自殺，因為如果它是謀殺，那凶手就該得到勳章，而不是去坐牢。可別引述我這句話。」他縱聲大笑，「是的，那個男人有好多政敵，你確定你有時間聽嗎？」

「我讀過不少寫給他的仇恨信件，還有他的一些聲明和訪談，所以我很清楚他樹敵的規模之廣。我想他在克莉絲汀堡的國會辦公室也有收到威脅信件？」

「如果連我在那些年都能收到幾封，那他一定有收到幾百封。」

「他們有保存那類文件嗎？」

「保存？不，我很懷疑。」他清清喉嚨，想了一下，「但跟你說吧，你不如試著去和薇拉・彼得森談談。她是帕勒的小政治團體的祕書，可憐的女孩。薇拉人很好，只是有個爛工作，但現在她是丹麥工業聯合會的祕書了。給她打個電話聊聊吧，我確定她讀過大部分的威脅信。」

那是個有用的線索，薇拉・彼得森堪稱知識泉源、問題解決的寶庫，以及無盡的記憶儲存體。她是那種會讓老闆顯得趕不上潮流的祕書。

「是的。」她大方承認，她的確曾一度擔任帕勒・拉姆森的黨祕書和協調專員。卡爾感覺得出來，她輕鬆就能勝任那些職務。

「我可以告訴你，幾乎所有威脅信都是匿名，然後內容都一樣爛。信裡會說他應該躺著等死，他這個白癡應該去跳橋，他又醜又噁心，每次張開嘴巴就臭得不得了。」

她得常常打斷兩人的交談，好將訊息傳遞給房間裡的某人，再回到話題上。她是個非常忙碌的女人。

「妳想那些信有可能還存在嗎？」

「就我所知，不會放在克莉絲汀堡，但他有帶那種東西回家的習慣。我想信件口氣越嚴厲，他就越覺得有趣。那些信對他而言幾乎就像戰利品。如果他曾計畫在下次大選的競選活動期間透過對寄件人提告來造勢，我一點也不會驚訝。光是看到媒體沉溺在他的花邊新聞，他愛死了，因為那代表他絕對有曝光。客觀來說，在宣傳自己上他是個很棒的戰略家。就像俗諺說的，沒有什麼是壞宣傳。那當然是胡說八道，但在他的例子裡剛好是這麼回事。等我一下！」

她再度消失，但反正卡爾已經問完了。他只需要謝謝她，接著去找清單上的下一個人。

當寶琳．拉姆森在電話上又聽到卡爾的聲音時，她有點不安。

「就讓我快速問妳一個問題，寶琳，誰繼承了帕勒．拉姆森的房產？」

「呃，我，但你該不會認為——」

「我只想知道他的私人物品後來是怎麼處理的？」

「都是我繼承，但沒有多大價值。只有他的電腦和一些家具——我講的可不是丹麥名牌設計家具像漢斯．韋格納或波爾．克賈霍爾姆那種。反正，我已經有了所有我需要的東西。」

「他的電腦？妳還有保存嗎？」

「是的……或許吧……其實我不確定，但如果有應該是在閣樓。我沒辦法打開它，那是台Mac，我無法登入。」

「我能請妳去找看看嗎？」

「我現在有點累。」

「那應該不會花太久時間吧？或許我們可以幫忙？」

「呃，不用了，謝謝，我可以自己來。但要等到我們開演夜之後。」

「好，我了解。那是什麼時候？」

「明天。」

卡爾對自己點點頭。電腦！考量到帕勒被認定是自殺，他懷疑警方可能沒有檢查過電腦內容，所以他們現在得自己看。

「我想可能還有一箱各種文件的遺物。」

「他留下超過一箱！」她嘲諷地大笑，「至少有十五箱，都塞得快爆炸。我直接把它們送去焚化爐了。帕勒在家裡保留所有那些垃圾，但我都沒興趣。不然我該拿它們怎麼辦？」

她講這些有沒有經過排練？

「謝謝，寶琳，但還是麻煩妳去檢查看看還有沒有剩下的箱子。妳檢查過閣樓後會和我們聯絡吧。祝妳明晚好運，你們是這樣說的嗎？」

談話結束。

「我能進來嗎？」馬庫斯．亞各布森安靜地打開門，站在門口，看起來不想不請自入。

卡爾把辦公室椅往後拉，指指桌旁的椅子。

「看看這個，」馬庫斯邊說邊將他的手機遞給卡爾，「你看到什麼？」

「教堂裡的棺材。是瑪嘉的嗎？」

「是的。棺材上面？」

「幾束花？」

「總共三束。瑪嘉的表姊一束，我一束……」

「第三束呢？」

「我就是納悶這個。葬禮結束後我上去檢查，上面沒附帶卡片或緞帶。」

「那也不是很奇怪，對吧？」

「嗯，那要看有多少人參加儀式。在這個案例裡，只有我們兩個。」

「匿名的哀悼者？」

「我問教堂管理員，他說，殯儀館人員抬棺材進來的時候，花束已經放在蓋子上了。」

「那就一定是殯儀館人員放的。」

馬庫斯點點頭。「是的，沒錯。我打電話給他，他說他那天開館時，花束就放在門外。花束上用別針別了一張小紙條，只寫著『瑪嘉的棺材』。他覺得很奇怪，而且這很不尋常，但他還是把它放在棺材上。」

「你有問他，他還保有紙條嗎？」

「他從垃圾桶裡把它挖出來了。」

「說吧，馬庫斯。那紙條哪裡讓你覺得不對勁？」

「我送去鑑識，結果上面沒有指紋或ＤＮＡ痕跡。字體是Times New Roman，從一般影印紙剪下來的。」

「我猜你把花束帶回警察總局了？」

「對，我聯絡上在殯儀館合理距離半徑範圍內的所有花店、超市、加油站和售貨亭。那束花沒有用紙或錫箔紙包裝起來；就算有很多店家有賣像那樣的鬱金香花束，但問題是，那種花沒辦法在這個季節自己種。除此之外，沒人能給我任何其他線索。現在我還是耿耿於懷，因為紙條上沒有任何種類的DNA痕跡。」

「我同意你的看法，馬庫斯，那很可疑。看來留下花束的人很想保持匿名。」

「沒錯吧？我整天都在查瑪嘉最後幾個月的行蹤紀錄，希望在某處找到留下花束的人的蹤跡。但運氣不好。」

「你認為瑪嘉是被謀殺的嗎？」

「不完全確定。但你知道的，我覺得我們的命運有點結合在一起。我也為了找出這個人檢查了她的東西，結果你知道我發現什麼嗎？」

「告訴我。」

「所有瑪嘉的個人財務帳單都整齊地依照年代順序放在檔案裡，最早早到一九八〇年，當時她得到第一份工作。所以現在我們對她的經濟狀況能全盤掌握。」

「原來如此。你辛苦了，馬庫斯。」

「嗯。我發現，從一九八八年三月開始，每個月都有一筆進來的款項，被人用螢光筆畫上。而那可不是薪水。」

「一九八八年三月，所以是爆炸後整整一個月。」

「是的，而我們談的可不是筆小數目。從一九八八到一九九八年，她每個月都會收到五百克朗。從一九九九到二〇〇九年，提高為一千，而從二〇一〇年到她死前，一個月是兩千。」

卡爾在心裡算了算，這不是他的強項，但話說回來，他在布朗德斯勒夫的數學老師也不是最聰明的那種。

「總共幾乎快五十萬克朗。那是很多錢，馬庫斯。你覺得那是她前夫想彌補他的良心不安嗎？如果他能送這麼一大筆錢，他一定賺很多。」

「我想，任何能送出那麼多錢而不必動用扣除額的人一定很賺錢，卡爾。但絕對不是前夫，因為他在二〇〇八年因癌症過世。」

卡爾又看了一眼馬庫斯給的棺材照片。

「你和表姊談過這個嗎？」

「是的。她知道瑪嘉有時會收到錢，但她不知道有多少，也不知道她一直有收到。」

「我猜你已經問過銀行轉帳的事了吧？」

馬庫斯給卡爾一個不可置信的眼神。

「所以沒有轉帳？」

馬庫斯嘆口氣。「表姊認為錢一定是匿名送給她的。可能是放在信封裡，丟進她的信箱。但那只是猜測。根據銀行的說法，瑪嘉每個月都會帶著裝滿一個信封的現金到地方分行存款。我想她善於理財，因為她從未動用這些錢。加上她的定期存款後，她死時帳戶裡有快七十五萬。」

「她從沒花那筆錢，該死。也許她和我們一樣困惑。」

「可能吧，但她一定知道那筆錢和爆炸有關。她可能認為那是補償金，我也這麼認為。我的結論是，凶手從未意圖要讓修車廠以外的人死去，但瑪嘉的小男孩不幸罹難。」

卡爾點點頭。最近幾年在關於美國無人機攻擊事件上，他聽過「附帶損害」這個說法許多次。在攻擊目標時，無辜人民在無意間遭受殺戮波及。如果補償金的說法站得住腳，瑪嘉的兒子就是這類受害者。

「誰付的補償金，馬庫斯？」

「良心不安的某人，或被文化要求這麼做的人。」

「我們提到的數目可能顯示，修車廠和爆炸的攻擊幕後有個團體。那也可以解釋為何技師毫無防衛之力。」

馬庫斯深吸口氣。「我不知道，卡爾。一個幫派會在殯儀館老闆門前留下匿名花束嗎？那個理論說不通。」

卡爾同意。「所以你認為我們處理的是五個人的預謀謀殺，和小心控制及策畫的爆炸案？」

「是的，證據指向那個方向，卡爾。多人的預謀謀殺。」

第十四章　卡爾／阿薩德

二〇二〇年十二月七日星期一

卡爾經過時，麗絲的桌上有好幾疊紙等著被影印，這可不尋常。儘管周遭張貼著寫有五種語言的「聖誕快樂」裝飾品，增加不少節慶氣氛，繽紛色彩點亮了她的桌子，麗絲看起來卻疲憊不堪。自從索倫森小姐，又名「伊麗絲母狼」退休後，還沒找到遞補的祕書。這是刪減預算的另一個影響。

愚蠢的錯誤。他正這樣想，蘿思就從辦公室裡衝出來，差點撞倒對面辦公室裡一位新近受訓過的調查人員。他沒對他們綻放微笑，但誰被撞到地板上又會笑得出來呢？

「你馬上給我進來，卡爾！」她大聲命令，甚至連在走廊另一頭的人都聽得到。

「妳可以小聲點嗎，蘿思？」卡爾在進入辦公室後告誡她，「我們現在不是在警察總局的地下室獨處，我不希望——」

「得了，卡爾。你可能沒注意到，阿薩德和我已經來上班兩個小時了，我們找到令人興奮的線索。」

阿薩德看起來仍舊精疲力盡，但臉上綻放著平常的笑容。

「看看這個，卡爾，我們在乾草裡發現指甲。」

「別鬧了，阿薩德，那叫作大海撈針——」阿薩德堅決地將食指指向白板，卡爾陡然住嘴。

「一九九八年四月二十八日」和「沃爾丁堡」就寫在「日期/犯罪地點」的標題下。

「那是怎麼回事？」他一邊問一邊走近看。

「你看到啦，這案子超過二十年前了，」蘿思說，「在以前可能會被當作一般案件處理，就此被遺忘。」

「這裡沒有其他細節，是樁謀殺嗎？」

兩人都聳聳肩。

阿薩德在辦公椅裡旋轉，啟動螢幕，一個可怕的影像出現。卡爾已經很久沒看過這麼多血了。一名中年男子盤腿坐在地板上，前額靠在一個機器正面。他很蒼白，死透了，血液完全流乾。他的另一側是個大型工業房間，毫無人跡，霓虹燈閃爍，滿是大型機械。

「血從哪來？」他問。

阿薩德按按滑鼠，下一張影像出現。那是男人的手臂、身軀和盤起的腿的特寫。

「他把手臂放在大腿上，」蘿思說，「他的雙手在被砍斷後，他可能立即休克。」

「搞什麼……！砍斷？」

「是的，他靠在一個能切斷五毫米厚的鐵片的沖壓機旁，那讓他立即死亡。」

「他是誰？」

「他是歐勒．度德金屬工廠的老闆。」

「歐勒．度德，他是俄羅斯人嗎？」

「不，波蘭人。」阿薩德說，「他在鐵幕落下後立刻來到丹麥，在海寧安頓下來。後來，他重新把工廠搬去沃爾丁堡，成功大規模擴張。」

「他幾乎只僱用外國勞工——當然沒有工會，薪水又過低——所以他是個頗富爭議的人物。」蘿思補充，「我想因為他的僱用政策，他的預算包括可觀的每日罰款。最重要的是，工作場所嚴重缺乏安全措施，因此經常發生意外，因為這樣最後他快要關掉工廠。」

「嗨！」門口傳來一個聲音。那是帶著大大微笑的高登，就在看見阿薩德螢幕上的影像時，笑容僵住。

「**老天！**」有那麼一瞬間，他看起來好像要吐在桌上。他用力吞了好幾次口水。

「深吸口氣，高登。」卡爾說。該讓這男孩去大學修法醫課了，這樣他才會強悍一點。

「那是怎麼回事？」他慘白的嘴唇結結巴巴。

「那男人被沖壓機砍斷雙手，砍，砍，砍。」阿薩德冷冰冰地說，彷彿能改善高登的心情。

卡爾轉向蘿思。「但妳為何把他寫在白板上？那不只是個常見意外嗎？只是因為他是個不遵守安全程序的混蛋？」他停下來想了想，「或者如果他真的壓力很大，而安全標準當局和稅務辦公室要關閉他的工廠，那就可能是自殺，不是嗎？」

「喔，老天，這麼走太慘、太血淋淋了！」高登癱坐在椅子上驚呼。

「它被歸檔為公安意外，是的，工廠之後被關閉，**但……**」蘿思對阿薩德點點頭，他按到下一張照片。那是張特寫，顯示兩隻被砍斷的手躺在機器後面的鋸屑上。

後面傳來撞擊聲。高登昏過去，頭敲到桌子。他完全失去知覺，但呼吸正常，所以至少他們這會兒不用擔心他。

「妳說『但』，但照片有改變任何事嗎？是手的角度嗎？妳認為手被移動過？」

「不，卡爾。鑑識人員排除合理懷疑後認為手沒被移動過。角度和事件發生的暴力方式使得雙手可能就是掉在地板上的那個地點。但乍看之下像鋸屑的東西，其實是食鹽。」

鹽！卡爾感覺背脊一陣發涼。

「立刻請馬庫斯來這裡，」他對阿薩德說，「妳可以開始填滿剩下的空格了，蘿思。」

他撫摸著下巴思考：一九八八、一九九八、二〇〇二年。如果這不是連續殺人犯的傑作，那他可會非常驚訝。

阿薩德檢查房子門牌，將車停在一座小正方形建築前的車道上。建築是用輕水泥磚蓋成的，在六〇年代，這類房子能在兩週內興建好，當時甚至連工廠工人都住得起郊區。他拍張照片，因為這是他自己想蓋的房子。

迎面而來一位有一頭亮紅髮的男子打開門，他還在想，不知道這要多少錢？

桌上是一托盤甜到膩的蛋糕，使得阿薩德的心因思鄉之情而融化，但歐勒．度德工廠的前工頭，朱瑞克．賈辛斯基已經準備好要吐實。

「我警告過度德好幾次，跟他說如果他不遵守公安規則，我就要回老家。」他以流利的丹麥語說著，但有濃厚的波蘭口音。

「但他不肯聽。你知道『度德』（Dudek）是什麼意思嗎？」

阿薩德搖搖頭，難道他認為所有移民都會說波蘭話？

「諷刺的是，『度德』意味著『人民的保護者』，他該死的絕對不是。」他發狂般爆笑，阿薩德幾乎被蛋糕哽死。

「我想請你大致回答一些問題，你沒意見吧？」

「問吧。」那傢伙回答，從臀部掏出想像中的槍開槍。他吹吹槍口，接著微笑。阿薩德對他的興致昂然印象深刻。

「度德是什麼樣的人？」這是阿薩德的第一個問題。

「什麼樣？」他想了一會兒，「也許他就像一塊花崗岩，沒有幽默感，沒有同理心，但強壯有力。這回答有幫助嗎？」

「我想的方向是他為何會死，那又是怎麼發生的。有可能是有人強迫他的嗎？」

他大笑。「如果有這種人，那傢伙得是個巨人。」

「也許是有人威脅他，槍抵在頭上？」

「我沒辦法回答那個問題，對吧？我不在那，如果你在暗示這個的話。」

阿薩德搖搖頭。「我不是，但歐勒．度德是那種會自殺的人嗎？」引導性問題很少能在法庭裡站得住腳，但在真實生活中很管用。

他聳聳肩。「他是自殺，不是嗎？你說不準像他那樣的人會做出什麼。如果度德沒辦法隨心所欲，他的反應可能會很激烈。」

「原來如此。但他的反應方式——砍斷自己的手——他會做這種事嗎？」

令人驚訝的是，賈辛斯基又開始大笑。

「度德相當強悍，也很暴力。他以前是軍人和拳擊手。而很遺憾，有時他太太的臉也會顯示這點。」

「所以，你覺得他會自殺？」

他再次聳聳肩。

「那甚至怎麼可能會發生呢？」阿薩德繼續問，「他是不是從機器上移走什麼可以阻止意外的東西？」

朱瑞克傾身靠向阿薩德。「你要了解一件事，警探，那些機器都是來自波羅的海小國的老垃圾。如果它們故障，就一點辦法也沒有。而那台沖壓機很致命，那機器已經害一個巴基斯坦男孩失去一手的所有手指。」他以手指劃過一隻手的指關節處做示範。

「那個意外害度德支付了鉅額罰款。還好幸運的是，樓層經理反應很快，馬上就把手指放在嘴裡維持溫度，和那個可憐的男孩一起抵達醫院為止。他的手指沒有恢復所有的行動能力，但起碼是接回去了。」

「所以機器有缺陷？」

「是的，我禁止我的小組使用它，差點害我被開除。」

「這件事發生在度德死前多久？」

「大概一年前，我想。」

「如果那不是意外，他為何自殺？」

「我想他再也受不了當局和工會了，一定是那樣。反正工廠也會被迫關閉。」

「我不太懂，因為警方之後發現他在好多處的波蘭銀行帳戶裡存了很多錢。他大可以付罰款，遵守當局的規則。」

「對，但度德這人有點神祕難解。」

「他死時怎麼會單獨在工廠裡？」

「他總是早我們半小時來上班。」

阿薩德嘆口氣。如果這個男人認為一切理所當然，不願去多想，他要怎麼從他口中聽到自己需要知道的事？

「你現在回想，不覺得這一切似乎有點可疑嗎？」

「聽好了，警探，那天在工廠的我們全都失去工作，吃了很多苦。我個人一點也不在乎度德為什麼會死。我有兩個小孩要養，我不能把養家重擔全丟給我太太，不是嗎？『朱瑞克，朱瑞克，這下我們要怎麼過活？』那是她在事發後的抱怨。所以就像工廠裡的每個人，隔天我忙著到處奔走，在當地找工作，但在南西蘭島沒有我們這種人的工作，所以我才會跑到這麼靠近哥本哈根的地方來。」

「你有沒有想過他可能是被謀殺的？就是有人單純要他死？度德有沒有很多敵人？」

縱聲大笑讓咖啡桌震動起來。「你如果問我他有沒有朋友，還會得到比較好的答案，那會比較容易回答，因為他沒有朋友。每個和他接觸過的人都認為他是白癡，甚至連顧客都這麼想。但他收價低廉，那比個性更重要。」

「你想有沒有人特別恨他？」

他又聳聳肩。

「最後一個問題。沖壓機後面的地板上有鹽，我覺得很奇怪。你有任何線索嗎？」

他皺眉。「鹽？我不知道怎麼會有鹽——通常都是沙子。但度德總是給人驚喜，如果他沒有沙子，他會用任何可用的東西。那可能是冬天留下來的道路用鹽，他早想解決它了。」

「那不是道路用鹽，那是平常的粗鹽，用來烹飪的那種。」

「那他可能是從他太太那裡偷來的。」這次他的大笑聲沒那麼惱人，人總是會習慣的。

「為什麼會有鹽或沙子呢？」

「沖壓機另一邊有個車床，沙子能吸收來自車床的鐵屑和油。」

當阿薩德返回，凶殺組組長正坐在懸案組辦公室裡，室內的四個人齊齊瞪著寫在白板邊緣的新問題。阿薩德環顧他們。

「我可以馬上回答其中一個問題，」他說，「現場的鹽在正常情況下應該是沙子。工頭，朱瑞克．賈辛斯基認為那只是個代替品。但我很驚訝，鑑識人員沒有檢查看看鹽底下有沒有沙子。如果金屬屑太油，工人就得在它上面倒東西，吸收來自車床的碎片。他們大可檢查一下的。」

「你還有從工頭那問出什麼嗎？他對老闆的死有任何看法嗎？」卡爾問。

阿薩德搖搖頭。「但至少我確定，沒有同事或外人喜歡他。」

馬庫斯．亞各布森傾身靠向阿薩德。

「說說我的看法供你參考，我和當時的調查小組組長談過，」他說，「他確切記得死者一隻鞋子頂端就放在鬆開沖壓機的腳踏板槓桿上，單單那點就足以判斷此事是意外。他還列舉其他事實支持他的理論，所以我們可以理解他們為何停止更進一步的調查。」

「好吧，我不記得報告裡有寫這點。」卡爾說。

「在這！」馬庫斯翻了翻，指指段落。

「『死者癱坐在椅子上，盤腿，一隻鞋子就放在啟動槓桿上！』」卡爾咆哮，「寫這段的傢伙該被痛罵一頓，用字這麼馬虎。」

馬庫斯．亞各布森以嚴厲的表情輪流看著每個人。

「說得沒錯，現在白板上也寫下了這場死亡。但遺憾的是，如果這個案件在表面理由之下，眞有個動機不明的謀殺犯，在想方設法殺人後還留下破綻，讓我們這些調查人員開始質疑這是意外還是自殺，還得不到眞正的結論的話，我可是會很驚訝。你們都同意我的看法吧？」

「不怎麼同意，」蘿思抿緊嘴唇，「動機仍舊不明。無論如何，審視一下受害者，我們知道他們沒有一個是聖人。這些案子的共同點是，這些人不是會被想念的人。但除了那點以外，你說得對。」

阿薩德坐下。「聖人。」誰又是聖人？他是嗎？他很懷疑。

「下一個是什麼？」他問。

「好問題，下一個是什麼？」卡爾抬頭看白板，「我們最好看看能不能弄到更多案子來列在白板上，並希望我們的殺手在其中一件犯下錯誤。」

「如果找不到更多呢？」高登問。

馬庫斯．亞各布森拍了拍高登的手。

「相信我，高登，」他邊說邊敲自己的鼻子，「會有更多的案子的！」

第十五章 卡爾

二〇二〇年十二月七日星期一

「恭喜。」寶琳．拉姆森接電話時，卡爾劈頭便這麼說，「我讀了週日報紙的評論，佳評如潮，直到聖誕節前每天的票都銷售一空。那是個好徵兆，我只希望妳不會因新冠肺炎和首相的新限制而遇上麻煩。」

卡爾低頭看著面前的報紙。「《政治報》寫說：『寶琳．拉姆森精心演出的夜總會音樂劇是個令人愉悅的諷刺劇，她歌喉精湛，完美抓住喜劇時機。』眾多讚譽、五顆心，廣受好評。妳一定鬆了口氣，也很開心吧。」

卡爾等著她謝謝他和表達喜悅，但他大錯特錯。「我改變心意了，卡爾．莫爾克，我不想上閣樓東翻西找了。反正那裡也沒有你感興趣的東西，就算有，你的同事早就找到了。」

「好，但如果東西那麼無趣，妳就沒有理由保留它們。」

「對，也可能不對。但我還有其他事要煩，所以你想都別想。無論如何，現在再想想，我甚至不確定我是不是老早就把電腦和每樣東西全丟光了。祝你有個愉快的一天。」她掛斷電話。

卡爾皺眉，站起身。他總是想不通，為什麼成年人撒謊也能撒得這麼明顯。

「阿薩德，走吧，我們去兜兜風！」他拉著他的袖子走到停車場。

「怎麼回事？」阿薩德將腳丫靠在置物箱上面的儀表板時問。

「怎麼回事？我的第六感告訴我，這個寶琳不願承認她和死去的帕勒．拉姆森有多親密。」

兩人抵達她在海萊烏的排屋，她正好從前門出來，抱著一個看起來很重的紙箱。她的頭髮凌亂不堪，身上的運動服也是。

「她忙一會兒了。」卡爾往前開到柏油路上，擋住她的車。停著的車後車廂已經打開了。她看到卡爾和阿薩德時，瞬間僵立在原地。

「哈囉，寶琳。」卡爾微笑著說，對阿薩德點點頭，阿薩德溫柔地將紙箱扳出她的雙手。她大可主張自己的權利，並抗議卡爾沒有搜索令，但她只是僵立在原地，什麼話都說不出來。

「不如也讓我們搬走這些吧？」他指指塞滿的後座，「這樣妳就能繼續妳今天的行程了。」她安靜地點點頭。「我沒做錯任何事，」她顫抖著說，「你可能會發現我並不引以為傲的東西，但我只是嫉妒。」

「我們有收穫了，這個紙箱裡有個電腦，卡爾。」高登打開桌上第三個最大的紙箱時說，「這是台蘋果 iMac G4，這種老古董價錢應該不錯。」

卡爾微笑。「請五樓的人幫我們登入，高登。告訴他們，我們欠他們一個人情。」

「我不能自己試試看嗎？」他自負地問。

「你是可以試試看，但別忘了還有這些案子。」卡爾指著高高的檔案夾堆說。

「還有阿薩德，那是什麼味道？你是在開烤肉串店嗎？」他大笑起來，但在阿薩德指著角落電磁爐上的鍋子時頓時打住。鍋子就在高登的聖誕節裝飾品和精靈後面，那些小東西越變越多。

「我們在新冠肺炎期間不能去吃自助，記得嗎？所以今天蘿思訂了自家製羊肉燉飯。」

卡爾的胃翻攪起來。羊肉配燉飯就像水煮魚配果凍粉，噁心至極！

「請把鍋蓋蓋上，阿薩德，不然走廊對面的警察會全跑過來。」

「喔，所以下次我該煮多一點，你這麼想嗎？」

卡爾憤怒地用手撫住額頭。長年待在地下室的懸案組，讓他們變得完全沒有禮貌和紀律，不懂得適可而止。

「記得蓋上鍋蓋，阿薩德，然後去檢查裝紙的那些箱子。那看起來像是幾千封電子郵件，還有誰知道是什麼的影本。看起來像官方的都不用看——我們在找私人電子郵件，或許你可以在裡面找到威脅信。」

他轉向蘿思。

「妳那邊的消息呢？丹麥其他地方的同僚有沒有人『聞到』犯罪現場有鹽的案件？」

「還沒有，但我還在等大部分分局的答覆。我現在正在研究鹽的文化歷史和象徵。我讀了一本馬克·庫朗斯基（注）的書，他說鹽在許多年間曾是流通貨幣。你知道嗎？他們叫它『白金』。『薪水』（salary）這個字就是從『鹽』（salt）演變而來的。」

「我知道鹽在古時候是從泥炭和海草萃取而來。」高登說。

他已經忘記破解電腦密碼的任務了嗎？

蘿思回他一個眼神，他的臉漲得通紅。「我越深入挖掘這個主題，越是驚訝，因為鹽深深影響歷史，而那些有權勢的人長年來毫無顧忌地剝削對普通大眾來說是基本生活要素的鹽，因為人民沒辦法自行取得鹽。聽起來很瘋狂，但走私鹽的懲罰曾經是死刑。到了十八世紀末，在法國，鹽的壟斷權是促成革命的因素，而美國人反抗英國人而發動革命時也是為了鹽。印度的甘地在一九三〇年發起『食鹽長征』以反抗大英帝國的鹽壟斷權，他和追隨者從蒸發的海水取得鹽，違反英國的鹽法。甘地被逮捕時，印度爆發叛亂，英國於是失去權勢，再度是因為鹽。鹽在《聖經》裡也有特別的意義。」

卡爾看著蘿思。「我很抱歉，蘿思，妳能重複最後的話嗎？我在想其他事情。」

她的臉究竟為何從淡白色突然變成紫色？

卡爾抬頭看白板上寫著一九八八、一九九八和二〇〇二年的三個案件。它們都有些年代了，所以犯下謀殺罪的個人或團體應該不再年輕了。如果他們還活著的話。最早的案子如果就是最早的，幾乎是三十二年前，推算起來凶手可能快六十歲，甚至更老。要犯下修車廠爆炸這種複雜的罪行，人應該要有幾歲？二十、三十，或四十歲？

有人敲敲門框，他們全轉過去看。

「哈囉。」一個女子試探性地用沙啞的聲音說，拿下綠色口罩。她閃耀的黑髮從頭巾下流洩而出，看起來神清氣爽，微笑真摯而溫暖。是阿薩德的妻子瑪娃，她與當時在柏林威廉皇帝紀念教堂前坐在輪椅上的她判若兩人，當時她的座位下藏了足以爆破半徑一百公尺內所有事物的炸藥。

「瑪娃，妳怎麼會來這裡？」阿薩德邊說邊給她一個擁抱。

注　譯注：Mark Kurlansky，美國作家和新聞記者，《鹽：世界歷史》的作者。

「喔，這裡聞起來很香。」她對丈夫眨眨眼，顯然認出自己做的燉飯。「我剛去過馬庫斯的辦公室。是我自己想去的，因為你說你很謝謝他幫助我們找到自己。」

卡爾微笑起來。瑪娃的丹麥文聽起來像十年前的阿薩德。很多錯誤，但很迷人。

她轉向卡爾。「也謝謝你，卡爾。雖然是很久以前，而你那時甚至不知道……」她暫時被腦袋裡閃過的景象淹沒，「我們在柏林。謝謝你，卡爾。謝謝，謝謝，謝謝！」她說，每次她有機會時總是這樣道謝。

她鼓起勇氣，大膽給他一個大擁抱。「謝謝你們所有人，你們都好聰明！」

她和每個人握手。阿薩德以親暱溫柔的眼神看著她。接著她轉身環顧房間。

「我能了解你為什麼喜歡這裡了，阿薩德。這地方很好，又大。」她抬頭看白板，讀著註記。那有點罕常，但卡爾假設他們兩人會自由討論工作內容，就像他和夢娜。

她停止閱讀，臉色變得嚴肅。

「怎麼回事，瑪娃？」阿薩德問。

她以厭惡的表情指著白板。「我不知道歐勒．度德發生什麼事，但我知道那個日期的意義。」

「我不懂，四月二十八日，怎麼了，瑪娃？」阿薩德問。

她轉向他，滿臉驚訝。「你應該知道的。那是魔鬼薩達姆．海珊的生日！」

「瑪娃深受震撼，你很驚訝吧，阿薩德？」

「她很容易受外界影響，卡爾。我們從政府當局收到信時，她會癱坐在臥室角落。我很晚回家時，她會哭。羅妮雅狂吼或奈拉哭泣時，她會疏遠我們。」

「心理醫生怎麼說？」

「他說她的情況會變好，但還需要時間。而且，以某種程度來說，我能了解她對那個日期的反應，因為我們都痛恨海珊。我只是沒想到那日期會和他有關。」

卡爾點點頭。「那些紙箱的進度如何，阿薩德？有任何有趣的線索嗎？」

「我沒找到任何威脅電子郵件，但我發現很多這類信件。」

他遞給卡爾一張紙，卡爾讀起來：

我昨天在電視上看到你，你讓我慾火焚身。我明天四點回家。你有時間過來一下嗎？親吻親吻親吻。

「嗯，我會說這男人真的很受歡迎。你說這種信有很多，是誰寄的？」

「寶琳．拉姆森，信件頂端有署名。這可能是為什麼她想不讓你檢查紙箱，你不覺得嗎？」

「嘿，給我幾封信的影本，阿薩德。我得休息一下，今天受夠鹽了。」蘿思說。

他大笑，把一整個紙箱放在她面前。

「我們知道帕勒．拉姆森新女友的名字嗎？也有她寫的電子郵件嗎？」卡爾問。

他們表情茫然地望著他。

卡爾數數紙箱——總共六箱。他們一定能找到什麼線索的。

第十六章　拉格希兒

二〇二〇年十二月七日星期一

每當拉格希兒走上綠色斑點大理石階梯，胃裡總是一陣翻攪。在這棟豪宅的陰鬱房間裡，她第一次覺得自己的人生不再只是例行公事和瑣碎小事。她和其他女人每隔幾週就來這裡回報自己的所作所為，那時她總會感覺到一股比戀愛更強烈的衝擊感竄流過全身。

這次，拉格希兒經歷了幾件事想和其他人分享。這就是她的動力。她上過大學，有過好工作和幾次膚淺的關係，但和這個小團體及她們決定達成的成就相比，那些都微不足道。

「歡迎，撒拉、馬大和路得。」底波拉拉出椅子，用手指示她們該坐哪。

拉格希兒愛死底波拉給她們取的名字，尤其是她自己的，路得。她們現在是姊妹，偶然在共同目標中找到彼此，而那允許她們成為自己想做的女人，並從標籤、個人背景和期待中被解放。而她們注定要嚴懲社會的敗類。

「就從妳開始吧，路得？」底波拉問。

聽到她的化名，拉格希兒深吸口氣。今天眞的輪到她開始嗎？眞棒。

她啜飲幾口茶後準備就緒。

「從上次聚會後我做了三件事。」她邊說邊看著其他人。馬大坐在她旁邊，輕輕嘆口氣，顯然她的成就沒這麼大；撒拉沒有很吃驚，她一直都很鎭定。

拉格希兒從背誦聚會的信條開始。「妳可以稱它是私刑正義，但妳也可以說它是善盡職守，因為每個行動都會讓世界更美好。」

其他三個人輕聲鼓掌，接著她開始發言。「學會堅決心意以後，我全身因狂喜而顫抖，因為我確定自己做的事不會被遺忘。」

在接下來的十分鐘內沒人打斷她，她說完後，底波拉站起來給她一個擁抱。

「我不知道該說什麼，路得，」馬大說，「妳難以超越。」

接著輪到馬大，她總是很好預測。但馬大也是她們之間心胸最開放的人，如果她對自己不滿意，她不會試圖隱藏。

「這幾週很安靜。或許我沒有挑戰自己的動力，也或許是沒有機會。我必須說，妳變得非常擅長在正確時間執行正確懲罰，路得。我可能沒像妳一樣幸運或經驗老道。」

拉格希兒輕聲提出抗議，但她的另一個自我，路得，非常樂意接受。

「用雨傘做武器的老把戲永遠不會失敗，」馬大開始說，「這次，我決定花一整天時間戳倒那些不尊重行人和人行道規則的腳踏車騎士。我都用相同的戰略：我會坐巴士，在直接通往腳踏車道的市中心站下車。」

拉格希兒試圖掩藏興奮，但底波拉的一個眼神告訴她，讓馬大繼續說，不要打斷她。

「當然，不是所有腳踏車騎士都拒絕禮讓下車的乘客，但大部分都沒這麼好心。我從巴士的後車窗就可以看到這種類型，幾個白癡太快衝過來，顯然沒有要停下車禮讓的意思。然後我就會迅速下車，把雨傘往前比，直接戳進他們的車輪。如果我成功讓一個腳踏車騎士翻車，後面就會連帶追撞上更多。就算他們受傷了，車輪變形，把手扭曲，我也從來不道歉。」她直盯著拉格希兒。「相反地，我還痛罵他們一頓，告訴他們下次最好三思，遵守道路規則。」

這時，拉格希兒再也忍不住輕聲鼓掌起來。

「一天內，我就成功弄壞六把傘，至少戳倒二十名腳踏車騎士，誰叫他們完全沒責任感，做事愚蠢，把行人的生命置於險境。」她發出微笑。「相信我，這下他們永遠會在確定乘客安全下車後，再從巴士旁邊騎過。」

她停止說話，臉上帶著惱怒。「只是有一個問題。」

「說吧，馬大。」底波拉說。

「我整天待在市中心，我也設法在正確時刻下車。但一定有人向警方舉報，因為在最後一站，我看見一輛警車衝上街道，警笛大作。」

房間安靜下來，底波拉放下茶杯。

「有人報案嗎，馬大？」她問。

「是的，但沒抓到我，因為我已經跑到幾百公尺遠。那會是我最後一次用那招。」

「很好！」底波拉轉向拉格希兒和撒拉，「注意聽我的話，如果妳們之中任何一人被警方攔住，無論是被羈押、被攝影機拍到、有人描述妳們的長相細節，或被發出逮捕令，被認出之類的——最好不要發生這種事——妳們就會失去成員資格。」

馬大低下頭。「就算有人目睹整個事件，也不可能認出我來。我在二手店買衣服，事後就丟進慈善回收桶裡。我戴著圍巾、口罩和假髮，假髮是每十次才用一次。」

「很好。但如果事情曝光，妳得自己承受懲罰，並永遠忘記這個團體。大家同意嗎？妳是自動自發，自己行動，而我們其他人並不存在。記住這點！」

她們全體同意，這是入會條件。拉格希兒是最後加入的成員，她很清楚她是取代一位叫夏娃的人，因為遭到報案，她被逐出團體。但她不知道細節。

「還有一件事是我再怎麼強調也不為過的。妳們的行動是試圖改善世界，所以妳們不能造成任何人無法彌補的傷害。懂嗎？妳這次差點超越界線，馬大，妳得經常對自己的點子抱持批判的態度。」

每當底波拉的眼神如此凌厲，拉格希兒會避開不看。

「現在輪到妳了，撒拉。」她以較溫柔的聲音說。

「恐怕沒什麼太實質的事。我的感冒一整個月都沒好，所以沒怎麼出門。」

「有時就是這樣無可奈何。我們能了解，只要不是新冠肺炎就好。」

她搖搖頭。「但我昨晚去看戲院的私人表演。演員陣容不是最棒的，但在現在這種時日，這也在預料之中。」她冷冷大笑，「是啊，我知道那不算什麼，但我故意絆倒幾個人，他們在走去座位時毫不考慮他人，就因為他們不遵守時間，或走過時也不考慮到我。當然，他們不知道發生了什麼事，因為他們用屁股對著我。也許他們想，絆倒只是意外。但我告訴妳們，我們前幾排的人也沒讓他們好過。」

底波拉微笑。「是的，那是件小事，但我們都知道，人類同伴沒有同理心時，大家是什麼感覺。我想，我們都有絆倒那種白癡的衝動。」

拉格希兒沒辦法按捺她的話。

「對，或用力推倒他們，尤其如果他們是在樓上包廂的第一排。」

第十七章　卡爾

二〇二〇年十二月八日星期二

「我已經拿到修車廠在爆炸前兩個月賣出車輛的行車執照登記表了，卡爾。」

高登將列表推過來。「和我最初想的不一樣，沒那麼多。事實上，他們在一九八七年十二月賣出的車是一九八八年一月的兩倍，所以一月只賣出四輛，沒有一輛是賣給移民。」

「你有打電話給買車的人，問他們買了哪輛車，車子有沒有什麼問題嗎？」

他看起來一臉困惑。「這任務該由我來做嗎？我還得試圖破解帕勒．拉姆森的電腦。」

「試圖？你有任何進展嗎？」

「呃，沒有。我試了不同的密碼好幾次，但就是打不開。」

「把電腦給樓上的ＩＴ部門，高登，他們畢竟是這裡最懂電腦的人。去找出買車那四個人的電話號碼，打電話給他們，然後繼續查一九八七年十二月賣出的車，到那時再繼續查那些陳年舊案。我看得出來，那堆檔案夾從昨天就沒變矮。」

那可憐的傢伙看起來快哭了。

卡爾轉向蘿思，她堅定地站著，雙臂抱胸，表情疲憊。「妳呢，蘿思，請幫忙高登處理那些檔案夾。妳現在似乎只想等其他分局來回覆妳的要求。」

她嘆口很大很大的怨氣。「聽好，莫爾克先生，如果你肯張大眼睛，你會看到我已經在忙著讀帕勒．拉姆森的電子郵件。我讀了又讀，但到目前為止，我沒碰到任何有意義的線索。你最好該死的別暗示，我們之間有任何人在這裡浪費時間，對吧，高登？」

臉色慘白的傢伙感激地看她一眼，戴上耳機。

「你又做了什麼，老闆閣下？」她問，「你現在又在幹嘛？你怎麼不去幫忙處理高登的檔案夾？它們都要發霉了。」

卡爾已經瞪著菸盒十五分鐘了。外面寒風刺骨，所以他不想打開窗戶。

別擔心，他想。我就只抽一根，然後打開窗户讓煙味消散，去上廁所。沒有人會注意到。

他用力抽口菸，思考整個案情。

自從蘿思講述了鹽從古至今於歷史的存在意義後，那段話持續盤旋在他心裡。在政治上、宗教上、經濟上和文化上，這個簡單的礦物質氯化鈉，控制和征服大陸——而現在它正控制著他。鹽為何倒在那麼靠近被害者身旁？那是種象徵，還是那是殺手的直接邀請，要調查人員追蹤這條線索？但他們要如何追蹤這麼平凡的東西，比如食鹽的購買紀錄？它便宜又到處都是。

他納悶這個有病的人已經過執行多少次謀殺，還有是在什麼時候。

至少是在一九八八、一九九八和二〇〇二年。萬一犯罪的間隔是特定的呢——比如，兩年？那麼在一九九〇、二〇〇〇和二〇〇四年也應該有類似案件。如果是這樣的話，他們可以改進搜尋方向。如果他們在那些年分找不到，他們還是可以回頭找中間或後面幾年的案件。

還有另一件事很困擾他。死去的帕勒．拉姆森手腕上的凹痕有什麼意義？最可能的解釋是，他被綁在車子方向盤上，那可以解釋為什麼方向盤套被拿掉。另一個可能性是，當年他和哈迪調查帕勒．拉姆森可能有的性伴侶時，調查得不夠深入。打掃阿姨不是說，她認為那男人有「她和她丈夫絕不會做的性花招」嗎？

一定有人問過打掃阿姨她是怎麼知道的，所以那點為何沒寫在報告裡？真的有幾頁不見了嗎？幾個因素確實指向這點。他打給哈迪。

接電話的聲音聽起來非常疲憊。是莫頓。

「嗨，莫頓。怎麼回事？怎麼是你接電話？」

「嗨，卡爾。哈迪剛才小痙攣發作。瑞士人對他的脊椎做了什麼，害他全身都痛——那些他長年以來都沒感覺的地方。」

「了解，但那不是很好嗎？」

「我們還不知道，那可能只是因為大腦記得身體的部分，所引發的虛幻感覺，也就是幻肢痛。他情況不好。」

「我能和他說話嗎？只問兩個很簡短的問題？」

「你以為我聽起來怎麼像這樣？我們都累斃了。我在他床旁邊坐了好幾個小時，如果你能讓他說出一些話，那麼……」

片刻沉寂。「你覺得怎樣，哈迪？可以嗎？」莫頓的聲音在背景說。

莫頓回來時深深嘆口大氣。「我會讓你和哈迪說話，卡爾，但只能一下下，好嗎？」

「哈囉。」一個虛弱的聲音說。

「哈囉，哈迪。你感覺不好，我很遺憾，我希望瑞士人知道他們在做什麼。」

「他們知道的。」他喘著氣說。

「哈迪，就問你一個簡短的問題。帕勒．拉姆森的案子：你還記得為何打掃阿姨暗示他玩虐戀遊戲嗎？」

「因為他的色情雜誌，」他馬上回答。超棒的老哈迪，永遠的百科全書。「還有她進屋裡去打掃時……有時床單有血……他的背會有紅色痕跡……印在T恤背部……她早上幫他洗衣服時發現的。」

「原來如此。但你和我調查過他的性伴侶，不是嗎？」

「是的，但我們……誰也沒找到。我們檢查他的手機和電腦，」他的嘆氣清晰可聞，「但……沒有聯絡人。」

「檢查他的電腦？你記得是哪種電腦嗎？」

「那是台 Mac，但那個方向……毫無結果，只找到政治資料。」

「報告裡有寫到那點？」

「對！哎喲，該死……是的，當然。」

「謝謝你，哈迪。請讓莫頓接電話。」

「你太過分了，卡爾，」莫頓生氣地說，「我說一下下，結果你問了一分鐘。你該看看哈迪現在的模樣，他像床單一樣慘白。」稍微停頓後，卡爾聽到莫頓在背景說，「我只是實話實說，哈迪，卡爾不知道瑞士這裡發生的事。」

「你說得對，莫頓，」卡爾說，「但你也不知道丹麥這裡發生的事，對吧？我們講的是謀殺，莫頓。我希望哈迪趕快好轉。你們會在瑞士待多久，你知道嗎？」

「看我們想待多久，多謝問候。反正現在我們不能回家。我想你聽說過新冠肺炎吧？算了，再見！」那是說再見的一種方式——直接掛斷。

卡爾將菸屁股丟出窗外，盡力將煙霧揮出去。所以他的同僚沒辦法查到帕勒．拉姆森的性伴侶，但為什麼查不到？他們是假設只可能是妓女嗎？他不記得了。

卡爾拿出另一根菸。反正他都要抽了，他可以趁回家前抽。他不想讓夢娜聞到他身上的煙味，知道他又破戒了。他將上半身伸出窗外，看著下面的街道。他剛丟下去的菸蒂還在潮濕的瀝青上悶燒。該死，下一次他得先把它弄熄。

無論如何，他們都沒能夠指認任何妓女。但他們當年還問了誰？比如，他們有問帕勒．拉姆森的新女友是否知道手腕上的凹痕嗎？他就是不記得了。她的名字究竟是什麼來著？

「抱歉打攪，但你在幹什麼，卡爾？」

他受到劇烈驚嚇，嘴巴猛然張開，香菸往下面的菸屁股掉下去。

他轉身面對非常憤怒的蘿思。

「夢娜說你不准抽菸；你不能在瓦片半島抽，也絕不能在辦公室抽。我也說過你不該抽菸，結果你還是抽了。你想要我跟夢娜打小報告嗎？你想要聽她說，如果你不戒菸，露西雅就會在沒有你的情況下長大嗎？你想要這樣嗎？我必須不客氣地說，你不是年輕爸爸，你老了，卡爾，如果你沒有意志力，你就是還不成熟。」她以自動步槍的速度數落他，其效應和精準度多少相同。

「不，非常謝謝妳。我不覺得妳該打小報告。」

「什麼？」

「打我的小報告！」

「那你該死最好別再偷抽菸，可別告訴我你還把菸屁股丟到下面街道上。」

他沒有回答。「妳要給我什麼東西嗎？妳手裡的是什麼？」

「我們發現兩封電郵，在我看來很有趣，尤其是這封。注意日期。」

卡爾拿過來讀了讀。

日期是二〇〇二年五月十七日，就在帕勒．拉姆森可能自殺的兩天前，從一個 hotmail 信箱寄出，名字是「威爾丁」。想找出寄件人會很困難，或該說不可能。內容是：

帕勒，你前天在諾雷布羅運動館的政治座談會讓我印象深刻。我不知道該怎麼表達，但你知道，我很願意再和你碰面。你可能有注意到我就坐在你跟前的第三排，曾請某人和我換座位，這樣我就能和你有眼神接觸。我會盡快聯絡你。

「就這樣？」

蘿思點點頭。「但我想說得很明白。這人很會奉承，而這似乎是最會讓帕勒．拉姆森性興奮的手法。這人沒在電郵裡洩漏身分，但有時我也不會，我也有幾個化名。我想她只是在網路上很小心——這是必須，即使在當年。她沒有寫任何名字，或對下次會面在什麼時候給任何暗示。」

「對，我同意這很引人注目。妳覺得有性暗示嗎？」

她聳聳肩。「或許吧。但在這個案例裡，不怎麼明顯。這也可能是被他的魅力和政見迷得神魂顛倒的帕勒粉寫的。」

「信裡說到『眼神接觸』。」

「對，但你永遠說不準。」

「那另一封電郵呢，蘿思？」

「在這。那是從帕勒最後一任女友，或不管是什麼，西絲麗．帕克寫來的。」

沒錯，她是叫西絲麗（注）。他現在想起這個奇怪的名字了。

「再注意日期，我確定你會覺得有意思。」

這封的日期是他剛讀的那封的前一天：二〇〇二年五月十六日。

親愛的帕勒，我希望你不覺得這是打擾，但我不認爲我們上次有好好談完。我們可以在後天，也就是星期六下午四點左右在索摩斯科咖啡館碰面，我那時會在哥本哈根。你覺得怎樣？你有時間嗎？西絲麗。

「所以她建議他們在他自殺前一天碰面。那讓我想到一個問題，他有沒有列印出他的電郵回覆，包括回她這封的。」

「我們仔細找過頭幾個紙箱，卡爾，沒有跡象顯示他有列印回覆。到目前為止，我們只找到寄進來的電郵。我假設寄出去的電郵在他電腦裡。」

卡爾嘆息。「高登把那台 Mac 送去給五樓的 IT 高手了嗎？」

「是的，送過去了，現在他正埋頭做你的下個任務。我可以告訴你，他很辛苦。四位從修車廠買二手車的人裡面，有兩位已經作古，他正試圖追蹤出最後兩位的下落。你該記得，卡爾，高登急於討人喜歡。別對他那麼嚴苛，他現在情緒有點脆弱。」

「情緒脆弱？為什麼？」

「他開始玩網路約會，但運氣不太好，事實上是厄運連連。誰知道是他慘白的臉還是新冠肺炎把她們嚇跑的。」

在掃視哥本哈根郊區幾百扇燈火通明的窗戶後，卡爾快速拉一下褲子。西絲麗．帕克的公司要求整齊的外觀。他看著公司招牌，考量到那黃銅的尺寸和厚度，確實夠資格掛在大使館前。招牌旁邊的樓層介紹簡單寫著「帕克企業」，下面則列出公司分布於四個樓層的不同部門。這是有各式各樣部門的大公司，每個部門名號都響叮噹：外銷／內銷、公平貿易、發展、諮詢、印刷、化學環境，和其他至少二十個種類，如果卡爾想將某些部門的名稱摸透，就需要進一步的解釋。

西絲麗．帕克在三樓親自接待他。

儘管卡爾很高，但西絲麗比他還高，那可不是每天會碰到的事。

卡爾目測她的高跟鞋，發現她不穿跟鞋兩人會一樣高後，心裡覺得安慰了些。

一進入她的辦公室，她就要求祕書讓他們獨處。她男性化的服飾和過於直接的眼神，暗示他們的對話會很短，而她將主宰談話方向。

他看著她長褲的明顯燙痕，想著帕勒．拉姆森眞是位對女性有多種口味的紳士。

注 譯注：Sisle是二或三世紀一位基督教處女殉道者的名字，如今是音樂的守護神。

「我了解你是想談帕勒。」她冷靜地說。

「是的，有關帕勒，也有關妳。」

「我對他的了解很膚淺，你知道這幾乎是二十年前的事了吧？」愚蠢的問題。

「妳不用告訴我這點。」他對她微笑，「我會來此是因為這個，」他邊說邊將她當年的電郵回覆遞給她。「我不認為這封電郵顯示你們的關係很膚淺。」他說。

讀完她抬頭，一副泰然自若。「這又有什麼問題？那個男人很咄咄逼人。我想跟他見面好和他分手，這不是很明顯嗎？」

「分手？我懂了，所以妳的確承認你們交往過？」

她看起來對自己說溜嘴很懊惱。「我當年才三十幾歲，做了很多沒有意義的蠢事。」

「我們懷疑帕勒·拉姆森不是自殺，所以他在死前幾天的行蹤顯然很重要。你們有碰面嗎？」

她的完美肌膚後方的小小神經開始抽動。「我不認為我有義務在這裡回答那個問題。」她一邊說，一邊伸出一隻手，鮮紅的美甲伸向對講機。

「如果妳不想，是可以不用在這裡。我們開車去警察局，妳覺得如何？」

她皺起眉頭。「這太可笑了，我想你現在該離開了。」

「我是很想，但讓我快速問妳幾個問題，然後我就不會糾纏妳。我想啦。」

她按下對講機按鈕。「妳進來好嗎？我想首席警官莫爾克要離開了。」

祕書從前面的辦公室打開門時，卡爾對她點點頭。接著他轉身面對她的老闆。

「西絲麗．帕克，我想知道妳和帕勒．拉姆森有沒有性關係。有嗎？」看到她怒視祕書，卡爾很開心。那眼神送出清楚的訊號，要祕書滾蛋。

「我很樂意重複那個問題。」門在祕書身後「砰」地關上時，他說。

「你該死的竟敢這麼大膽，而且我的祕書還正在聽？」

「我很高興聽到我們可以放下禮數。不過話說回來，妳在這裡回答，不是比在公共法庭裡來得好嗎？」

「好吧。不，不管你怎麼想像，我們沒有任何想像中的性關係。你究竟是打哪得到那個點子的？」

「他姪女寶琳．拉姆森曾經暗示過。」

她的頭急忙往後一閃，彷彿有人想吐她口水。「她哪會知道什麼？那麼低俗的女人！」

「低俗？怎麼說？因為她曾和叔叔有不倫關係，還是因為她是歌廳女演員？」

「喔，省省吧，你這愚蠢的男人。因為帕勒在嘗試追我時，她還在和他交往。」

「嘗試？」

「你讀不懂電郵上寫的字嗎？」

「妳寫說妳不想打擾他，那是我讀到的意思。那是一個不平等的關係，他是主宰的人，或許不想見妳。」

「他是太有控制欲，沒錯。我跟他沒性關係，因為他還在和寶琳交往。但他嘗試過，他也有某些我不能或不願意接受的性癖好。」

「比如？」

她扭擰雙手，抿緊紅色嘴唇。不管是什麼，她不想說。

卡爾可以了解，他現在得小心出擊。「我們的談話內容都會保密，我不會洩漏妳說的事。妳必須告訴我妳隱瞞我的事，那可能很重要。」

「他想要我做我覺得噁心的事。」

「在性方面？」

「對，他想和我玩虐戀性遊戲。他直白地提出要求，他想要我主宰他。」

「原來如此。繩子、痛打，那類？」

「類似這些花招，是的。」

他在轉開眼神前與她四目交接一會兒。這招奏效。

接著他站起身，伸出手。「謝謝妳，西絲麗·帕克。妳幫了很大的忙。」

她彆扭地看著地板，好像某個失去權勢，又不知該如何自處的人。

他走出去，一路四處張望西絲麗·帕克經營的多條線生意。公司擁有眾多高效率部門，舉目所及都可以看到穿著訂製套裝的女性，單單一套套裝都會比他整個衣櫃加起來還貴。

而像西絲麗·帕克這樣能在商業界達到如此成就，且顯然只僱用女性的女人，究竟在帕勒·拉姆森那種混蛋身上看到什麼？何況他還是個又醜又肥，愛操縱人的混球？

卡爾不禁綻放微笑。他想到薇嘉，他那位古怪、有趣的嬉皮前妻，突然靈光一現，秒懂甚至連最奇怪的相反個性都能相吸。

第十八章　阿薩德／卡爾

二〇二〇年十二月八日星期二

蘿思和阿薩德檢查到六個紙箱中的第四箱時，他們找到三封明確的威脅信。此外，還有十封本質上有點喜劇性的信件，帕勒．拉姆森會在空白處寫下評論。還有寶琳寫的至少三十封郵件。

「寶琳．拉姆森竟然寫給家喻戶曉、在工作中的政客這種東西，你永遠不會抓到我寫這種電郵。她一定知道，他的祕書會從中得知他們的親密細節。」他說。

「有些淫猥到甚至會讓我臉紅。」蘿思回答。

高登從檔案夾上抬頭。「為什麼？妳沒什麼好尷尬的，蘿思。」

阿薩德微笑。他的經驗裡，談話主題是性時，這些丹麥人可真直率，坦白而解放。但提到其他事，那種態度就消失了。

那天早上，家裡出現重大危機。自從去年十一月，國家警力決定增強安全防禦，命令丹麥安全和情報局查核所有警方人員的伴侶，和仍住在家中、不到十八歲的小孩。他們聲稱此舉的意圖是強化丹麥警力的安全性，而一萬六千九百名警方雇員的親近家屬則需要通過「機密」或更高層級的安全和忠誠審查。他們為什麼**必須**得這樣做？他們在怕什麼？

這些措施剛公布時，阿薩德立即向馬庫斯．亞各布森反應他的憂慮，馬庫斯安慰他，他的家人不會需要審查。畢竟，阿薩德是位真正的英雄，也是位讓人信任的雇員，而他家人的過去早就被追蹤新聞的大眾所熟知，就算是不愛看新聞的人也耳熟能詳。馬庫斯告訴阿薩德，如果當局送問卷或任何那類東西給阿薩德的家人，他可以立即來找他。阿薩德的家人大可放心，事情會到此為止。後來事情的確沉寂了很久。

但今早，阿薩德發現瑪娃拿著一封信，信件來自丹麥安全和情報局，要求瑪娃、他們的兩位成年女兒和兒子去面談。信裡說在面談後，他們要填寫文件並且簽名。這讓家人全都陷入恐慌。一開始，瑪娃尖叫著說，阿薩德承諾過這種事不會發生。接著奈拉開始哭，羅妮雅則脫口說出丹麥安全和情報局官員永遠不能聽到的話。只有阿菲夫保持安靜。

阿薩德需要別人幫忙來停止這場亂局。他的確擔心警方會解僱他，但阿菲夫可能會被驅逐出境，被迫返回伊拉克，這是更嚴重的威脅。更別提羅妮雅可能被質疑她與一位知名恐怖分子的密切關係，說不定在回答中就脫口說出對丹麥社會一切的激進看法和攻擊。

「我們有幾個特定事項得和你討論，卡爾。」卡爾從西絲麗．帕克的偵訊回來後，蘿思說，「我們發現寶琳．拉姆森在帕勒．拉姆森死前四個月前寫給他的幾封電郵。他們顯然有性關係，而且本質上是非常罕見的那種。」

「我知道，西絲麗．帕克剛告訴我了。」

「你離開後我們發現的最後一封信是在帕勒．拉姆森死前一天寄的。我猜那位匿名寄件人是寶琳．拉姆森。寄件人要他隔天回家路上去她家，他可以期待特別驚喜，一種非常痛的驚喜。」

「了解。」卡爾微笑，「這可能可以解釋他手腕上的凹痕，或許事情失去控制。」

「他死於一氧化碳中毒，卡爾，不是他的性活動。」

「我知道不是直接死因，但或許那個白癡告訴寶琳，她就要失寵了。」

「所以你認為她下藥讓他失去意識？你真的認為她拖得動體重超過一百公斤的男人？你覺得寶琳有多重？」蘿思問。

他明白這點。丹麥的夜總會甜心在大部分女人當中算是個小精靈。

「然後還有威脅信，」蘿思繼續說，「這三封開門見山，日期全都是二〇〇一年聖誕節。一封來自政敵，要求帕勒．拉姆森從丹麥政壇消失，而且如果他不自動這麼做，就會被殺害。」

卡爾皺起眉頭。「我們可以追蹤到名字或電郵帳戶嗎？」

「是的，我們有查到電郵帳戶。」

「把那人叫來這裡審訊。下一封呢？」

「我們不確定寄件人是誰，但我們認為是同一個人。那是另一封死亡威脅，字眼和句法的選擇幾乎相同。」

「把他們叫過來看看是不是同一個人。那第三封呢？」

「那封信描寫了後面正等待著他的折磨，寫得很瑣碎。有人會用一把鈍刀慢慢切下他的各個身體部分。他會在地獄裡燃燒，被從市政府塔樓推下、閹割、砍頭等等。」

「我們先把那封歸檔，寄件人顯然是位狂熱分子，可能相當沒有條理，心智混亂。如果有人『清除』帕勒．拉姆森，那不會是他。但如果妳有時間，可以做個有關這人的報告，即使這不太有意義，因為起訴時限已經過期了。叫他來面對自己的鬼扯電郵對他有好處，因為他可能繼續寄信給其他公眾人物，也許可以因此抓到把柄，用可懲罰的罪名起訴他。」

「然後還有一些有趣的威脅信。像這封：『我會收集我整個月的大便，丟到你臉上，和其他所有你說出來的糞話混合在一起。』在很多信裡，大便似乎是個重複主題。」

「我有最好笑的一封，」阿薩德說，「聽著：『甜美的小矮胖帕勒，我站在這裡，覺得我的烤乳豬少了一點白癡肥肉。你會送肥肉過來，還是你喜歡自己插在烤肉叉上？美味的帕勒烤豬加上烤洋蔥和烤肉醬，或許可以強化我們的免疫系統，抵擋你嘔吐出來的所有愚蠢廢話。我們還在考慮要怎麼收拾你的大腦，但暫時還想不出來。那種廢物應該直接丟垃圾桶，對吧？』」

卡爾不禁搖搖頭。數位通訊發明時，如果上帝有抗議就好了。

「帕勒．拉姆森在電郵下方做了評論，用鋼筆寫的。他寫道：『帕勒烤豬加上烤洋蔥！愚蠢的廢話——哈哈，很棒的描述，我可以用來對付我的政敵，這絕對會讓選民笑開懷。』」

卡爾再度搖搖頭。帕勒．拉姆森不但是白癡，也很愚蠢和孩子氣。

「聽好，你們要堅持找到最後，把寶琳的電郵歸類到一邊，全拿給我。我想她應該獲准再讀讀它們。對了，今天辦公室裡的是什麼味道？」

他們指指高登越來越多的聖誕裝飾品後方，那只沸騰的鍋子。一堆黏土上放滿聖誕裝飾，舉目四望是更多剪出來的精靈，掛在檯燈上的錫箔紙，工作燈上的聖誕紅心，以及靠在他鍵盤旁的迷你聖誕樹。

「那是瑪娃煮的燉肉，卡爾，」阿薩德回答，「昨晚的剩菜。」

「聞起來不是羊肉。」他鬆口氣。

「對，那是燉兔肉，前天我們一位朋友殺的。」

卡爾用力吞下口水。有那種朋友，誰還怕壞人？

「第一位車子買主現在準備好要見你了，」高登透過對講機說，「但我想他是個死胡同。」

一位大約八十歲的男人蹣跚地走進他的辦公室，好奇地四處打量。卡爾沮喪不已。修車廠爆炸已經是三十二年前的事了，他究竟還期望什麼？

「有趣。」老頭以顫抖的聲音說，口罩害他說話模模糊糊，他沉浸在凶殺組的氛圍裡。他們的約談沒有多少進展。小寶獅讓他很開心，但他後來轉送給他女兒，女兒則用車子來交換葡萄牙的套裝假期。「死胡同」還眞是輕描淡寫。

「另一個怎麼樣，高登？」他對對講機問。

「他明天才能來，但他更老。」

「多謝，高登。叫他不用來了，回去讀你的檔案夾吧。」

一聲深沉的嘆氣傳來。「我已經在讀了，卡爾。」

「先把案子依照年代順序整理。」

「已經做好了。」

「那從二〇〇〇和二〇〇四年開始。先從照片下手，可以嗎？」

「為什麼特別是那兩年？」

「就叫男人的直覺吧。」

對講機另一端突然傳來刺耳的大笑聲，在牆壁間迴盪。是蘿思，當然啦，還會有誰？

卡爾在窗戶旁邊坐下，考慮再抽一根菸，試圖想像帕勒．拉姆森的最後一天。先是在聖靈降臨節於克莉絲汀堡安靜工作一整天，然後進行野蠻性愛，可能在他公寓裡被綁起來。問題是那有多野蠻？最後是自殺。

他翻出解剖報告，寫得很大膽：拉姆森身上沒有新傷口或損傷。他的背部有舊抓傷，在靠近肛門處有幾道舊傷痕。但在暴露於車庫裡的一氧化碳幾天後，報告著重在那點上，認為那是死因。他要直接問寶琳．拉姆森，帕勒人生的最後一場性遊戲到底是怎麼結束的。

假設帕勒．拉姆森和寶琳玩了性遊戲，那後面短暫人生的剩餘時間裡他做了些什麼？這依然是個謎。他開自己的車離開寶琳的住處嗎？他是否在那天嚴肅地結束了他們的關係？如果是的話，為什麼？他在工作回家路上繞去和寶琳上床，很尋常嗎？

另一間辦公室傳來咆哮聲。他們抵達瓦片半島後所引發的混亂和騷動，沒多久就讓走廊底的某人大動肝火。可憐的馬庫斯得面對像雪片般飛進來的抱怨。

「卡爾，進來這裡！」蘿思大叫。她對禮貌有沒有概念啊？她簡直叫得像霧號角。

「這最好很重要。妳自己大吼大叫就算了，妳馬上就會搞得每個人都衝進來。我不是告訴過妳——」他看到他們的表情時停下腳步。

「你們好像看到鬼，究竟是怎麼回事？」

阿薩德一臉不敢置信。「我們中大麻了，卡爾。」阿薩德說著他最新發明的成語，聽起來才像瘋子。「看看白板。」他激動地說。

白板上寫著：

日期／犯罪地點：二〇〇〇年五月十七日，索勒勒

被害者：卡爾—亨利克・史考夫・傑伯森
謀殺手法：太陽穴中槍
動機：不明

「讓我看看報告。你找到了嗎，高登？」卡爾問。

「找到了。」

「但鹽在哪裡？指給我看。」他跟著高登的食指往下到一張非常模糊的照片，看起來早該棄用。當時的攝影師懶到沒有重回犯罪現場重拍嗎？

「我們在看什麼？」他彎腰看著照片。

「把它轉過來，卡爾，它上下顛倒了。你是快瞎了嗎，老頭？」蘿思說。

他投給她一個惡狠狠的眼神，把照片轉過來。「你們想要我看什麼？」

阿薩德將放大鏡推向他。

他將放大鏡滑過照片，裡面的男人俯臥在桌上。

一根食指進入他的視野，指向架子上的一只碗。

卡爾瞇起眼睛。「那是亞洲碗嗎？上面的圖案看起來很像，對吧？」

「看看整個架子，」阿薩德提議，「另一個架子有個盤子，刀叉從邊緣冒出來，然後它旁邊是鹽和胡椒罐。所以我們假設那個男人剛吃完午餐。那個碗，你仔細看看，它不是空的。」

「所以，你們都覺得鹽裝得滿過碗了？你們能從這麼糟糕的照片得到那個結論？」

「是不能，你說得對。但現在看看這張照片，」阿薩德邊說邊將一張新照片推到卡爾眼前。

「高登眞的有保持高度警覺。」

這張照片從另一個角度拍攝被害者。屍體面朝下俯臥在桌子上，下面是一大片血泊，在腦袋的子彈射出口下面有張寫字墊，上面全是腦漿。

「我看得出來他射的是右太陽穴。」卡爾搖搖頭，「他躺的姿勢很奇怪。那個子彈出口的傷口血肉模糊，他一定是用大口徑狙擊步槍。腦袋應該往下撞到桌子左邊，被轟得轉了角度。」

他們全都點頭。「我們會討論到那點，卡爾。但先看看他和架子之間的地板。」

他第二次抓住放大鏡，再滑過照片。那裡的確有某樣東西。

「眼力很好，高登。鑑識人員的說法是什麼？」

「他們不認為那很重要。鑑識人員提到那是普通食鹽，從碗裡掉出來的。」

卡爾點點頭。

「腦袋的位置呢？考量到傷口那麼大，他一定是當場死亡。是用哪種武器？」

他們給他看下一張照片。

「搞什麼鬼……那種龐然大物可不常見。」他指指上頭刻的字——「沙漠老鷹，以色列軍事工業」。「哪種口徑，阿薩德？點四四麥格農？」

「三五七。」

「老天！絕對是當場死亡！他起碼應該會被轟離椅子，對吧？」

「你確定你不需要眼鏡嗎，卡爾？」蘿思再度逗他，「從這裡看得很清楚。」

「看什麼很清楚？」

「為什麼這個案子最後歸檔進凶殺組檔案室的原因。這是謀殺，不是自殺。」

「請注意桌腳前的血泊。他的頭部在那裡撞擊到地板，這告訴我們，屍體是被拖回椅子上的。所以，要嘛凶手是愚蠢的白癡，但我們不這麼認為，要嘛他們想要調查人員知道他們天生是做這行的。」

「抱歉。」卡爾邊說邊往下看地板。他難免會忘記某些案子，他個人就經手過多少謀殺案，更別提他的同僚辦過的。但他不會忘記這種案子，這件案子的記憶點很多。被害者是飽受爭議的人物，調查很不順利，後續還衍生出報紙頭條大新聞。他已經老到無法辦案了嗎？蘿思說他需要去檢查眼睛是眞的嗎？眼前這種窘境實在讓人難以接受。

「對，我現在想起這個案子了。他買賣武器，對不對？」

蘿思對他比起大拇指，好像小學生終於理解了。「對，正是。這起謀殺被視為行刑式處決，因為每條線索都指向他那聲名極為狼籍的行業是犯案原因。不久後，一位住在丹麥的白俄羅斯公民遭到逮捕，根據的是他的名字常出現在被害者的訂貨簿上，因為他欠了很多錢。白俄羅斯人對謀殺案不認罪，但在和檢察官做認罪協商後，他承認自己跟受到貿易禁運的國家進行大量武器買賣。」

「那被害者的犯罪紀錄呢？」

「他沒有案底。」高登聳聳肩，彷彿那沒什麼大不了。

「沒有犯罪紀錄的丹麥武器銷售商。他一定都沒留下痕跡，很擅長此道。」卡爾咕噥。

第十九章　大比大

二〇二〇年十二月八日星期二

在新冠肺炎新時代的開端，大比大遭到底波拉的復仇女人團體驅逐。所有限制她的規定，那些對她們眞實姓名和身分而發的保密行徑，現在看來都很幼稚。夏娃是個荒謬可笑的名字，更何況她自己的名字，大比大，就是來自《聖經》。

她是個成年女人，也很聰明，所以為何要讓她們的教誨限制她？

喔，所以妳想要我停止傷害別人，底波拉。她離開房子時想著。她以為自己是誰，能決定她要做什麼？

她花了幾天思索自己想走多遠。她當然不想再被警察逮捕，但如果不幸發生，她會告訴警方，自己是被底波拉洗腦。她可以忍受幾個月在精神科病房的所謂「去編程化」，如果那樣可以讓底波拉去蹲苦牢。如果能看到底波拉被逮捕、從豪宅中拉出被拖進監獄的話，大比大可會高興死。那棟豪宅裡有許多精緻的瓷杯、蛋糕叉和所有狗屁東西。監獄這個詞讓大比大仰頭狂笑。

她準備開始行動。

一切開始得天眞無邪。底波拉坐在咖啡館的角落寫筆記，桌上是滿滿的可頌、蛋糕和咖啡。

大比大在鄰桌坐下，對底波拉的滿桌點心綻放微笑，並抱怨女服務生動作太慢。不久後，她們就坐在同一張桌子討論世界、丹麥和她們碰到的人，還有丹麥的所有事物和所有人都大不如前，世風日下。

大比大後來才了解，這是場經過精心演練的過程，底波拉用這招來招募團體的合適成員。她讚美大比大，說她既有品味又聰明，比任何人都專心傾聽她的話。那讓大比大欣喜若狂，因為她不只覺得自己特別，還覺得得到天選。

有天在麥當勞，她賞了一個隨地吐口水的觀光客一耳光，然後站在那微笑。至此她才充分了解團體已經精心挑選上她，成為反對不道德行徑的十字軍。

大比大愛死她的新角色，沒有任何挑戰她道德觀的人能逃離她的制裁。她總是保持警戒，以激烈痛罵、搧耳光嚴懲作惡者，有時行徑更嚴厲。她的敵人是小偷、低階公務員、讓顧客空等的店員、壞脾氣的公車駕駛、在街道上狂叫的人、路過時推開別人或排隊時插隊的人，還有愛聊八卦或苛刻批評別人的人。後來對象變成取消授課和自以為無所不知的講師，他們每句話都愛加上「顯然如此」，樂於操縱他人。她環顧四周，發現這些人到處都是，她開始學會鄙視自己認定的「社會敗類」。

每月的團體聚會上，大比大會報告她的活動，底波拉則會非常開心，使她感覺像個為國家而戰的戰士。直到有天，她在街上朝老人頭上怒砸空香檳瓶而被逮捕，她才感覺到無遠弗屆的執法力量。她會這樣做是因為那老人踢了流浪漢的狗。在購物區中央被逮捕，引發相當大的騷動。當群眾在失去知覺的虐狗人士的血泊中滑倒時，他們狂吼尖叫，認為那混蛋活該，警察眞該把狗帶到安全的地方，不然就下地獄去。那些支持助長了她心中燃燒的怒火，但在她面對當局時，卻沒有受到幫助。

她的案子仍在等待進一步的處理，因為法庭已經積壓眾多案件，可能會維持那個狀態很久。但底波拉沒有輕易放過她。在遭到逮捕後的第一次聚會，她叫大比大起身離開，永遠不要回來。而伴隨她離開的，是底波拉如激流般的字眼。底波拉威脅她，如果她敢告訴任何人她們的團體活動，她絕對會懊悔。

大比大寒心至極，在底波拉的信箱裡留了一張紙條，說這對團體是個致命打擊，因為一旦法庭開始審理她的案子，她就會和盤托出。

她們絕不可能會殺我。她想。

就在隔天，大比大繼續她的私人十字軍活動，只要她發現誰在她的世界裡有道德缺失，就全力出擊。

她繞著哥本哈根巡邏，後來有三個反戴棒球帽的傢伙在她前面用力將寶馬甩尾，害她得緊急煞車。她只來得及瞥見後窗中的幾根中指，接著便看見菸屁股和紙杯從座位窗戶被丟到路上，激起一朵塵土。她咒罵自己，決定是時候以強勢的姿態回報他們的挑釁。

她隔著一段距離跟蹤他們，馬上看見丟垃圾不只是個例。他們最後開到南大街，停在殘障車位。大比大在馬路的另一邊停好車，從置物箱拿出刀子。二十秒鐘後，她刺破了寶馬的所有輪胎。接著她漫步到隔開兩條車道的草坪上，收集一整袋垃圾和狗屎。她耐心地等到他們興高采烈地回來，每個人嘴裡都叼著一根菸，踩著一副顯然練習過的、有點太慵懶的走路姿態。

那些人一坐進車內，她便冷靜地走過車道，敲敲駕駛座的窗戶。他搖下窗戶，不屑的表情顯示他迫不及待要開始發怒，準備以痛打和更糟糕的慣常舉動來威脅她。

「你在馬路上丟垃圾，你們這些該死的混蛋。下次記得帶垃圾回家，好嗎？」她隨即將整袋髒東西倒在他頭上。

開車的人發出激烈咒罵，猛靠向他的朋友，試圖躲開臭氣熏天的狗屎。大比大這時連忙跑去自己車子裡，趕緊發動，輪胎發出刺耳聲駛離現場。

「你們追不上我的，白癡！」她對車窗外大吼，回敬他們早先的中指。就算是那個最傲慢的傢伙，在車子的四個輪胎都被戳破的情況下，也追不了多遠。

就這樣，大比大每天上工時是傑奇博士(注)，回家時則是海德先生。她會用枴杖痛打不善待小孩和動物的人，用的力氣之大，對方幾乎站不起來。她才不在乎該死的他們是否是流浪漢，或只是白癡。小孩和動物理應得到正確對待。

不幸的是，在大比大被驅逐出團體僅幾個月後，事情就出了問題。

就像以前做過的許多次，她搭火車到奧司特普車站，接著穿越寬廣的街道朝國王新廣場而去，那是她進行偵察活動的好起點。她站在被雨水浸透的火車站新翻修牆面前，注意到有一對情侶一邊沿著達格．哈馬舍爾德大道前進，一邊拍攝所有事物，包括雨傘形成的傘海、鐵軌，和自由當代藝術中心。啊，美國人。她從一百公尺外就可以聽到他們興奮的喧鬧聲，他們一定是要去

注　編按：《化身博士》（Strange Case of Dr Jekyll and Mr Hyde），一八八六年作家羅伯特．路易斯．史蒂文森的名作，故事講述倫敦的著名醫生傑奇發明了一種藥，能釋放他人格的另一面：海德先生。後來「傑奇博士與海德先生」成為心理學雙重人格的代名詞。

自由博物館和他們心愛的大使館。

她搖搖頭，希望他們至少不是大使的朋友，因為想找更蠢的蠢蛋可是很難的。

大比大環顧四周，正要走近那對情侶時，她瞥見忙碌街道的另一邊有位老婦人正絕望地看著巴士站遮棚下坐得滿滿的長椅。她破舊的塑膠袋沉重地掛在手臂上，顯示她剛去購物，而她的駝背正在發痛。她提著的彷彿是人生的重擔。

大比大瞪著巴士遮棚裡一名年輕力壯的男人，如此缺乏同情心，根本沒費神起身讓位。大比大決定讓他起身。她穿越斑馬線，但就在她要叫他滾蛋時，男子主動站起身，提議讓老婦人坐。他也自願提她的袋子直到巴士抵達，因為長椅上沒有放袋子的空間。臉色慘白的老婦人對他微笑，彷彿他是她長久以來，第一位肯伸出援手的人。

大比大也不禁微笑，但她發現男子四處張望，而不是看向巴士會開來的小三角。

他在打什麼主意？她納悶，走到玻璃隔板的另一邊，靠得離他很近，這樣如果他突然跑走，她就可以及時阻止。

「不，那不是我的巴士。」第一輛巴士抵達，乘客開始上車時，老婦人說。

男子點點頭。「很好，我也在等下一輛。」他快速張望一下，注意到長椅上不再有人跟他們一起等。

「你現在可以把袋子還我了，我可以放在旁邊，謝謝你幫忙。」老婦人一邊說，一邊在長椅上稍微移動，拍拍身邊的空座位。

「我會幫妳提到巴士上。」男子的口氣裡有種威嚴，不容抗議。就在巴士要駛離時，他猛然往旁一跨，準備跑上車。

他只來得及跨出長長一大步，大比大就抓住袋子把手用力往回拉。但那沒有阻止小偷，他以前一定試過這招。他用力把袋子往自己方向拉，另一手用力推，但大比大也不放手。接著男人踢她，試圖逼她鬆手，但大比大死抓不放。他將她拖過巴士專用道，到了馬路上她才不得不放手。突然他失去阻力，有那麼瞬間他似乎真的很震驚，往後踉蹌絆倒在馬路上，接著被好大一輛卡車碾過，傳來可怕聲響。那種大卡車早該被禁止在像哥本哈根這樣的建築密集區裡行駛。

人們不斷尖叫，大比大卻平靜安詳地沉浸在這片場景裡。也是在那時，她突然察覺，早先那對情侶現在正站在火車站前，一邊用攝影機拍攝記錄，一邊直指著她。

「這是個意外！」她大聲叫，試圖裝出嚇壞的模樣。卡車司機跳出車頭，在原本是小偷的屍體旁邊大吐特吐。幾秒鐘內她就被人群包圍，群眾叫喊著是她故意放開袋子，而他最後在馬路上會慘遭碾斃都是她的錯。

有些人在打電話，大比大決定她最好立刻溜走。但大比大不是現場唯一一個能讀別人心思的人，突然間，一隻強壯的手冒出來，抓住她的臂膀。

沒多久，那地區就擠滿救護人員和危機心理醫師，一群警察對她朗讀她的權利。大比大身為街頭復仇者的生涯就此成為歷史。

第二十章　拉格希兒

二〇二〇年十二月八日星期二

她們坐下時，底波拉臉上的表情很嚴峻。她一向如此，但這次，她眉毛上的智慧紋伴隨著兩條深深切過的垂直皺紋，表示在正常憂慮外還有更深沉的擔憂。

「我召集妳們來仔細討論今天稍早發生的事。」她說。她們全都點點頭。

「關於新冠肺炎封城嗎？」馬大問。

底波拉搖搖頭。「那當然也要討論，那會讓我們的任務執行起來更困難。但我要說的是更嚴重的事：夏娃又被逮捕了，而這次她眞的讓我們陷入險境。」

「逮捕？」拉格希兒搖頭。她從未見過夏娃，她就是取代夏娃的人。「為什麼？」她問。

「還無法確切知道，路得，但就我所知，她今天被逮捕，罪名是招致一名年輕男子死亡。」

拉格希兒望著其他兩人，她們顯然也在想同樣的事。這不是個好兆頭。

底波拉點點頭。「這意味著從今天開始，我們就得完全停止我們的活動；直到我召集妳們前，我們不能再碰面。我們得為夏娃出賣我們的可能性做準備，我們要確保警察不會在這或妳們自己家裡找到任何定罪佐證。」

「她不會出賣我們的。」撒拉提出抗議。

「我也這麼想，但，如果妳身邊有任何顯示妳正在計畫或意圖在未來實踐、並可能讓妳遭到判刑的物品，馬上銷毀。我會仔細檢查這裡，毀滅所有可能證據，清除所有可能把妳們或夏娃和這地方連結起來的指紋。最重要的是……」她的食指指向空中，「妳們今後得守口如瓶！如果妳們很想實行小十字軍活動，要三思！我們就是不能再做了。了解嗎？」

她們點點頭，但拉格希兒臉色鐵青。她所有的熱情所在，所有賦予她人生意義的事，現在她都不可能再做了：她對待其他人的方式、她如何度過閒暇時間，尤其是她維持治安的活動。

「妳們要知道，夏娃可以說服檢察官懷疑她的心理狀態。他們審訊她時，她可能宣稱是被我和妳們兩人，馬大和撒拉，洗腦變成遙控殭屍。這件事顯然不會影響妳，路得，因為妳們兩人從未碰面。」

底波拉靜坐片刻，對自己點點頭，試圖釐清整個情況的嚴重性。接著轉向她們，臉上帶著惡狠狠的表情。「夏娃不僅可能是我們之中最聰明的，她還絕對是最狡猾的。所以我們不能放鬆警戒，懂嗎？」

「我想我們得知道她的真名，才能追蹤媒體報導，」馬大說，「她的真名不是夏娃對吧？」

底波拉點頭。「對，她的真名是大比大．恩格史東。」

「妳提過，不能保密的人下場會很慘，」撒拉說，「但妳計畫怎麼處置大比大，如果這件事發生的話？」

「如果我們能靠近她，就把她解決掉。我們還有什麼選擇？」

拉格希兒的眼睛離不開電視，但沒有大比大．恩格史東的新聞，因為媒體的唯一話題是新冠肺炎限制和感染人數急速增加。拉格希兒看著這些對新冠肺炎的無止境討論和辯論，她察覺這種罕常情況可能就是大比大最希望得到的保護。只要第二波的大流行讓靠近監獄裡的大比大成為不可能，她們就得接受風險。大比大可能會在某個時刻看出舉發她們的好處，隨之扳倒她們的團體和活動。

不能讓這種事發生。她想著。拉格希兒從未嘗試殺過任何人，但她可能有這個能力。她確實曾在爺爺的農場看過許多豬被宰殺。人類的主動脈就在皮膚底下，而許多物品尖銳到足以割斷它。所以那不是個難題。問題是，怎麼接近羈押中的大比大．恩格史東，並在事後逃走？最後那部分才是完美犯罪的精華。

如果她眞的辦到這件事，她在底波拉眼中是否會變得格外閃耀？不管底波拉是否曾警告她們不能做這種事。拉格希兒非常渴望得到底波拉的接納和尊重。在碰面後的幾個夜晚，她曾站在底波拉的豪宅外面，等著所有窗戶的燈光熄滅。她想像著裡面的黑暗正在發生什麼事。就她所知，她沒有愛上底波拉，但底波拉是她們的領袖。她是招募她們的人，匯集她們活動的知識，鼓勵她們精進和擴展復仇的道德十字軍活動。

她是那位，將拉格希兒原本悲慘的人生提升到狂喜境界的人。

拉格希兒瞪著電視螢幕，首相穿著總在記者會穿的一般時髦外套，好在危機時刻中投射出權力在握的形象。

在全國封城的情況下，她們究竟要怎麼阻止大比大？

拉格希兒那晚輾轉難眠。

第二十一章　拉格希兒

二〇二〇年十二月九日星期三

各種防疫措施影響社會所有階層。而像大比大．恩格史東這樣的案子，需要審訊、提出證據、在證人席上數個小時，和傳喚可能會傳染別人的人。考量到這些困難，如今不可能走監禁的正常法律程序，最後根據法律規定，大比大在初步聽證後獲釋。她被告知不得離開丹麥，而如果她的情況有重大改變，她得主動通知法庭。法院會在案件到期前，和整體疫情回歸某種程度的正常狀態時，回審她的案子。

拉格希兒認為這可能表示有機可趁，所以在大比大走出法院迎向自由，穿著鬆垮垮的外套，鮮血般的紅唇上掛著大大微笑時，她就等在法院五十公尺開外。

原來她長這樣，無憂無慮和精心打扮。

*她沒有理由微笑。*拉格希兒想，*她的嘴應該封得緊緊的，這樣才不會洩漏小團體的任何祕密。大比大．恩格史東現在得意洋洋，但等她再被羈押，她會哭天喊地。我從她臉上看得出來。*

經過哥本哈根最忙碌的街道，拉格希兒在外套口袋裡緊緊握住尖銳的餐刀。她的目的是阻止大比大，但要現在或稍後下手，這點並不重要。拉格希兒確定在機會來時她準備好了。

*妳要上哪去，大比大？*她想。拉格希兒一直跟蹤她，直到兩人抵達亞瑪格島幾乎空蕩的街道，她的問題依舊沒有答案。

*如果她離開亞瑪格大道，走進巷子，我可以在幾秒鐘內就跑步追上她。*她想。但她該多用力刺她，而且要刺哪？或許直接割喉是最妥當的辦法。但那樣會噴出很多血，拉格希兒可能會沾到血。當然，她可以抓住大比大，在攻擊她之後馬上將她推開。但那意味著她得刺得很深，很準確，而許多變數可能會讓此舉變得困難。比如，萬一大比大在攻擊前就聽到她，或有聲音使她轉頭？許多情況都可能出錯。

拉格希兒覺得不自在，但她禁不起猶豫不決。大比大違反了團體的嚴格規範，底波拉自己都說，大比大應該為此付出巨大代價。儘管底波拉警告她們不要在一時衝動下行動，拉格希兒可不想聽從那個警告。她確定底波拉最後會讚許她的行動。底波拉自己不就說如果大比大出賣她們，就得解決她嗎？

拉格希兒似乎找到這個難題的解決辦法了，就是佇立在前方幾百公尺處的一個停車號誌。號誌像是曾被猛烈地撞擊過，致使它從中間斷裂，現在斜斜地躺著，尖銳的金屬桿尾端在離地一公尺處水平突出。

*來吧，大比大，請別走巷子，*拉格希兒想著。*千萬別過馬路。請別沿著店面那邊走。保持走在腳踏車道旁邊。*

她加快腳步。在距離斷裂的金屬桿五十公尺處，她趕上目標。她雙手伸出口袋，開始想像怎樣一推就能讓大比大跌倒，摔在斷裂號誌的尖銳金屬邊緣上。

現在離號誌二十公尺，兩人之間的距離只有幾公尺。當大比大離致命鐵桿只有七十五公分時，拉格希兒往前一跳，左腿突然伸到大比大前面，用盡所有力氣從後面推她。大比大毫無反抗能力地倒下，鐵桿直接戳進她的外套，就在她心臟下方刺穿軀體。

拉格希兒用雙拳重捶她的脊椎好讓鐵桿刺得更深，她的尖叫陡然停止。

在大比大停止呼吸前，拉格希兒就馬上倒退回巷子。

她的心臟跳得非常快，幾乎快昏過去。在自豪、噁心和難過的矛盾心態中，她在巷內吐了幾次，接著重新控制身體。

即使跟在年輕時抽大麻的感覺相比，拉格希兒都從未有過這麼興奮的感覺，此刻，她正站在底波拉的豪宅前方大理石門階上，以門鈴按下她們的常用暗號。

幾分鐘後大門才打開，她的狂喜像來時一般立即消失。

「你是誰？」她問開門的男人。他身材魁梧，長相野蠻，她沒辦法想像他會和精緻美麗的底波拉有關連。兩人四目交接片刻，考量到他奇怪的外表，那絕對不是愉快的經驗。他的頭看起來哪裡不對勁，和他的身體不和諧。

「我是誰？妳不覺得我才該問妳嗎？妳為什麼要按我的門鈴？」

他說他的？底波拉有丈夫嗎？像他這麼讓人想吐的？這情況絕對不對勁。

「我得和底波拉談談。告訴她，路得來找她。」

他滿臉問號地看著她。「底波拉？誰？」

拉格希兒倒退一步，抬頭看房屋正面。她絕對沒有找錯房子。

「我不知道你是誰，但底波拉是這棟房子的屋主。」現在拉格希兒嚴重憂慮起來。

他皺緊眉頭走向她。「我不知道妳在說什麼，我想妳該離開了。」

拉格希兒倒退。「你傷害她了嗎？你闖進房子？」

她再倒退一步，舉目四望，準備逃跑。如果他做出任何動作，她會跳過鄰居的籬笆。

「底——波拉！」她盡可能地大叫，緊盯著二樓窗戶的窗簾。

「妳瘋了，年輕小姐，這個叫底波拉的女人為什麼那麼重要？」

「我想告訴她，她不用再恐懼某人了。」

上面的窗簾後方是否動了一下？

拉格希兒的臉上閃過一抹微笑，但她跟前的男人捶她臉一拳，使她的世界天翻地覆。她的微笑消失，隨之不見的還有她的平衡、她的神經系統、她的意志，以及她緊繃的肌肉。

第二十二章　卡爾

二〇二〇年十二月十日星期四

政府召開的記者會比往常更令人沮喪。儘管疫苗已經在路上了，但根據疫情趨勢，聖誕節和跨年的感染率可能會大幅飆升。

出席記者會的政要在電視螢幕上看來活像個處決小組，擁有的彈藥足以射倒全國半數人口。衛福部部長率先登場，接著是其他相關人員。記者會表示，目前死亡人數已來到九百一十八人，接下來提醒民眾第二波新冠肺炎正在逼近，並且從明天下午四點開始，限制措施即將生效。內容盡是些老調重談：封城、核酸檢測、消毒雙手、口罩、咳嗽時用袖子摀住口鼻、限制自由和經濟衰退。整件事真的開始變得讓人厭煩惱怒。

「嗯，」卡爾說，「你們覺得怎樣？我可不想乾坐著枯等。如果我們要一直做快篩，不如秀出警察證，跳過排隊那關。」

其他人仍不知所措。阿薩德顯然在想他的家人——如果他生病了，他們該怎麼辦？至於蘿思，她可不想再被隔離在公寓裡，她上次已經受夠了。高登明顯很悲傷，因為他才剛開始玩約會遊戲——如果不能和任何人見面，究竟要怎麼約會？

「在全國發瘋之前，我要去找寶琳・拉姆森，用我們找到的電郵質問她。」卡爾說，「同時間請你們繼續調查。蘿思，我要妳和阿薩德集中注意力在軍火商。高登，你繼續查閱舊檔案夾。

大家可以一起幫忙讀完帕勒・拉姆森的陳年電郵。」

他聽到的是嘆息嗎？

卡爾還沒離開停車場，手機就響起。是高登。

「卡爾，我們部門剛從國家警察局收到召集令，全體得在二十分鐘後於餐廳集合。」

「了解，祝你們好運。」卡爾厚顏無恥地微笑起來。他可不會讓國家警察局的一時興起阻擋他的調查。

距離城市外一公里左右，交通開始順暢起來。幾輛車被攔下來，警車的收音機大聲播放規則和警告。人行道到處是丟棄的口罩，看起來可不怎麼振奮人心。

卡爾搖搖頭。冠狀病毒？民眾只想滿足自己的需求，其他東西根本沒人在乎。但這就是人類天性——他很早以前就明白了這個道理。

卡爾嘆口氣。他們還得忍受這些狗屎多久？

寶琳・拉姆森的排屋前方，一台女用腳踏車躺在花園步道上。前門敞開，走廊傳來一位女子的聲音，激動地抱怨：「你一定是在開玩笑吧。」「不可能又是這樣！」

卡爾大概知道發生了什麼事。

當寶琳看見卡爾站在門口，她將手機放進口袋，對他宣洩挫折。

「我們所有的表演都被無限期取消，」她吐口口水，「取消，取消，取消！他們能說的就只有這個嗎？」

他低聲說「真不幸」、「太瘋狂了」，接著便直截了當地告訴她，他們在帕勒．拉姆森的遺物中找到什麼，她的臉血色盡失。卡爾不在乎那是因為今晚的秀將是近期的最後一場，還是她波折的過去如今變成了難堪。當人們像寶琳那般心神不寧，他的偵訊就會更有效率。這就像他那個壞胚子堂哥總是掛在嘴上的：「別小看因禍得福。」

「現在我們確定，帕勒死去那天，妳和他在一起。他回家前順道過去，然後你們進行了會帶來心理臣服和身體劇痛的性行為。所以，我要問妳，寶琳，你們那天有玩得太過火嗎？妳最後失手殺了他？他要妳跟他回家，把他綁在車子方向盤上，所以他才沒辦法關掉引擎嗎？」

她似乎舌頭打結。

「讓我來告訴妳我的推理。帕勒那天下午回家前過去找妳，是否正確？」

她嘆口氣。

「妳緊緊綁住他的手，痛快地打他一頓，對不對？」

她搖搖頭。「我沒有綁他，從來沒有這個必要。」

「妳不用把他綁起來就可以讓他感覺到痛？怎麼可能？我們發現他的直腸附近有損傷，那一定很痛。」

她的臉轉向他，臉上帶著輕蔑的表情。「帕勒承受得了，他是個真正的男子漢。」

「那我就不懂了，他手腕上為什麼有深深的凹痕，像是用纜線綁的？」

「那跟我沒有關係，我沒有綁他。」

「但妳之後的確和他開車回家，對吧？」

「我想我已經回答過那個問題了。」她的眼神變得更冷漠，卡爾感覺得到他在失去優勢。「我沒有。他滿足自己後只想回家，他只想到他自己。」

「但妳卻和他交往了九年半，那實在難以置信。」

「就相信你想相信的吧。不管他手腕上是怎麼有那些凹痕的，都和我無關。我沒辦法對我們的關係感到自豪，但我也無法改變過去。」

「他那天很沮喪嗎？」

「他在被羞辱然後高潮之後總是有點沮喪，但那天沒什麼特別的。」

「那妳為什麼試圖阻止我取得帕勒的紙箱和電腦？如果還有我的同僚和我沒注意到的細節，我想妳應該現在告訴我。假如我們自行查獲，妳的案子會陷入很大的麻煩。」

「我的案子？」現在她變得冷冰冰，「我眼下唯一擔心的事情是，首相突然斷絕我的經濟來源，我該死的要怎麼熬過難關。你想她會支付所有表演取消的的錢嗎？或許文化部長會付？」

卡爾聳聳肩，那不是他的煩惱。

「我們還會在電腦裡發現什麼，寶琳？要不要趁現在還有機會時告訴我？」

她搖搖頭。「我想現在你該離開了。」

卡爾離開辦公室後，蘿思顯然杵在原地沒動。等卡爾回來，她還是站在照片和一大疊檔案夾前。「阿薩德和高登在哪？」他問。

她嘆口氣。「這次督察叫我們好幾個人回家。從現在開始每個人，包括我們部門，都必須互相保持至少兩公尺的距離。太扯了，就像回到春天，我們不能進行當面偵訊，只能打電話。」

卡爾的下巴掉下來。「他們還沒學到春天的教訓嗎？該死，根本沒辦法在電話裡進行偵訊，就是我們學到的慘痛教訓。人會睜眼說瞎話，尤其是你看不見他們的時候；他們一定會坐在電話線另一頭嘲笑我們。」

他直接轉身衝下走廊。幸好馬庫斯還在辦公室，他看起來也不開心。

「你又決定我們要用電話偵訊，這是真的嗎？」

「沒錯，那是督察的指導方針。」他疲憊地看著卡爾。

「那起訴也會用電話起訴嗎？」他幾乎是開玩笑地問。

馬庫斯點頭。

「如果我決定不遵守，他們要拿我怎樣？」

「我不知道。但如果你最後感染新冠肺炎，我想你就會在乎了。」

「你是站在哪一邊？」

「我就留在我的辦公室不動，所以我不會知道你們在搞什麼鬼。」

卡爾點點頭，這就是他想聽到的。

「高登和阿薩德要暫時在家遠距工作，那對我們的調查沒多大屁用，馬庫斯。你不想破瑪嘉・皮特森的案子嗎？」

他點點頭。「但也只能等到新冠肺炎受到控制以後。」

「我了解，馬庫斯。在那之前，照顧好你自己。」

「阿薩德，那個寄送仇恨電郵的人，就是說如果帕勒·拉姆森不離開政壇就會宰了他的男人，你有他的住址嗎？」

阿薩德清清喉嚨好幾次，聽起來他好像離電話筒有段距離。他感冒了嗎？

「我已經和他談過了，卡爾。」阿薩德說完，用阿拉伯語和房間裡的某人交談。後面聽起來好像有人在哭。

「怎麼了，阿薩德？」

「怎麼了？在兩房公寓裡、背後傳來那些哭嚎聲會很難工作，這就是這麼回事。」

卡爾皺眉。「你不能到別的地方去工作嗎？」

阿薩德用阿拉伯文大叫了什麼，他顯然沒聽到那個問題。

「那個扒糞的人是怎麼說的？」

「所有擅自解釋憲法的政客都應該被暴力阻止，這些政客全都應該知道他們有多可惡。」

「他知道他會因為這種暴力威脅受到懲罰嗎？」

「我記得他說，他根本不掛心。這個說法可真奇怪。」

卡爾微笑。「根本不掛心？我想他一定有點年紀了。」

「卡爾，我們從他那裡問不出什麼來。他都住在納克斯科夫，有肌肉失養症，還得坐輪椅。」

「好吧。」

「我們到目前為止找到的案子實在是太久遠以前了，卡爾，線索都不管用了。但我跟蘿思都認為，案子應該比我們找到的多更多。如果我們能找到有關鹽的新近案件，或許就可以找到凶手更清楚的某些新線索。」

「我同意。我們已經發現四個犯罪現場都有擺放鹽的儀式，有很大機會還有更多其他案子。不過，阿薩德，沒有動機，我們就不知道該往哪個方向找。」

「沒錯，但我們現在知道一九八八、一九九八、二〇〇〇和二〇〇二年都有謀殺案。如果謀殺案之間間隔兩年有任何意義，我想我們應該先從最近的開始查。」

「嗯，最近的？但哪個是最近的？凶手可能好幾年前就停手了，或死掉了。」卡爾說。

「目前我們只發現案子發生在偶數年，假如我們開始調查，比方二〇一〇年的謀殺案和可疑死亡呢？」

「二〇一〇年？為何不晚點的？二〇一二、二〇一四、二〇一六年……」

「你也說過啦，卡爾，凶手也許是一九八八年或更早開始犯罪，所以他在我們調查的年間依然活躍的機會說來合理。我想二〇一〇年說得通。」

「聽起來你已經在查了。」

「是的，我登入丹麥安全情報局的官網。」

「你知道你不能光靠搜尋電子檔案吧？」

「我知道，但如果我要居家辦公，總得從這裡開始，不是嗎？」

第二十三章 卡爾

二〇二〇年十二月十日星期四

「高登你回來了。根據新冠肺炎政策和督察聖下，我們部門裡有太多人了，所以你為什麼回來，高登？你想念你那些聖誕精靈嗎？」

「我沒辦法在家工作，因為我只有一個螢幕，網路連線也很差。網速慢到快把我逼瘋。」

卡爾點點頭，看看蘿思。「聽好，蘿思。妳要幫懸案組做個行程表。馬庫斯准許我們放手去調查，只要我們不要牽連到他或惹他麻煩。我們會在戶外進行偵訊，而妳至少要在表面上確定，辦公室裡從來不會超過兩個人在。只要管理階層仍試圖插手警方的辦案方式，我們就得這樣做。同意嗎？阿薩德在家裡做得不順手，所以算人數時也要想到他。」

她點點頭。「這樣會變得很複雜。不光是因為新冠肺炎，如果我們面對現實，至少也要再添五個人手才夠！」

卡爾望向高登，他點頭如搗蒜，就像他前妻薇嘉在後車窗擺的垃圾點頭玩具娃娃。

卡爾起身走向窗戶，他用一枝紅色白板筆直接在窗戶上寫起來。

偶數年的案子

「我們可以在這裡寫我們進行的調查，這樣每次你眼神空洞地瞪向窗外，就可以提醒你我們還有其他更重要的事要做。你們同意嗎？」

他將筆遞給高登。「你覺得我們該寫什麼？」

那臉色慘白的傢伙想了一會兒。

「我想我們應該列舉和案件相關的問題和疑點。」

高登一邊寫，卡爾一邊點頭。

高登1：帕勒．拉姆森檔案裡不見的內容到哪去了？

高登2：從舊案裡找鹽，還有其他案子嗎？

高登3：破解帕勒．拉姆森的個人電腦，找找有無和他死亡相關的線索？

「很好。電腦現在在哪，高登？」

「在樓上的 IT 部門那。顯然他們目前人手短缺，但他們說登入電腦會是第一優先。」

「好，緊盯他們的進度，我們不能永遠等下去。輪到妳了，蘿思。」

高登把筆遞給她，她嘆口氣。

「全都毫無頭緒，除了問題和線索還會有什麼？」她猶豫了一會兒，加上條目。

蘿思4：誰殺了軍火商卡爾——亨利克．傑伯森？

蘿思5：誰殺了金屬工廠老闆歐勒．度德？

蘿思6：誰殺了修車廠老闆奧維．懷德和四名技師？
蘿思7：究竟為什麼會有人在犯罪現場留下鹽？
卡爾舉起手。「我來寫阿薩德的問題，那很簡單。」
阿薩德8：二〇一〇年的謀殺和神祕死亡，有相關性嗎？
「這是阿薩德的建議——我們應該先檢查二〇一〇年的案子。現在，我們可以假設上述所有死亡都相關，然後先只調查偶數年的案子，我這樣想對嗎？」
兩人點點頭。
「好。時間會告訴我們對不對，以及是否還有更多案件。」
高登在空中伸直手指。
「坐在後排的學生想說什麼？」卡爾問。
「我發現，謀殺案的年代越近，發生的日期就越晚。」
蘿思點頭。「我也有注意到。一九八八年是二月二十六日。一九九八年是四月二十八日。二〇〇〇年是五月十七日。二〇〇二年則晚了兩天，在聖靈降臨節，五月十九日。或許那不是個巧合，而是精心策畫的模式。」
卡爾站著不動一會兒，透過窗戶上的紅字，望向泥濘不堪的停車場。他轉身面對兩人，一陣戰慄隨脊椎而下。那是夢娜將腿靠在他肚子上時，他會有的感覺。他每每意識到案件要開始有所突破時，總是有這種感覺。

他咧嘴而笑，把筆舉至窗戶。

卡爾9：日期的意義？

「你們兩正中紅心。我會調查那方面。」

他們看起來大失所望？

現在卡爾有兩個主要的可能調查方向。他可以在一九八八至二〇〇〇年間根據日期整理案件，這樣一來，他只需要找一九九〇、一九九二、一九九四和一九九六年的舊案，日期則限定在一月二十六日到四月二十八日之間。這份調查工作可能很繁重，但他可以輕易分配給一位下屬。

另一個可能則是，他可以只專注在他們已經知道的日期。如果犯罪現場的鹽有儀式性質，或許日期也有。

他對高登點點頭。「高登，你能把你的搜尋鎖定在麥克斯和歐勒．度德的死亡日期之間，並只找一九八八到一九九六年之間的偶數年嗎？」

高登看起來很困惑，他可能在納悶這是要求還是命令。

「等你做完後，我們再談談，好嗎？」

他低下頭。

「那你要做什麼，卡爾？」蘿思問。她酸溜溜的表情可以改變任何房間裡的氛圍。

「等我有進展後，我會告訴妳。」

把香菸濾嘴扯掉後，抽起來的空氣最是新鮮。卡爾掃視停車場裡的車，望向背景那片正在興建的混亂建築物。那片混亂可能是想強調瓦片半島是城市的新驚奇之一，都市計畫師究竟在想什麼啊？他們給建築師嗑藥了嗎？

卡爾噴出最後一口，在瀝青上踩熄菸蒂。

停車場是唯一讓他不用想念警察總局地下辦公室的地方。沒有從走廊傳來的腳步聲，沒有禮貌性的打招呼，沒有握不完的手，在這，他可以做自己，試圖釐清腦袋中的混亂。

他的手背撥過越來越稀疏的頭髮。那並不會造成什麼不同，只是遺傳自他父親的其中個習慣。他們在上面的窗戶上寫了九個問題。想到他們至少可以再加上一百個，就令人心生畏懼，但他現在只想著第九個問題。或許他的說法不對。他寫：「日期的意義？」或許他應該寫「為什麼是特定這些日期」或「這些日期究竟有什麼瓜葛」。蘿思就會很直率地這樣問。

他記得瑪娃在向阿薩德提到四月二十八日時，她困惑的表情，阿薩德沒有想到那是海珊的生日讓她覺得很奇怪。

或許這之中有個主題，使得每件事都和中東有關。他得查查看。他還有三個日期，google 起來應該不困難。

因為錯誤資訊滿天飛，警察在搜尋時常以白費力氣收場，但 Google 搜尋引擎罕見地在這次的案件調查中展現奇蹟。卡爾搜尋一九八八年一月二十六日，也就是奧維・懷德修車廠爆炸的日期，他才赫然驚覺而綻放微笑。這天也是澳洲國慶日，紀念英國船隻抵達雪梨灣；但它又被暱稱為「入侵日」，充斥著許多例行示威遊行，因為那是英國毀滅原住民文化的象徵。這資訊不能支持他的中東理論。

一個更有希望的線索是，埃及和以色列在那天正式建立邦交，深具意義。

卡爾嘆息。所以這有可能是另一個和中東有關的案子，阿薩德不會太開心的。他忖度。

他立即搜尋二〇〇〇年五月十七日，也就是軍火商卡爾―亨利克・史考夫・傑伯森太陽穴挨槍的那天。這天和中東沒有特定關聯。是的，兩伊戰爭正接近尾聲，那一陣子以色列也協商要從黎巴嫩撤軍，但五月十七日沒有特別的大事。

卡爾嘆氣。這類案件必須發現關鍵的共同點，不然還能靠什麼查到動機？

接著他搜尋五月十九日——帕勒・拉姆森身亡那天。那天顯然是埃及阻擋以色列船隻通過蘇伊士運河的日子，據說間接促成了一九五六年的蘇伊士運河危機。但他很懷疑這是否相關。

我在白費力氣，這和中東無關。他想。

他從菸盒裡拿出一根菸後又放回去。他甚至不想抽菸了。

他看看手錶，指針似乎走得很慢。

他對做警探這行厭倦了嗎？

第二十四章 卡爾

二〇二〇年十二月十一日星期五

新聞大肆報導，丹麥要再度部分封城，媒體陷入瘋狂，但大比大．恩格史東在哥本哈根的大馬路中央遭殘忍謀殺一案，依然成為大頭條。

她被刺穿的身軀從撞斷的停車號誌上移除，自此已過了兩天，道路署和科技環境服務辦公室也吵了兩天誰該為忽略移除致命號誌而負責。碧特．韓森這位咳嗽連連的警佐站在記者與暴民前，試圖保留部分案情調查的最新發展，而這也成為了昨日。

亞瑪格島的一些居民要求市長辭職下台。這群不滿的居民包括家庭主婦、編舞家、西洋棋與雙陸棋俱樂部、貿易協會的地方團體，以及許多個人，他們全都表達自己對城市已經變得無法無天的恐懼。

犯下這樁謀殺案的嫌疑人形象很快就被建立起來，因為有一對用手機記錄生活、警覺性很高的情侶，在手機上拍到一位女子逃進最近的巷子。輿論沒花太多力氣解釋為何沒人去追這位還算纖細的女子，或是試圖阻止她。媒體指稱人們嚇壞了；一位專攻當代研究的哲學家在電視秀Aftenshowet上表示，這是時代的沉痾，顯示民眾在震驚狀態下，第一個反應竟然是拿出心愛的手機錄影，而非追捕犯人。

碧特．韓森解釋，警方目前正在調查那地區的當地商店，店家自行架設的、說來不太合法的監視錄影，試圖循線找出該女子在犯下謀殺案後逃往哪個方向。她說，有一支監視器捕捉到在犯案後，女人立即到巷子裡嘔吐的畫面。

「我們正在檢查她的嘔吐物以建立DNA側寫，還有她吃了什麼。」記者一個叫得比一個大聲。了解她吃過什麼有何用處？她會嘔吐或身體不適是因為她自己也震驚於犯下的謀殺案嗎？這是否顯示這是一時衝動，還是那女人從沒做過如此暴力的行徑？

「我希望是她一時衝動。」碧特．韓森邊說邊咳嗽。那天到此結束。

「很不幸，碧特．韓森感染了新冠肺炎，卡爾，所以現在我們很多人都要隔離。」馬庫斯的表情很苦惱，「我可能得要求你們在這棟樓的大部分人，回家進行自我隔離。」

「真的？但我部門已經有很久沒有任何人靠近過碧特或她的小組了，況且我也沒有靠近她部門的任何人。我有什麼理由要靠近？」卡爾拚命壓抑幸災樂禍的衝動，他才不要接受隔離呢。

「你確定你沒發燒？」

卡爾將一隻手放到額頭上，滿是皺紋的油膩額頭一點也不熱。

「你組裡其他的人呢？也許我送你們半數人回家比較保險。」

卡爾聳聳肩。沒有必要跟他說高登回來了。該死，誰會注意到誰有沒有冒汗？

「你熟悉碧特．韓森目前的案子嗎？」馬庫斯問。

「一個女人用斷裂的金屬桿刺穿另一個女人的那個案子？」

馬庫斯點點頭。「被害者大比大・恩格史東在遇害一小時前，才做完初步聽證後離開法院，是個奇怪的巧合。我們有從法院那邊一路上的商店監視錄影，畫面顯示凶手是近距離跟蹤她到犯罪現場。」

「凶手已經被指認了嗎？」

「是的，就在今天早上，服飾店老闆看完影像後認出她。影像是由亞瑪格島的一個年輕女生拍攝的，她把影像送到TV2和DR News。商店老闆賣了一件外套給凶手。另外，凶手住家附近在麵包店工作的人指認，那女人在那邊用信用卡買了糕點，那些糕點也經由嘔吐物分析被確認。她只用五口就吞下點心，幾乎沒有消化。」

卡爾點點頭，他曉得愛吃甜食有什麼後果。

「我們的同僚已經找了這女人一整天，她叫拉格希兒・班特森，但她似乎憑空消失了。有人看見像她的人朝嘉士伯釀酒廠附近的住宅區走去，但我們無法確定。打電話來舉報的女人聽起來也有點不確定，因為她無法提供女人的衣著描述、時間，或她朝哪個方向逃逸。現在我們欠缺人手追查這條線索。」

「你一定是在開玩笑！」蘿思憤怒驚呼，將辦公室椅轉過來，「馬庫斯要我們停止調查？但這是他的案子。」

「沒錯，但我們只是暫時把它放在一旁。碧特・韓森感染了，她的小組被送回家，所以現在馬庫斯沒有其他小組可以來調查拉格希兒・班特森的案子。媒體和亞瑪格島的人要求警方給個答案，他們對這起犯罪憤怒異常，所以馬庫斯得派人查那個案子，也就是我們。」

「徹底瘋了！那不是一樁懸案。」

「我同意。我試圖和他講理，但他很堅持。」他轉向高登，「你能給我們一個案情摘要嗎？」

「拉格希兒．班特森三十三歲，是國家鐵路的辦公室助理，沒有小孩，曾和同事有短暫的辦公室戀情，自從謀殺案發生後就失蹤。這是我現在的所有資料。」

阿薩德出現在門口，咕噥一聲。他的衣服罕見地皺巴巴，頭髮亂翹，看起來很沮喪。

「我再也受不了繼續待在家了。」他說。

他們向他說明凶殺組組長最新的命令，以及高登到目前為止的發現。

「謝謝，高登。警方搜查過她的家嗎？」卡爾問。

「碧特．韓森的小組沒有時間，但我這裡有搜索令。」

「我們上路吧。蘿思，妳待在這裡，就讓懸案組裡的男人去冒在廣大世界裡闖蕩的風險。」

他大笑，但蘿思面無表情。她顯然要一起去。

「我們能從電話紀錄知道她的移動方向嗎，高登？」她問。

「她身上沒有手機，她可能甚至沒有手機，天曉得。」

卡爾嘆口氣。「那我們得用任何可用資源去追蹤她的行動。第一我們得找到她，第二個目標是建立動機，這樣我們才能回到我們的調查上。」

蘿思看向高登，她顯然沒有讀最近幾天的報紙。

「誰是拉格希兒．班特森的被害者，高登？」

「是一名叫大比大．恩格史東的三十四歲女人，她在死前才在初步聽證後離開法院。幾名目擊者說，他們前天看見她故意導致一個小偷摔進奧斯特普火車站對面的車陣中，小偷被卡車輾斃。我這裡有份報告。」

他給她看被告的照片，接著是死者的照片。碾斃的身體很難看出什麼。

「好，我之前有從收音機聽到這起意外，你可不常為小偷感到遺憾。」

從拉格希兒．班特森的公寓狀況，可以清楚明瞭她為何獨居，而且絕對沒和男人同居。誰會對這棟小小的兩房公寓感到自在？所有牆壁都漆成粉紅色，可見的空間全貼滿正值盛年的半裸男明星電影海報。

「老天。」蘿思驚嘆，她小心地掃視阿諾．史瓦辛格、席維斯．史特龍、傑森．史塔森、布魯斯．威利、威爾．史密斯、克林．伊斯威特和至少其他三十位擁有大肌肉的明星——卡爾叫不出來其中大部分人的名字。

「是啊，這也不是我想像的。」卡爾咕噥，「你們有什麼看法？」

「她是個特殊案例，」阿薩德邊說邊搔著鬍碴。「我們要追她們都沒有。」

「是沒有，這些男人絕不是會臉紅的娘娘腔，」蘿思興奮地說，「海報的選擇不是巧合，你們看不出來嗎？」

所有男人皺起眉頭。除了研究荷爾蒙和蛋白質補充物能對男性的軀體起什麼作用外，他們還該注意什麼？

「這個，」她繼續說，「這些顯然都是動作片海報；而且像阿諾．史瓦辛格的海報不是他演壞蛋的魔鬼系列，而是演好人的《終極戰士》。所以我們眼前的收藏是電影史上最酷的動作片英雄，只要看看這裡有多少布魯斯・威利的《終極警探》電影海報就明白了。」蘿思綻放微笑，「住在這公寓裡的女人絕對是欣賞有決心、說眞話的硬漢，她顯然並不反對私刑正義。卡爾，你該拍些照片給夢娜看，我想她會同意我的看法。」

卡爾點點頭。「好，但我們不是鑑識專家，所以大家請遵守住宅搜索的黃金守則！不管做什麼，都要戴著橡膠手套和鞋罩，保持冷靜，隨機應變，注意觀察周遭的一切。因為我們不知道我們該找什麼，得非常有系統，避免毀掉可能線索。我們開始吧。」

拉格希兒・班特森是位極度井然有序的人。她抽屜裡的東西都經過分類：一個放稅務單，一個放保險單，第三個則放銀行明細表。女童軍時代和短期手球隊的記憶則收藏在另一個抽屜裡，外加來自默厄爾滕德爾筆友的來信，以及她還在念書時去旅遊景點的幾張風景鉛筆畫。沒有其他物品顯示她特別的才能，或令人警覺的個性特徵。櫥架上的一張派對照片也很稀鬆平常，裡面是一位微笑、長相甜美的年輕丹麥女性。

蘿思是他們之中疑心最重的人。「一定有東西能告訴我們，為何這個瘋狂臭女人會做那種瘋事。」她一邊說一邊檢查窗台是否鬆動，看看有沒有東西藏在下面。

「她顯然不是愛閱讀的人，因為這裡一本書也沒有。」高登馬上注意到。

「有任何跡象顯示她可能在哪有個保險箱嗎？」蘿思問。高登不屑一顧地揮手。

「她在地下室或閣樓有沒有儲藏室？」阿薩德問。

「我們得再去找門房才能知道。你能打電話給他嗎，阿薩德？」卡爾問。

「他點點頭。

「來這裡看看！」蘿思大叫。

卡爾和高登走到臥室另一邊的牆壁旁。

「她的舊平板電視就掛在床尾的牆壁上，但沒有連上串流服務或衛星電視。根據門房，她有居委會供應的頻道，但那只是基本的國家頻道和幾個其他頻道。」她打開電視示範。

「對，但她有好幾百片ＤＶＤ。」高登說。

蘿思點頭。「對，看看片名！」

卡爾對電影一無所知，因此他只能盯著電視螢幕上的TV2新聞。只有新冠肺炎控管限制的最新消息。疫情在許多國家看起來都不樂觀。亞瑪格島的謀殺案退居二線，它不能和瘟疫長久競爭並不令人意外。

「全都是動作片。」高登說。

「對，重點是電影的主題，高登，」蘿思看起來得意洋洋，「你再看看。」

「呃，大部分我都沒看過，這些電影在我家鄉不是那麼受歡迎。」

「好吧，我們這裡有《猛龍怪客》的查爾斯．布朗森、在重拍電影中的布魯斯．威利、總共三部《即刻救援》的連恩．尼遜、《黑幕謎情》的維果．莫天森、《哈里布朗》的米高．肯恩，這還只是一小部分。就像我說的，所有電影都跟復仇和私刑正義有關，和海報一樣。」

卡爾感覺到這個邏輯思考的走向。「所以，這位女士躺在床上，和這類男人度過舒適時光。」

「對，還有女人。」

她指指櫥架上的茱蒂・佛斯特《勇敢復仇人》和莎莉・賽隆的《女魔頭》等。

「有幾張沒放在封套裡，」卡爾說，「我們把那些帶走，但小心別留下指紋。封套能透露很多祕密。」

「拉格希兒・班特森是否曾向警方報備她被攻擊過？」蘿思問。

「妳是指強暴嗎？沒有，她沒有。大比大・恩格史東的謀殺案是她第一次出現在警方報告裡。」高登回答。

在這一個半小時，他們並沒有得到更多線索。眾人都努力辦案，尤其是蘿思，她查遍了公寓裡所有東西。她在床墊下找有沒有藏東西，把沙發翻過來，挪動地毯，用力拍拍枕頭，在餐桌和椅子下到處爬，拉出抽屜，檢查所有家具後面。

她感到非常挫折。在前往拉格希兒・班特森位於地下室的儲藏室時，蘿思一路上咒罵自己，門房在那等著。就像那女人的公寓，儲藏室也沒有太多有趣的東西。事實上，卡爾從未見過這樣的儲藏室，每樣東西都整齊地收在櫥架上，紙條則清楚標示紙盒和文件夾的內容。一塵不染到你能坐在地板上吃晚飯。

蘿思用指尖撫過一個櫥架，再看看指尖。「她最近一定下來過這裡用了很多手肘潤滑劑，看這有多乾淨和整齊。」

「手肘潤滑劑？」阿薩德看起來一臉困惑。

「意思是用力擦洗，阿薩德！」卡爾說。阿薩德仍舊滿臉困惑。

門房點點頭。「對，她上星期下來過這裡。是星期二不會錯，那天我都會把垃圾桶推到一樓，等隔天讓垃圾車來收。」

卡爾轉身面朝身後燈光黯淡的地下室走廊，綠色垃圾桶整齊地排列著。

「所以，你是說垃圾車星期三會來收。嗯，那麼我不認為我們會在這找到任何東西，大夥，」卡爾繼續說，「如果有任何可以定罪的證據，她早就把它丟在垃圾桶裡了，而這裡的這位朋友在不知不覺中已經幫她湮滅證據，送去焚化爐了。我們只能接受自己已經晚了兩天的事實。」

第二十五章　卡爾

二〇二〇年十二月十一日星期五

她赤裸的身軀看起來還很新鮮，不可能埋在地裡超過一或兩天。女子這樣的情況，想查出她的身分困難重重——她被嚴重毆打。但馬庫斯．亞各布森和卡爾．莫爾克仍舊有充足的理由，用直覺知道她是誰。身高和年紀的確相符。

空地外幾年以來都掛著「未授權禁止入內」的警告標示，但兩名從阿勒湖南方村莊來的年輕人無視標示，只看到一個呼大麻或搞女人的安樂窩地點。

「我們很幸運，這些年輕人好奇心旺盛，」馬庫斯凝視著遠方蜿蜒而過的公路，「不然這會是個完美的埋屍地點。」

「那些男孩為什麼開始挖這裡？」卡爾問。

「他們注意到雜草間有新鮮的黑土壤，想說一定是昨夜鄰村的重機幫派挖的。他們計畫盡快拿走發現的任何武器、毒品或金錢。」

「好吧，那他們一定嚇壞了。」卡爾邊說邊用手機從一段距離外拍攝屍體，避免擋住鑑識人員刺眼的泛光燈。

死狀眞是淒慘。卡爾從來沒辦法接受人類竟能對同類犯下如此殘暴的行徑。女人所有的指尖都在最後關節處被砍掉，牙齒全被拔光。她的臉遭鈍器毆打，而從頭顱的深洞判斷，傷口是由重型工具造成，有著正方形的頭，可能是把大槌。

「我同意，他們一定飽受驚嚇。現在那兩名年輕人正在和當地心理醫生談話。」馬庫斯．亞各布森對一位朝他們走過來的鑑識人員點點頭。

「我很抱歉，但我們沒找到任何完好的腳印、輪胎痕跡，或橫越地面的拖痕。年輕人的挖掘和到處走動破壞了一切，」他冷冷地說，「我們在屍體埋藏處附近沒發現任何東西。」

「你知道這塊地是誰的嗎？」卡爾問一名北西蘭島的警方同僚。

「知道，地主是希勒羅德區市政府。它原本要拿來做工業用地，但計畫被延遲了整整十年。我想鎮上有幾個人有時會來察看土地，割草和除雜草。晚上可能看不出來，但應該有一段時間沒進行整理了。」

「年輕人發現屍體的確切時間是？」

「就在一個半小時前，下午四點二十分。」他們的同僚回答。

「你認為屍體的掩埋時間是？」卡爾問鑑識人員。

「不會超過二十四小時。」

「好。太陽昨天幾點下山？」

「和今天一樣。三點四十左右。」

卡爾轉向馬庫斯。「除非我們得到任何其他訊息，不然我猜屍體是在天色變暗後掩埋的。我們也要假設，不管是誰試圖毀屍滅跡，他先前就知道這個地點，也知道要挖哪裡。」

「所以你推斷，他們有考量到未來哪些地方會打地基；如果這裡會開發的話。埋在這麼靠近圍籬的地方，被挖的機會不大，所以被發現的風險很小？」

卡爾點點頭。「對，那如果是這樣的話，我認為我們應該繼續挖掘。他們以前可能就因為類似的任務來過這裡了，不是嗎？」

回到辦公室後，卡爾瞪著手機上的照片，警方假設死者可能是拉格希兒．班特森。他們從她公寓拿了照片回來，照片中燦爛微笑的女人和這個遭到痛毆的赤裸骯髒屍體，形成強烈的對比，讓人心痛。

卡爾拿出一根菸，在指尖間滾動著。他有多常像這樣坐在這裡，希望自己選擇了不同的職業道路？那位來自丹麥北部偏僻鄉鎮的天真樂觀男孩出了什麼事？而那位從警察學校畢業、對未來充滿希望的年輕男人又發生了什麼事？又為何大家都回家坐在沙發上，與家人在電視機前共度星期五的舒適夜晚，他得在這裡熬夜？他重重地吐氣。好在不久後他就能回家大大擁抱他的女兒。

他將香菸放在桌上，慢慢從椅子上起身，走去另外一間辦公室，跟同僚報告今天的發現。他們沒有在幾小時前就走人，真令人印象深刻。

他只來得及說「聽著」，高登就轉離電腦打斷他。

「帕勒．拉姆森的 Mac 終於有進展，」他說，「IT 部門沒時間破解它，所以把它轉給 NC3。他們證實了我們已經知道的事——每樣東西都被刪除，他們得修復檔案。他們的報告裡也寫說，如果電腦是要給直系親屬，就算是在克莉絲汀堡用過的電腦也會刪到可以送出去，所以內容全遭刪除也很常見。裡面的檔案當然跟工作相關，或許是機密。就這麼簡單。」

卡爾皺眉。當他偵訊帕勒．拉姆森的祕書，薇拉．彼得森時，他沒想到要問這件事。天殺的該死！他望向高登。他臉上的表情是沾沾自喜嗎？因為電腦的事一延再延？

「IT，NC3——這些縮寫就足以逼人發瘋，」阿薩德嘟噥抱怨，「你要變成一本會走路的百科全書。大家越來越常在簡訊裡寫btw、lol、brb，這類縮寫。我打電話給生意人，最後總是跟一位CEO、CCO、CPO、CIO(注)談，全都荒謬透頂。我們警方為何也需要該死的『鎖寫』？」

「鎖寫？你是指縮寫吧，阿薩德？」高登說，「順便一提，NC3是NCCC的縮寫，那又是警察國家網路犯罪中心（National Cyber Crime Center in the national police）的縮寫，FYI！」

「原來啊，那他們起碼應該縮寫成NCCCNP啊，這樣我們才有機會猜對。」阿薩德噘起嘴，「反正從現在開始，我的名片會縮寫成SAAFT3AE。」

「不會念起來很拗口嗎？」高登說。

卡爾看看手錶，他二十分鐘後要走人。

「我們什麼時候能拿回Mac？」他打斷兩人的交談。

「他們明天會檢查看看，可能八點以後會告訴我們結論。」

「星期六？好，所以他們會熬夜處理？」

「不，他們明天一早會最先開始這件事。」

「好，那週末班幾點開始工作？」

「八點，他們說處理起來不會超過十分鐘。」高登試圖擠出笑容。他不該交給他們的。他轉向阿薩德。「SAAFT3AE是什麼的縮寫？」

「黝黑的阿拉伯人，累癱的三個孩子的爸（Swarthy Arab and father to three and exhausted），還

會指什麼？」

卡爾深吸口氣。他腦袋裡老想著桌上那根菸。

「你為什麼在傻笑，高登？」蘿思走進房間，將一個小紙箱放在她桌上。但她沒等回答就說，「我已經打電話去醫院跟碧特・韓森談過了。」

「為什麼？」卡爾問。

「不是應該首先問她好不好嗎？你的同理心在哪？」

卡爾嘆口氣。「好吧，她好嗎？」

「她真的病得很重。在她轉到加護病房前，我們可能沒機會再跟她說到話了。她幾乎沒辦法呼吸。」

「別說了，蘿思。我很喜歡碧特，聽到這種事真難過。」

蘿思點點頭，她可以理解。

「妳從她那邊聽到什麼？」

「她還沒被告知，我們已經接手拉格希兒・班特森和大比大・恩格史東這兩個案子，我覺得她好像有點生氣，但她還是要求我聯絡她組上的曼佛瑞。曼佛瑞現在在隔離，居家辦公。」

「妳有聯絡他嗎？」

「你把我當成什麼蠢蛋？曼佛瑞告訴我，那個被謀殺的女人，大比大・恩格史東，常在幾個社群媒體上散播仇恨言論。」

注　譯註：縮寫分別是執行長、商務總監、公關總監和資訊總監的意思。

「原來如此，但那本身並不是犯罪行為。」卡爾說。

「是沒錯，但以她的狀況來說，如果有人不遵守規矩，她常會用死亡和毀滅威脅他們。」

「請舉例。」

「如果有女人把小孩連同嬰兒車留在馬路上，孩子被綁架就是活該。」

「好幾年前在紐約不是有個母親被逮捕的案例嗎？」高登問，「還是個丹麥女人。」

蘿思點點頭。「對，叫作嬰兒車案。母親幾年前還用這件事寫了本書。」

「她還說過什麼威脅？」卡爾問。

「每個在路上吐痰的人都應該用臉去刮地板，直到皮膚剝落。」

「好吧，她聽起來很有原則，很不肯妥協。所以妳認為她不只是寫寫而已，而是眞的去攻擊嗎？」

「是的，我這麼認為，而且有條不紊。」

「然後她最後在奧斯特普抓狂？」

「對，正是。大比大．恩格史東被謀殺後，碧特．韓森的小組拿到搜索她公寓的搜索令。但很不巧，在他們整個小組被隔離前，還沒來得及分析採集的證物。我聽說他們要返回警局的時候，碧特．韓森就在外面的停車場病倒了。」蘿思將小紙盒推向他。「她小組裡的那個傢伙，曼佛瑞，要我去他們辦公室哪裡找這個紙箱，所以我就去拿啦。曼佛瑞告訴我，他要是回來上工，第一個會處理的是這箱，所以我自然決定從這開始。」

她從小紙箱裡拿出一本筆記本，翻到第一頁，大聲朗讀：

日記，大比大．恩格史東，二〇一八年三月——

團體領袖：底波拉，大約五十歲。

團體成員：撒拉，三十五歲左右；馬大，大約相同年紀；我的團體名字是夏娃。

團體目標：「妳可以稱它爲私刑正義，但妳也可以說它是盡忠職守，因爲每次它都會讓世界更美好。」

蘿思抬頭看其他人。「下面三頁是二〇一八到二〇二〇年間，大比大所犯的六十五樁攻擊的摘要和紀錄。我認為那些活動都相當暴力，所以我確定她被控訴在奧斯特普所做的罪行是眞的，她是故意害小偷致死。」

「我們挖到金礦了，」阿薩德說，「她有在任何地方提到拉格希兒．班特森嗎？她是團體成員之一嗎？」

「沒有。但大比大叫作夏娃，所以我們不能仰賴名字，可能是她提到的另外兩個女人。我們不知道。」

「我想筆記本沒有在法庭裡當呈堂供證，因為她被釋放了。」卡爾說。

「是沒有。大比大．恩格史東的公寓搜索是發生在她死後，那是碧特．韓森小組的首要任務，因為他們想看看她跟殺害她的女人是否有關連。」

「看來我們要小心詳讀這本筆記本。就讓我們聽一件裡面描述的暴力事件吧。」卡爾說。

「好。除了奧斯特普謀殺案之外，最殘暴的例子可能是，有次她把鑰匙夾在手指間，在光天化日下用拳頭揍一個男人的脖子，因為那男人對一位殘障女士吼叫些難聽的話。我查過那個案子了，那傢伙開了好幾次手術，現在連話都說不好。」

「她都沒有被懷疑？」

「沒有，她每次都有辦法脫身，除了最後一次。」

「她提到的那三個女人，有她們的其他資訊嗎？底波拉、馬大，還有最後那個叫什麼？」

「撒拉。不，沒有，她只在第一頁提到她們。」

「我們現在對那個團體的目標有個模糊的概念，但他們真正的目的是什麼？」高登問，「我確定她們聚會不是為了吃東西或讀書。」

「有人有任何理論嗎？」卡爾問。

「你不會想惹毛那個俱樂部。」蘿思說。

阿薩德皺緊眉頭。「在立陶宛，我曾經碰過極端暴力的復仇團體，他們攻擊立陶宛在鐵幕時期為蘇聯情報局工作的人。這個會是類似組織嗎？」

蘿思和高登點點頭。

「你有空看看我們在拉格希兒．班特森公寓裡發現的那些沒做標記的DVD嗎？」卡爾問。

「那個，我現在還在看，」高登回答，「我看得出來三張裡面都有放資料，但我還沒有恢復任何一張。我現在在跑其中兩張光碟。」高登指著身後兩個看似關機的黑色螢幕。

「你不能快轉嗎？」卡爾問。

高登點頭。「我正要這麼做。」他按下兩個DVD播放機的快轉按鈕。

「不過我正要告訴你們一件事，」卡爾說，「馬庫斯和我北上去了史凱文格，我們接獲當地警方線報，發現——」一個螢幕突然閃爍，兩段短暫錄影閃過。

「嘿，倒轉，高登！」蘿思和卡爾異口同聲大喊。

螢幕再度閃爍，接著是一個美國電視節目的剪輯。

「我知道這個節目，」高登說，「是個很古怪的節目，它專門播放人們做的愚蠢行徑，那些人常常受傷，然後主持人和觀眾看了後會大笑。節目叫作《逞能倒楣蛋》。」

另一個螢幕也開始閃爍，第一個影片是有人在游泳池旁跌倒，還有人開著摩托快艇撞上陸地後彈出來，快把脖子摔斷。接著第二個螢幕出現幾段錄影。

「這個你也知道是什麼嗎，高登？」卡爾邊問邊朝螢幕點頭。

「是的，我甚至知道這一集。這是個有名的節目，叫《無理取鬧》，那傢伙叫強尼．諾克斯威爾，節目裡的參與者常會受很重的傷。諾克斯威爾在這集節目裡做盡所有白癡事——眼睛被噴辣椒水，被電擊棒電擊。我們現在看的這個片段裡，他的乳頭會被小鱷魚咬住，然後他的車會被另一輛猛撞。瘋得不得了。」

卡爾生起氣來。「拉格希兒．班特森到底為什麼會被這種東西引得性慾高漲啊？她為什麼要把它藏在空白DVD最後？這些電視節目這麼瘋狂，是可以合法觀賞的嗎？」

阿薩德將一杯茶推向他。「裡面幾乎沒有糖，」他保證，接著指指螢幕，「我想她是試圖掩蓋那個。」

卡爾端起茶，臉再度轉向螢幕。

「真是噁心。」高登呻吟，卡爾再同意不過。

兩個螢幕上，電視節目之後是絕對不能稱之為天真無邪的錄影。一個螢幕播放一個又一個嚴重事件，另一個螢幕則播放暴力攻擊和謀殺的真實紀錄。錄影帶很模糊，但主題非常明確：團體拿著棍棒大舉攻擊，男人從背後刺其他男人，對群眾射擊，高中大規模殺人事件，警察暴力。

「把那個髒東西關掉，高登！」蘿思驚呼。

阿薩德不發一語。他的心思這陣子都在哪？

「好，我們現在有證據證明拉格希兒．班特森完全是個瘋子。」她說。

「究竟是什麼原因驅使她收集這種狗屎？」高登現在的臉慘白如紙。

「我想到她的電影海報，那些英雄全都主張私刑正義。就算這些剪輯內容更激烈，它基本上呈現的是相同的東西，」蘿思說，「然後到現在，她已經嚴重到自行採取極端手段，就像大比大。但她們之間的關連是什麼？等我們抓到她，要叫她回答這個問題。」

卡爾點點頭，喝口茶。他清清喉嚨，努力不要咳嗽，又吞了口茶，再次清清喉嚨，卻在下一秒開始瘋狂咳嗽。所有人都跑來拍他的背，結果卻更糟糕。片刻後，卡爾終於能再次呼吸，他眼淚汪汪地死瞪著阿薩德。「呃，阿薩德！我情願喝有加糖的。你加了什麼啊？」

「不過是一點薑，卡爾。拿整枝薑在鍋裡搗碎，然後泡在茶裡一個小時後再加熱。那對身體很好。」

卡爾點點頭。「好吧。但幫幫忙，下次先警告我。」他轉向蘿思，「對，我們確實需要她回答這問題，但拉格希兒．班特森不會回答任何問題。」

「為什麼？」高登問。

卡爾在手機上找到那張女人被痛毆的照片，拿給高登看。「這就是為什麼！」

高登的臉血色盡失。

第二十六章　莫利茲

二〇二〇年十二月十二日星期六

還不到三十歲，莫利茲．凡．比爾貝克就已經靠眞人實境節目獲得穩定的財富。他從卑微的星探起家，接著成為編劇，最後創立自己的公司「不可置信企業」，搖身一變成為節目製作，開發了很多會讓所有人氣到傻眼的節目。

但對於他賴以維生的手腕，莫利茲從未感到良心不安。只要還有電視台願意投資他的點子，其他問題又算什麼？是的，他在鹿特丹的天主教家人對此很是憤怒，痛斥他會在地獄裡被燒死，但他有效解決了這個問題，那就是和家人斷絕關係，搬來丹麥。他根本不在乎他們。

他個人的家庭生活也沒對職業生涯造成問題，因為他和第二任妻子，維多利亞，就是在拍攝早期的節目《飯店裡的四個房間》的攝影棚裡認識的。她樂於對男人施展性魅力，並對其效果樂在其中。財源滾滾讓維多利亞和女兒們都很開心，他們在加默荷特的住家很靠近騎馬場更是讓她們心花怒放。她們的生活裡有上流社會朋友、喀什米爾羊毛、室內游泳池，和地下室家庭電影院，夫復何求？

在莫利茲創造力旺盛的時候，他腦袋會接連冒出一個又一個電視節目點子，自己都快跟不上嗡嗡作響的大腦。所以，每年要開發一檔新的眞人實境秀雖然使他精疲力盡，卻也讓他精神百倍。總之，誰也無法忽略他的成功，而他的努力更獲得了豐厚的回報。當《該拿醉水手怎麼辦》

在二十五個國家都拿下電視節目排行榜冠軍，莫利茲決定他公司的目標應該聚焦在成為全球最大眞人實境節目概念開發公司。儘管他手中的《監獄實境》、《積架和年輕人》、《沙發上的下一個人是誰？》、《天堂或地獄》和最近的《她眞的那樣說了嗎？》都成為熱門節目，但莫利茲還是沒達成目標，他知道他還沒開發出終極節目。一直到新冠肺炎無情地箝制住全球，莫利茲終於想出一個點子，其利潤將可能超越全球任何製片公司。

這檔節目叫作《誰會先掛？》，參賽者的選擇簡直多不勝數：打仗的阿兵哥，癌症病房的末期病患，新冠肺炎肆虐、住得太近的窮人住宅區。像這樣的節目可以近身跟拍，讓參賽者和他的家人互相競爭，看看那些最容易受傷害的人生活有多難熬。如果最後倖存的五位參賽者還能獲得鉅款，他們的搏鬥會更激烈。這個企畫可望讓「不可置信企業」再創新巔峰。被節目選中的參賽團體在現實中風險很高，畢竟實境節目只關心誰先死，還有接下來誰要跟著死。

莫利茲越思考就越覺得大有可為，這個點子比他以前做過的節目都還要炫。他做過的主題有濫交、自我推銷、只用下半身思考的男女；在最私密的地方紋上最不可思議刺青圖案的男女，以及約會就是一夜情的男女。但跟新企畫一比，那些節目都望塵莫及。

這個企畫更大膽，非常非常聳動。

於是莫利茲到處吹噓，說他有個棒透的眞人實境秀點子，又在報紙訪談裡宣稱，那將是人類有史以來觀賞過最挑釁、最瘋狂的節目。

就在訪談一週後，全球最大實境秀電視聯播網「全球實境公司」的一位代表聯絡上他。代表聲稱倘若他的新點子能大賣，聯播網有興趣合併他的公司。莫利茲提到節目名稱，簡短解釋節目的大概內容，但沒有洩漏太多。他們提出一個天文數字，讓他在掛斷電話後還屏住了呼吸三十秒。因為這樣，莫利茲．凡．比爾貝克毫不猶豫地同意讓車子在下星期六早上十點來家裡接他，直奔機場會議室和全球實境公司的代表會面，以討論更多細節。

如果萬事順遂，他們會當場簽署合作意向書，接著交由律師辦理。

一位高雅的女士穿著完美無瑕的套裝，坐在Lexus的方向盤後方，轎車怠速停在他的豪宅外面。

「莫利茲．凡．比爾貝克，在這個時間要開到機場可能要花三四十分鐘，所以請放輕鬆。」她用獨特的美國南方口音，拖長語調說，「我們準備了一些精緻飲料，您應該會看到冰好的唐培里儂香檳王、幾瓶赫尼琴酒、通寧水、無氣泡水、冰塊，當然還有皮利尼蒙特托謝拉頂級白酒，和最棒的拉卡班波美侯，都在冰箱裡。」她對後照鏡裡的他點點頭，「我們全球實境公司的代表兼副社長，維克多．佩吉先生喜歡開會時輕輕鬆鬆的，所以請自便。我是維克多．佩吉的私人助理，想初步了解『不可置信企業』計畫在未來引進的提議。您方便跟我分享這些資訊嗎？」

莫利茲對後照鏡點點頭，「啵」一聲打開唐培里儂，感覺自己的心在她的眼神中逐漸融化。她可有興趣跟他分享計畫資訊以外的東西？

「我們已經關注您公司的發展好幾年了，實在很佩服您在無數個國家成功挑戰社會規範，又沒遭受抵制，手腕實在高明。我們全球實境公司一直站在那條界線上，但您早就輕鬆跳過去了。看來我們需要升級基本思維，才能大膽跳躍，而不可置信企業正好能給我們這方面的靈感。」

她轉頭望向他，眼神就好像他已經把公司簽出去了。

「不過您都不會良心不安嗎，比爾貝克先生？儘管您現在勢如破竹，您從來都沒有覺得要適可而止嗎？」她露出微笑，「您不需要回答，畢竟您最新的企畫顯示您並沒有打算停下來呢。」

莫利茲試圖擠出笑容，但第五口醇香的唐培里儂輕柔搔癢著他的喉嚨，讓所有感官都遲鈍下來，眼皮似乎不再聽從自己的意志。

「你的腦子究竟多有病，才會想出《誰會先掛？》這種企畫？你從來沒被自己的自大噎死嗎？」女人突然厲聲說。

莫利茲慢慢消化她的一字一句，這才察覺車裡的氣氛突然變得敵意重重。

「你在打破人類道德底線這件事上，可真是貢獻重大，你會如何自圓其說呢？」她繼續說，後照鏡中的眼睛瞇起，腔調變得更加尖酸。

莫利茲試圖伸手去拿水瓶，但手臂不肯聽話。

「讓年輕人像妓女一樣？鼓勵男女不忠誠、濫交、撒謊、欺騙？鼓勵他們毀掉幾分鐘前還是朋友的人？要別人去死？」

莫利茲現在綻放微笑。這毫無疑問是個測試，只要他的舌頭能合作，他能說出正確答案。如果做得到就好了，他不該這麼早喝香檳的。

「讓我來告訴你等著你的是什麼，莫利茲。我們決定讓你在你最後的企畫裡，扮演一個重要角色。」

現在莫利茲皺起眉頭，他在電話裡絕對沒有同意這件事。一旦他賣掉他的公司，他必須依約想出五個新企畫，之後他就可以免除任何義務。照理來說他不用參加自己的節目。

「從你的表情看得出來，佩吉先生應該沒通知你這個交易條件，但好消息是，我們很榮幸邀請你擔任第一個死掉的參賽者。你不覺得這會讓你的企畫更轟動嗎？」

他仰頭想鬆動下巴的肌肉。佩吉先生怎麼會想到要先拿他當笑柄？

「五分鐘後你會失去知覺，莫利茲，然後不可置信企業就不會有社長了，你永遠不會再回到公司。你死的時候，我們會毀掉你的辦公室和所有設備。我們會撤銷一切，員工、參賽者，所有一切，把每樣屬於你的東西，都從地球表面抹除。」

「但佩吉先生……」他結結巴巴地艱難說話，試圖擠出微笑，但臉已經麻痺了。

「喔，沒錯，我或許提過一位佩吉先生，」她突然用丹麥話說。到底發生了什麼事？「但我眞的不認識他，也根本不想認識。事實上，只有我是眞的，我知道你不會開心的，你的世界就要分崩離析了。」

他的腦袋最先醒過來。能感受到的只有動脈震動般的劇痛撞擊著他，而非清晰的思考。他想尖叫，但他的大腦語言中心現在斷開連結了。接著他臉上所有的肌肉都開始抽搐，眼球在眼皮下左右滾動。過了很久，莫利茲才能稍微張開眼，瞥瞥手錶，發現包圍著他的四面白色牆壁。

房間有小型健身房這麼大，沒有淋浴間或廚房設備，甚至找不到門。光禿禿的房間盡頭，有個唯一顯示這裡曾有生命氣息的事物：一個不鏽鋼載貨電梯，門是向上開的那種。那似乎是到這層樓的唯一路徑。此時他才察覺到這裡不僅沒門，也沒窗戶，所以他完全不知道現在是白天或黑夜，唯有幾盞黯淡的電燈泡從牆壁散發光芒，彷彿想彌補沒有窗戶的缺陷。

他低頭看向自己，立刻明瞭自己的處境有多絕望。一副金屬盔甲限制了他的上半身，而裡面只穿著內衣，他甚至連襪子都被脫掉了。

他抬頭看向身體兩旁。肩膀的盔甲上焊接著兩個螺栓，分別連接兩條粗鐵鍊往上而去。他慢慢抬起自己，發現鐵鍊連到天花板中央兩道金屬滑行軌道上，而軌道幾乎穿越整個房間。

我可以移動。他想。他跟跟蹌蹌往前走幾步，頭頂的鐵鍊便沿著軌道滑行。他距離前面的牆壁有四到五公尺，距離後面牆壁則更近點。他稍微拉了拉鐵鍊，鐵鍊很鬆，可以讓他走到房間四邊，因此他幾乎可以在整個房間內移動。他用力拉扯鐵鍊，隨即意識到就算奮力拉扯鐵鍊也無濟於事。

「這個賤女人！」他大聲狂吼，聲音在消毒過的房間裡迴盪。房間裡只有他剛剛坐過的椅子，和一張工業鋼鐵桌跟椅子一樣被釘在水泥地板上。如果他需要大小解，旁邊有個小水桶，但沒有洗手台可以清理，也沒有毛巾，甚至沒有水杯。每樣東西都是灰白色的，除了側面一道牆壁看得出有一些潮濕外，沒有任何色彩能引起注意。

莫利茲．凡．比爾貝克簡直無法置信。這個祥和的星期六早上，他曾坐在溫暖的廚房，面前有杯拿鐵咖啡，一位幾乎赤裸的女子在他四周走動，而他剛叫最小的女兒去找新來的寄宿學生羅克珊玩。現在他卻發現自己被困在這裡，憤怒異常，只因一個瘋女人迫使他成為參賽者，參加他自己一手打造、最難克服的病態遊戲。

適者生存。

第二十七章　卡爾

二〇二〇年十二月十四日星期一

星期一早上卡爾很早就去上班。週末，懸而未解的事實和困惑在他腦中攪成一團糨糊，只有繁瑣的文書工作能幫他理清思緒，所以他還是開始試著解決。

「如果你問我，卡爾，我覺得被謀殺的女人大比大和凶手拉格希兒之間一定有個邏輯關連。」夢娜前一晚告訴他，「如果你確定昨天發現的屍體就是拉格希兒，我推測這兩個女人之間的關係潛藏惡意，一個女性用私刑正義殺害另外一個女性。我不會基於這個假設，就咬定那女人的行動很瘋狂，但我確定她的動機是來自某種衝動。衝動的行徑常源於過去讓他們崩潰的挫折，但這樣強烈的衝動反倒推了罪犯一把。所以，是誰或什麼導致拉格希兒和大比大走上這條危險的路，讓她們兩人最後以死亡收場？這就是你需要解開的謎團，卡爾。」

卡爾開車去工作，直到坐到辦公位子上，這些話仍在他腦海中縈繞。

在讀了大比大．恩格史東的日記半小時後，他並沒有變得更聰明。毫無疑問，他依然覺得大比大．恩格史東是個心理變態。她酷愛懲罰他人，而且不擇手段。事實上，她日記裡描述的案件最後有四五件見報，其中至少有兩件引發警方調查。

他到馬庫斯的辦公室，用十五分鐘讓他老闆跟上辦案進度，了解日記的內容和他個人目前的想法。

馬庫斯翻閱日記。「是的，這讀起來不是很令人愉快，幾乎快讓我以為拉格希兒解決大比大，對社會是種貢獻。」

「對，拉格希兒本人也認為這很合理。」卡爾拿回日記，「我們可以完全確定，史凱文格的屍體就是拉格希兒·班特森嗎？」

「我還沒有法醫報告，但他昨晚打電話給我，說有百分之九十九點九的把握。所以我們可以確定是她。」

「好。他為什麼那麼篤定？」

「因為她下排牙齒有一顆智齒沒有長出來，然後我們又給他線索，懷疑拉格希兒·班特森是受害者，所以法醫辦公室直接從她的牙醫那裡拿到X光片，結果相符。」

「用她的牙齒X光片確認她的身分？」

「沒錯。雖然缺乏指紋，她的臉又被嚴重毆打，但那副屍體的身分毫無疑問，是拉格希兒·班特森。」

卡爾點點頭。「法醫還有提到任何需要關注的地方嗎？」

「這個，和拉格希兒或大比大的死可能無關，但也許可以更了解拉格希兒這個人。」

馬庫斯望向窗外的面對停車場，高登正在停他那輛小如沙丁魚罐頭的車。「解剖做得很徹底，法醫發現，拉格希兒·班特森有生殖器創傷。」

「強暴？但她沒有報案過，我們查過了。」

「是沒有，我知道。但他們確定在生殖器上發現很久遠的嚴重損傷，絕對是她在被攻擊前，導致她有很長一段時間無法進行陰道性交。我們確定那不可能是自殘。」

卡爾和蘿思抽到下下籤，必須做那天第一件苦差事。兩人現在站在蒂科布一棟破舊的度假別墅前，拉格希兒．班特森的母親可能得到市政府的允許，退休後可以終年住在那。

蘿思看著那棟破舊的木屋，表情似乎不以為然，她看不出翻修那棟木屋有何益處，拆毀還比較省事。腐蝕的排水溝和腐爛的木頭在在顯示內外牆之間沒有多少隔熱物；窗戶懸在半空，窗玻璃破裂——破敗的跡象要多少有多少。這是貧窮、孤獨，和市政府疏於照顧的證據。

懸鉤子包圍了曾經的門廊，卡爾推開蔓生的植物，敲敲門。

來應門的女人看起來一點也不驚訝。她將灰髮撩到雙耳後，側身讓來客入內。

「我猜你們是來趕我走的。」她泰然自若地說。一踏入屋內，一股腐爛木頭和尿騷味撲鼻而來。她走在兩人前方，經過堆疊的紙箱和垃圾，指指客廳裡那套被霉菌染成深綠的沙發，恐怕連動物都不肯躺在上面。他們沒有坐下。

「妳是拉格希兒．班特森的母親，對吧？」卡爾邊問邊將口罩拉起來掩住鼻口——可不是因為新冠肺炎。

她終於大吃一驚。「她又怎麼了？」

「我想妳最近幾天都沒有看新聞？」

她指指角落，一堆丟在地上的當地報紙略略蓋住如小山一般的空罐頭、剩菜和塑膠包裝。那一幕看起來就像悲慘的電視節目《囤積者》。母親與她女兒的極端整潔眞有著天壤之別。

「我們是來通知妳，妳女兒過世了，班特森太太。很遺憾。」

她滿是皺紋的臉上沒有顯示任何情緒變化。

「我們認為她是在幾天前被殺害，她的屍體是在星期五被發現。」蘿思漠不關心地說，她或許想趕快結束這件苦差事，好出去呼吸新鮮空氣。「我想妳不知道她為什麼被殺害，對嗎？」

「我有超過十年沒跟她說話了，怎麼會知道？」她依舊波瀾不興。

「十年！方便問為什麼嗎？」蘿思問。

「她殺了她父親，我為什麼還要跟她有任何瓜葛？」

卡爾突然從屋內熏天的臭氣中回神。

「我不知道這件事。妳這麼說有什麼根據嗎？是懷疑還是……？」

「懷疑？哈！他爸的雙腿被截肢後，她給他打胰島素。我絕對沒說錯，她可沒手軟。她殺了他。」

「但那一定是出自憐憫。」蘿思說。

「是呀，妳當然能那樣說，妳可眞像個白癡，妳眞的是警察嗎？老天！」

蘿思剎那間稍微仰頭，她不習慣這樣的侮辱。「謝謝讚美，」她回敬，「我們能到外面完成問訊嗎？這裡聞起來比屍臭和糞便還要糟。」

她伸出手緊抓住女人的手臂，卡爾還來不及抗議，蘿思就將她拉到屋外。

她放開女人，眾人身處荒煙蔓草中，那裡以前可能是一片草坪。「現在，我這個白癡倒要問問妳，拉格希兒為什麼會殺害他父親？同時我也想知道，為什麼在知道妳女兒被謀殺後，妳卻沒有任何情緒波動？」

女人雙手抱胸，對地上吐口水。「我確定是她自己招惹來的，那個撒謊成性、邪惡的賤人。」

卡爾試圖和她眼神交會。「拉格希兒怎麼會想謀殺她父親？」

「喔，她有強迫症人格，瘋婆娘。」

「強迫症？」卡爾看看蘿思，她也點頭表示贊同。

女人轉身正對卡爾，大聲狂吼：「是的，強迫症！如果她沒有病，就不會說她自己的爸爸在她小時候性虐待她，不是嗎？說在她調皮的時候，她爸把衣架戳進她體內，不是嗎？」女人噴得他整件外套都是口水。

「你不會那樣說你自己爸爸吧？」

兩人開車返回瓦片半島後，阿薩德報告最新消息。「卡爾，他們在史凱文格的建築用地又發現了兩具屍體。」

也就是說他和馬庫斯是對的，那裡不止一具屍體。

「那是最近的屍體嗎，還是……？」

「不，兩具屍體都在那埋了超過一年。」

「他們也像拉格希兒．班特森一樣面目全非嗎？」

「不，沒有任何毆打跡象，但在土裡埋了這麼久，表示我們得等幾天才能拿到報告。他們已經被送去法醫那了。」

「這下可好！我們短期內不可能丟下這個案子。」蘿思抗議。她看起來餘怒未消，似乎只想好好揍一頓那個嚴重侮辱她的女人。

「可能是也可能不是，要看看這兩具屍體和拉格希兒．班特森之間有沒有關連。」卡爾說。

「該死，這就是為什麼我們會被那個案子綁住，卡爾，」蘿思一股腦兒地發洩壓抑的挫折。「這幾樁謀殺之間當然會有些關連，我們要絞盡腦汁才能破案。你就不能請馬庫斯把這案子交給別人，好讓我們繼續自己的調查嗎？不用我提醒吧，這案子本身就很複雜。我的意思是，我們這個部門不是專門負責處理陳年懸案嗎？結果現在，我們在辦一樁謀殺案，最後一位受害者還屍骨未寒。這不該是懸案組的責任吧？」

「安靜一下，蘿思，我在思考。」卡爾望向車外的路，眼前是一片灰暗而冰冷的農田，而在某個地方，可能曾有人遛狗的時候注意到有輛廂型車蜿蜒駛上史凱文格，卻不知道裡面正載著屍體，想趁夜埋葬。而在哥本哈根附近的某天某地，一定有人納悶像大比大或跟她年紀相仿的女人，怎麼會發現他們的祕密俱樂部。就在某個地方……

「我們不妨先決定想在懸案組做什麼、不做什麼，再來耗費心力查出其他屍體的身分吧。」

他沒聽到蘿思嘆氣，但她絕對有。

「ＮＣ３一小時前才通知我帕勒．拉姆森的Mac的事，但我確定困難重重。」在他們回到辦公室時，高登說。

「為什麼？」

「他們忙得要死要活，因為硬碟被完全刪除了。」

「該死，你怎麼沒問他們，他們覺得硬碟上還有沒有可讀取的檔案？」

高登看起來對自己很失望。

「再對他們施加壓力，高登，現在就去。我們需要修復所有刪除掉的檔案。跟他們說，我知道他們壓力很大，但這個案子攸關生死。」

高登看起來很遲疑。「這樣講會不會太誇張，卡爾？我們就不能——」

卡爾揮手制止他繼續說下去，轉身面對阿薩德。

「你今天有點安靜，阿薩德，有事情不對勁嗎？」

「卡爾，我想我很快就得離開警界了。」

辦公室內彷彿落針可聞，唯有從濕淋淋的停車場傳來的風聲。

卡爾與阿薩德四目交接。他棕色的雙眼暗淡無光，平常在鬍子底下的玫瑰色雙頰變得灰白。

「該死，不要，阿薩德，你不想那樣做。」卡爾聽得出自己的腔調有點太過威嚴和堅定。

阿薩德的瞳孔收縮，那不是個好跡象。「丹麥安全和情報局傳喚我的整個家庭在聖誕節前接受面談，因為我們沒有填交表格，卡爾。羅妮雅威脅著要回伊拉克，狀況幾乎毫無希望。她和瑪娃整天吵架和哭喊，奈拉坐在阿菲夫的房間，兩個人一聲不吭。所以我必須離開警界，卡爾，我不能冒著讓家庭分崩離析的險，我有辦法嗎？我不能讓警調單位毀了我們家。」

直到蘿思「砰」一聲關上門，眾人才注意到蘿思剛剛有起身。她一語不發地離開，但不消幾秒鐘，就聽到她在走廊狂吼。瓦片半島的新辦公室也許既現代又堅固，但牆壁的隔音有待加強。

三分鐘後她回來了。

「現在馬庫斯了解情況了，」她臉上盡是挫折和憤怒，「他現在就會去丹麥安全和情報局一趟，阻止這些蠢事，阿薩德。」

卡爾轉向阿薩德，只見他呆站在原地，低頭看著地板。

「我們就先繼續手上的工作，讓馬庫斯去施展他的魔法吧？」卡爾將一隻手放在阿薩德的肩膀上。「一切會很順利的，我們就先放下煩人的事吧，阿薩德。」卡爾冒險捏捏他的肩頭。「你有任何新發現嗎？」

阿薩德深吸幾口大氣，慢慢抬頭。卡爾從未看過他這樣。

「我檢查過拉格希兒．班特森的DVD最後的短片，全都非常暴力並且在大庭廣眾下進行，除此之外我看不出關連。」他用指尖抹過眼睛，彷彿要檢查自己是不是在哭，但沒有眼淚。「我還查閱了大比大日記裡的攻擊事件，它們全都發生在公共場所，就像拉格希兒謀殺大比大一樣。但我沒看出其他端倪。」

卡爾點點頭。聽起來阿薩德就像在浪費時間，但此刻他們得讓他用自己的步調辦案。

「既然查不到任何進展，我就又回頭去查其他案子，從二〇一〇年裡找看看有沒有鹽的案子，就像我們之前的理論。」

「我猜你沒找到。」

「對，我找不到，但也算有收穫。」他將報紙剪報的影本推向卡爾。

「這個剪報來自我們的分享硬碟，一位在歐登瑟的同僚今天早上傳給我們的。」

卡爾傾身靠向桌面，用雙手拿起影本。

「TaxIcon 的首席顧問被發現淹死在游泳池裡，」他大聲念出來，「這個案子是我們在歐登瑟的同僚經手的嗎？」他問。

「不是，但當他看見蘿思在問是否有牽扯到鹽的案子，他馬上想到這個。這件事當時在歐登瑟轟動一時。」

「TaxIcon，我從沒聽過這家公司。」

蘿思頑皮一笑。「卡爾，那是因為你不讀報紙，而且那家公司有點超過你的薪資水準，你才沒聽過。TaxIcon是為富豪服務的稅務顧問公司。」

「對，而溺死的那個女人，皮雅．勞格森是公司的擁有人，」阿薩德補充，「她六十四歲，獨居，所以她的員工是在幾小時後才發現她漂浮在花園的游泳池裡。」

「是啊，常有這種新聞，比如滾石合唱團的布萊恩．瓊斯(注)。」

看到眾人茫然的表情，卡爾真覺得自己不再年輕，他們對布萊恩．瓊斯一無所知。不過話說回來，在他那名死在泰國的堂哥羅尼告訴他之前，他也不知道。

「我的意思只是，游泳池加上壞運氣就會成為危險組合，好在我們都沒碰上。」大家仍舊沒反應。「呃，所以案子怎麼個相關法？」

「那轟動一時，因為皮雅．勞格森不是無名小卒，她是個『巨大打擊』。」

卡爾聽不懂，困惑不已。

「她對許多人來說很重要，她的公司半年的營業額大約是一億歐元。」

「喔！你是指她是位『大人物』吧，阿薩德。」

阿薩德搖搖頭，他剛就是這個意思。

「勞格森的女兒已經成年，當年在當地報紙的社會版面聲稱她母親會游泳，但從來沒用過游

注　編按：布萊恩．瓊斯（Brian Jones），英國音樂家，滾石合唱團創始團員，一九六九年在自家游泳池溺斃身亡。

泳池，所以她覺得整件事既詭異又可疑。據說那是她女兒唯一看見她母親靠近游泳池的一次，園丁也確定她非常痛恨游泳池，還叫他把泳池處理掉，他只是還沒時間弄。」

「警方怎麼描述死亡過程？」

阿薩德拿出警方報告。「嗯，你想呢？警方聲稱她被放在池子旁的袋子絆倒，頭撞上游泳池邊，失去意識後掉進水裡。當然完全是個意外。」

「那麼你為什麼覺得這案子和我們相關？」

阿薩德指著報告裡的一句話。「因為絆倒她的袋子裡裝的是鹽。」

「游泳池的鹽？不是用氯嗎？」

「是的，但有時會混合鹽和氯，不過這個游泳池似乎只用氯。」

「真該死！所以那是食鹽嗎？」

「根據報告，這沒有被分析，鑑識人員哪會想到要做呢？」

卡爾再次看著報紙剪報，日期是二〇一〇年八月二十日。

「好，我們試著做個總結。我們手上已經有幾個牽扯到鹽的謀殺案。現在我們得查查二〇〇二年五月十九日，那是帕勒．拉姆森死去的日子。如果我們假設皮雅．勞格森的死也是謀殺，然後依然認為殺手是挑特定日期下手，我想那一定是在五月十九日到八月二十日之間，而且二〇〇四、二〇〇六和二〇〇八年這幾年一定有謀殺案發生。這應該是我們接下來的辦案焦點。」

「老天。」高登感嘆。

他們花了快一整天研究皮雅・勞格森的法醫報告。

「你不覺得這整件事有點難以理解嗎？」高登問，「報告裡說，以她的年紀而言，這女人非常健康強壯，但報告的結論卻是她死於溺斃；還說她是生前落水，因為她的肺部裡有氯，所以判定她落水時還在呼吸。那你就得考量這會不會是自殺。但她怎麼會想要自殺？她是名事業成功的健康女人，職涯順利又多金，人脈廣闊，跟女兒的關係良好。我就納悶她為何沒有自己爬出游泳池。」高登搔搔臉頰。「報告還說她的頭可能有撞到池邊，但解剖發現頭部或身體根本沒有傷口，鑑識人員在現場也沒找到血跡、毛髮或皮膚細胞。她的血液裡沒有酒精或毒品。她會游泳，但痛恨水。全都說不通，報告裡甚至沒有去推論她落水時是否失去意識。」

「是呀，它的口氣平淡到奇怪。」卡爾對在口袋裡震動的手機置之不理，「但有時意外的報告就是這樣，都靠不太住。那你認為發生了什麼事？」

「或許這**真的**是意外。她一陣頭暈，然後落水。」高登猜測。

「好，那鹽怎麼解釋？為什麼會在那？看看我們的時間軸，一個又一個案子裡有鹽，然後我們都不能確定是不是在處理謀殺案，也找不到動機或嫌疑犯。這不是很奇怪嗎？警方一定每次都毫無頭緒，但卻每次都有鹽。」

手機又在他的口袋裡震動。

「是的，是很奇怪。」蘿思說，「我的猜測是，我認為我們處理的是謀殺案。這個假設很有說服力，像她這種地位的女人一定樹敵無數，單單一個壞建議就可能讓某個人失去大筆財富，那會招來殺機。」

「那犯案手法又該怎麼解釋，蘿思？」

阿薩德聳聳肩，走去白板那，慢慢開始填寫空格。

日期／犯罪地點：二〇一〇年八月二十日，歐登瑟

被害者：皮雅．勞格森

謀殺手法：將被害者的頭按在水裡

他放下筆。「這是我的猜測。」

卡爾點點頭。「所以你認為殺害她的人很強壯？」

「不，不一定。你有騎過不想要你騎到牠背上的駱駝嗎？你會突然發現自己躺在地上，鼻子埋在沙裡，不曉得剛才發生了什麼事。我想說的是，淹死她的人知道該怎麼做最有效，而且行動時毫不猶豫。那其實沒有那麼困難。」

「好吧，聽起來你自己曾試圖淹死某人過，阿薩德。」蘿思閃過一抹燦爛的微笑，但在發現他沒回答時陡然僵住。

「死者照片除了報紙裡拍得很模糊的這張以外，還有其他照片嗎？」卡爾問，「你能google看看嗎，高登？」

幾分鐘後，他們全都盯著螢幕上皮雅．勞格森積年累月的照片。不管她的體重如何波動、年紀多大，或外表如何改變，她的皮草外套、寬闊肩膀和馬尾都賦予她一種貴族氣息。

「這些照片告訴我，她是位獨樹一格且盡責的女性，把工作擺在第一位。」蘿思說。

「獨樹一格？妳可以再說一次。整年穿皮草，戴珠寶，頭髮濃密，等她的喉嚨被空手道一

劈，就知道她有多獨樹一格。」阿薩德諷刺地說。

卡爾的手機又在震動了。

「喂？」卡爾終於從口袋裡費力撈出手機接聽，口氣很惱火。他不認得那個號碼。

「請問你是卡爾．莫爾克嗎？」那聲音問，「太好了，我是北西蘭島警局的拉斯洛。鑑識人員要告訴你，他沒在昨天那位女性屍體的陳屍地點發現任何東西，但倒是在另兩個墳墓裡發現蹊蹺。他覺得很奇怪，墳墓附近怎麼都有同樣的東西。再仔細察看，發現墳墓四周灑了鹽，簡直就像有人想醃屍體。這對你有任何幫助嗎？」

第二十八章　莫利茲

二〇二〇年十二月十四日星期一

自從莫利茲遇到那名綁架他的女人後，已經過了兩天，這期間他完全沒有進食或飲水。他用來當廁所的水桶傳出惡臭，臭氣如霧般瀰漫整個房間。他飢腸轆轆，腸子和膀胱都空空如也。

我要小心不要移動太多，我會累死。他忖度。我要保持理智，最後一定會有人找到我的，我確定。好險我不在乎家裡的監視器會拍攝到私人土地外面，雖然那犯法了，但這樣警方現在就能看到那輛接我的車子的車牌號碼了。或許他們已經逮捕了那個女人，所以她現在才不在這。

他對自己微笑。在丹麥，綁架是重罪，絕對會被嚴懲。很快就換那個賤女人瞪著光禿禿的白色牆壁。她會蹲苦牢，眼睜睜瞪著自己的慘澹現實。

那檔節目可以叫《自殺時候到！》。他狂笑，這可眞是個棒點子，儘管這種實境秀可能會遇上很多阻力。人們對自殺總是莫名地緊張兮兮。

莫利茲點頭微笑，仰起頭大聲唱歌，連他上方的滾珠軸承都開始震動。「喔，不，可不是我，我會倖存～喔，只要我——」

他開始咳嗽。他口乾舌燥，舌頭黏在口腔頂。

眞是該死的狗屎。他環顧四周，突然驚覺這裡可以是任何地方。用水泥甲板隔開樓層的地下室，在鳥不生蛋地帶中央的倉儲大樓，在完工前就被棄置的新建築。我可能在西蘭島的任何地方。如果那個女人閉上嘴巴不肯透露，警察要怎麼找到我？

他在綁架後醒轉時，曾看過手錶，當時是十一點四十五分。他假設那時自己已經被鐵鍊綁在椅子上十到二十分鐘，如果估算沒錯，那車子就從他家開了整整一小時又十五分。

他離加默荷特多遠？在開始計算前他就急忙制止自己，因為他該死的哪會知道？變因太多了，那個女人有可能繞圈圈，或猛踩油門在高速公路上狂奔，那樣她甚至可能駛過瑞典和丹麥之間的松德海峽大橋。

莫利茲開始冒汗。如果他現在在瑞典，而那個賤女人又不肯招供的話，他們就永遠找不到他。他明天會坐在這裡嘴角冒泡，全身發抖，然後隔天……他能撐多久？

莫利茲的父親死於口渴。這個記憶冷不防跳入他腦海。他的死不怎麼戲劇化，因為他父親已經老朽，生命力一點一滴流失。醫生想找到方法讓他安詳死去，而他們唯一願意做的是拿走他的點滴。但他走得很慢很慢，莫利茲也想起死亡的緩慢讓他父親感到害怕。在他的眼睛閉上、失去意識前，他的凝視變得太過強烈，畢竟那是他和世界的唯一連結。眼前這些幫不了他的人，深深映在他腦海裡。他是獨生子，卻也只是把頭轉開，離開父親。

該死。滾開，該死的記憶，滾開，老爸。你只是個白癡，我又爲什麼要在意你死於口渴？

莫利茲看看他的勞力士潛水錶。藍色錶面、金色外殼、金色錶帶和錶釦，錶面顯示日期但沒有數字。他用二十五萬克朗買下，也不在乎別人對他的錶有什麼想法。他在晚餐桌上展示錶的時候，他的大女兒在他面前舉起 Apple Watch 嘲笑他。

「你的錶能監控你的心跳嗎？你的錶能接電話嗎？哈，你眞的很笨耶，爸。用相同的錢你可以買四十支 Apple Watch。不然也可以給我一匹馬，還能剩錢買錶，笨蛋！」

那時他只是微笑，為自己添了些食物。愚蠢的青少女哪知道什麼能給成年男人帶來快樂？她哪懂真正擁有什麼的快樂？反正等下一個款式上市，她馬上就會換掉她的 Apple Watch。沒有品牌忠誠度、被寵壞的小鬼。

莫利茲看看日期。他幾乎三天沒有進食和飲水了。他父親花了多久時間才死？六天，一週？但當時他已經非常虛弱了。莫利茲想起他曾經讀過，只要身體健康強壯，在不吃固態食物和不喝水的情況下，可以撐三個星期。莫利茲再次看他的錶。如果他有聽女兒的建議買 Apple Watch，現在或許就可以打電話給她們了。

他搖搖頭。綁架他的女人又不是傻瓜，她會將錶拿走。就算他真有像那樣的手錶，他該怎麼說？說他被綁架了？她們一定已經知道了。但是是誰幹的？女人編出要合併不可置信企業純粹只是胡扯，真正的全球實境公司和維克多·佩吉應該完全不知道那女人是誰。她的 Lexus 車牌號碼應該也是假的，或是贓車。而這個他被用鐵鍊綁起來的地方，他能怎麼形容？房間裡沒有顯著特色，什麼都沒有！這裡平凡到可以是任何地方。莫利茲感覺到舌頭有點腫脹，該死的口渴！他再次仰頭，瞪著將鐵鍊固定在軌道上的滑動吊環。

如果我爬上鐵鍊，抓住吊環，會有幫助嗎？我有辦法扭動吊環，弄彎軌道，把吊環撬鬆嗎？我也能這樣對付另一條鐵鍊嗎？那會是個解決方法嗎？

如果他設法將一邊吊環弄鬆，他最後顯然會掛在另一邊的鐵鍊上，動彈不得。如果將整個身體的重量掛在上面，他有辦法把另一邊的吊環弄出軌道嗎？

莫利茲起身模擬情境，感覺不太妙。

軌道固定在天花板上，延伸至整個房間。他跟著軌道從一邊走到另一邊。如果有任何地方他能用一手抓住、另一手拆掉一側鐵鍊，他就會嘗試往上爬到那裡。

他在整個房間裡前後走動，這時聽見上方的滾珠軸承旋轉的聲音，抬起頭看天花板。那聲音讓他暫時冷靜下來。但那只是個幻覺，那其實是來自地獄的聲音，一個他無法逃離的陷阱、他個人的地獄。

後來他找到了。吊環上的螺栓也被漆成天花板的白色，才幾乎看不見。但它就在那裡，遠遠的天花板上有個扭曲的螺栓，就像他在超過二十五年前，替他兒子的鞦韆鎖的那兩個螺栓一樣。上頭的吊環距離另一條軌道的吊環只有四十公分。如果他能用兩根手指頭擠過吊環，他有辦法將整個身體掛在上面，試圖扭鬆另一條鐵鍊的吊環嗎？自從他心臟病發作後，他每天都花二十分鐘在地下室的健身房裡健身，希望現在能驗收成果。

莫利茲開始爬高到一側鐵鍊，讓另一側鐵鍊慢慢變鬆。爬繩是他讀書時最喜歡的訓練之一，但爬鐵鍊不太一樣，況且那也是三十五年前的事了。他很難牢牢抓住這類鐵鍊，第一次抓住時他的關節變白，天花板遠比他目測的還高，可能超過四公尺。

他赤裸的雙腳夾住鐵鍊。如果他有穿運動鞋會更容易，而如果他有穿長褲，鐵鍊就不會磨痛他下體周遭的皮膚。

「你**一定**辦得到。」他對自己低語。如果這招失敗，他就完全不知到要怎麼逃離這個房間了。或許貨梯管用。他把鐵鍊扯下來後，或許可以把它當作武器。或許。

如果有任何人來的話。

現在他成功爬上身旁的鐵鍊上端。軌道上的吊環印有 Mexita 鋼鐵的商標，而它就像軌道，也是用強化鋼鐵製成的，所以這沒有那麼簡單。他用盡力氣想把軌道扭彎，軌道堅若磐石。也許撬桿幫得上忙，但他手邊沒有。他擁有的僅是一個破碎的希望。

他慢慢滑下來，走到椅子那坐下。這次小小的用力都讓他精疲力盡，他手臂赤裸的皮膚變成灰白色，靜脈暴突。

是他的想像，還是室內的溫度真的升高了？

莫利茲看向貨梯，自從他恢復意識以來，電梯從未發出聲音。

他真的會死在這個被神遺棄的荒涼地方嗎？

第二十九章　卡爾

二〇二〇年十二月十五日星期二

在他整個警探職涯中，卡爾曾好幾度發現不同案件間的詭異巧合，而這次的案子，就是會讓他和懸案組的同僚背脊發冷的那種。

埋在地裡的兩具屍體像醃鯡魚般被鹽醃漬，而且很靠近拉格希兒的屍體被發現的地方。這意味著現在，她的案子和白板上的另一個案子有關。問題只在於為什麼有關連。那兩名死者都是男性。時間最近也保存得最好的被害者，估計體重超過五十公斤，將近兩公尺高。時間較久的屍體體重差不多，但矮個二十公分。

「如果我們暫時把拉格希兒的案子放在一邊，我們會從其他案子得知什麼？」卡爾問。

「我們可以確定，**那兩個**謀殺案有關連。」高登建議。

卡爾點點頭。「是的，但有件事很明顯，你知道是什麼嗎？」

「凶手特意想告訴我們這些人，白板裡的死者都因某事而有所關連。」阿薩德說。

「是的，但為什麼要這樣？凶手是想逗我們玩嗎，還是在吹噓？或暗示我們去阻止他？」

卡爾走到窗戶前，心中的問題沒有答案。「我們可以先從擦掉幾個問題開始。」

他指著最下面兩個：

蘿思7：究竟爲什麼會有人在犯罪現場留下鹽？
阿薩德8：二〇一〇年的謀殺和神祕死亡，有相關性嗎？

「我想我們部分回答了蘿思的問題，也就是蘿思7。我們不知道為什麼要是鹽，但就像我們討論過的，鹽的存在代表我們可以假設，凶手試圖有意識地告訴我們，他們犯下了這兩起罪行。你們認為這個假設可以成立嗎？」

眾人點點頭。

「說到阿薩德8，阿薩德找到了一個案子，它可能就是我們在找的、應該發生在二〇一〇年的案子。」卡爾對他點頭表示讚許。「你已經把它寫在白板上了，阿薩德。我們可以繼續假設，金融顧問皮雅·勞格森的案子，就是我們在找的二〇一〇年的謀殺案。大家都同意阿薩德的看法嗎？」

蘿思和高登點頭。

馬庫斯·亞各布森看起來不為所動，十分罕常。懸案組成功連結兩件死亡懸案，並認為拉格希兒·班特森和馬庫斯騙他們接下的舊案之間可能有關連。聽到之後，他為什麼沒有更開心？凶殺組組長試著嘆口氣，但那聽起來比較像他喉嚨裡哽了什麼。

「很明顯，拉格希兒·班特森的埋屍地點離另外兩個墳墓不到一公尺遠，但詳細的解剖和現場勘驗並未顯示她體內或身上有鹽。」

「所以呢？」卡爾不認為那是個問題。

「考量到屍體埋藏得這麼靠近，地點又這麼偏僻，我們可以假設，不管誰是幕後主使，我們面對的都是同一批凶手。如果那兩具時間較久遠的屍體和你的案件相關，那為什麼她沒被撒鹽？」

「或許她不像其他人一樣是個儀式謀殺。」

「你說『儀式』是什麼意思？」

「她不符合條件，她不是在正確的時間遇害。」

馬庫斯滿臉疑惑。「我需要你好好解釋這點。」

「好，但我們要走到另外一間辦公室。」

馬庫斯站在白板前凝視良久。他顯然發現那些案子的年代和日期之間可能有個模式存在。現在他眞的發出嘆息了。「你們的時間軸上還有好幾個洞。」

阿薩德走到他跟前，雙手插在口袋裡。

「你什麼時候會去丹麥安全和情報局幫我和我家人？你今天會去嗎？」

馬庫斯點點頭。

「好，那我會很開心地告訴你，我是怎麼想的。我認為，那兩具剛送去給法醫檢驗的屍體，分別在二〇一六和二〇一八年被殺。所以如果你能幫幫我，對丹麥安全和情報局施加壓力，然後讓我知道那兩具屍體的身分，我就確定我能補起幾個時間軸上的洞。」

「阿薩德，你為什麼認為我們能這麼精確地鎖定死亡日期？」馬庫斯反駁，「他們可能在那裡躺了更久。他們甚至可能在被埋前，就已經被冷凍好幾年了。」

「我知道那問題很棘手，尤其屍體又被鹽保存過。但你知道我怎麼想的嗎？我真的認為兩具屍體體內都塞滿了鹽，我很願意把我的脖子伸進去看看。」

卡爾想像那個場景。「是伸長你的脖子，阿薩德，你知道的。」

阿薩德一臉絕望。一天被糾正那麼多次，他已經受夠了。

不到十分鐘，他們就接到法醫的電話，表示兩具屍體的胃都被灌滿鹽水，氣管和食道則塞滿鹽。當然是食鹽。

「鹽顯然有某些效果，但不像真的防腐處理。鹽並沒有阻止器官腐敗，就像墳墓裡的鹽也沒阻止皮膚腐敗。我們假設其中一具屍體已經埋在土裡兩年，另一具是五年。但我必須強調這只是猜測。」

「你能告訴我們死因嗎？」卡爾問。

「沒辦法，現在下斷論還太早了。就算我們進行到那裡可能也無法確定。屍體外觀看起來沒有遭刺或槍擊，但就像我說的，它們的狀況很差。我們要等等看結果如何。」

「有任何顯著的特徵嗎？」

「嗯，我能說什麼呢？兩名男子的下體毛髮都被刮除。雖然很奇怪，但在這個年代，那對某些特定年齡團體來說卻很正常。所以我們暫且認為，那代表有某種程度的性活動。我的直覺是，兩人都在三十到五十歲之間，但我們還在等牙齒的分析出爐。」

「意思是他們的牙齒保持完好？」卡爾問。

「就是這樣，他們可沒在牙齒上省錢。」

「意思是？」

「當然是植牙。還有在孩童時期就用牙齒矯正器，蛀牙也有被治療，然後還有幾個牙套和牙橋。有這麼多線索就夠辦下去了。」

懸案組的氣氛似乎變得歡欣鼓舞。

第三十章 路易絲／卡爾

二〇二〇年十二月十六日星期三

路易絲．凡．布蘭登史普來自海寧，父親是名生意失敗的時裝工廠老闆。她和一名地毯批發商結婚，後來離婚，丈夫也同樣生意失利。對路易絲而言，事情每況愈下。她沒有值得一提的謀生技巧，沒有受過良好教育，酗酒，說起來也沒有眞正的知心好友。後來她成功高攀上第二任丈夫，伯格．凡．布蘭登史普，簡直是一步登天。伯格投資線上賭博，賺進大把鈔票。那些容易受騙的平凡丹麥人想要用有限的資金，不做任何努力就從賭博上獲利豐厚。他們不切實際的想法，使得這對夫妻在過去十年來每年都賺進六千萬克朗。唯有他們一家人會從賭博中帶著贏來的錢回家，那麼又為什麼要良心不安？

二〇一八年一個黯淡的十一月某日，路易絲的丈夫失蹤了。因為兩人的財產都在丈夫名下，於是路易絲長年來習慣的享受、奉承和派對都跟著他煙消雲散。一瞬間，路易絲淪為他人的獵物，每件事、每個人都讓她大失所望。凡．布蘭登史普的第一任妻子要求房地產應該有她的份，她的小孩則要求信託基金先行發放。租車的債權人、建造馬廄的工人，以及每個他們的債主紛紛定期上門，怒罵著要求還錢。

頭幾個月，路易絲還抱持著希望，認為伯格會再度出現。他對新肉體和異國情調的渴望會衰退，他會回家補償她，重返他在婚姻和床上的位置。但伯格沒有出現，現在她搬回兩人們在霍恩貝克的度假別墅，那是在她名下的唯一財產。

當史凱文格發現屍體的新聞快報映入眼簾，她正躺在床上看新聞。路易絲喜歡橫越過螢幕的黃色跑馬燈，既聳動又令人毛骨聳然。她瞬間背脊發涼，疑心大起。跑馬燈說其中一具屍體是一名至少兩公尺高的男子，埋葬時間可能超過一年。她從床上跳起。

路易絲本該對這份懷疑感到震驚，但她反而大大鬆了口氣，想像往後將迎來更美好的時光。如果他**的確是**伯格，就能取得死亡證明，一口氣解決財產糾紛。他有大筆財產，而她肯定能分得一大部分。

警察沒穿制服讓她吃了一驚。眼前出現一對很古怪的搭檔——像黑白雙雄。看起來是中東裔的男人眼裡滿是血絲，一頭亂髮；他旁邊則是名瘦高男子，臉色蒼白。兩人站在她門墊上，模樣活像兩個小學生。兩人向她自我介紹，但她沒注意聽。她從以前就是這樣。

「我們來這裡是因為妳打電話給警方，妳說妳懷疑兩具屍體中的一位可能是妳丈夫，伯格．布蘭登史普。」那名臉色蒼白的傢伙說。

「凡！」她說，「伯格．**凡**．布蘭登史普。」

那名中東裔男子低頭看他的文件，喃喃低語：「我們的文件裡沒有『凡』。」

「我們來這裡通知妳，牙齒分析確認死者的確**是**妳丈夫，」小學生說，「我們很遺憾。」

太棒了！一個聲音在她腦中響起。她將臉埋在手裡，假裝震驚。她的未來在轉瞬間似乎變得光明，有無限可能。

「妳需要喝點什麼嗎?」年輕人問,「妳需要時間讓自己鎮定下來嗎?想打電話給誰嗎?」

她搖搖頭。

「我們檢查了紀錄,妳向警方報案妳丈夫在二〇一八年十一月二十二日失蹤,正確嗎?」中東裔男子問。

她從雙手後方點頭。

「妳丈夫非常富有。妳曾在任何時間收到贖金要求,或以任何方式收到他為何失蹤的消息嗎?」臉色蒼白的傢伙問。

她嘆口大氣,抬頭看向他們。希望他們不會看透她沒掉眼淚。

「沒有,什麼也沒,他就這樣失蹤了。」

「關於他的死,妳能想到任何解釋嗎?」另一個傢伙問,「他有沒有敵人?他拒絕還債嗎?或許是賭博方面的債?」

她嘲諷地說:「伯格沒欠任何人錢,而且如果他有賭債,他會很乾脆地付清。你怎麼會問我這麼愚蠢的問題?伯格就是從別人的賭博習慣中賺錢,他自己絕不會沉溺於賭博,他都說賭博的人最蠢。」

「這十二到十三年來,他在丹麥和國外避稅天堂投資了超過十個賭博平台。他可能在那方面樹立了敵人,這並不會很難想像。」小學生說。

路易絲以憐憫的表情看著他。「你是在說那些賭博成癮的人嗎?那讓我明白告訴你,伯格跟賭客絕對毫無瓜葛,我無法想像他會對那些悲慘的輸家洩漏自己的身分。」她看向另外一名警察,他臉上帶著些微痛苦的表情。「伯格現在在哪?」

「還在法醫那邊。」

「我不必指認他，對吧？」

「不用，除非妳想，但我建議妳不要。」中東裔男子回答。讚美耶穌！說得好像她會想一樣。

「他叫伯格．凡．布蘭登史普，在二〇一八年十一月二十二日失蹤。在那之後，他慘遭殺害，被食鹽做了某些防腐處理。卡爾，我跟阿薩德都認為，我們可以在白板上填寫入另一位被害者。」高登說。

「她太太呢？她反應如何？」

「你知道駱駝有巨大野心的時候，會發生什麼事嗎，卡爾？」阿薩德問。

他搖搖頭，高登也不知道。

「駱駝相信自己能飛，牠就會像伸展翅膀一樣向兩側伸展駝峰，在沙漠中央從高高的沙丘上跳出去。」

「我猜牠沒辦法飛。」卡爾說。

「是沒辦法，牠得緊急迫降。」

「我不太懂故事的寓意，阿薩德。」

「就像駱駝一樣，我們沒有從妻子那得到任何線索。」

「好，很聰明的故事。所以你的意思是，妻子對伯格．凡．布蘭登史普的失蹤沒有任何資訊可以提供？」

「是的。除了他的姓氏裡還有『凡』之外，而且這不是他的眞名。」

卡爾搖搖頭。有些人自以為在姓氏裡加上有貴族氣息的「凡」或「德」，就會讓自己變得更重要。這群自負的傢伙多到可以塞滿羅馬競技場。

「看得出來你們還滿自得其樂的嘛。」門邊傳來一個聲音，凶殺組組長駕到。「或許我可以為你們的好心情做出貢獻，另一具屍體的身分今早確認了。」

他們全都瞪著馬庫斯．亞各布森。

「那男人叫法蘭克．阿諾．史文森，是個公眾人物，以前因為違反環保法規，每天被罰數不清的罰款，維持了很長一段時間。」

卡爾聳聳肩。「公眾人物？」

「是的。你可能知道他的別名，佛朗哥．史文森。他被報失蹤，大眾覺得他是溺死了。」

卡爾想起來了。

「我也要告訴你們，兩具屍體的解剖報告確定兩人死因相同，都死於大量氯化鉀注射入體內——可能被直接注射心臟。氯化鉀是注射死刑中用的三種毒藥成分之一，但通常在執行死刑前，死刑犯會被注射鎮靜劑。有趣的是，凶手並沒有想要掩飾他們的手法。」

「你的意思是？」卡爾問。

「法醫今天又出門勘驗現場。他們挖深一點後，發現兩座墳墓裡有兩個相同的注射器。容量兩百毫升的注射器通常會接上管子拿來灌腸，但這些是接上針頭，那可該死的很長。」

卡爾不禁顫抖。「針筒裡還殘留有氯化鉀嗎？」

「是的，大概五毫升。」

「你覺得原本針筒裡有多少？」蘿思問。

「很難確定，可能是滿的，畢竟鑑識調查這樣顯示。」

「致命劑量是多少？我確定不需要一百五十毫升。」蘿思說。

「我不曉得直接注射心臟時需要多少劑量。如果是靜脈注射，劑量應該需要更多。」

「法醫辦公室怎麼說？」卡爾問。

「他們支持我的理論。」

「所以，這兩人被氯化鉀殺害，以氯化鈉做防腐處理。這案子突然之間變得非常化學，不是嗎？」蘿思說。她感到背脊一陣發涼，顫抖起來。「男人被綁架和被殺害的方式，跟死刑犯一模一樣，卻沒有先被給予鎮靜。」她陰鬱地說。

「是的，他們的身體裡沒發現其他化學物殘留，那是迅速有效，但可能非常痛苦的死亡方式。」凶殺組組長轉身面對白板。「兩人的死亡和其他人似乎沒有太大共同點，其他人原本都被警方歸檔為意外或自殺。二〇一六到二〇一八年之間的空檔的確非常可疑。」

卡爾對阿薩德點點頭。他往前走，在白板的「二〇一六年」下面，寫下「法蘭克·『佛朗哥』·史文森」。

他們注視白板一會兒，接著阿薩德在「二〇一八年」下面寫下「伯格·凡·布蘭登史普」。

卡爾數數跟鹽有關的屍體數目。

現在有七具。

第三十一章　阿薩德／卡爾

二〇二〇年十二月十六日星期三

阿薩德將車停在歐登瑟郊區，抬頭瞪著丘陵上的白色豪宅，它離別墅櫛比鱗次的街道至少有兩百公尺遠，那條街上的豪車看起來都像賒帳買的。豪宅彷彿訴說著往昔的榮光。

「你打電話給我的時候，我眞的很困惑。」來應門的女人說。她全身穿著優雅，符合人們對億萬財產繼承人的期待。「上次跟警方討論母親的死，應該是十年前了吧。」她請他進入房子。

「是的，遺產順利在二〇一二年繼承後，我就一直住在母親的房子裡。」她說，「那時還是個年輕女孩，很驚訝地發現母親曾放棄過一個小孩，送去讓人收養，所以繼承弄了很久，因為她把那孩子也納入遺囑裡面。」

皮雅．勞格森的女兒走在阿薩德前面，進入一間裝飾奢華的房間，波斯地毯看起來就像從《一千零一夜》的冒險中直接拿出來的。阿薩德在比他家客廳還要大的皮沙發上坐下。她說自己已經四十幾歲了，離婚兩次，和十四歲女兒同住，女兒今年夏天就要去讀寄宿學校。

阿薩德給她最燦爛的笑容，試圖喝下精緻瓷杯裡冒著蒸氣的無糖白茶。

「很好喝。」他強迫自己客套地說，接著告訴泰蒂．勞格森，她母親的案件在幾天前重啟，警方正在更深入調查。

「我想先看看游泳池。」他喝完最後一口茶後說。那杯茶眞是在挑戰他對糖的渴望。

游泳池比他原先設想的大很多——二十乘五十公尺——在一戰前由一名德國商人設計，風格極盡奢華。商人有五名子女，他希望子女比自己更愛好運動。

「冬天會用篷布蓋起來，但現在實際上一整年都蓋著。我們可不想和朋友泡在新冠肺炎的濃湯裡。」她指指警方聲稱她母親絆到袋子的地點。阿薩德可以在心中想像那個場景，但那是否真的是場意外？

「母親痛恨游泳。她保留游泳池只因為，在社交聚會和商業會議的時候，游泳池當作照片背景看起來很棒。絕對不是為我保留的。」

「誰維護游泳池？」阿薩德問。

「我們的園丁，奧古斯都。」

「園丁？妳知道他還健在嗎？」

「喔，是的。他現在很老了，但還健在，身體很硬朗。」

「妳方便告訴我，要去哪找他嗎？」

她抿緊嘴唇，指向身後的花園盡頭。「現在他正在橘園裡照顧我們的茶花，我們希望花能及時趕在聖誕節開花。」

奧古斯都・尼爾森應該至少有七十五歲了，但看起來卻有八十五。戶外活動摧殘他的肌膚，臉上的皺紋從前額散布到臉頰，活像蜘蛛網。他的聲音很微弱，但記憶力好得不得了。

「我確定不是我把袋子留在那邊的，皮雅不能忍受東西亂擺。警方問過我很多次，我有沒有可能記錯，但我看起來像是會記錯的人嗎？」他大笑，笑聲嘶啞得幾乎聽不見。「我已經告訴他們好幾次，我不知道那袋鹽是打哪來的，一定是別人把它放在那，我只是不知道那是誰。顯然他們也不相信我。每次有人那樣對待我，我就保持沉默。」

「你清理泳池的時候，不是就直接把氯倒進去嗎？」

「這個，我是這麼告訴警方的。我說，這案子比他們想像得還要複雜。」他指指靠近籬笆的一個木造小倉庫。「那裡有裝正確氯量的特別容器。為了得到正確的水分平衡，其實會牽扯到很多化學計算和調整。還有個加熱設備，但皮雅．勞格森從沒用過，她不喜歡游泳。」

「所以袋子裡的鹽是你要用在別的地方的嗎？」

「嗯，你問的問題都很正確。我可以問你，你的丹麥文怎麼講得這麼好嗎？」

「我從小就住在這裡。」

「喔喔喔，」他邊說邊沿著一排排花樹走下去，「那你可能沒辦法忍受這裡的夏天。」他大笑。「你問的問題，回答是，是也不是。那個袋子就像我們冬天在車道灑鹽時的袋子，但袋子裡的鹽卻比那精細得多，讓我百思不解。」

「阿薩德，你有聽說政府又下令封城了嗎？從明天早上開始。」高登的聲音在顫抖，聽起來好像世界末日到了。「什麼都要關閉——學校、理髮廳、購物中心和百貨公司。我還沒買聖誕禮物，也不知道在封城變得更嚴格前，我能不能買到。眞是場災難！」他望向蘿思和阿薩德，他們似乎都泰然自若。阿薩德並不在乎，因為他家裡並不慶祝聖誕節。

「我該死的覺得大家都好可憐。如果我們繞著聖誕樹跳舞時甚至不能牽手，那就不算是眞正的聖誕派對。我們不能唱歌，不能同時在一個地方聚集超過十個人，我覺得……」高登在角落的椅子坐下，看起來泫然欲泣。

「是呀，這當然不好，對很多人來說這眞的是場災難。」卡爾點點頭，在做出適當的戲劇化停頓後，轉向阿薩德。「你拜訪歐登瑟有收穫嗎？我們能從白板擦掉皮雅．勞格森嗎？」

「不。我還是認為皮雅．勞格森慘遭殺害。」阿薩德回答，「她女兒告訴我，她曾試圖徹底調查，但運氣不好。後來她給我看她母親接受訪談的幾本剪貼簿，也有跟她的死有關的新聞。剪貼簿現在就在我桌上，我等下會翻閱一下。」

卡爾轉向高登。「你怎麼還在這裡，高登？你還有時間，為什麼不趕快去買聖誕禮物？我們沒辦法繼續忍受你的抱怨了。」

臉色蒼白的傢伙呼吸沉重，試圖維持鎮定。

「我想我發現了什麼，」高登說，「那可能是所有謀殺的共通點，但和中東毫無關係。」眾人眼神熱切地望著他。

「我昨天在我爸媽家和他們的兩個朋友夫妻共進晚餐。每個人都快篩過，所以你不用擔心。那個丈夫是做內銷葡萄酒的生意，他帶了三瓶皮利尼蒙哈謝白酒過來，嘗起來就像天堂。」

「我突然覺得口渴了。」蘿思說。

「是的，很美味。我喝了很多，一整瓶我想。結果我變得太聒噪，提到皮雅．勞格森的案子。我說我們正在調查，而案子很棘手，因為發生在很久以前，二〇一〇年八月二十日。」他望向卡爾，「對，我很抱歉，卡爾。我通常從來不在辦公室外談論工作。」

卡爾聳聳肩。好在他的同事不知道，卡爾會在一瓶白酒下肚後說些什麼。

「然後那個妻子說，眞有趣，因為八月二十日是她的生日。」

卡爾試圖擠出一抹微笑。如果像那樣的有趣巧合能破案，他就能從他的前岳母那得到一整個兵工廠的武器。

「她說她一直以來對自己的生日都感到很難過，因為她是個波士尼亞的塞爾維亞人，而開啟波士尼亞戰爭的米洛塞維奇(注)也在同一天出生。」

「然後呢？」蘿思問。

高登直視阿薩德。「我想你們都記得，瑪娃說歐勒・度德死的那天是海珊生日，對吧？」

房間裡陷入安靜片刻。

「就在首相給我這個封城大禮之前，我查了五月十九日，帕勒・拉姆森被害的那天。」他做出一個逗弄的表情。看起來高登完全忘記聖誕節被毀了。

「直接說吧，不要賣關子。」蘿思說。

「五月十九日是波布的生日，就是帶領他的團體赤棉，犯下史上最大、最殘暴的種族滅絕的那位柬埔寨人。所以現在看起來有個模式了，你們不覺得嗎？」

他們全都點點頭。海珊、波布、米洛塞維奇，這些謀殺案件的犯案日期看起來特意與恐怖獨裁者和謀殺者的生日重疊。

注 編按：斯洛波丹・米洛塞維奇（Slobodan Miloševi），第一任塞爾維亞總統，二〇〇六年在海牙前南斯拉夫問題國際刑事法庭被以戰爭罪、危害人類罪和種族滅絕罪等罪名進行審判時，於獄中驟逝。

第三十二章　寶琳

二〇二〇年十二月十六日星期三

鏡子裡，寶琳一張異常疲憊又聽天由命的臉望著她自己。她的前額出現深深的皺紋，就像她的嘴角紋路。寶琳有好幾天都笑不出來了，她也沒有理由微笑。現在她的冰箱裡空無一物，銀行帳戶也空空如也。她回去工作的機會渺茫，因為首相剛下令在節慶季節整個國家必須封城。寶琳的心情在絕望和憤怒間轉換。

明天中午開始，丹麥大多數的商店和機構會關閉，眞是爛透的一年，爛透的聖誕節。全丹麥的人都衝到幾家還開著的購物中心採買。他們眞是瘋了，但他們至少有錢可花——不像她。寶琳從來沒有陷入這樣的慘況，她房子和日常生活的開銷還在，卻毫無收入。她已經沮喪、掙扎了好幾個月，而對她這種人來說，任何權宜之計能帶來的希望變得越來越微小。她的朋友全都支持、鼓勵她，也同情她的處境，但這只能帶來小小的慰藉。

文化部長天殺的以爲藝術家要怎麼維生？她曾說過，在市政廳廣場的啤酒箱上背誦《哈姆雷特》嗎？還是像在南歐，站在教堂階梯上乞討零錢？

寶琳瞥瞥床下的鞋盒。那是在這近二十年來，每當她感覺沮喪、人生變得更糟時的祕密振奮之物。帕勒寫的激情信件能刺激她的感官，引發幻想，並提醒她兩人之間曾有過的粗暴的愛和扭曲的關係。

可如今，這個小小聖龕也面臨威脅。如果警方能拿到這個鞋盒，會不會更對她產生疑心？他們會不會發現某些描述行徑的字眼頗有蹊蹺，因而懷疑她對叔叔的愛和感情的真誠度？那些祕密她要全部帶進墳墓裡。

儘管她和帕勒的死毫無干係，所有想法又重新浮上表面，尤其現在，她第一次聽說帕勒的手腕上有深深的凹痕。那個資訊迫使她察覺，帕勒當年是在計畫離開她。但發生了什麼事？帕勒從沒叫她把自己綁起來。有次激情正濃時，她建議用手銬銬他，因為她打他時他扭動得太厲害。但即使在那種時刻，他都說不。

最近幾個夜晚，寶琳不斷哭泣，除了因為她的經濟情況，也因為她對帕勒死前幾日留下的所有問題，永遠也找不到答案了。

警察不止暗示過一次，帕勒不是死於自殺。即使是當年，她也對他自殺一事難以置信，許多年前才總算接受那個說法。人們一次又一次地告訴她，帕勒暗藏很多暗黑的祕密，他就是那種會自殺的人。

但他手腕上的凹痕又如何解釋？那是怎麼來的？

她的思緒引導她走過蜿蜒的道路，抵達黑暗深處。正常情況下，她會被日常生活和忙碌的工作分心，無暇他顧。但現在每件事都陷入瘋狂，而她心中奔騰的思緒讓她瘋了嗎？她的愛人真的慘遭謀殺嗎？如果真是如此，是誰下的毒手？如果不是搶劫出錯或出自政治動機，那就只能是跟他親密的某人犯下的，而那個人極有可能就是寶琳的情敵，西絲麗．帕克。有什麼理由不是她？

當年西絲麗當然有能力把寶琳擠下寶座。當情勢越來越明朗，她曾為此所苦。西絲麗更美更富有，她聰明、教養良好——獨樹一格，所以她馬上就威脅到寶琳的地位。但她對帕勒而言也是威脅嗎？他們玩得太過火了？

寶琳獰笑片刻。

我會摧毀她。她想。

寶琳拿出鞋盒放在大腿上。在這些寶藏裡，她一定找得到一封完美匿名的電郵，可能是寫給西絲麗．帕克，也可能是寫給她自己，暗示他們過於親密和暴力的關係。不管西絲麗有沒有犯下謀殺案，寶琳會確定要讓她驚恐到付錢了事。

寶琳縱聲大笑，解放的感覺真令人難以置信。

是的，西絲麗．帕克會付一大筆錢。唯有她才付得起。

幾小時後，她坐在帕克企業的心臟地帶，隔著流線型鋼鐵玻璃桌面對西絲麗。周圍環繞眾多古董家具和簽名稀珍畫作，寶琳永遠買不起。

西絲麗．帕克以深不可測的表情打量著她。

「是的，我知道妳是誰，寶琳．拉姆森。妳的生活風格可不怎麼謹慎。」

西絲麗．帕克看起來就像有人剛端錯菜給她。

「妳看到我似乎不太開心。」寶琳邊說邊四處張望她期待能收割的財富。

「我為什麼要開心？我不認識妳，我們也沒有共通點。實際上我很忙。」她按下按鈕，簽署一個文件。「我們速戰速決吧。妳想要什麼？妳說妳對我有個商務提議？」

「我確實有妳會想要買的東西。」寶琳把椅子往後推，仰起頭。這個姿態在舞台上無往不利，在這為何不能奏效？「妳說妳不認識我，但現在可不一定了，不是嗎？」

西絲麗・帕克轉身面對門，將文件遞給剛進門的祕書。「很緊急，叫快遞。」她的眼神轉回來盯著寶琳，眼皮似乎變得沉重。「嗯，那快說吧。除了讀過妳的報導，我該從哪裡知道妳？妳又想要提供我什麼？」

「妳很清楚我是帕勒・拉姆森的姪女，妳還把他從我這裡偷走，所以我才會認識妳。」

「帕勒・拉姆森！老天，妳在暗示什麼？偷走他？對我來說，他除了有政治上的用處外，我對他毫無興趣。老天！那個噁心透頂的肥男。好好看看我，我這樣的女人為什麼會想要像他那樣的男人？」

西絲麗・帕克鄙視的表情讓寶琳有些茫然無措。她讓自己鎮靜下來，從手提包裡拿出口紅，在嘴唇畫上鮮紅色彩。那是大膽的紅色，一點也不會比她對手塗的遜色。「顯然妳對他的感覺強烈到想要殺了我愛的那個噁肥男。」她將口紅放回去，避開西絲麗・帕克的凌厲眼神，還有她預期中的憤怒。

「妳瘋了，女人，」她說，「妳還是爬回妳的洞吧。」

寶琳咧嘴而笑。現在，那女人隨時都會按捺不住憤怒。

西絲麗說：「如果妳想說說帕勒的死，還有些大家不知道的細節，我很樂意打電話給警察，親自通知他們妳的歪曲理論。」

寶琳點點頭，眼神盯著西絲麗的黑色靴子。如果她沒搞錯，那是 Celine 的高跟靴，價格超過一萬克朗。

「看著我，女人！妳想要我叫警察來嗎？」

寶琳抬起眼睛望向西絲麗的手，她正把手放在市內電話的話筒上。

「如果妳想和其他殺人犯一起蹲十五年的牢，妳儘管打電話。也可以把手放回桌上，聽聽我的提議。是的，妳會花掉五十萬，但妳可以和過去劃清界線。那不是很好嗎？」

西絲麗等了一會兒才慢慢將手從話筒上移開，接著按對講機對祕書下令。

妳上鉤了。寶琳在手提包裡摸索電郵時想著。

她在一樓坐等了一個小時。領她下樓的祕書很友善，並向她保證，一等西絲麗忙完工作就會過來。她指指一個餐邊櫃，上面有巧克力、咖啡罐和茶罐，旁邊還有水可以沖泡。

「請自便。西絲麗・帕克要我告訴妳，她期待和妳解決幾個誤會。」

寶琳的心境在這一小時內激烈翻騰。她原本堅信她占了上風，現在卻想著下一個走過那道門的人可能是制服警察。西絲麗有沒有錄下她們的談話？現在想想，她那種地位的女人可能會採取這類措施。

她要求五十萬克朗，好讓西絲麗和過去劃清界線。有些人會說這是勒索，但那可是會被判處徒刑的罪行。寶琳對自己生起氣來。她是能有多蠢？她握緊拳頭。我還藏了幾招，西絲麗，妳可以試試看。她想，為自己倒了一杯咖啡。

她會告訴警方，她是想引誘西絲麗・帕克進入一個陷阱。而是首席警官卡爾・莫爾克讓她注意到，帕勒・拉姆森的案子已經重啟調查。

又過了十五分鐘，她考慮離開。那會給西絲麗一個教訓，她可不是能用繩子拖著到處走的狗。除了憤怒，她的眼睛很乾，人也越來越累。

她瞇起眼睛抬頭看天花板的燈光，感覺太亮了。她的視線捕捉到某種這類高科技環境會有的先進投影系統，或者該說監視攝影機。

「哈囉！」她大叫。那些人必須馬上回應，他們別想讓她百般無聊地坐在這空等。

她站起來，踉踉蹌蹌地走向門，轉動把手。

她用力拉了幾次後，才發現門被鎖上了。

寶琳瞪著把手，視線慢慢變得模糊。

當某人終於進入房間，她正躺在地上，上氣不接下氣。

第三十三章　莉茲貝絲

一九八四年

「所以妳覺得妳已經可以出院了，妳的依據是什麼，莉茲貝絲？」

她試圖微微一笑，增加一點溫暖，但這對他這種人從來沒有效果。這個男人有正眼瞧過她嗎？他只是坐在那，搔著眉毛的乾燥皮膚，眼鏡一直滑下他的鼻梁。他究竟是誰？他是負責她案子的諮詢師嗎？還是代理醫生？另一個住院醫師？她完全不知道。她深吸口氣，想像窗戶外春天的芬芳，自由正召喚著她。

過去十四個月，莉茲貝絲流轉於不同科的住院區，看了一堆探索她腦袋的精神科醫師。有些花了很長的時間，問了一遍又一遍相同的問題；其他人則精疲力盡，因超時工作和必須扛起的責任而承受巨大壓力，一心只想回家。醫生高矮不一，有著各式各樣常見的丹麥名字，除此之外他們相似得令人驚異。

她看著醫師胸前的名字標籤，寫著「索雷夫・彼得森」。也許他是那位真正主管一切的人。她記得好像曾在哪裡聽過這個名字，但她現在不能確定是在哪。她只認得在會議桌坐在他隔壁的人，那是病房護士。另兩名醫師就像直接從街上走進來的路人，他們甚至沒穿白袍。

「對，因為我現在感覺很好，我想出院了。治療有效，我想準備返回人生和大學。」

醫師瀏覽她的病歷，點點頭。

「是的，這對妳來說是個非常創傷的經驗，妳光是還活著就應該很感激。但妳有時仍會出現毫無來由的暴怒，那表示妳還沒有放下過去。我想妳知道，如果我們同意讓妳出院，妳要繼續服藥。我沒辦法評估要多久，但在我看來，妳可能要吃一輩子的藥。」

她點點頭。如果這個精神委靡的男人以為他能嚇到自己，那他真的是蠢到不該做這一行。

「是的，但那是很久以前的事了。」

「什麼很久以前？」他將眼睛推高，銳利地看她一眼。

「暴怒。我沒有再發怒了，我跟你說過我感覺很好。」

「妳的病歷上寫著閃電幾乎殺死妳。妳的大腦和中樞神經系統承受了嚴重電擊。神經科認為幸好妳沒有出現任何長期繼發損壞，這部分我也了解，但我擔心的是這件事帶給妳的嚴重肉體和心理衝擊。」

另外兩名醫師邊聽邊點頭，一派權威。但她懷疑這些人是否真的有花時間和她好好討論過。

「上面寫著妳還相信，在那場雷擊妳存活下來，而其他人死去，是上帝的旨意。」

「是的，上帝的旨意。還有可能是什麼？」

他蹙起眉頭。「你不相信上帝嗎？」她追問。

他翻閱她的病歷，那動作就足以回答她的問題。

「妳在精神病房的時候，和上帝有幾次交談。妳會聽到聲音嗎，莉茲貝絲？」

「不會！」

他抬頭看她，彷彿要說：*妳確定嗎？*

「妳一直不願意詳細告訴我們，為什麼妳相信妳的同學活該被上帝懲罰。為什麼呢？」

「聽好，是我媽說服我，我才同意住院。現在她去世了，我也感覺自己很好，所以——」

「妳好像不怎麼被妳母親的死亡所影響。」

她將雙手放在大腿上，稍微傾身向他。「她是個不誠實的人，所以我不緬懷她。我們對彼此的愛從沒建立在深沉或長久的基礎上。」

一名醫師插嘴。「莉茲貝絲，妳有段時間開口就是正義、上帝的憤怒，和撒旦對我們世界做的壞事。聽起來那似乎是妳的執念。現在妳對這些事情的立場是怎樣的？」

她點點頭。她不再大聲說出那些事了。在這個被神遺棄的地方，又有誰眞的了解個中深意？

「那都過去了，是很久以前的事了。我現在感覺很好。」

「妳的意思是，妳現在不會再被妳對其他人的極端憤怒所控制是嗎？」

她特意發出咯咯輕笑。「當然，完全不會。」

現在他們三人全都嚴肅地點頭。但讓她惱火的是，他們仍舊抱持專業上的懷疑。

「還有件事我想和妳討論，莉茲貝絲，」第三名醫師說，「撇開其他的不說，我必須提醒妳，妳的自大妄想似乎對妳的想法有巨大的影響。妳常說妳想攀到社會的頂端，想成為舉足輕重的人，累積巨大財富。每個人確實都可以做大夢、對未來有巨大野心，但我眞的認為妳在這點上有點過度幻想。妳有覺得妳的夢想現在變得比較實際了嗎，莉茲貝絲？因為如果妳的願景還是像之前那樣不切實際，那病房外的人生對妳來說會非常令人失望，成為妳巨大的陰影。」

她擠出另一個微笑。眼前這些資質平庸之輩，只能從他們渺小的、所謂的正常來評判她。**這些人**永遠無法超越現在的自己，他們甚至對這個事實感到開心和自豪。專科醫生，顧家男人，朝九晚五、日以繼夜地工作。這些人從來沒站在革命性的角度去思想，毫無開創性可言。一旦他們退休，就會回歸自己瑣碎平凡的人生，然後納悶為何他們沒有成就斐然的一生。

「不，我沒有那些野心了，」她撒謊，「我會回去讀我的化學學位。你們知道我的成績，也和我的講師討論過了，所以你們應該了解那是我的天職，我會發揮所長的。」

現在輪到病房護士說話了。「由我來報告我對妳的每日觀察印象，莉茲貝絲。我認為妳恢復得很好，妳要出院有些病友應該會很難過。但其實並不是每個人都體驗到妳美好的一面，妳也很清楚，我真的認為妳對有些人極端嚴厲。容我提到以前妳剛住院的時候，妳讓我們非常混亂跟棘手，我確定妳知道我指的意外是什麼。」

她點點頭。這些人現在當然會提到那件事。「嗯，那是很久以前的事，超過一年了不是嗎？我還是覺得很抱歉，我從來沒有想對那個女人做得那麼過火。」

「她自殺了，莉茲貝絲。整個病房都籠罩在這個自殺的陰霾裡好幾個月。有些病友後來會怕妳，我們只好給妳換病房。」

「我知道情況很糟糕，凱倫。但我也是在這裡好幾個月以後，才知道語言對精神病患的影響有多大。我學到教訓了，也真心誠意地對以前的事感到懊悔。」

她點點頭，眼睛盯著地面，重溫她對那名女精神病患施加壓力的場景。那女人用編織針對自己的心臟猛刺了好幾下，讓她獲得了勝利的快感。這下世界上又少了一位可憎之人。她沒對世界有過任何貢獻，未來也不會有。心地不純，語言不貞，思想不正，沒理由為她掉淚。

「我很高興聽到妳這樣說，莉茲貝絲，我相信妳。」護士邊說邊和眾醫師交換眼神。

接下來，還在搔著眉毛的第一名醫生再度開口。

「是的，我們也不能違反妳的意願，把妳繼續留在病房，但在我看來，妳還沒準備好離開這裡去面對眞實世界。」他將一張紙推向她。「不過妳還是可以在這裡簽名，讓自己自由出院。我們會開給妳下四個星期的藥，還有處方箋。」

她點點頭。「早上兩粒，晚上兩粒。謝謝，我知道固定程序。」

「喀擦」一聲，病房門在她身後關上。過往她被允許暫時放風，還有她母親來訪時也會聽到那個聲響，但如今意義完全不同。曾經那喀擦聲聽起來就像個吸塵器，從她生命中吸走所有住院之前的歲月。現在那聲響本身就賦予了她嶄新的生命。

行李很輕，她輕鬆地拉著輪子在身後滾動。她把大部分衣服都留在病房衣櫃裡。她不允許那些住院時穿的衣服讓她回憶起住院的時光。她已經將它拋諸腦後。

她現在很堅強，已經為她下一個最重要的人生階段做好準備。

她到了大道上，樹木窸窣作響。她將手伸進手提包，拿出一個小塑膠袋在眼前舉高。醫師開了二十八天份的藍白色藥丸好使她保持鎮定，還有其他藥讓她的衝動變得遲鈍，抹除不恰當的情緒震盪，並讓混亂和毀滅性的思緒和記憶遲緩下來。

她打開藥袋，一粒粒將藥丟在地上，發出狂笑。她就像糖果屋童話故事裡的那對兄妹，在身後留下痕跡以標示來路，這樣她才不會冒險折返。

「不！」她大聲吼叫，幾個想呼吸新鮮空氣的佝僂病患轉身看向她。他們居然想呼吸新鮮空氣，眞是毫無意義。她再也、再也、再也不會讓另一個人操縱她該是誰，或她該是什麼。

她發誓，她死也不要再任憑擺布。

第三十四章　卡爾

二〇二〇年十二月十六日星期三

事實上，卡爾對眼前的情況很滿意。最近的封城會確保他們在工作時一片祥和。凶殺組的不同小組得各自隔離；夢娜在家裡照顧小孩，所有聖誕節惡作劇都停止了。最棒的是，只要事態繼續維持，丹麥安全和情報局就會無限期延後阿薩德的家庭訪談。目前這種氛圍，沒人有興趣管別人的私事，除非有非常急迫的理由。

卡爾打開窗戶，抽了一根菸。他相信尼古丁帶會給所有該死的冠狀病毒巨大壓力，讓它落荒而逃。

蘿思和高登正在仔細察看白板上的案子，確認謀殺案的犯案日期；阿薩德則在細讀泰蒂・勞格森的剪貼簿。此情此景讓他樂觀無比。

至於卡爾自己，則專注在那兩具經過防腐處理的屍體案子上。那案件疑點重重，也還沒有答案。比如，誰會使用兩百毫升的拋棄式注射針筒？根據網路搜尋，會使用的人有農業、實驗室和在健保單位工作的人。選項之多，要找到供應商簡直是不可能的任務。製造商也幫不上忙，因為針筒沒有生產編號或條碼這種獨特特徵。

卡爾認為最新的被害者與相關案件應該都在白板上，因為共同點都是鹽。但相比之下兩具屍體的案件還是比較突出，這兩人很可能是先遭到綁架，稍晚才被殺害和掩埋，因此他們無法掌握確切的遇害日期。

有段監視畫面顯示伯格．凡．布蘭登史普曾被一輛白色 Skoda Superb 接走，自此再也沒人看見他。如果當時有人認為他的失蹤是自導自演，倒是情有可原。那並不會無法想像，他可能捲走了一筆財富躲了起來，像國王一樣躲在千里達或某些遙遠的國家。

他們現在知道事實並非如此。

有關佛朗哥．史文森的案子，警方原本認為他死於自殺。二〇一六年十一月四日，在一個繁忙的普通工作日後，他像往常般走下海灘，在冰冷的海水裡游泳來消除疲勞。後來他沒在晚餐時間出現，他的家人憂心忡忡，結果發現他所有的衣服整齊折疊在海灘上。他平常沒有裸泳的習慣，是個相當保守的人，這讓他的家人很困惑，他們真的很擔心他已經溺斃了。他最後一次的健康檢查證實他的健康狀況非常良好，身體壯如牛。由於缺乏更進一步的證據，警方便下結論，認為他要不是死於自殺，就是在冰水裡因痙攣而溺斃，調查就此結束。他的家人相信那一定是一場意外，因為他們根本找不到自殺動機。簡單來說，他可能是被強勁海風吹起的大浪給吞噬。每個人原本都是這麼相信的，直到他被從史凱文格的地底被挖出來。

兩具屍體各自被埋在墳墓裡。他們到底做了什麼事才該承受這種命運？又為何跟白板上的那些其他案子比起來，這兩起謀殺如此名不見經傳？

是凶手的新策略嗎？謀殺犯現在試圖謹慎行事？他依然留下了鹽，就像一種名片，顯示凶手以此自豪。像這樣的象徵行動，通常是連續殺人犯案件的唯一線索。他從自己還有國內外的案件中，熟知這樣的模式。謀殺犯每兩年犯案，每次作案日期都比前一次稍晚。而最重要的是鹽。謀殺犯也許會因為犯錯而留下許多線索，但他們此刻仍舊毫無頭緒。

這時高登衝進卡爾的辦公室。他的腋下盡是汗漬，蒼白的皮膚因興奮而通紅。蘿思和阿薩德跟在他身後，看起來同樣興高采烈。

高登甚至來不及坐下，就開始語無倫次。

「修車廠老闆懷德被殺的那天，是羅馬尼亞獨裁者尼古拉・西奧塞古的生日。就像瑪娃發現的，歐勒・度德死於海珊的生日；皮雅・勞格森死的那天是米洛塞維奇的生日，帕勒・拉姆森則是波布。現在我們可以再加上軍火商卡爾－亨利克・史考夫・傑伯森，是在烏干達獨裁者伊迪・阿敏生日那天慘遭殺害。」

卡爾開心無比。「嗯，這不可能是巧合。」

「哈！五位史上最糟糕的獨裁者列在同一張白板上，那絕對不是巧合，卡爾。我們早就討論過，排除那個可能性了。」

阿薩德咧嘴而笑。

「我們原本在找夾在已知的案子之間，偶數年的案子，像一九九〇、一九九二、一九九四和一九九六年。結果現在，我們還要研究人類史上最糟糕的暴君什麼時候出生。」

「如果你還以為這條線索查不下去，至少我們能在研究世界史上的時候獲得一些小樂趣，卡爾。」蘿思說。如果有個學校專攻精緻的諷刺和露骨的無恥，蘿思一定可以高分畢業。

第三十五章　寶琳

二〇二〇年十二月十六日星期三

她可以感覺到周遭的活動。幾個人的腳步聲雜沓，門「咿呀」作響開開關關。在接連不斷的聲音中，一雙手堅持放在她的肩膀上，溫柔地搖晃她。幾次深呼吸後，她慢慢睜開眼，看見兩個女人的輪廓，西絲麗·帕克則站在兩人身後，以莫測高深的表情看著她。

「我感覺不太好，」她說，「我想……」噁心的浪潮從她的胃升起，她突然吐了出來。靠近她的人剎時往後跳，低頭檢查身上昂貴的衣服。

「我很抱歉。」寶琳說完又吐了出來。

「來，喝點水。」是西絲麗·帕克，她已經走到其他人前面。她手裡原本就一直拿著水嗎？寶琳口渴得厲害，大口喝水，這很有幫助。她的眼皮似乎沒那麼沉重，胃穩定下來。她慢慢看進眼前的情景，而她是主角。「妳為什麼把我關在這裡？」她問。

西絲麗·帕克歪頭。她是感到困惑，還是準備出擊？

「妳用咖啡對我下毒，西絲麗，為什麼？」她以哀求的眼神看著其他女人。她們臉上有驚訝的表情嗎？她們會來救她嗎？但三人全都站在那微笑，這不是她期待的反應。

西絲麗·帕克的表情現在就和其他人一樣溫和。

「寶琳，我很遺憾妳這樣認為。那邊的門有個彈簧鎖，很遺憾沒有人想到這點。至於咖啡，那是妳能買到最棒的衣索比亞阿拉比卡。」她走到餐邊櫃，給自己倒了一杯。「就跟平常一樣溫暖絲滑。妳可能得了腸胃炎，這陣子感染的人很多。」她喝了幾口，接著轉身面對房間裡的其他人，謝謝她們的幫忙，並告訴她們接下來她自己處理就好。

其他人離開後，寶琳的額頭仍在冒汗。她試圖站起身，但西絲麗將一隻手放在她肩膀上，讓她不要太累。

寶琳本能地閃開。「別以為我不知道，妳在我失去知覺的時候換了咖啡？我不是傻瓜。」

西絲麗．帕克沒有任何反應，但聲音變得冷淡。「我要告訴妳一件事，寶琳，而且我只說一次，我已經厭倦妳的指控跟暗示了。」她將椅子拉到寶琳跟前坐下。「現在我要妳給我看看，妳說妳那個漂亮的手提包裡，有可以威脅我的東西。」

寶琳經常體驗到情緒能隨著一個眼神、一個溫柔的碰觸、一個字而變化。愛如何能轉瞬間轉變為恨，興趣如何在剎那間變成冷漠，開心如何倏忽變成憂傷。這次則是攻擊性變成焦慮。西絲麗占了上風，她比寶琳高大許多，兩人又在偏遠、隔音良好的房間裡，所以她知道自己最好認輸，承認她只是虛晃一招。如果不這樣做，她感覺得出來結局會很慘。

「抱歉，西絲麗。妳說得對，我是來勒索妳的，但我沒有可以勒索妳的東西。我只是現在手頭很緊，眞的很絕望。」

「原來如此。那的確是個很嚴重的指控，妳指控我謀殺。」

「我眞的很抱歉，我只是想抓住救命稻草。」

「妳手提包裡有什麼東西妳認為可以威脅我？」

「什麼也沒，只有這個。」她拿出郵件影本，遞給西絲麗。

西絲麗緩慢而小心地讀著電郵。「但這和我無關，」她說，「這封電郵是寄給妳，不是嗎？」

寶琳聳聳肩。「我不記得了，應該是這樣吧。」

「這電郵最好收在我這吧？妳就不會被誘惑再耍這招。」

寶琳看著她將紙折起來放進口袋。她直覺有哪裡古怪或不妥當，但她還能怎麼辦？

「是呀，現在整個局勢真的很可怕，我們都感受到巨大的壓力，」西絲麗．帕克說，「這是我第三次叫我的員工回家，但我們還是能設法維持公司運作，因為幸好我們不是製造業。我們是某種知識批發商，顧客不能沒有我們。我知道妳的情況跟我非常不一樣，所以即使妳做得很過分，我多多少少還能諒解。」

那妳現在要怎麼樣？寶琳想。

「妳現在身體這樣，沒辦法自己回家吧？」

寶琳站起來，將手提包掛到肩膀上。「沒關係，沒關係，我沒事。」

西絲麗平滑的臉龐起了兩道皺紋。「嗯，算我堅持，我開車送妳回家！」

我才不要和她同處一輛車內。寶琳想。她很有禮貌地婉拒，但西絲麗很堅持，堅定地抓住她的手臂。兩人沿著廣闊的灰色地下室走廊向前走，拾階上一排樓梯，抵達燈光灰暗、被雨水浸透的停車場。

她不能強迫我進那輛車。寶琳掃視四周想著。

辦公大樓的一側是公園，另一側是住宅區，一幢幢大房子的窗戶燈火通明。

「妳就給我上車，寶琳。」西絲麗從那輛閃亮的賓士的另一邊說。

寶琳抓住車把手，緩緩打開車門。但她一聽到駕駛座的車門「砰」地關上，就丟下手提包逃跑。西絲麗從車子裡狂吼，叫她別跑，但寶琳沒停下腳步。

一旦她進入車內，就毫無防禦能力了。

她聽到身後的車發動引擎，仗著油電混合車的加速能力，快速駛過停車場，雨水從高速轉動的輪子噴濺過來。

寶琳衝往最近的住宅街道，那條街簡直是連續一排鑄鐵的籬笆和電動大門。在這個只追求個人利益和財富的世界裡，沒有人會冒險邀請陌生人進家門。

馬路過去五十公尺的地方，兩座白色豪宅間有一條路，寶琳認為那是唯一可以逃走的途徑。

賓士的輪胎在她身後煞車，發出嘎吱聲響，門「砰」地打開，而她沒聽錯，她可以聽見高跟鞋跑過礫石的聲音。西絲麗從她身後大吼她真是瘋了，有什麼好怕的，西絲麗只是想送她回家。但寶琳沒有停下腳步。她身後的高跟鞋聲突然停了下來，寶琳轉身看是怎麼回事。儘管下著大雨，西絲麗現在把高跟鞋拎在手上，穿著絲襪狂奔。

四周的街燈全都亮著，她能對我怎樣？在西絲麗快追上她時，寶琳想。等我到下一條街，就可以停下來大聲尖叫了吧？

但下一條街道和原先那條一樣，一排鑄鐵大門拒人於千里之外。誰會聽到她的聲音？誰會從溫暖舒適的沙發起身？在這個富裕的住宅區，誰會冒著自己的生命安全，去幫助尖叫著求救的陌生人？甚至誰會在隔音良好的窗戶後面聽到她的聲音？

現在追她的人近到寶琳可以聽到她腳步揚起的雨水「啪踏」噴濺聲。她轉頭向後張望了一下，西絲麗跑向左邊的人行道。她們之間只隔了五十公尺，如果她不趕快橫越馬路，進入另一側的小路，西絲麗就會在下一條巷子前趕上她。

那條礫石小徑位在高大的樹籬間，狹窄又昏暗。她可以聽到西絲麗在她身後越來越大聲的呼吸聲。遠方有一座小廣場，豪宅環繞，鑄鐵大門緊閉。她該走哪條路？她該繼續跑下右邊這條昏暗小徑，還是轉進街道？

「我不會傷害妳，寶琳，停下來！」西絲麗大叫，有點上氣不接下氣。她踩在潮濕礫石上的腳沒了跑步聲。

寶琳迅速往後看，那女人只站在離她二十或三十公尺遠處，雙手插在腰上，從頭到腳濕透，猛喘著大氣。但寶琳沒有上當，她在演戲。西絲麗看起來非常健美，身體狀態良好，她轉瞬間就能往前衝抓住她。

「我們回車上吧，我會載妳回家。車子只離這裡兩條街遠。講點道理，寶琳。」

講道理？寶琳點頭。她們不可能離車那麼近，所以她在玩什麼把戲？她想誘引她進入什麼事都可能發生的黑暗裡嗎？西絲麗是故意追著她朝這個方向跑的嗎？寶琳無法確定。她只能盡全力快跑，沒有停下來的打算。

當她快速衝向廣場對面，她感覺到身後那個女人有多神通廣大。西絲麗沒多久就能追上她，幾秒鐘內就能抓住她。寶琳絕望地掃視前方，看看有沒有一棟房子她能衝過去求救。

「妳在做什麼，寶琳？」西絲麗在她後頭大喊，「妳吃錯什麼藥？車子停在反方向。」

她突然看到街底有一棟房子沒有該死的鑄鐵籬笆保護。與其他房子相比，那裡地勢較高，窗戶燈火通明，有漂亮的大理石階梯，就像個庇護所。

寶琳堅毅地跑上通往前門的台階，用力搥門，盡可能大聲呼救，彷彿房子就像耶利哥的城牆，在聽到喇叭的大聲吹奏聲後垮下（注）。

她的呼救奏效了，就在西絲麗跑到她身後，門「砰」一聲打開，出現一名看起來很友善的魁梧男子，他的臉奇怪地扭曲。兩人頓時僵住不動。

他驚訝地看著兩人，接著轉向西絲麗，只見她正用力抓住寶琳的外套。

「西絲麗！」他驚呼，「妳怎麼上氣不接下氣？妳們在賽跑嗎？」

寶琳的肌膚冷了下來，他們認識？

「請問我可以進去嗎？」一名女子正從二樓走下階梯，寶琳對她說。

那個男人往後倒退一步，比個動作表示歡迎她們兩位。

「亞當，真抱歉我們這樣闖進來。」她身後的西絲麗說，「寶琳恐慌症發作，她以為我想傷害她。」

那個男人看起來困惑不解片刻，接著綻放微笑。

「真是奇怪，」他轉頭看向剛下樓的女人，「她是我們認識的人裡面最和藹可親的，對吧，底波拉？」

那位叫亞當的男人與妻子商量後，說要載寶琳回家。寶琳鬆口大氣。

「妳也可以跟來，西絲麗，之後我會開車載妳回妳的車。」

「好主意，」她說，「我只想確定寶琳安全回到家。妳這天過得很辛苦，親愛的。」她邊說邊拍拍寶琳的肩膀。

一行人全上車後，寶琳忖度，她可能已經逃離了最危險的處境。她在後照鏡裡瞥見坐在後座的西絲麗。她一定沒問題吧，不然，帕勒不會迷……一會兒後，她透過擋風玻璃看見她那棟卑微的小屋。

「我知道今天發生那麼多事情之後，妳可能不願意幫我，西絲麗，」她說，「但我還是想問妳，看妳願不願意借我錢。只要能幫我度過難關就夠了。」

她可以看見後照鏡中的西絲麗在沉思。但隨後當他們全站在寶琳的客廳時，她點頭答應。

「我們要簽個非正式合約，寶琳。我想妳應該了解吧？十萬克朗？」

寶琳大聲喘氣。她的脈搏加速，感覺快暈了過去，彷彿她的大腦切斷了氧氣供應。

「妳看起來又要昏倒了，寶琳。妳該放輕鬆。如果能讓妳安心下來，我馬上草擬那份合約。但我們要先讓妳躺在床上休息一下。」

「有什麼能幫助妳放鬆的藥物之類的嗎？」男人以友善的腔調詢問。

寶琳盯著西絲麗，她已經坐在桌前，在一張紙上寫著什麼。

「謝謝你。有，在我浴室的鏡子櫃裡有些安眠藥。但我現在不太舒服，應該只需要服用一粒當立平。那裡有兩毫克和五毫克的藥丸，我只需要兩毫克的。」

他露出微笑，回來時端了一杯水，拿著兩粒藥丸。「這些是兩毫克的，但我想一粒不夠。來吃藥吧。」寶琳仰頭一口吞下兩粒藥丸。

她從一早感覺到的沮喪突然之間都不重要了，世界依然美好良善。

「再喝一杯水，寶琳。」等了一會兒，他說。這時西絲麗轉過來面對兩人，手上拿著合約。

當她將兩粒藥灌下喉嚨，才注意到藥有多苦。

注 譯註：Jericho，在《聖經》故事中，以色列大軍繞著堅不可摧的耶利哥城牆行軍七天，之後吹響羊角，城牆便垮了，隨後以軍攻入，並順利拿下迦南。

第三十六章　卡爾

二〇二〇年十二月十七日星期四

結果那天忙得一塌糊塗。

拉格希兒的案子交還給碧特．韓森的助手曼佛瑞，他已經隔離完返回崗位，這下懸案組終於能專心偵辦白板上的舊案。阿薩德查閱泰蒂．勞格森的剪貼簿，高登和蘿思忙著調查白板上的日期，卡爾則潛心研究在史凱文格發現的兩具屍體。當丹麥還在適應聖誕節前空前的封城限制，懸案組已忙得不可開交。

夢娜待在家照顧露西雅，努力說服她的大女兒瑪蒂達來和他們共度聖誕節，但似乎毫無進展。另一頭，哈迪、莫頓和米卡的情況更加艱難，他們被困在瑞士的診所，資金就快用罄。哈迪有很大的進步，但如果他們沒有錢完成治療，那又有什麼好處？總而言之，這個聖誕節前夕對任何人來說都很難熬。

因為這樣，卡爾努力想維持辦案的精力，卻在那兩具屍體的解剖報告中處處碰壁。他必須比對那兩名男子失蹤前的照片和報告中的屍體。

其中一名被害者，法蘭克．「佛朗哥」．史文森，從來就不是個天使。看起來也不像。他的體格壯碩如公牛，脖子肌肉發達，臉上似乎永遠掛個沾沾自喜的微笑。他對自己在世界上造成的不幸毫無悔意。在他死前，他的公司在孟加拉擁有數十艘船，上面裝著源頭可疑的金屬廢料，而船上勞工的死亡率過高。勞工死亡的最大原因，是他們必須移除貨艙中的石棉和許多化學殘留物，險象環生，但佛朗哥．史文森忽視所有抱怨和指控，賺了一大筆錢。如果有人的廢棄物無法在前東歐共產陣營或歐盟卸貨，那他就是那個在世界其他地方找到解決方案的人。這些垃圾的最終去向很少被記錄，但中非國家的廢棄礦坑可能已嘗到甜頭，獲利豐厚。直到佛朗哥．史文森失蹤前，公司做得有聲有色，但只要想想他在八〇年代因違反環境保護法而留下的諸多判決，就知道那可不值得說嘴。

佛朗哥．史文森也是個相當厚顏無恥的男人，在媒體前亮相時，他喜歡站在法國和阿根廷的城堡前面，那就是他靠踐踏其他人所累積的財富。

這世界可不會想念那個混球。卡爾想。他赫然驚覺在民主國家，就連混球都有活下去的公平機會，法律除了保障他們自己，也是在捍衛那些混球根本不在乎的人性。

他端詳著照片裡在解剖台上的屍體。失蹤人口報告表示，他是個壯碩的男人，從他的老照片也看得出來，但屍體的照片卻訴說另一個故事。是的，這男人已經躺在地底好幾年了，但因為屍體被鹽保存，因此可以估算出他大概失去了多少體重。還是那是卡爾自己的想像？

卡爾拿出手機，打給法醫辦公室。

「你的報告沒說，屍體埋葬時估計有多重。我們該估算出來嗎？」

法醫大笑——那笑聲你可不會每天聽到。「我們該死的怎麼會知道，卡爾？那只能盲猜。」

「好吧。但如果你非得猜猜看呢？我看到解剖台上只剩皮包骨。他被殺害前是不是可能變得很瘦弱？」

「是的，非常有可能。我們不知道他被殺害的確切時間，所以從他被綁架到被殺害，可能瘦了非常多。」

「謝謝，這正是我在想的。」卡爾回應，不忘讚美法醫的報告，那是維持良好工作關係的最佳方式。

卡爾將兩張照片並列。還活蹦亂跳的發福男人和乾癟瘦巴巴的屍體，對比很強烈。

該死，他想，他在被注射致命毒物前幾乎活活被餓死。

卡爾拿出一根菸，身子探出窗戶，好讓煙霧在外面的空氣中升騰。外面的世界似乎死氣沉沉，沉浸在新冠肺炎的地獄裡。之前還在他們周遭翻修的工廠建築，如今荒涼地矗立原地，就像戰場。原本附近有停車場是項優勢，現在卻因為沒有車輛停放而變得異常顯眼，只有一名駕駛迷路開進南港。

卡爾經過桌子，拿起另一份報告。從上面的眾多照片判斷，死去的伯格·凡·布蘭登史普和佛朗哥·史文森類型非常不同，有些人甚至可能認為他是個帥哥，儘管那男人和同一名女人結婚多年。據說他有許多段短暫外遇，顯示他善於利用自己的酷帥長相，也盡力隱藏風流韻事。多年來，他是八卦小報最愛的受害者，但他也從未錯過機會參加各種開幕儀式。他以其酷炫的車為人所知，從一切線索都可以看出他的生活忙碌而刺激。

跟史文森相比，如果將伯格·凡·布蘭登史普的屍體放在生前照片旁比較，會更容易辨識出來。但他屍體的瘦弱程度，依然不會被任何營養師認同。

卡爾知道，伯格·凡·布蘭登史普靠線上賭博賺了一大筆錢。卡爾從未著迷於線上賭博——也從來沒在彩券行下注過。每每經過彩券行，看到上面承諾報酬率有百分之八十五，他總是輕蔑地笑，因為只有容易受騙的人才會上當。他們怎麼沒察覺那意味著百分之十五的保證賠率？但要是這樣寫就騙不了人了。

在丹麥，伯格．凡．布蘭登史普曾是吸引強迫症賭客和淘空他們錢包的領頭專家。卡爾當然知道，一直有政治力試圖阻止這類瘋狂亂象，想確保所有種類的荒謬賭博廣告會在未來永遠消失。眾所周知，浪費在賭博成癮和相關失眠上的時間已變成社會問題，而除了像伯格這樣的人受益以外，這些問題對誰都沒好處。

卡爾不禁搖搖頭。少了這個男人，世界會更美好。又是這種情況。

卡爾辦公室的門框響起輕輕的叩門聲，蘿思帶著志得意滿的微笑走入。

「妳看起來為什麼這麼得意？」他問，「員工餐廳重新開張了嗎？」

「很好笑！沒有，卡爾，但我和高登研究了還有誰犯下了違反人類罪的可怕罪行，以及哪些人出生在八月和十二月。」

「然後……」

「我們從八月二十日開始著手，那天米洛塞維奇出生，而皮雅．勞格森被發現溺斃。」

卡爾放下凡．布蘭登史普的檔案夾。「我們已經知道那點了。」

她點點頭。「是的，但之後我們發現，西班牙獨裁者佛朗哥出生在十二月四日，而我們很難不去想，暱稱『佛朗哥』的法蘭克．史文森，可能就是在二〇一六年十二月四日遇害。剛好是在他被綁架的一個月後。你覺得怎麼樣？」

卡爾伸手去拿香菸，但蘿思責備的眼神讓他的手縮回。

「我還沒說完，卡爾。我們也發現他們之中最大的混球，也就是殘酷無情的蘇聯獨裁者兼劊子手，史達林，出生在十二月十八日。所以，說不定我們可以由此確認，伯格．凡．布蘭登史普是在二〇一八年的那天被殺？那會是在他失蹤後三週。」

卡爾再度拿起凡・布蘭登史普的檔案夾。如果這個假設正確，凡・布蘭登史普在被殺前被囚禁的時間就短於佛朗哥・史文森。那或許解釋了為何史文森的屍體看起來更羸弱。

「叫高登和阿薩德進來這裡，好嗎？」他說。

卡爾思索片刻。如果他們能建立一個模式，那將是個重大突破。但這會引導向何方？

他的同僚進房間時，全帶著燦爛的笑容。

「首先，我想告訴大家，這是一流的辦案，表現精湛。我想，我們確實摸索出了正確的模式——這甚至可能是凶手的側寫。你們都同意吧？」

高登率先回答。「同意。到這裡，我們應該可以把白板上的空白填滿了。如果我們還能找出幾位暴君的死亡日期，我們就能連結過去好幾年來的可疑死亡案件。當然，我們得先找出被害者，有點顛倒辦案了。」他說完後大笑。

卡爾對他微笑。「沒錯，佛朗哥・史文森的死亡日期恰巧和跟他同名的獨裁者生日同一天，真是命運多舛。那不可能是巧合吧？」

「也是有可能是巧合，」阿薩德說，「但我想，他之所以從幾位被害者中被挑選出來，是因為他的筆名。」

高登大笑，拍拍他的背。「筆名是另一個意思，阿薩德，那叫作『暱稱』。」

阿薩德以失望的表情看他。高登也要像其他人一樣，開始糾正他的用詞了嗎？

「暱稱？我不懂。我以為那是人們為自己發明的名字。」

「但嫌犯為什麼要選這些日期？」卡爾連忙打斷，「這代表什麼？」

「提醒我們世界上存在的邪惡。」高登提議。

「是的，而且被害者不全然是天使，」蘿思說，「我絕不會當他們是朋友。」

我更納悶蘿思有沒有朋友。卡爾偷偷想。但她當然是對的。「如果你們繼續搜尋惡名昭彰的獨裁者的生日，我們說不定就能找到填滿一九八八到二〇一八年，整段時期剩下來的九個空缺的被害者。但可別忘了，在找可疑死亡案件是不是跟這些混球的生日相符的同時，也要確認現場有沒有鹽的證據。」

「我想我會從希特勒的生日開始，這是個好主意吧？」蘿思問。

阿薩德和高登表示同意。

卡爾覺得有點怪怪的，他是不是冒出比平常還多的汗？一定是因為他突然感覺到一陣憂慮和恐懼。「現在有件事讓我很不安，」卡爾說，「要是這場惡夢是現在進行式呢？我們的最後一位受害者在二〇一八年十二月十八日遇害，那二〇二〇年呢？如果某人會在二〇二〇年遇害，日期一定晚於十二月十八日，那表示就快了。哪些邪惡的暴君生日是在十二月的最後十三天內？誰知道？」

他們驚慌地瞪著他，接著拿出手機開始搜尋。沒時間浪費了。

一分鐘後，眾人同時停止。

蘿思第一個發言。「中國所謂的主席，毛澤東，對他人民犯下各種罪行，有幾百萬條人命該算在他頭上，」她冷冰冰地說，「生日是十二月二十六日。」

卡爾在手錶上檢查這個日期。倘若他們的理論正確，某人現在正成為目標。

有人會在整整九天後被殺。

第三十七章　卡爾

二〇二〇年十二月十七日星期四

所以誰會在聖誕節隔天一命嗚呼？

有人現在正被囚禁、挨餓，並對等待著他的命運一無所知嗎？還是那人現在正無憂無慮地和摯愛走在一起，不知道這會是他們最後一次團聚的聖誕節，是這種情況嗎？凶手想綁架的人可能也可能是匹孤狼，住在自己的小小世界裡，對逼近的危險渾然未覺。卡爾認為上述理論只有一個才正確，但是哪一個？他們又該如何及時發現？總不能就向大眾公布，他們正在找一位殘酷無情的混球。

卡爾毫不懷疑凶手已經挑好下手對象了，甚至可能在很久以前就已經擄人完成。但他也知道，阻止謀殺的唯一機會只能靠他和他的小組。就時間而言，他們可能已經輸了。

「如果有機會救人，你能就這樣放棄一個人的生存權利嗎？」不久前，夢娜曾就一件不相關的事情問他。她也說，儘管他們倆都知道可能會來不及，但面對這樣的案件，眾人依然日以繼夜地在假期工作，他也不得不留下夢娜與露西雅獨處。

儘管工作超時，又處在不會有聖誕慶祝的惡劣工作環境，蘿思毫不猶豫地提供整個小組全力支持。

「我們當然會挺你。」她說。眾人在過去幾小時裡專心辦案，更證明這點。

高登處理背景調查，看能不能就他們已經知道的案子發現新資訊。蘿思的手法總是能在案件裡發現新的辦案方向。所以，如果她想填滿白板上的更多空白，她需要新的角度。她開始查找符合要求的獨裁者的生日日期，接著搜尋被害者在可疑情況下死於這些日期的案件。如果她能再進一步分析這些案件和被害者，可能就會出現新線索。誰認識這些被害者，他們的職業是什麼，他們犯了什麼罪？倘若她運氣夠好，她也許可以開始為潛在凶手建立側寫。

當蘿思正艱難地展開工作，阿薩德的任務是追查尚未明朗的疑點，比如泰蒂・勞格森的剪貼簿和帕勒・拉姆森的電腦。他得先完成那些調查後，才能協助卡爾。

根據他們的理論，只剩九天就會有人遭到處決，他們的責任就是阻止這件事發生。四人都同意，如果謀殺被貫徹執行，一如先前的舊案，那他們面對的就是個不可能的任務，除非設法找出潛在殺手。眾人也同意，有事情導致凶手改變長年來的犯罪手法，凶手現在似乎更小心翼翼，彷彿在確保事情不會出錯。顯然凶手不願意像以前那樣暴露自己，所以鹽很可能不會像在舊案裡那樣明顯。畢竟最近的兩個案件裡，鹽被藏在屍體內，謀殺也未假裝成意外。佛朗哥・史文森和伯格・凡・布蘭登史普都是在被綁架後才遇害。假設綁架被害者已經變成凶手最愛的手法，那表示他們還有機會趕在下個潛在被害者被處決前找到他。

而這就是卡爾的目標。

他正要走去馬庫斯的辦公室，祕書麗絲攔下他，滿臉憂心忡忡。

「就你知我知，卡爾，上面交代我影印所有釘槍事件的調查資料。」她指指桌上一大疊紙。「我不知道你怎麼想，但應該覺得很奇怪。」她輕撫他的臉頰，溫和地微笑。「嗯，我真正想說的是，你要小心點。」

卡爾點點頭。她真好心，麗絲是個甜美的人。

不過他以前就讀過那些檔案夾好幾次了，所以有什麼好怕的？

馬庫斯．亞各布森自然了解案件的急迫性。奧維．懷德修車廠的爆炸，讓瑪嘉的小男孩成為無辜受害者。多年來馬庫斯被這個案件折磨，但他一直以為這是起獨立意外。如今他必須面對事實，修車廠爆炸案只不過是多樁謀殺案中的一小塊碎片，他們面對的是個大型的謎團。馬庫斯．亞各布森認為懸案組沒有搞錯，也了解卡爾和他的小組正試圖阻止另一場近在眼前的謀殺。

「卡爾，我知道你們正在調查是否有人在過去一個半月內無故失蹤，但沒有人符合你們的被害人側寫。」

「沒錯。」卡爾回答。

「有沒有可能失蹤的人從未被報案？」

卡爾將手肘放在辦公椅把手上，下巴頂在交握的手上。如果馬庫斯是對的，現在手上的案子和先前舊案可能有差異。

「你是指，被綁架的人可能不會有人想念嗎？但我不這麼認為。」

「也許你是對的，但有沒有可能他的家人認為那人已經死了？就像佛朗哥．史文森的案子。

或者他們可能懷疑那人是自願消失一段時間——伯格．凡．布蘭登史普的妻子不就是這麼想的？」

卡爾閉上眼。「我想比較有可能是認為他自願消失。但直系親屬也有可能收到失蹤人士的假訊息。他們可能以為自己在跟家人聯絡，事實上並不是。」

「他們可能收到假簡訊或假電郵——你是這個意思嗎？」

卡爾慢慢點頭。「是的，可能被鎖定的被害者不是做合法生意，而他們的家人以為對方有跟他們聯繫，卻不知道那其實是凶手的回覆。」卡爾對站在門口的蘿思揮揮手，示意她還得等一下。「確實有這種可能，馬庫斯，但這些都只是猜測。總之我們先暫時假設是這樣子，那我們要怎麼讓直系親屬報案有親人失蹤？在未來的九天之內？」

馬庫斯認命地看他一眼。「恐怕我目前不能再派更多人手給你，」他說，「每個人手上都是滿滿的案子，尤其現在我們有人感染、被隔離或居家遠距工作。」

「利用報紙或電視台怎麼樣？我們不能發布一些聲明，抓住直系親屬的注意力嗎？」卡爾已經知道答案，警察不會做這種事。那會引來無數線報和電話，不但產生誤導，毫無用處，還會浪費寶貴的辦案時間。

「你應該知道，有些人可能是獨居，」蘿思說，「我就獨居，高登也是，你也是，馬庫斯。如果目標被害者沒有直系親屬或住在附近的朋友，那會花很久時間才會有人報案。」

馬庫斯重重嘆口氣後站起身。「要是你們得到具體的線索，我再來看看能怎麼做。在那之前，就讓我們為那個可憐的靈魂禱告。這個聖誕節恐怕有人會非常悲傷。」

「我對我們的假設很有信心，我有個主意，」在馬庫斯走到聽不見對話時，蘿思說，「我們何不邀請 TV Avisen 新聞台來我們辦公室，這樣他們進行深度報導，分享在新冠肺炎期間，調查單位的工作有什麼限制？」

卡爾仔細考慮她的提議。他該死的才不在乎在這種情況下做出變通會惹惱誰。如果某些警官或其他高階人士對他們超越底線大驚小怪，他們儘管解僱整個懸案組或開除他。反正他過幾年就要退休了，如果能讓他提前成為專業遛狗人或安全顧問，還稱他的意呢。

「好吧，蘿思，妳去進行。別告訴記者我們手上案件的具體內容。等被問到，我們會即興演出。妳還有什麼別的東西嗎？任何可用的線索？」

她綻放微笑。「有，我都想誇獎我自己。希特勒的生日是四月二十日，而安德烈雅．索森就是在一九九四年的那天被發現在男友的公寓裡自縊。那個案件很可疑，男友被當成謀殺犯定罪，被判十五年徒刑，卻在服刑五年後死去。」

「很好，是個悲傷的故事。但我希望案子多點實質內容，才能把它寫進白板的空白裡。」

她又微笑。「謝謝你喔，要求多多先生。我也是這麼想，所以來向你匯報一下，安德烈雅．索森是專賣農業機械的家族企業的社長。因為一連串不幸事件，她的企業慢慢走下坡，最後瓦解。首先，他們企業所有昂貴的機械——聯合收割機、強鹿拖拉機、播種機、噴灑機、飼料收割機之類的——全被惡意破壞。隨後有人闖入她的家，偷走了非常昂貴的家具和其他昂貴擺設。在那之後，一間倉庫被燒毀，一個柴油罐被放空，然後水管爆裂導致建築受到嚴重水害。一長串案件導致他們收到超大金額的保險賠償。當然，不同財產投保了不同的保險公司，但有部一九九四年的電視紀錄片，揭露所有保險賠償超過一千五百萬克朗，當時是一大筆鉅款。」

「詐領保險金？」

「從沒被證實過，但那個女人看起來傷心欲絕，或至少在媒體上。在聚光燈外，她跟男友過著奢華的生活。我確定她男友一定也幫了一些忙，她男友就是一位核保人。」

卡爾點點頭。「自殺呢？妳說她自縊？那為什麼她男友被懷疑？」

「她死的時候，她男友在公寓裡嗑古柯鹼嗑到失去意識。有目擊者作證，說他吸食古柯鹼時會變得很有攻擊性。警方和法官認為她極不可能自縊，因為她很怕死，沒理由挑戰自己的恐懼，她的日子又過得極好。然後她還有個保險櫃，裡面裝了七百萬克朗現金，而那個白癡的皮夾裡就有密碼。」

「所以他被送去吃牢飯？」

「是的，五年後死去，我記得是一九九九年。」

「是自然死因嗎？」

「是的，如果穿孔性闌尾炎可以算自然死因的話。」

「然後是一個我們都想知道的問題：妳為什麼認為這個案子和我們有關？」

「我查了，卡爾。我仔細讀了檔案夾才發現關連。」她說話時掩不住沾沾自喜的微笑。

「顯然她男友的確有吸食古柯鹼，因為屋裡至少還有八條等著他下次吸食。但他被逮捕的時候，男友否認他有製作毒品，也拒絕告訴警方他的毒販是誰。審判前他喋喋不休，自己說了各種鬼扯蛋，彷彿能幫他脫罪。但更早之前警方已經分析屋內的古柯鹼，試圖找出毒販。他們沒有成功，卻發現那是他們經手過品質最差的古柯鹼，因為其中混了百分之五十的食鹽。」

卡爾輕聲對自己吹了聲口哨。

現在他們白板上預計要破的十七件案子裡，有第八件了。

第三十八章　莫利茲

二〇二〇年十二月十八日星期五

他被自己的吞嚥反射驚醒。

一道微弱、清涼的水流使他的舌頭規律地振動，喉嚨肌肉開始收縮。

他極度困難地張開雙眼。他的角膜非常乾，感覺眼皮好像黏在一起了。

一道模糊的身影矗立在他跟前，強壯的雙手推著他的臉頰。一個像嬰兒奶瓶的東西塞進嘴裡，抵在下排牙齒上，水從他嘴角滴落，繼續啟動吞嚥反射。

莫利茲嗆到了，本能地想要咳嗽。他的頭像被重擊一般嗡嗡作響。他想起自己在打盹睡著前，也曾感覺到頭痛到快爆炸。這份悸動的痛楚將他帶回眼前嚴苛的現實。

現在，那身影將嬰兒奶瓶拔出他的嘴，轉身往後走，面向對面的牆壁。

莫利茲嘗試呼喊出聲，但他的聲帶好像縮在一起，只能發出幾個喉音。

他已經被囚禁好幾天了，沒有進食，幾乎沒有飲水。而在過去二十四小時裡，他不記得也記不清自己曾小解過。他低頭看自己，望見內褲上有塊乾掉的尿漬。一定是他睡著時尿的。

莫利茲試圖觀察房間，卻無法集中思緒。他知道自己在哪嗎？他唯一能確定的，是他幾天前就想過，他恐怕注定要死於口渴和飢餓，那意味著在沒有目擊者的情況下緩慢死亡。

我的名字是莫利茲·凡·比爾貝克，他想，不管你在牆壁那邊調製了什麼東西給我，我現在還活著，你這狗娘養的。

那個身影轉身，莫利茲瞇起眼睛來濕潤雙眼。但直到那個男人站到他跟前，他才能看清對方的長相。他是個高大的中年男子，令人印象深刻。臉上的一抹微笑反而讓臉看起來更猙獰，彷彿他出生時就有畸形。

「來餵你一點食物吧。」他以低沉的聲音說。

他將莫利茲的左手臂拉向他，拍拍手背好幾次後，將針頭插進去。

「好了，」他說，「這下你能活久一點了。」

莫利茲困難地轉頭，向上瞪著掛在身旁的點滴。

「半小時後，我們會給你一些濃湯，我想那對你有幫助。」

他的頭馬上不痛了。他閉上雙眼，鬆口氣，想著點滴裡一定有些溫和的止痛劑。當他的大腦漸漸獲得糖分和鹽分補充，莫利茲重新掌握眼前的現實。

這是他不願承認的現實。

他咳嗽幾次，清清喉嚨，直到他感覺自己可以發出聲音。

「你是誰？」他嘶啞地說。

但那個男人沒有回答。他已經走回另一邊的牆壁，站著移動手臂片刻，好似在鋼鐵桌上調製什麼，接著他朝側邊長長的鐵梯走一步。莫利茲不記得有看過這個梯子。

金屬刮擦聲越過水泥地面傳來，原來那個男人將梯子拉離牆壁。他在距離莫利茲前方幾公尺前停下，將梯子拉到最高高度，讓梯子搆到天花板的軌道。

現在，莫利茲注意到那男人穿的長褲很像木匠穿的，工具從大口袋裡探出頭來。他要那些工具做什麼？

莫利茲想站起來，這樣他就能在那男人爬到梯子頂時，用力將梯子踢翻。但他沒辦法動。點滴裡有東西讓他沒力氣移動嗎？還是他已經變得這麼虛弱了？

「今天是幾號？」他問那男人，男人正忙著弄軌道。

「今天是十二月十八日星期五。」那男人回答。

莫利茲深吸口氣，好將更多氧氣送進大腦。十二月十八日？那他在這裡多久了？他慢慢回想起他是怎麼被騙的，以及他在椅子上醒來的時刻。他知道他是星期六被綁架的，也就是是六天前，想必那是他最後一次吃喝東西。

「你現在要放我走了嗎？」他問，因為那個男人在上面弄軌道和吊環。他真的要放他走嗎？不管他犯了什麼罪，他已經被懲罰夠了吧？

但從梯子頂端傳來的，唯有狂笑聲。他喘口氣，那聲音如此嘲諷，如此邪惡。莫利茲自從他被綁架以來第一次肯定，不管未來有什麼在等著他，這些冷冰冰的牆壁將是他最後看見的景象。原本懷抱的希望現在變成痛苦的認知，他剩餘的人生屈指可數。但他們為何就不放過他，讓他的身體自然放棄，死於沉睡中就好？

「趕快了結吧，」他盡可能扯開嗓門，「就殺了我，結束折磨。」

那男人又從梯子頂端狂笑。他正在用各種工具扭來扭去，推來推去，但莫利茲看不出來他在做什麼。想必絕非好事。

一分鐘後，那男人又站在他跟前，一手拿著活動扳手，一手拿著螺絲釘。

「只要用一個這種小東西，把它放在正確的地方，你就只能走到離那邊那張桌子三公尺遠的地方了。這招很邪惡吧？」

他將梯子從軌道拉開，向上指指。「你看得到我在那裝了一顆螺釘吧。吊環撞到它會停下來，你如果要移除它，就必須有這個。」他在莫利茲的眼前晃蕩著扳手，接著將梯子拉回另一邊牆壁。

「我會把扳手留在桌子上，莫利茲．凡．比爾貝克，梯子就放在旁邊。這樣會讓你在未來幾天有東西能好好想想。」

混蛋的狗娘養的。莫利茲想。

「是的，我知道你在想什麼。你想這是折磨，沒有錯。但我們不是因為愛折磨你才折磨你。我們是天使，要幫助你進入比這個世界更好的地方，這世界會不好，是因為你在毒害這世界。梯子和扳手只是提醒你，如果你多年前曾考慮過你的未來，和想想自己在做什麼，你現在就不會坐在這裡納悶你即將發生什麼事。」

莫利茲以輕蔑的表情看著他扭曲的臉。「不，不用想，我知道會發生什麼事。我會餓死。」

那男人露出笑容。「噢，我不認為我們會那麼壞心，我們會照顧你一陣子。你的濃湯應該準備好了。」

莫利茲閉上眼。我們會照顧你一陣子。他那樣說。

一陣子。不管那是什麼意思。

第三十九章　卡爾

二〇二〇年十二月十八日星期五

「我很抱歉，卡爾，我運氣不好，找不到有記者現在想要或需要報導警方。」蘿思說，「他們說，現在電視台上有關警方的報導已經夠多了，我也同意。除了新冠肺炎的相關節目，還有以前的警探分析陳年舊案、交通警察追逐超速惡魔、陳年謀殺案的鑑識回顧等等等等的秀，國內外的都有。所以，如果我們不能提供他們一點新鮮或特別的東西，他們就沒興趣。」

「那麼就該死的給他們一點特別的東西，蘿思。讓他們血脈賁張的東西，不要有所保留。」

「說得好，但給什麼？我們總不能直截了當地說，我們覺得有人會在十二月二十六日慘遭謀殺，對吧？讓一大堆家庭擔心他們失蹤的親戚可能就是被害者，這也不公平吧？」

卡爾知道她是對的，他們不能本末倒置。

他抬眼瞪著白板下方的空白。他們眞的要允許那個從未花過一分鐘在眞正調查上的管理階級，妨礙警方最棒的小組來阻止謀殺案嗎？該死，當然不會有這種事！

「這樣好了，蘿思，告訴 TV Avisen 或任何新聞頻道的電視節目企劃，或任何妳需要接觸的人說，懸案組目前手上有大案子，而媒體如果想參與其中，手腳就得快點。告訴他們這是可以一窺調查幕後的寶貴機會。那應該可以讓他們從椅背上彈起來。我不在乎誰會上鉤，只要有人上鉤我就開心。」

談完後，卡爾將腿擱到桌上，試圖總結所有事實。每樣證據都指向凶手已經活躍了快三十五年，還系統性地使用特定模式。首先最重要的是，他選擇每隔兩年殺人，這說得通，因為殺手出手越不頻繁，案件被連結起來的機會就越低。直到現在，每樁謀殺的犯案日期都比上一次稍晚，而在這整段期間內，已經有十六樁謀殺案，並且數目可能很快就會變成十七。目前根據他們的調查，所有謀殺都和惡名昭彰的獨裁者，或犯下反人類罪行、憤世嫉俗的混球的生日日期有關。卡爾非常肯定，他能力高超的小組馬上就能辨識出更多相關日期，希望他們能依循這個線索查出更多謀殺案。

不過，有幾個問題仍然沒有答案：這些暴君和謀殺被害者的整體共同點是什麼？鹽究竟有什麼意義？那只是個謀殺簽名嗎？凶手這麼確定他永遠比警方快一步，才大膽到不怕留下能將犯罪案件連繫起來的線索嗎？卡爾曾碰過許多自負的白癡，但這傢伙真的可以贏得莽撞、攻擊性強，和膽大包天冠軍。哪種人會吹噓自己是殺手呢？有某種心理疾病的人？冷酷的精神病態？尋求報復的人？

卡爾拿出一根菸在桌上敲敲。或許抽上幾口能幫助他思考，發現白板上的謀殺案和大比大及拉格希兒之死有什麼關連。考量到拉格希兒．班特森的屍體是在最近期儀式性謀殺案的兩名被害者旁被發現的，他們一定相關。但為何拉格希兒的墳墓裡沒有任何鹽？她又為什麼殺害大比大？那兩個女人有可能不是這個輝煌計畫的一部分，僅僅是毅然決然下的附帶損害嗎？

卡爾嘆口大氣，嘴裡叼著沒點燃的香菸晃蕩著。他努力思索。

或許他應該只專注在兩個最近的被害者身上。他們是什麼樣的人？伯格．凡．布蘭登史普讓賭博更容易，導致人們上癮。法蘭克．史文森汙染土地、空氣和海洋，派船去孟加拉丟棄廢棄物。這兩個人對世界絕對沒有任何正面貢獻。

「你現在有空嗎，卡爾？」阿薩德將他從思緒中喚醒。

「我剛打開你的電視看 TV2 串流平台，你快來看看 TV2 新聞的最新快報！」

他笨拙地按了遙控器一會兒，寶琳．拉姆森的照片旋即出現在螢幕上，新聞快報的跑馬燈跑過螢幕下方。「女演員寶琳．拉姆森享年五十二歲，是全國最受歡迎的夜總會明星之一，昨日被發現死於自己的住所。根據不同消息來源推測死因為自殺。」

「他們正在採訪發現她的友人。」阿薩德說。

那名朋友面無表情地坐在攝影棚裡。

「是的，寶琳沮喪一陣子了。」她說，「最近封城對她來說特別難熬，因為她才剛重整旗鼓，相信自己很快就會回到舞台上——結果政府又扯她後腿。」

「所以她是擔心工作沒有未來？」採訪者問。

「是的，而且沒有收入。她沒有錢可以撐下去了，去年也把積蓄花光了。」

「是妳發現她躺在家裡的床上？」

「是的，但我注意到的第一件事，是她床頭櫃上有一堆藥。」

螢幕跳出床頭櫃的照片，那裡擺著空藥瓶、一堆藥和空水杯。鑑識人員絕對不會提供那類照片，所以這一定是朋友拍的。

「我直覺事情不對勁，因為我走進臥室裡，看到的第一樣東西就是床頭那堆藥。那天早上我打電話給她，她沒有接。我想她一定是心情很不好，想用睡覺熬過去。但我大錯特錯。」

「今天邀請妳來上節目，是因為妳掌握了寶琳過世的相關訊息，妳願意分享嗎？」

卡爾納悶，電視記者為何總是愛用那種蠢說法，誰會眞的說出「妳願意分享嗎」？

那女人傾身靠近採訪者，彷彿想偷偷告訴她什麼。

「寶琳傳訊息告訴我藝術界的慘況，」她說，「現在這種時候，演員和藝術家的生計被毀，然後手邊有太多唾手可得的安眠藥。政府在分配經濟協助的時候，忽略了藝術界的人，我認為文化部長和相關人士都應該嚴肅思考他們做了什麼。他們必須為很多事情負起責任。」

卡爾眉頭深鎖，看向阿薩德。

「嗯，」他說，「她很有個性吧。首先我得承認，寶琳．拉姆森的死亡讓我非常震驚，她看起來不像會走上絕路的人。」

「你說，『首先』？」阿薩德咧嘴而笑。他已經知道卡爾下面要說什麼了嗎？

「你也在想藥的事，對不對，阿薩德？她的藥要夠吃死人，剩下的還能留那麼多在床頭櫃上，那瓶藥眞的要很滿。」

「是的，卡爾，非常可疑！席格．哈爾姆的小組也很懷疑，所以他們想找出有什麼跡象顯示這是宗刑事案件。但他們只找到寶琳自己的指紋。他們搜查過藥瓶、臥室和走廊，什麼都翻遍了。她被發現時全身都有穿衣服，手提包丟在床尾的椅凳上。哈爾姆確認過手提包內容物，沒有可疑的東西。」

「我想哈爾姆對這結果不是很開心，」卡爾說，「謝謝提供我情資，阿薩德。我也同意這看起來不像一般的自殺案。我想現在，帕勒．拉姆森那台該死的電腦變得更重要了。你能不能讓馬庫斯動用一些人脈？我們需要NC3盡可能恢復所有被刪除的檔案。」

阿薩德對卡爾豎起大拇指，隨即走出辦公室。

該點燃這根菸了。卡爾想著，望著外面的停車場。他剛好捕捉到兩個傢伙的身影，一個人拿著攝影機和麥克風，在寒風中衝向大門，這時，蘿思出現在他門口。

「他們來了。」她以責怪的眼神看著火柴上的火焰。

「他們？妳是指電視台人員嗎？」

那兩個傢伙進門時，他只來得及整理好桌上的文件。

「嗨，愛瑞克！」拿著麥克風的傢伙說。攝影師就定位時，卡爾只來得及和拿麥克風的傢伙用手肘相觸來打招呼。

「我們有點趕時間。」記者將麥克風堵到卡爾臉前。

卡爾專注地看著紅色錄影訊號燈，接著看見上面的電視台名稱：Lorry。

「蘿思，進來一下！」他大叫，轉身背對攝影機。

「是我吃錯藥嗎，蘿思，還是妳邀請Lorry過來？總部在哥本哈根的當地電視台？」

她一臉困惑地看著那兩個傢伙。「據我所知，不是啊。」

卡爾再次轉身面對那兩人，試圖看起來滿臉歉意，儘管他知道這招不管用。

「謝謝你們來，也謝謝你們百忙之中抽空來訪。但我們要說的是攸關全國的事務。」

「我們的報導有時候也會在其他地區播放……」記者試圖抗議，但攝影師已經得到暗示。

五分鐘後，記者以反方向衝過停車場。他們得到線報，懸案組兩小時後會在舊警察總局前方的廣場上，發布官方聲明。

「你確定那是辦案的正確方向嗎，卡爾？」蘿思問。

「非常確定。」

「你打算說什麼？」

「這個，我們的兩難在於，我們不能明說我們正在找一個『混球』。但除了那點外，我會盡可能如實敘述。還有我們懷疑，如果有民眾的家人是一位非常勤勞、事業相當成功的人，然後他最近沒跟家人聯絡，可能正身處在危險中。所以，如果有任何民眾認為他的家人符合描述，那他們應該要立刻聯絡妳，蘿思。」

她看起來可不開心。

第四十章　西絲麗

二〇二〇年十二月十八日星期五，近傍晚

回家路上，天色變得黝暗，她接到那通電話。最近幾天混亂異常，但多年來的歷練讓西絲麗變得堅強而固執。不管她即將面對什麼，她都會腳踏實地。電話裡，底波拉的語氣聽起來很沮喪，但她畢竟不是西絲麗。底波拉多年來一直是個虔誠又忠心的僕人，但她容易心慌意亂。如果沒有西絲麗的精神支持以及她丈夫的陪伴，她肯定在多年前就會走向毀滅。大部分必須承受這類不幸的人都是如此。

西絲麗比以前更堅強百倍，從不懷疑自己或她的任務。命運已經指引她方向，只要她的直覺和決心仍讓她走在那條路上，她何須動搖？

現在她又站在底波拉的家門前，她曾在此速戰速決好幾次。

底波拉開門，臉色蒼白。

「妳快看看我們剛看到的新聞，」她說，「很不妙，西絲麗，一點也不妙。」

亞當站在客廳，手裡拿著遙控器。他似乎很震驚，西絲麗已經察覺到要告訴她發生什麼事，讓他非常緊張——因此他努力盡快說到重點。

「妳看看我們剛看到的記者會，TV2 新聞台現在幾乎只播放這個。我們必須討論要採取什麼行動。」

他按下遙控器，一行人花了整整五分鐘看電視上的新聞。西絲麗感覺得到底波拉和亞當不斷偷看她的反應，但她維持鎮定。

懸案組組長卡爾・莫爾克站在舊警察總局前方，被如大海般的麥克風和攝影機包圍。天氣很冷，他吐出的白霧清晰可見，肩膀上全是雪花。他的表情比那天他來她辦公室偵訊她時還要陰鬱。每次有記者試圖打斷他，他就把臉轉開。從一眾記者的表情判斷，卡爾的手法顯然沒遵守專業界線。如果他試圖將整個國家捲入他的調查，那記者會的確十分成功。

在警方聲明後，螢幕切到 TV2 新聞台的主播，他表情嚴肅，顯示這則消息絕不會很快被人淡忘。用不了多久，一群專家就會被請來直播，建議政府該為調查部署、強化哪些資源。

西絲麗和他的團隊不需要這類曝光度。

「或許我們應該馬上殺了凡・比爾貝克，早幾天又不會怎麼樣？」亞當問。

他終於說出心裡話。

西絲麗謹慎地看著他。*你這個懦夫，搞清楚自己在說什麼。*她想。

「亞當可能是對的，西絲麗。」底波拉說，在沙發上挪得靠近她一點。「我們以前也不是沒討論過這種事。如果警察步步逼近，我們該盡早釜底抽薪……」

西絲麗不想再聽。這幾天，每件事都發生得太快，但那純粹是巧合。大比大和拉格希兒各自發瘋，他們完全沒有預測到這點。現在大比大死了，就不用再思考該拿她怎麼辦。但那也讓他們需要盡快阻止拉格希兒。他們殺她是正確的，可誰會知道她的屍體這麼快就被發現了？亞當發誓他有確實掩蓋好墳墓，但他顯然沒有。緊接著是那個白癡寶琳，在那之後馬上來威脅她。她不應該那樣做的，沒有人能威脅她。儘管那個女人從來沒有具體證據，能把她和帕勒・拉姆森的死連結在一起，但她的暗示可能會讓懸案組那隻鬥牛犬回頭來問更多問題。

她深吸口氣。

「亞當，你能完全確定，你有拿走寶琳．拉姆森的公寓裡所有可能會指向我們的物品嗎？」

「妳也親眼看見我做得有多徹底。她手提包裡的文件和臥室裡裝電郵的鞋盒就在這裡。」他指指桌上那些東西，「那些就是我能找到的所有東西了。何況我們還戴了手套，也沒人看見我們，西絲麗。」

「我希望你不會又開始出錯。」西絲麗直瞪著他們，直到兩人低下頭。「聽好，這個卡爾．莫爾克沒有我們的把柄。你們剛也聽到他的聲明了。懸案組顯然知道某人會在聖誕節隔天死去，但就只是那樣而已。他們不知道是誰，也不知道那人被關在哪裡。我可不想因為這個就改變計畫或原則，我們會照原訂計畫處決莫利茲．凡．比爾貝克。」

「萬一比爾貝克的妻子起疑，回應警方的聲明呢？」底波拉問。

「她為什麼要起疑？我們已經給她妻子完美的理由，說明他為什麼沒辦法用電話聯絡。他正在佛州簽一個很大的合約，只靠電郵聯繫他太太就很滿足了吧，底波拉？」

「看到丈夫在電郵裡對她表達真實情感，她可能覺得很浪漫。她寫給他的最後一封電郵幾乎欣喜若狂。但萬一她改變心意，開始問問題，或要求他打電話，到時我們該怎麼辦？」

「我們到時再處理。」

「而且警方還鼓勵家人問只有失蹤的人能回答的問題。亞當今天去看莫利茲，他似乎很虛弱。所以如果我們想要他給我們資訊，他有可能無法和我們合作。」

「妳說得對，莫利茲現在可能太虛弱了。我不認為我們能逼他給我們想要的情資，他似乎徹底認命了。」亞當說。

「好好深呼吸，亞當，你聽起來失去理智了。警方如果查出他是綁匪的目標，結果也不會有什麼不同。他們追不到我頭上，也絕對追不到你們兩個頭上。」

「妳確定嗎，西絲麗？難道警方不能追蹤到妳曾打給凡・比爾貝克，或找到她被綁架的相關事證？」

西絲麗看得出來底波拉大受震撼，儘管她表面上力持鎮定。但那是她的問題。

「底波拉說得沒錯吧，西絲麗？」亞當附和，「如果家人反應他們沒得到滿意的答案，警方會回頭查到我們綁架他的那天，以及妳去接他的確切時間。」

西絲麗現在提高聲量。「聽好，你們兩個！」兩人都嚇了一跳，西絲麗視而不見。他們絕不能亂了分寸。「就算警方掌握了車子的監視錄影，設法查出方向盤後戴口罩的人是我，或是租車公司有追蹤設備，還保留那個紀錄好幾週，對警方都不會有任何幫助。我打電話給莫利茲安排和全球實境公司代表，維克多・佩吉會面時，用的是諾基亞，而那支手機和預付卡現在都已經躺在北港的海底了。頭二十分鐘，我們用的是租來的車，之後把莫利茲搬進廂型車。你們在時間內歸還了狀況完好的 Lexus，我們也用假身分證租車，然後用相同假名的凱克薩銀行信用卡支付。你們兩個明明都知道這些細節，怎麼會認為我有犯錯？」

「所以妳都沒犯過錯嗎？」亞當問，但當他們四目交接，他就懊悔開口了。

一九八七年年底，西絲麗已經盯緊奧維・懷德的修車廠好一陣子了。自從她回大學讀學士後，懷德修車廠旁的碧安娜咖啡館成為西絲麗的愛店，她總是在那準備隔天的功課。咖啡館價格便宜，常客也不排斥新客人。儘管南港的低階級顧客經常光顧此店，這地方的人卻都相互尊重，而那恰恰是大學裡缺乏的。那裡有人做最糟糕的工作、領最低薪資；早上五點就得起床，長時間拚命工作，即使丹麥冬天天候不佳，也不會使他們退卻。她念大學時，曾看見許多人的鼻子泛紫，皮膚凍傷，卻從未聽過任何人抱怨。

咖啡館歲月靜好，直到奧維．懷德修車廠開店，他和手下的技師入侵咖啡館。自此之後，西絲麗再也不能舒適地坐在角落專心於她的研究，因為那些人帶進了髒東西。超過六個月，她被逼著聽他們吹噓靠詐騙和詐欺賺了多少荒謬的錢，所有技師嘴裡都是顧客有多蠢、掏空顧客的錢包有多容易。

除了極盡所能的詐騙，他們語氣裡的輕蔑和嘲諷更讓她怒火中燒。最後她出聲，對他們的罪行表達震驚和沮喪，技師聚集的那桌氣氛為之丕變。

「聽好了小姐，妳就閉緊嘴巴，少管我們的閒事，懂嗎？」奧維．懷德本人說，給所有人下馬威。接著他骯髒的手用力拍她的檔案夾，再拿起來端詳。「這對妳意義重大對吧？」

西絲麗點點頭。檔案夾裡的筆記是她半年來的辛勤工作，但她可不想就這樣示弱或表示歉意，結果她大錯特錯。

「妳就住在下一條街的十七號？我們花不到三分鐘就能走到那，毀掉妳所有財物。比如，我們可以從這個開始。」他將檔案夾的第一頁撕掉，點燃打火機。

火焰在幾秒鐘內將紙張燃燒殆盡。她大為驚嚇，而他們刺耳的狂笑讓西絲麗瞬間暴怒。

「我也許住得不遠，」她發出細聲說，「但電話亭更近，我很輕鬆就可以打電話報警。」

她不知道是誰揍了她，但她發現咖啡館裡沒人伸出援手，幾乎所有常客都撇過頭。在西絲麗的人生中，這是她第二次感到被完全背叛。那也是她最後一次踏入碧安娜咖啡館。

她花了整整一個月才取得修車廠的平面圖，調製出她想用來做雷管的爆炸物。接著她想辦法得到能讓被害者失去知覺的氯仿。她在下班後溜進修車廠，這樣她就可以預先藏好球棒和其他東西。接著她將雷管接上計時器，放在靠近甲苯槽的地方，最後，她在最會致命的地方放置金屬碎片。

她選了兩個房間的陰暗角落，躲在那裡練習躡手躡腳地走過水泥地板。她花了好幾天專注在目標上。她在肉類切分中心買了豬頭，練習揮舞棒球棒敲入那些豬頭的後腦杓。

最後，她想出了一個萬無一失的計畫，似乎在各個層面都能準確運作，所以她捨棄氯仿。只要她行動迅速，等每個人在關店後進入更衣室時毫不猶豫下手就成。她會冷酷地從背後一個個敲昏他們，技師來不及反應，除非意外發生。之後雷管將立即登場，只要她設法在關店後敲昏技師就萬無一失。

儘管如此，她還是出了個難以理解的錯誤。她沒注意到一名技師走去前門抽菸，而她會從大門離開也純屬巧合。那名技師狐疑地看著她，但還來不及反應就被球棒打中鼻梁，接著身子半轉一圈，失去知覺倒在地上，就在隔開鄰居的木頭籬笆和停在前面的車子之間。

那瞬間，她知道時間快來不及了。於是西絲麗盡快跑出大門，經過她放在那裡的鹽，跑到馬路上一百公尺開外。如此她就能從安全距離外，沉醉在自己的復仇行動中。

然後那件事就這樣發生了。

一個女人出乎意料地推著嬰兒車跑過街角，完全沒聽到西絲麗驚慌地狂叫她停下來。西絲麗往前跑，再度大喊，但那女人恍若未問。接著她的聲音便淹沒在震耳的爆炸聲中。

震波將西絲麗震倒在地。她昏厥片刻，醒轉時發現自己完全耳聾達半分鐘之久。隨著聽力恢復，她只能聽到女人的尖叫聲。

她隔著一段距離眺望，只見閃爍著藍色警燈的警車與救護車抵達現場。

即使擔架已將小孩抬出、送進救護車，年輕女人的淒厲尖叫絲毫沒有稍緩。

西絲麗震驚不已。

她不是和上帝約好了嗎？還是她的命運必須再度接受試煉？

她找不到答案，唯能許下她人生中的幾個基本承諾。她必須贖罪，彌補那名年輕母親。她還必須變得更強大、更富有，這樣她才能阻止像奧維·懷德這種人。

她在日記裡註記爆炸的日期，隨後發現那是羅馬尼亞獨裁者尼古拉·西奧塞古的生日。

一個念頭如惡魔般攫住她。從那時開始，她精挑細選出犧牲者，精心策畫他們的死亡，並確定不再使無辜的人冒險喪命。出於安全理由，她每兩年出擊，以確保沒人懷疑死亡是場犯罪，這麼一來在她剩餘的人生中，犯案就不會受到干擾。

她的第二場殺戮安排在一九九〇年二月十六日執行，那是北韓獨裁者和最大惡棍金正日的生日。西絲麗就這樣步上她的十字軍行動，讓世界變得更美好。

所以妳都沒犯過錯嗎？亞當這樣問她。如果他知道這對她傷害有多大，一定會很吃驚。

現在是發生什麼事？她多年來合作無間的兩個伙伴臨陣退縮了嗎？她不准許。

「我想我們說好了不互相猜忌，亞當。」

她的語氣讓他惶惶不安。

「如果你覺得我哪裡做錯了，請告訴我，我們聽聽看吧！」

他只能喃喃說著「我很抱歉」。

西絲麗輪流看向兩人，或許她該考慮分道揚鑣了。

「你說莫利茲很虛弱，但他有多虛弱？你在暗示他會在處決前翹辮子嗎？」

「我不知道，是有可能。所以我覺得不如現在就殺了他。」

「閉嘴，亞當，這是我最後一次聽你那樣說，懂嗎？他要死在他注定的那天——不早不晚。你就好好餵他，懂了沒？我們還有八天才要除掉他。」

她呆坐半晌，盯著眼前桌上的鞋盒。

「你讀寶琳·拉姆森的電郵了嗎？」她問。

「是的，讀了一些。她對帕勒·拉姆森很癡迷。」

「你有戴手套嗎？」

「妳覺得我們有那麼粗心嗎？」亞當似乎覺得自己被冒犯。

「很好。」她看看手錶，「我要把額外的東西放進鞋盒，然後請你去兜兜風，亞當。」

第四十一章　卡爾

二〇二〇年十二月十九日星期六

昨晚，卡爾還來不及從演講台倒退一步，如激流般的問題就越過冰冷的空氣直衝而來，戴著厚重手套的手將二十個麥克風連忙堵到他嘴前。

你是怎麼知道有人會在聖誕節隔天有生命危險？為什麼是那天？動機又是什麼？記者從四面八方叫喊著。而不管問題是什麼，卡爾只有一個答案——他已經告訴民眾接下來要做的事，希望家人可能被綁架的家庭趕快聯絡懸案組，這樣警方才能加強調查作業。

之後，他轉身朝向警察總局那輝煌雄偉的柱廊，想邁開步伐，卻看見戴著口罩的警察局長和督察長不讚許的眼光。

兩人默默走近他，低聲問他是不是失心瘋了，又問他的老闆馬庫斯．亞各布森對這場違反警方媒體發言規則的莽撞鬧劇是否知情。

「至少等到我們救出這個人之後，再開除我吧。」卡爾說。

兩人清楚表示他的行動是要付出代價的，接著就消失進總局裡，徒留身後的卡爾和堅持不懈的記者群。

卡爾對群眾點點頭，把阿薩德和高登叫過來，走去停車場。

「他們很可能因為這樣把你釘上十字架，卡爾。」阿薩德說。

卡爾拍拍這位忠實夥伴的肩膀。「那好在你還會在懸案組。」他說。

記者會上了所有報紙的頭版，第二天他們就感覺到劇烈的衝擊。除了可能有家人失蹤的民眾瘋狂打電話進來，還收到他們的同僚不滿地抱怨，現在大家的注意力全都集中在這個調查上，而在他們看來，這案子不值得也太罕見。儘管卡爾給出去的是蘿思的聯絡號碼，瓦片半島和警察總局的每個部門都忙得不可開交，得回答憂心忡忡的民眾打來的各種電話，還要接聽只想傾訴不相關廢話的瘋子的來電。

儘管卡爾假設失蹤的人一定是名勤勞的成功人士，然而大部分的電話都是來自憂慮的父母，表示他們家普通的青少年失蹤了僅僅幾個小時。卡爾對面的辦公室每小時都會接到好幾通酒後失控、靠福利金過活的人打來的電話，他們無法了解在前一晚爭吵後，小孩怎麼還不回家。雖然有新冠肺炎的限制，但那些被迫來上班的同僚接連不斷的詛咒與咒罵聲，成了部門無可避免的背景音樂。

一場巨大的風暴正等著卡爾，因此他躲在辦公室裡，門扉緊閉，直到長日將盡、每個人都回家後。另一頭，蘿思辦公室的電話詭異地安靜。幾小時後，她直接將它設定成語音信箱，去向卡爾會報他們最新的進度。

「整個下午我們大家都在工作。」蘿思對阿薩德點點頭，他的腋下正夾著剪貼簿。

「對，我們在研究皮雅．勞格森的案子。我看過她女兒的貼剪簿，蘿思看了她的一些舊電視錄影帶。」

「剪貼簿，阿薩德，不是貼剪簿！」卡爾說。阿薩德沒有注意聽。

「我看了皮雅．勞格森死前幾年內的訪談，」蘿思說，「比如這個，二〇〇九年 TV Avisen 新聞台拍的，就在她死前一年。」她將筆電放在卡爾跟前，按下播放。

那名財經線的知名記者打著美式領帶。「皮雅．勞格森。妳建議富人將財富搬去銀行法規鬆散的國家，幫助公司隱藏資產避稅，妳對稅法的極端自由詮釋也很出名。妳不覺得妳要為破壞社會的基礎負一點責任嗎？還有，妳的顧客本該承擔責任，卻這樣一走了之，一般百姓必須被迫補足這些金融差額，針對這點，妳不覺得自己該被譴責嗎？」

被記者控訴的整段期間，皮雅．勞格森只是坐著微笑。她的嘴唇塗著鮮豔的口紅，把玩著戒指，不斷拉直愛馬仕絲巾。她對訪談似乎感到完全自在，不斷點頭，彷彿世界上沒有事情能挑戰她的正直。

記者問完話，她露出最近才漂白過的牙齒。

「天哪，」她微笑著說，態度謙卑有禮，「如果世界上再也沒有這些問題，你很快就會失業了。你要知道，我對一般受薪階級的稅金完全不抱興趣，我的工作就只是把財富搬來搬去而已。至於稅法，立法單位早該修補我工作時發現的漏洞和模稜兩可的規範。我不了解問題在哪，也許是嫉妒我？」

他們繼續觀賞了幾分鐘訪談，那個女人絲毫沒有讓步。

「我還找到別的東西。」阿薩德翻開到剪貼簿的中間。「這來自二〇一〇年七月一日，大概在她溺斃前一個半月。」他指指一張照片，皮雅．勞格森在其中顯得衣冠楚楚：貂皮大衣、另一條愛馬仕絲巾、套裝長褲，手臂上戴滿手鐲，像棵聖誕樹。

阿薩德指著標題〈TaxIcon頂尖當地公司，皮雅・勞格森帝國創立新高峰〉的兩頁訪談中的一句話。卡爾讀了引述，那足以讓任何競選公關專家在轉瞬間被開除。引述寫著：「我該死的才不在乎那些財務上無法未雨綢繆的顧客或一般人。如果他們自己沒辦法維持生計，被債務淹死，我可沒辦法跑去救他們。那當然不是我的責任。」

「冷酷得不可思議。」卡爾說。

阿薩德和蘿思點點頭。

「她最後淹死在自家的游泳池裡，不是使得那句話很諷刺嗎？」蘿思說。

卡爾也注意到兩者間的反諷。

「高登，進來！」蘿思扯開喉嚨大叫。她是想吸引這棟建築裡所有憤怒的同僚嗎？

「請關上門，高登，」高登進門時，卡爾提醒，「你有查到什麼嗎？」

「就這個。」他邊說邊將照片影本丟在卡爾前面。那是奧維・懷德修車廠在當地報紙的一份全頁廣告，展示一輛撞得稀巴爛的福特Escort，旁邊則是車子閃亮如新的對比照片。

「讓您的車閃亮如新。」廣告誇下海口，並列出一般車輛檢查、換胎和其他服務的價碼。

「這有什麼特別的？那可能根本不是同一輛車，不是嗎？」他問。

高登笑開懷，指著廣告角落的一顆黑色大星星，上面印著黃色字體，寫著「我們的價格便宜到爆炸！」

「啊哈！」卡爾說。

「是的，我認為凶手是發現了懷德在詐欺，甚至可能本身就是受害者。雖然我們永遠無法知道了，因為文件都在爆炸中炸毀，但『爆炸』一詞可能是懷德修車廠後來眞的爆炸的靈感。那會不會就是我們在找的連結，或凶手的思考邏輯？我們手上的這兩個案子，被害者確實自食惡果。」

「這個案子變得該死的越來越詭異，你不覺得嗎？」卡爾不可置信地搖頭，「我們手上有凶手這麼多線索，比如暴君的生日、被害者會被殺害的手法暗示，更別提還有鹽，這些就足以把人逼瘋，結果我們還是沒有眞正可以查下去的連結。有個可憐人現在正等著在聖誕節隔天被殺掉。」

「但是卡爾，」蘿思說，「你不覺得至少我們現在比較了解案件之間的關連了嗎？」

「也許吧。」

「我們找到暴君和被害者之間的共同點：他們都極度不道德。」

「對，而現在我們『只要』找出一個人，他自詡為道德守護神，認為殺害其他人是可接受的就好。」卡爾的雙手在空中比著引號，強調破案毫無希望。

「簡直就像某種宗教信仰，不是嗎？」阿薩德問。確實他是最可能觀察到這點的人。

「是的，但是什麼導致這個人變成神聖的十字軍？」卡爾問，「還有，你要去哪裡找這種人？」

「精神病院，」蘿思說，「或者是活在自己小世界裡的人。我還眞的不知道。」

這時電話響起。是總機。

「有位女士想和卡爾．莫爾克談談，我能讓她進來嗎？」

卡爾皺起眉頭。「她是誰？她為何要找我談？」

他可以聽到背景的嘟噥聲。

「她叫葛楚德·歐森，是寶琳·拉姆森的友人，那個自殺的女人。她說她有東西想給你看看。」

歐森戲劇性十足地進入辦公室，卡爾馬上認出跟新聞上是同一人。她肩膀寬闊，濃妝豔抹，豐滿的胸脯塞在馬甲裡，很適合慕尼黑十月啤酒節。

「我昨晚在前門發現這個，」她聲音緊繃，「我不知道是誰放在那的，但它讓我起雞皮疙瘩。我剛開始還不敢把它拿進屋裡，因為我昨天沒在等任何包裹，加上現在要小心新冠肺炎。但我還是把它拿進去，裡面的東西真的讓我很驚訝。為什麼把它留在我家門口？又是誰留的？感覺有點神祕兮兮，然後我就想到你。你出現在今天所有頭版上，我記得寶琳告訴過我，你去過她家幾次，偵訊帕勒·拉姆森的案子。所以我就過來了。」

卡爾看著鞋盒。它又小又破，一端印著兩支棕色拖鞋的圖案。

「請告訴我妳沒打開來看，葛楚德。」

她帶著尷尬的表情搖搖頭。「沒辦法，我要打開才知道是什麼、是不是要給我的。」

「那妳有翻動過裡面嗎？」

她搖搖頭。

「沒有，整件事情太詭異了。但我看到最上面有幾封帕勒·拉姆森寫來的電郵影本。」

「嗯，該死。」卡爾驚呼。

蘿思已經戴上一雙橡膠手套，小心移開蓋子。

「妳認得出這個盒子嗎？是寶琳的嗎？」卡爾問。

「呃，可能是吧。她好幾年前提過她會用紙盒保存電郵，可能就是這個吧？但我不懂她為什麼要在最上面撒鹽。」

「我們究竟要從這推理出什麼來？」女人離開後，卡爾問其他人。

「線索似乎立刻指向所有方向。」蘿思說，「如果發現寶琳屍體的時候，警方有在公寓找到這個，就會讓寶琳成為帕勒．拉姆森之死的犯罪關係人。寶琳確實很生氣帕勒毫不掩飾對其他女人的興趣，而就像我們都知道的，從統計學來看，嫉妒是謀殺的首要動機。」

「所以寶琳有可能是謀殺案的嫌疑犯？但他們沒找到鞋盒，所以這個本來在哪？」卡爾問。

「問題就在這。從我們的同僚沒找到鞋盒這點，一定有人在警方抵達前就從她家把它拿走，也或者鞋盒從來就不在屋子裡。或許，葛楚德．歐森知道的，遠比她願意告訴我們的還多。」

「的確，葛楚德有可能撒謊，鹽可能就是她自己撒的。但事實顯然不是如此，她為什麼要這麼做？她從來不在我們的嫌疑犯之列。」

蘿思看起來不是很耐煩。「我們沒有**任何**嫌疑犯，卡爾，你要保持開放的思考。她有可能愛著寶琳，或許她妒火中燒殺了寶琳．拉姆森。」

「寶琳．拉姆森的凶手應該和白板上所有案件的凶手是同一個人，這點我們同意嗎？」

眾人有片刻不確定，但後來終於看法一致。

「好，那麼，聽好了大夥，我們要保持開放思考沒有錯，但如果葛楚德．歐森跟這些案子有任何關連，那她到底為何要在藏了那麼久之後，突然決定在這時露面？就像蘿思說的，無論是帕勒或寶琳的死，我們都沒有具體線索可以辦下去，所以凶手可能是任何人。」

「等等，卡爾，」阿薩德插嘴，「在我看來，那女人的手臂很有力氣。她可以輕易敲昏懷德的技師，或者如果她想，也可以輕易壓制歐勒．度德或帕勒．拉姆森，或把皮雅．勞格森的頭按在水裡直到她斷片。那對她來說毫無問題。」

「是斷氣，阿薩德。但沒錯，你是對的。我們不能排除任何可能性，但我認為凶手在帶我們兜風。」

「但要帶我們兜風去哪？」阿薩德問。

「那個意思是他在耍我們，阿薩德。」

「我認為鞋盒是凶手特意洩漏線索，所以我也同意，凶手在耍我們。」高登說。

「特意洩漏關於什麼的線索？」蘿思問。她現在看起來一臉倦容。

「和最近發生的所有事情連結的線索，」高登插嘴，「我們已經知道，寶琳不可能把鞋盒放在葛楚德的門口，因為她已經死了。我們也知道鞋盒裡的鹽是白板上謀殺案之間的連結。所以，如果綜合判斷，我們可以安全地下結論，寶琳很可能不是自殺。凶手逼她吞藥丸，拿走鞋盒，在裡面撒鹽，然後放在他們知道會把鞋盒拿來給我們的人的家門口。」

「嗯。所以你認為凶手和寶琳．拉姆森之死有關連嗎？你們都這麼想嗎？」他們全都點頭，意見一致。「這個，我也同意你們的看法，但凶手到底為何要選擇在現在和我們分享這點？」

阿薩德搔搔鬍子。「他想讓我們坐立不安，那就是他想要的效果。在下一個人被殺害前，我們得保持專注，但如果我們被同時拉往不同的調查方向，就很困難；而且我們快沒時間了。」

「我還是比較傾向認為凶手是個瘋子。」蘿思說，「我認為，知道我們就快發現他的身分，帶給他快感。我們面對的是某種瘋子。」

門口傳來敲門聲。在他們來得及反應前，馬庫斯走進門，身後跟著其他部門、表情不懷好意的同僚代表團。卡爾被上銬的時候到了嗎？

「我很抱歉得通知你，卡爾，但這是給你的正式通知。鹿特丹、斯雷格瑟和哥本哈根的同僚組成了聯合緝毒小組，就二〇〇七年的釘槍事件正在調查你，而我們有你在阿勒勒的房子的搜索令。」

說完，幾名同僚由刑事警官泰耶．蒲羅帶領，往前一站。在他身後的便是哥本哈根緝毒組的傳奇人物，萊夫．拉森，綽號「緝毒犬」。面對這小組可不能掉以輕心。

「啊哈，」當「緝毒犬」遞給他搜索令時，他說，「我還以為我是要因為昨天整了電視台人員，而等著被排成一隊的你們輪流臭罵呢。」

「那也快了，卡爾，但現在這件事優先。」

他讀讀搜索令。「法官眞的授權搜索我在阿勒勒的家？眞是瘋了。你們期待能搜出什麼？現在住在那裡的人只有莫頓．賀藍和他男友，以及哈迪．海寧森。」

泰耶．蒲羅往前踏一步，看起來對眼前的情況不太自在。「我們知道，卡爾，我們也知道他們在瑞士幾個月了。我必須要求你和我們走，你可以在搜索時幫助我們。」

卡爾看著懸案組的同事，他們都了解眼下情況緊急。

這一幕竟在他們眼前上演，而這非同小可。

羅稜霍特公園的葡萄藤長得很茂盛。儘管有禁止聚會的全國禁令，民眾還是在卡爾和馬庫斯．亞各布森抵達木蘭街七十三號時，蜂擁至停滿大批警車的停車場。

「發生什麼事？莫頓和哈迪真的死了嗎？我們好久沒看到他們了。」有人大喊。

卡爾只能搖搖頭，表現出一臉不用擔心的樣子，儘管連他自己都不能確定。

一群穿著白色工作服、戴橡膠手套、套著鞋套的男人在屋內蒐證，連麵包屑都不會逃過他們的法眼。

屋內的空氣非常沉悶，那一點也不奇怪，這屋子已經好幾個月沒住人了。事實上，卡爾也不確定他們是在何時離開的。他突然感到一絲尷尬，因為自從他在快十八個月前搬去和夢娜同居後，他只拜訪了哈迪三次。哈迪值得更好的對待。

「他們在找錢、毒品，和任何數位線索，卡爾。」馬庫斯說。

「是嗎？那好吧，如果他們有找到錢，那可是我的。」卡爾大笑著回答。馬庫斯瞪他一眼，提醒他對眼下情況該抱著更嚴肅的態度。

他們發現許多有趣的東西，但沒有一樣屬於卡爾。各種牙齒固定器、各種絕對不符合卡爾性偏好的性玩具、看起來像類固醇的藥丸、哈迪的成人紙尿褲，還有爽身粉。一堆無法成為證據的瑣碎物品，但搜索房子通常就是這回事。

警方搜完地下室，也快搜完二三樓時，「緝毒犬」指著天花板的活板門。

「我直覺那邊會有東西。」他邊說邊爬上拉下來的階梯，總共只有四個階梯。

「老天，」將頭探出活板門時，他脫口而出，「閣樓這裡可夠我們忙的了。」

卡爾一臉困惑，試圖回想上面都放了什麼。他有好幾年沒去閣樓了，也不記得最後一次上去是什麼時候。但他記得，當他的繼子賈斯柏心不甘情不願地來拿走最後的東西，閣樓幾乎是空的。

他爬上階梯，「緝毒犬」的屁股迎面而來，前方是紙箱堆疊而成的牆壁。看到那麼多紙箱，卡爾簡直不敢置信。他在想紙箱是不是米卡在搬進搬出多次，鬧著要和男友莫頓同居時留下來的。

「嗯，這上面的東西都不是我的，拉森。」他說，「你有必要這麼小題大作嗎？你搜索完能不能至少封好箱子？」

最佳答案通常是全然的沉默，「緝毒犬」深諳此道。三名警探後來上閣樓加入他。卡爾不認得他們，所以也許是荷蘭警方。

一個半小時後，他們叫他上去。

他們將所有紙箱推到牆邊，清出一條通往屋頂牆面的小通道。

「它鎖住了，卡爾，」其中一名邊說邊指著遠方的一個公事包。「可以請你打開嗎？」

「不行，我沒辦法，」他說，「我不知道誰有鑰匙。它放在這裡好幾年了。可能是我繼子忘在這的。」

但當卡爾這麼說，他馬上知道那不是他繼子的。

他們將公事包拿下來，放到餐桌上。公事包毫不起眼，卻重得令人吃驚，眾人紛紛疑心大起。泰耶．蒲羅指著它點點頭，一名鑑識人員詢問是否該橇開它。

但要撬開它可不簡單。除了有好幾層蜘蛛網堆在翻蓋邊緣，鑑識人員還發現它被用一種黃色物質黏住，有人辨識出那是某種超級膠水。

「從底部剪一道看看裡面。」蒲羅下令。但那也沒那麼容易，因為整個公事包被用兩毫米厚的金屬板加以強化。

情況看起來對他不利，卡爾試圖和馬庫斯眼神交流，讓他知道自己也非常驚訝。但馬庫斯定住不動，只能看著同僚做事。

他們到一輛廂型車裡取了研磨機，從底部割開。火花閃爍，照著四周的牆壁闇影舞動。現在，屋內所有其他活動都停止了，每個人只是站著等，而卡爾知道他們不會白等。因為他在絞盡腦汁後，才慢慢想起在安克爾、哈迪和卡爾於亞瑪格島遭槍擊不久前，他的前搭檔安克爾曾問卡爾能不能幫忙保管這個公事包，因為當時他的離婚手續正在進行，沒有地方放這東西。安克爾自然有充分理由再也沒回來取走。他都被好好地埋葬了，怎麼會有辦法來拿回去？

「那是安克爾．荷耶爾的，」他低聲說，「我忘記他放在閣樓上了。自從安克爾在亞瑪格島遇害後，已經過了十三年。你們可以從上面的蜘蛛網看出來，它已經放在閣樓很久了。」

泰耶．蒲羅以憐憫的眼神瞥了他一眼，彷彿卡爾不知道，他再多的解釋也站不住腳。

「我猜你要說你不知道裡面裝了什麼？」

至少十雙眼睛同時看著他，有好幾雙眼還伴隨著沾沾自喜的竊笑。

第四十二章　底波拉

二〇二〇年十二月十九日星期六

亞當和底波拉是在胡魯普的一場基督教復興會議上認識的。當時兩人都很年輕，後來的故事非常老掉牙。幾年內，他們生了兩個女兒，接著又生了一個兒子；兒子完全符合他們的期望。

以撒十五歲時，小小的偏鄉學校已經完全不能滿足他了。每個人都看得出來，如果以撒想要徹底發揮智識潛力，他們全家就得搬去有更多機會的大城鎮。

以撒的目標是哥本哈根大學，所以亞當在城北找了工作，這樣以撒才能發展他的才能。與此同時，兩個女兒從學院畢業，這樣底波拉就有更多時間幫丈夫的忙。亞當開始自己的事業，僅僅幾年就證實那相當賺錢。在這期間，以撒住在家裡，但從未展露過他黑暗的心靈。後來，那成為他們夫妻倆最深的傷痛。

以撒在二十五歲左右自殺，父母傷心欲絕，完全被擊垮。

葬禮上，亞當和底波拉才第一次懷疑兒子曾被霸凌。以撒的葬禮很少人參加，只有兩名朋友前來。底波拉淚流不止地問他們，知不知道以撒為何自撞火車，兒子的朋友卻異常沉默。

「他不太說心裡話。」一名朋友說。

亞當難以置信。「我以為我兒子很擅長社交。」他說。

兩名朋友只是聳聳肩。

底波拉不願放下心中的疑惑，她一步步設法得到答案，真相卻令她難以接受。原來以撒長年來遭到集體霸凌，承受充滿仇恨與機巧的對待。他天資聰穎，又有宗教信仰，待人寬厚，向來對他人盲目信任。這些特質卻不斷遭到嘲諷，最後他只要開口，就會招來惡果。三名同學狼狽為奸，唆使旁人對他做出最惡毒的攻擊。底波拉和亞當知情後，被復仇的欲望所燃燒。

直到兩人認識西絲麗，才學到憤怒、復仇和懲罰密不可分。亞當的生意是研發化學產品，而西絲麗的公司非常有興趣採購。幾次會面後，他們收穫豐碩，心情也豁然開朗。三人凝聚出共識——都痛恨人類會傷害他人。

在某個星期日下午，霸凌以撒的三個人一起共赴黃泉。沒人能解釋他們為何會開車全力衝撞路樹。駕駛座那側的兩扇車門上都有刮痕，無法證明他們曾遭到逼車。但他們的確是遭到逼車。最後還活著的傢伙搏命了二十分鐘，苦苦望著底波拉和亞當，希望他們伸出援手，卻是徒勞。

一次因緣際會，西絲麗吐露了她大學發生的事，彷彿為兩人開了一扇窗，他們因而也對西絲麗傾訴祕密，告訴她兩人的所作所為。本以為會收到西絲麗的反感，然而她眼裡只有同情。

這次告白，讓三人在許多面向都親近起來。

在一九九二年的一個十一月天，西絲麗終於和他們分享她的計畫，以及她的野心。她想拓展她的個人事業，讓更多人加入團隊，一起追求公義。

她跟前的夫妻倆曾判兒子的霸凌者死刑，那說服她，他們三人應該在未來的任務上合作。她告訴兩人她與上帝的關係，並向他們傳達人心是如何險惡，而上帝絕對不會寬恕那些人。

亞當和底波拉心有戚戚焉。事實上，底波拉正是那個讓空泛的合作想法落地執行的人，西絲麗立刻看出她的計畫極可能實踐。

於是三人搬家到彼此附近，開始招募深諳復仇、正氣凜然的女性，一起為理想奮鬥。

底波拉自動承擔起挑選志願軍的任務，並教導她們面對沒有同理心和無情之人，如何憑本能做出嚴懲。待女子們接受完整訓練，證明她們的價值和忠誠後，西絲麗的公司便會聘請她們，最後放她們進入社會，懲罰世界上的罪人。

僅僅兩年，他們的小團隊發展成完善的組織。組織越是蓬勃發展，亞當和底波拉越覺得以撒沒有白死。受兒子啟發，再由西絲麗大力協助，以上帝之名他們實踐了信奉的教條，將不守規則的人送去自嘗苦果。

好幾年後，這對夫妻才徹底了解西絲麗的能耐，和兩人牽涉的案件有多嚴重。

西絲麗認為那些犧牲者是活該，他們理該償命。起初，底波拉和亞當不太能接受，但隨著西絲麗的計畫進行，亞當特別能從中感受到快感，特別是處決時，底波拉便也慢慢改變想法。

「西絲麗完全正確，」亞當說，「我們的工作和任務使世界更美好。神也站在我們這邊，《聖經》上說，神的正義有時是無情殘酷的。我們應該遵循祂的典範。」

過去二十六年間，他們選了十四名因自私自利而毀了他人人生的男女。西絲麗發展出一系列在謀殺前必須遵守的教條，並異常執著。除了較為象徵性的手法外，謀殺基本上必須布置得像個意外。第一次嘗試私刑正義，攻擊奧維．懷德修車廠時，西絲麗犯了幾個錯誤，但自那之後，她潛心磨練技能。在底波拉和亞當加入她之前，她已經殺害了銷售贓物的幫派領袖、在學校門口賣毒品給小孩的男人，以及犯下保險詐欺的一個女人。就像計畫那般，這些謀殺都被警方以自殺或致命意外結案。

加入西絲麗後，亞當和底波拉隨即接受她的條件，那就是每兩年殺害一個不該活下去的人，處刑日期必須是犯下泯滅人性罪行的某人的生日。她仍小心留意，不讓任何犯罪現場的鑑識證據追蹤回他們身上，但要留下謹慎的簽名：在犧牲者身旁的鹽。除了歐勒．度德的謀殺案之外——砍斷工廠老闆的手的時候，鮮血無預警噴濺在亞當的衣服上——他們極端小心，甚至避免在身上染上犧牲者的任何DNA。他們也確定不讓犧牲者遭受不必要的痛苦。

每次謀殺，他們都會改變手法——流血致死、射殺、一氧化碳中毒、溺斃——這樣就不會出現模式。不過，在他們挑出佛朗哥．史文森作為下一位犧牲者時，西絲麗改變了一條教條。隨著年紀增長，她似乎能在犧牲者的痛苦中得到更多樂趣。結果，近幾年的犧牲者在被綁架後大概會受俘一個月，期間犧牲者會因飢餓和心理折磨而徹底崩潰。底波拉覺得這項改變她難以承受，但亞當提醒她，他們的兒子是如何在年紀輕輕就被那群人眼睜睜弄死，她便改變了看法。亞當還說，他其實很享受用這種方式認識犧牲者，他終於有機會責備他們的所作所為。

底波拉承擔起招募新手的責任，確保隨時都有四名女子受訓。她們必須經歷嚴格的長期訓練，確定她們樂於從社會中挑選、懲罰罪人。她們越快證明自己的價值，西絲麗的公司就會越快僱用她們。在以復仇天使之姿進入社會前，她們在公司有固定工作，獲得豐厚補償。而如果有任何人無法守密，她們會被付封口費，或被威脅閉嘴，或只是單純被滅口。

底波拉一直以為，他們的復仇天使會在二〇二〇年底完全獨立，自立更生，而他們則會在聖誕節翌日犯下最後一場謀殺。

但現在的她對每件事都不再確定。

「你覺得西絲麗現在想做什麼，亞當？」底波拉問，「等我們要解決莫利茲．凡．比爾貝克的時候，你覺得會發生什麼事？我真的很擔心西絲麗正在冒險。電視上的警察似乎知道的比我擔心的還要多。然後還有路得——就是警察口中的拉格希兒．班特森。她個人的莽撞行動幾乎暴露了我們，她甚至跑來我們這尋求庇護。還有寶琳．拉姆森？她也來過我們的房子，我們沒有選擇的餘地，只好殺害她。我覺得這會招致惡果，亞當。」

「但西絲麗也說了，等莫利茲．凡．比爾貝克死掉，她就會花時間結束我們的任務。」

底波拉點點頭。「是的，亞當，正是如此。她該不會想順便解決我們兩個吧？」

「妳是什麼意思？」

「她有很多雇員可以取代我們。而且她實際上到底殺死了多少人？你敢確定她有告訴我們所有事嗎？我們真的知道實際上有多少人被犧牲嗎？你都不認為，她有可能太過草率而暴露我們所有人嗎？」

他似乎不願和她四目交接。他真的有在注意聽嗎？

「亞當，聽我說！我們的身分突然變得比我們以為的還要暴露，所以我們得非常小心。我不想落得羅得妻子（注1）那樣的下場。」

這終於使她丈夫警覺起來。「聽我說，底波拉，羅得的妻子沒有服從命令，她沒有把上帝的話放在心上，所以神把她化為一根鹽柱。但妳是她的相反，妳的名字是《聖經》裡最堅強的女人之一（注2）。別忘了，儘管她是女性，更是位士師，是在她的世代裡最聰明的人，成就輝煌。妳因這個任務而得到天選，西絲麗知道這點。妳以為她當年選擇我們是巧合嗎？不，那是因為妳和我們可憐的以撒所發生的事。我們沒有什麼好怕的。」

底波拉觀察她丈夫片刻。這就是為什麼他要賣掉他的公司嗎？歸根究柢，這才是他的最愛：殺戮、和西絲麗一起計算下一步，並在需要時為她收拾善後。

「我只是在說我們得當心。你說我聰明，那你就該聽我的。西絲麗要殺莫利茲這件事，我們要提高警戒。」

注1　編按：此為《聖經》中的故事。上帝決定毀滅所多瑪和蛾摩拉這兩座罪惡深重的城市，但因為亞伯拉罕的求情，上帝派了兩位天使去警告羅得。天使告訴羅得一家不要回頭看，也不要停留在平原上，而是要逃到山上以免被毀滅。羅得一家離開了所多瑪，但在逃亡過程中，羅得的妻子回頭看了一眼，結果變成了一根鹽柱。這故事象徵不服從上帝的命令所帶來的懲罰。

注2　譯註：編按：底波拉（Deborah）是《聖經》中《士師記》的一位重要人物。她是以色列的第四位士師（judge，以色列部落中的軍事與政治領袖），也是唯一一位女性士師。底波拉被描繪成一位智慧、勇敢且充滿信仰的領袖。

第四十三章　阿薩德

二〇二〇年十二月十九日星期六

連續三通電話害阿薩德頭昏腦脹。瑪娃叫他下班的次數多到數不清，因為家裡正在分崩離析。而如果他沒負起一家之主的責任，或更常待在家，瑪娃怕羅妮雅會離家出走，奈拉則會因他們的孤立而枯萎。

阿薩德保證他會採取行動，但電話又一次響起。是夢娜，她不知道為何卡爾沒有回她任何電話。阿薩德只好告訴她，釘槍事件又回來陰魂不散，卡爾目前在他阿勒勒的家，因為警方正在搜索他家。但他強調卡爾看起來很冷靜，所以那可能只是茶壺裡的風暴。

不幸的是，他說的話隨即被第三通電話打臉。卡爾打電話來簡短告訴他，警方在他閣樓裡找到一只公事包，裡面有一公斤半的古柯鹼和超過二十萬歐元。他沒被當場逮捕，因為鑑識人員要先分析公事包裡的物品。那使卡爾陷入恐慌——如果他們意外找到任何涉及他的物證，他將百口莫辯。

阿薩德不曉得該作何反應。

「還有，阿薩德，你最好假設我會被暫時停職，還要繳回我的警徽和警用槍。」

「但這樣你就進不了辦公室。」

「是不行，但我覺得你可以徵求別人的看法，因為我們不能慢下來。我建議我們以兩個小組的方式合作，瓦片半島和我家。所以如果你們三個都同意，我要請你打包基本用品，然後盡快來我家跟我會合。」

蘿思是最無法接受這個消息的人。「他們究竟在玩什麼花招？如果你真知道裡面有什麼狗屎，就不可能把它忘在閣樓裡將近十五年，不是嗎？你要不是解決它——有很多種方法，比方交給警方——要不然就是把東西賣掉，然後把錢偷偷匯到全球祕密帳戶。那為什麼卡爾兩件事都沒做？顯然他跟整件事都無關嘛，還有什麼話好說！」

「但妳怎麼確定他不是準備退休後再這麼做？如果你有髒錢，數目又那麼大，最好犯罪後等上幾年再享受，會比較安全。」高登小心翼翼地說。

「你說什麼，你這個白癡？你真的用你那個又乾又瘦的屁股，暗示卡爾是個罪犯？」

「不是，但我——」

「我不想聽你再說任何一個字，高登，你還不知道卡爾的為人嗎？」她轉身面對阿薩德。

「你又想說什麼，阿薩德？你看起來糟透了！」

阿薩德抬起頭。「我確實覺得不太舒服，如果這是妳的意思的話，但我很清楚卡爾的為人。他說他會打電話給哈迪討論一下，或許他們可以拼湊出當年發生了什麼事。」

阿薩德抬起頭，望向卡爾寫在窗戶上的字。到目前為止，他們只標記出鹽的意義這個問題。那麼哪些線索會讓他們破案？他們該把注意力投向何方？如果他知道的話就好了。

他拿出檔案夾，將最後幾張紙放進去。「我現在要開車去卡爾那，好嗎？我們要建立一個長期的 Zoom 視訊團體。你可以幫忙嗎，高登？」

那傢伙點點頭。在蘿思暴怒後，高登的臉龐依然紅通通。

「別那麼沮喪，阿薩德。我不擔心警方會查到任何我涉案的證據，你又為什麼要擔心？」

阿薩德聳聳肩，環顧夢娜和卡爾的客廳。露西雅的玩具散布整個地板，夢娜又像被囚禁的動物般來回踱步。他們真的要在卡爾家裡祕密工作？

夢娜當然憂心忡忡，他也是。如果卡爾知道他們有多擔心就好了。如果卡爾被迫離開懸案組，他為什麼還要繼續為警方工作？如果發生那種事，他去找別的工作會比較容易。離開警界，他就能多和家人相處，也不用面對丹麥安全和情報局那些沒完沒了的問題。等對方查到某個程度，一定會希望阿薩德正面回答。

他試圖將這些擔憂拋諸腦後，因為有個人很快就要被殺害了——如果他們不趕快有點進展，那就是板上釘釘的事。其他事只能先放一邊。

「我們看了你寫在辦公室窗戶上的列表，卡爾。蘿思和高登正就某些點展開調查，但我想你和我應該專注在鹽上。這樣可以嗎？」

卡爾點點頭。

「你的問題是，為什麼他們要在犯罪現場留下鹽，我們需要知道理由。」高登繼續說。

「在馬庫斯、泰耶·蒲羅和『緝毒犬』打斷我們之前，實際上我一直在思考我們的邏輯。我想是你說的話把我困住了。」

「我說了什麼？」阿薩德問。

「你說蘿思推論了凶手的動機，因為凶手似乎只對極度缺乏道德的人下手，就是那些欺騙、犯下詐欺的人，不顧慮任何人事物的人。」

「沒錯，然後你提到他像某種道德捍衛者，你稱呼他為十字軍。」

「正是，是你讓我想到那個詞的。你說那幾乎有某種宗教意涵。」

「沒錯。你不覺得只謀殺不道德的人，這點子有宗教性嗎？而且日期還清一色都是混蛋至極的人的生日？」

「所多瑪和蛾摩拉，阿薩德。我從阿勒勒開車回家時，想到這個故事。這世界現在已經整個發臭了，而且不能怪到新冠肺炎頭上。這些時日人們只想到自己，就像安克爾．荷耶爾把他的狗屎放在我的閣樓一樣。自私給世界上所有的良善蒙上陰影，你不覺得這邏輯說得通嗎？」

阿薩德一臉困惑。「所多瑪和蛾摩拉？那是宗教故事嗎？」

卡爾露出笑容。這顯然不是伊拉克穆斯林熟悉的故事，但對許多丹麥基督徒也是如此。

「那是《舊約聖經》中一個迷人但悲傷的故事，阿薩德。故事講到兩座城市，所多瑪和蛾摩拉，他們的居民沒有道德，隨意嫖妓和強暴。我不清楚故事的細節，但有個叫羅得的男人受到神的寵愛，於是神派遣幾位復仇天使下來警告他，所多瑪和蛾摩拉將被火風暴毀滅，他該帶著妻子和兩個女兒在災難發生前逃走。羅得便要求妻子給天使鹽，那是他們對待賓客的習慣，但他妻子不肯給天使自己的鹽，反而去向鄰居借。當他們逃離城鎮的時候，天使警告他們不管在任何情況下，都不要回頭看。但羅得的妻子沒有聽進去，她轉身回頭瞪著上帝的懲罰，結果立刻被變成一根鹽柱。」卡爾對自己點點頭。「對，這個故事就是上帝的憤怒如何和鹽有關連。」

「現在我想起來了，卡爾。《古蘭經》也有提到所多瑪和蛾摩拉，我只是一時忘記了。但那是上帝對一身罪孽、沒有道德感的人的懲罰。你覺得那是凶手的關鍵動機？如果是的話，那他就是某種宗教狂熱分子。」

卡爾點頭，滿懷感情地看著他的朋友。這是阿薩德第一次來到卡爾的家，但在更久以前，他們兩人在調查時就已如此親密無間。

「我聽到應該沒關係吧？」夢娜出奇不意地進入客廳，雙臂交叉在胸前站著。顯然她非常想說一些見解。

「阿薩德，我相信你知道，卡爾一直讓我掌握最新案情，所以我很有自信能追上你的邏輯推論。我認為一個眞正虔誠的人，在生活上會遵循好幾個界線，知道什麼能做，什麼不能做。狂熱分子的確會豎立自己的規矩，這我懂，但他們仍被信仰所建立的原則宰制。這讓我懷疑你們的凶手是否明白身為上帝的僕人，什麼能做、什麼不能做。跟宗教狂熱分子相反的是，我們無法解釋這個凶手為何自視為上帝的僕人。宗教狂熱分子幾乎都是透過直接訴求自己宗教的派別教義，來解釋其暴力行徑。如果你問我，我會說宗教不是推動力，而是凶手人生中曾發生過的特定事件，才啟動這整個瘋狂殺人計畫。」

「但那會是什麼，夢娜？這就是我們需要查出來的事，什麼樣的人會變成瘋狂的連續殺人魔？」

她看著卡爾，無力地微笑，眼神疲憊而沉重。顯然她一秒也沒有忘記她和她家人現在身處的險境。她將握緊的拳頭指向他們，豎起一根手指。

「這只是假設，我認為凶手對一件舊案仍然憤恨不平，而這整個所謂的十字軍行動更強化了這個憤恨，卡爾。十字軍是你挑的字眼。」

接著她豎起另一根手指。「這個事件發生在許多年前，你多少可以確定它發生在一九八八年之前，也就是你偵辦的第一起謀殺案發生的那年。這件事強烈地衝擊凶手。」

她再豎起另一根手指頭。「我們知道凶手透過這些謀殺，以表他堅毅的決心，因此，這個人的人生其他方面應該也同樣堅毅。而我在想，這類行動需要鉅額資金的支援，因為某些殺戮需要的金額和時間，非常瘋狂。」

她又豎起另一根手指。「我們面對的是一個極度有耐心的人，他不是隨機殺戮。他們每兩年出手一次，你就知道他們有多小心。就我看來，凶手非常狡猾，且組織極為嚴密。」

最後一根手指。「從謀殺案的複雜度看來，我非常確定你的凶手也有團隊精神。你面對的是手下有門徒的領袖。」

阿薩德點點頭。「一位聰明、耐心十足的團隊成員，他可能很富有，曾一度碰上嚴重冒犯他道德觀的事件。所以妳覺得，他感覺到世界不公不義嗎？」

夢娜點頭。「絕對是，我認為他相信他的行動是正義的，他使用的象徵指向這點。鹽是上帝派來的復仇天使的一種象徵，而與世界暴君生日的奇怪連結，則是凶手用來確認，所有殺戮都是以上帝之名進行的另一種方式。」

「妳眞的覺得凶手是這樣想的嗎？」卡爾問，「我的意思是，砍掉歐勒．度德的手、在游泳池溺斃皮雅．勞格森、把氯化鉀注射進佛朗哥．史文森、伯格．凡．布蘭登史普這樣的男人體內，在這之前這兩個人幾乎被他餓死。那完全是精神病態，夢娜。」

「沒錯，但眞正的精神病態很少需要證明自己的行為正當。」

手機響起，卡爾的女兒跑進房間，手伸得直直的拿著手機。阿薩德幾乎不記得奈拉或羅妮雅在露西雅那個年紀的樣子。她們眞的曾有過這麼純眞的小娃娃時候嗎？

卡爾蹙緊眉頭，接過手機，房間裡陷入兩分鐘的完全靜默，感覺就像永恆。接著他掛掉電話，看向阿薩德。

「我沒辦法記得每個細節，阿薩德，但高登和蘿思剛剛塡滿了白板上的所有空白。原本我們有八個案子還沒確認，現在只剩兩個不確定。其他六個案子，被害者都是具爭議性的知名人士。你應該也不會驚訝，他們全都在暴君生日那天遇上非典型死亡：列寧、格達費、墨索里尼、斐迪南・馬可仕，我只列舉幾位。也許你還記得波波・梅德森的案子？發生在不久之前，確切來說是二〇一四年。」

阿薩德望著夢娜，她似乎在用力思索。那名字可不容易被人忘記。

「他死於二〇一四年十一月二十五日的騎馬意外，而那天剛好是智利獨裁者和大屠殺凶手奧古斯都・皮諾契特的生日。」

「喔，」夢娜驚呼，似乎突然想起，「波波・梅德森就是那個提供發薪日高利貸款（注）的人，對吧？」

卡爾對她豎起大拇指。「是的，那完全光明正大。他是高利貸專家，專長是在發薪日提供貸款。剛開始貸款額度非常小，對象是受廣告吸引的一般民眾，而且那些廣告完全沒有任何警告標語，但那就是發薪日貸款的運作方式。一萬克朗的貸款很容易就滾成二十萬，如果貸款人沒有及時還債的話，又會雪上加霜，因為波波・梅德森的利息很高。」

「好，沒錯，我也想起他的屍體被發現的時候，當時我們的發薪日貸款辯論。」阿薩德說，

「但那沒改變任何事，對吧？」

卡爾哼了一聲。「只要有人還願意提供高利貸，就會有人短視近利，不考慮後果。沒錯，法律沒有改變。」

夢娜一臉困惑。「但他不是死於騎馬意外嗎？」

「妳說得沒錯。他騎馬越過掉進樹林裡的電線，然後就眞的掉了腦袋。」

「喔，現在我想起來了，」她說，「有人對那個意外開了一個地獄玩笑對吧？我想那和他的廣告有關。他的廣告說，如果你需要錢，不必掉腦袋，波波金融公司來幫你。」

卡爾和阿薩德面面相覷。

廣告的字面意義，也可以變得非常致命。

注 譯註：payday loan，一種短期高利息貸款，還款日就是借貸者的發薪日，發薪日一到，債權人就從銀行扣除金額。

第四十四章　莫利茲

二〇二〇年十二月二十日星期天

房間有暖氣，但莫利茲仍覺得寒冷刺骨。他整個身軀都在顫抖，下巴咬得死緊。儘管他正承受著巨大的痛苦和悲慘，仍舊有種奇怪的平靜感。餓死是種仁慈的死亡方式。他想。就像凍死，身體會對無可避免的命運做出調適，讓你進入冬眠狀態，心跳慢慢停止。

莫利茲永遠是早上第一個穿上慢跑鞋的人。他一週去健身房四次——至少在封城前是如此。所以，多年來他維持穩定的靜態心跳，每分鐘五十到六十之間。除了現在以外。

在缺乏飲食的狀況下，他的心跳在頭幾天穩定加速，彷彿他的心臟想將每個血球逼到極限，好提供身體養分。但因為沒有可以傳送的養分了，他的心跳再度快速下降。在過去二十四小時內，莫利茲感覺到自己的身體功能正在緊急關閉，而隨著每個小時過去，心跳變得越來越微弱。

如果心跳掉到二十五以下，我可能會死。他想。莫利茲努力尋找手腕上的脈搏，再次讀數。每分鐘二十八下，微乎其微。

自從那個男人栓死頭上的滑軌後，這是他不知第幾次站起身。他的雙腿感覺像果凍，他凝聚所有能鼓起的力氣，跑到另一邊的牆壁，看看能不能鬆動那個螺栓。

軀體感受到的震動幾乎讓他失去意識，於是莫利茲捧著胃，全身蜷縮在地板上。他知道這會是他最後一次嘗試，梯子和扳手仍在桌上，他永遠無法企及那塊應許之地。

「親愛的上帝，就讓我死吧，」他低語，「就讓我躺著死在地板上。我準備好了。」

他趴臥在水泥地板上，仍被鐵鍊銬著，接著就聽到電梯門下方傳來叮噹聲響。他以前就有過幻覺，所以那可能是任何東西。他嘴唇反覆感覺到濕潤；過去他不怎麼感激的記憶，讓他回憶起擁抱的滋味。他從四面八方幻想被拯救的微弱希望。

莫利茲閉上雙眼，任由聲音響起。

「配合一下好嗎，莫利茲。站起來，我們會扶住你。」有人說，他感覺手臂被拉扯。

「他變得很虛弱。」一個音階比較高的聲音說，「他的脈搏多少？」

「二十七。」

「我會把他扶到椅子上，你去準備點滴，亞當。」

莫利茲嘗試張開眼睛，但沒有成功。他聞到那個穩住他肩膀的人，身上傳來花朵香水味。若非如此，他還以為死神來接他了。

他的手背有種奇怪的感覺，接著生命之水突然流經他全身。那股力量很強大，讓他突然想吐。「住手，」他低語，「滾開，別理我。」但有人緊緊抓住他。

他終於張開眼睛，血紅色指甲的兩隻手抓住他。

「放輕鬆，莫利茲，就像這樣。」站在他跟前的男人說，「好險我們今天過來看你，對吧？」是那個臉部扭曲的男人，而這混球正在微笑。

現在那雙手放開他的手臂，他感覺背後的人站起身。她到處走動，隨後站在那個高大男人旁邊。儘管頭髮、衣服和化妝有所不同，莫利茲立即認出這是綁架他的那個女人。

眼睛總會洩露天機。在各個實境節目，他都曾再三叮嚀攝影團隊，要抓拍參賽者的眼睛特寫。眼睛會洩漏人們內心最深處的感情：熱情、失望和恐懼。但她的眼睛沒有洩漏出這類情感，唯有冰冷、空洞和無情。

「妳想要怎樣？如果妳想要錢，最好讓我活著，」他嘗試出招，「我很有錢。只要給我個數目，錢就是妳的。給我點東西吃，給我電腦，我馬上就把錢轉給妳，然後妳就可以釋放我——丟在哪都可以。」

那女人皺起眉頭。「如果我會放你走，你覺得我會讓你看到我的臉嗎？」

莫利茲沒有回答。

「你要知道，很少人像你一樣讓我這麼痛恨，莫利茲。」

「嗯，多謝，我也有這種感覺。」他低聲說。

「我對你的痛恨邏輯上完全說得通。你是從最近兩年來的眾多候選人裡挑出來的，沒人憤世嫉俗到像你這種程度。」

她彎下腰，從地板上撿起剪貼簿，翻開。「看看你自己。」她邊說邊指著兩頁的新聞剪報。「你看，你說你能說服參加實境秀的人，對別人和對自己做出什麼事。你講這些的時候，你的微笑有多燦爛。」她翻到下面幾頁，指著每篇剪報。報導專文都附有清晰的照片，上頭有位很上相的成功商人。至少在這之前，他都是這麼想的。

「你認得你自己嗎？坐在那裡，面帶一抹挑逗的微笑，試圖說服記者你實境秀裡的參賽者可以隨時自由離開節目？」

「他們確實可以自由來去，我的秀一直是那樣。」他緊張地回答。
那個魁梧男人摑他一巴掌，他猝不及防。他沒摑得很用力，但莫利茲還是全身震了一下。
小心說話，莫利茲，你還是有可能說服她。他想。
她闔上剪貼簿，夾在腋下。「你用你扭曲的道德觀，汙染了丹麥人和多少人的人生。你還試圖說服我們，屈辱、通姦、不忠貞和殘暴是值得爭取的性格優點。你把平庸、微不足道的人變成怪物，還讓他們成為榜樣，吸引軟弱的靈魂。媒體界裡沒有人能忽視你的變態概念，那就是為什麼我們必須阻止你。我相信你現在應該了解了。」
「對，但為什麼是我？我又不是唯一製作那種電視秀的人。」
那男人立即又打了他一巴掌。這次比較用力，他耳裡單調的嗡鳴聲淹沒自己的呻吟。
儘管疼痛，但當莫利茲想做出反應，那兩人已經轉身朝另一邊牆壁的桌子走去。
他們低聲交談，在袋子裡搜尋。從他坐的地方看去，他們拿出的東西像是醫療設備。
現在那個男人又走過來他這邊。看見他巨大的手舉起，莫利茲往後靠向椅子，試圖用一隻手臂遮住臉。
「別擔心，」那男人說，「我們今天不會再碰你了。我只需要這個。」
他將莫利茲手背上的點滴針頭拔走，點滴袋幾乎還是滿的。接著他推著點滴架過去桌子那邊。
「請給我點喝的，」他微弱地說，「自來水也行，拜託。」
那個魁梧男人點點頭，回來時端著滿滿一杯水。他將杯子靠在莫利茲麻木的嘴唇上。莫利茲幾乎感覺不到杯子，但他可以感覺到水不僅從嘴角流到胸部，那清涼的液體也竄流到舌頭上，濕潤喉嚨。那男人將杯子拿走時，他伸長脖子緊盯杯子，直到杯子被放回桌上。

現在輪到女人走過來。「我們決定至少再回來餵你一次，莫利茲，但你要做出回報。」她敞開手臂，但他沒配合她的請求。「如果你們不放我走，我不會做任何事。」他用比之前還要清晰的聲音說。

她的頭向後仰，目光滑下鼻梁看向他。

「可別認為會有人來救你，莫利茲，別抱希望。你可以選擇服從，讓你在最後幾天過得沒有痛苦，或選擇承擔後果。」

「我的妻子會找到我。警方會查出妳去接我的那輛車，然後妳會在牢裡度過餘生。」

「第一，你妻子沒有通報你失蹤，所以甚至沒人知道你失蹤了。第二，我們駭進你的電腦，在過去這一週，一直用你的名義寄電子郵件給你太太。你當然不知道，她還以為你現在在美國，正要完成丹麥史上最大的併購案之一。她不會在不必要時打攪你，而且事實上也是你自己叫她不要來煩你的，所以你們只通電郵。她都會等你先寄信過來才敢回。當她滿懷希望回覆電郵的時候，我們代替你，用非常親密的口吻，告訴她，你在聖誕節回不了家。」

那女人講完，眼神似乎一亮。

「你們有病。」他勇敢說出口，內心的希望變得薄弱。

「現在你太太可能會問你不太一樣的問題，你要告訴我回答，如果你不想被折磨的話。」

「要怎麼回答隨你，反正這不就是你們在做的事嗎？」

「或許她問的問題，只有你知道答案。」

莫利茲暫時走神，那女人在說什麼？

「妳滿嘴狗屎！我太太早就懷疑那些電郵有問題了，我就知道。」

「我會讓你好過一點，你到底會不會給我們答案？」

他眼前的女人冷若冰霜。考量到他遭受的極端待遇，他的答案反正也救不了他。

「隨妳想對我怎樣就怎樣，橫豎妳都要殺我。」

但莫利茲不是真的這樣想。他不想受到折磨，不想受苦。他只希望他們放過他。

「告訴我，你們什麼時候會殺我，怎麼殺，我或許會合作。」他說。

「好，莫利茲，現在你知道你聖誕節回不了家了，但我保證我們不會奪走你的聖誕精神。」

「什麼時候、怎麼殺？告訴我！如果妳不告訴我，最好現在就殺了我！」他大叫。

她對在桌子旁的男人點點頭。「亞當手上有一支針筒，這就是會用到的東西。會有點痛，但只是暫時的，然後你就會安息。」

莫利茲恐懼地望著巨漢手中的針筒。原以為自己會冒一身汗，但他知道那只是幻覺，因為他脫水太嚴重，根本無法流汗。

那女人傾身向前，好像要對他說什麼祕密。

「你想知道什麼時候，莫利茲，我只能告訴你，你要等毛。」

莫利茲盡可能深吸口氣。「什麼意思？告訴我什麼時候。」他又說。

「時間到了，你就會知道。我從不對我的犧牲者們透露日期。」

我的犧牲者們。所以這不是第一次。

他瞪了針筒一會兒，牆壁旁那個怪物驕傲地舉著它。接著他看到女人堅定不移的眼神。

「就這樣吧，妳可以殺我了，我不會和你們這種人渣合作。」

「嗯，那在你等待的時候，我建議你哀求上帝原諒你的罪孽。」她說。

「我的罪孽！那妳的呢？」

「莫利茲，莫利茲，神和所有靈魂都有關連，但神只回應向祂祈禱的靈魂，只有他們能得到原諒，而那就是我和你的不同。」

第四十五章　卡爾

二〇二〇年十二月二十一日星期一

有人戳他肚子，戳他胸脯，接著一道溫暖的香草氣息飄過他的臉。臉頰被溫柔一拉，傳來輕柔的咯咯笑聲，最後他被扯離夢中旋轉不已的思緒。

卡爾慢慢張開眼，直接看進一對淘氣的藍色眼眸，散發無盡的專注。

「妳該爬下爹地的大肚子了，露西雅，他還沒完全醒來。」夢娜抓走女兒。

「現在是七點半，我要帶露西雅去托兒所。高登半個小時前打電話來，問說你能不能去辦公室一下，雖然你被停職。我不認為那是個好主意，但你自己決定吧。他說你可以等在外面，他們會趁總機離開座位時，溜到大門口去接你。他們顯然有東西非常想讓你看看。」

卡爾試圖保持清醒。是那個該死的案子，他就是沒辦法將它揮出腦海。

「你昨晚真的是翻來覆去，卡爾，我要多吞一顆退黑激素才有辦法稍微睡點覺。」

「是那個案子在作怪。」他聽到自己睏倦地說，眼皮又閉上。

「那案子真的有點與眾不同。網路上的八卦媒體都在報，其中一個寫說，『你的鄰居是謀殺犯嗎？』另一個說，『警調正發出震波。』他們把你講成某種警察偶像，所以你最好有心理準備自己會站在聚光燈下。趕快起床，好好想想你的應對計畫，這樣你才不會陷入困境。」

在他鼓起力氣看手錶前，夢娜只有空說「再見」和「對爹地揮手說再見，露西雅」。

卡爾不太確定他該如何看待這些最新發展，他啟動的局勢已不再受自己控制。

但那不就是他的意圖嗎？

卡爾斜倚在瓦片半島警察分局建築玻璃帷幕旁邊的圍牆上。早晨陰暗寒冷，他拉直口罩，豎起衣領。這舉動也能幫助他不引起路過同僚的注意。

阿薩德出現在前門，一臉叛逆和毅然決然的表情。那是因為他的老闆被鄙視，他很憤慨，還是因為那案子有了意外的轉折？卡爾希望是後者。

「揍我。」他們進屋時，卡爾說。

「揍你？為什麼我要揍你？」阿薩德以帶著點俏皮的微笑回答，用手肘推推卡爾身側。「如果你堅持的話，我們等下可以打個幾個回合。」

蘿思和高登在辦公室裡等待，他們的表情好久沒那麼警覺了。

「看看那邊。」阿薩德邊說邊指向白板。

卡爾坐下，掃視眾人的成果。

除了兩處空白，白板現在幾乎是滿的。他們加上獨裁者金正日、尚—巴都．卜卡薩(注1)、列寧、格達費、尚—克勞德．杜瓦利埃(注2)、墨索里尼這些獨裁者的生日。

蘿思、高登和阿薩德現在肩並肩站在他對面，像幾位剛解開不可能破解的神祕方程式的科學家，顯然期待領導給出毫不保留的讚揚和認可。

「這就是我們現在的調查進度，」卡爾什麼也沒說，於是高登詢問，「你覺得怎樣？」

卡爾得好好思考。等媒體聽到這案子的風聲，連首相記者會的鋒頭都會被比下去。這絕對會再度變成頭條。

白板上盡是瘋狂。如果回溯到兩百年前，丹麥就只有三件連續殺人案的紀錄。而過往的案件確實也沒有這麼罕見，或這般有系統。這不僅是毫無防禦力的嬰兒或某些倒楣的嗑毒妓女，被仇女虐待狂單獨挑出來成為下手目標這麼簡單。這些被害者都經過精挑細選，大部分的人是活躍的成功社會人士。另外，過去那些傳統謀殺案，警方可以完全確定殺人動機，然而這些案件多半被草率地歸類為意外或自殺。因為犯案手法非常狡猾，警方純粹是靠運氣才能確定其中某些死亡是謀殺。所以除非凶手被逮，他將恣意妄為，繼續犯案，不受公權力控制。悲哀的是，即使這十六樁案件都被證實是謀殺案，他們依舊無法掌握犯人身分。更悲劇的是，第十七位被害者很可能會在五天之後讓死亡人數增加。他們該怎麼阻止悲劇發生？

卡爾低頭看著生日列表，全身戰慄。

「光那些名字，就能讓血液凍結。」他的眼光掃視過西奧塞古、希特勒和毛澤東的名字，不禁低語。

他讀讀白板上的年分。毫無疑問，他們假設每兩年會發生謀殺案是正確的。

蘿思的臉因興奮而通紅，但皮膚看起來不太健康，這也難怪，畢竟她最近缺乏睡眠。「我們發現，被害者犯下的一些罪行也許會讓人覺得微不足道，」她說，「但高登和我更深入調查他們

注1　譯註：Jean-Bédel Bokassa，一九二一至一九九六，中非共和國總統，後自立為帝。
注2　譯註：Jean-Claude 'Baby Doc' Duvalier，一九五一至二〇一四，曾任海地總統。

的背景、組織和人脈，就如同我們預料的，這些人都嚴重超越了人類正當行為的界線。」

她指指白板上「謀殺手法」那一項目，選了幾條。

「一九九〇年的被害者，工作是處理贓物，但那些贓物極有價值，我說的價值是每年幾億克朗，輕鬆超越很多上市公司的利潤。只是從來沒有人能證明誰是幕後主使，所以沒有人被懲罰，直到我們的凶手出擊。」

卡爾不確定他喜歡「我們的」這個詞。

「另一個例子是，」她繼續說，「海倫和喬治·伯納多夫婦，他們從八〇年代中期開始領導一個無情的幫派超過十年，以詐取老邁殘障人士的大筆金錢為生。因為這樣，他們在一九九六年列寧生日那天付出生命作為代價，也就是四月二十二日。接著二〇〇八年，那個在墨索里尼生日被殺害的傢伙，也就是七月二十九日。他是貨運公司老闆，公司在非常不人道的情況下，載運豬隻和牲畜到南歐。」

高登顯然很想說什麼，但蘿思繼續講解。

「所有被害者都極為冷酷。你越了解他們，越覺得厭惡噁心。」她說。

阿薩德倒是不尋常地聳聳肩膀。「凶手讓我想起放太多屁的駱駝，騎駱駝的人身下的空氣都變得混濁潮濕，但他還是想方設法穿越沙漠。」

卡爾搖搖頭。在這種嚴肅時刻，這傢伙用這個古怪的比喻究竟想說什麼？

「我的意思是，就像駱駝，你到頭來幾乎會喜歡上凶手。」阿薩德低聲解釋。

「什麼意思？」

「想想他為世界除掉了多少可惡的混球，那不算是好事嗎？」

卡爾和兩名同事瞪著阿薩德，他們無法完全否認自己也有這種想法。

「但究竟誰會做這種事？這完全瘋了，」卡爾說，「然後從這點我們又該怎麼查下去？帕勒．拉姆森檔案裡消失的那幾頁查得怎麼樣了，高登？還有被刪除的電腦檔案呢？我們什麼時候能聽到NC3的回覆？」

高登露出不耐煩的笑容。

「我一直想說的就是這個。雖然對調查沒有太大幫助，但NC3設法恢復了大部分被刪除的檔案。他們昨天送來給我的時候已經很晚了，我整晚熬夜讀了又讀。」

至少那解釋了他眼下的眼袋。

「很遺憾，帕勒．拉姆森的電子郵件只留下一些散落的段落，但我們已經把大部分印出來了。雖然能追查下去的線索不多，但他在電郵裡對自己虐戀狂傾向的坦白程度還是很令人吃驚。我發現至少有四或五段，他描述能讓自己慾火中燒的細節。也發現一封某人寫給他的信，說他令人作嘔。如果放到現在，MeToo運動應該會用繩子套過他的睪丸來吊死他。他真的把性攻擊行徑和性騷擾變成一種藝術。我不想描述他是怎麼建議別人互相拿生殖器官怎麼做，我選了一則他死前一天寫的例子，我想這對我們來說可能是個有用的線索。」

他靠向桌面，大聲朗讀。

妳可以省掉在公共場所的親密接觸，停止把妳的鼻子插進太陽從來曬不到的地方。妳當我是什麼，妳這小挑逗鬼，妳是白癡嗎？不要再跟蹤我了，妳這個渾身是傷的賤人。如果妳想和我搞，妳得他媽的搞全套，而且……

高登滿臉抱歉地看看他們。「以上就是那封電郵僅存的段落。」

「喔，真的啊，」阿薩德驚呼，「嚇活我了。」

卡爾想告訴他應該是「嚇死我了」，但想想後又算了。他懷疑阿薩德有時應該知道正確的詞，只是在開玩笑。但不管那說法輕不輕浮，他是對的。這真的很有趣。

「我們不是一直認為有這個可能嗎？」蘿思問。

「對，我第一次偵訊西絲麗·帕克時，就有考慮到，很難再找到比她更狡猾的人。」卡爾對自己點點頭，「這似乎解釋了二〇〇二年五月十六和十七日兩封電郵之間的關連。你能找到這兩封信嗎，高登？」

高登翻閱檔案時，他們沉默地坐著。他停下來，看了大家一會兒，接著開始念。「這是五月十六日的電郵。」

親愛的帕勒，我希望你不覺得這是打擾，但我不認為我們上次有好好談完。我們可以在後天，也就是星期六下午四點左右在索摩斯科咖啡館碰面，我那時會在哥本哈根。你覺得怎樣？你有時間嗎？西絲麗。

「這是五月十七日的電郵。」

帕勒，你前天在諾雷布羅體育館的政治座談會讓我印象深刻。我不知道該怎麼表達，但你知道，我很願意再和你碰面。你可能有注意到我就坐在你跟前的第三排，曾請某人和我換座位，這樣我就能和你有眼神接觸。我會盡快聯絡你。

「很有意思。」卡爾說，「帕勒·拉姆森直截了當地拒絕和寄信人在公共場所面對面碰面，毫無疑問，這就是他亂搞時會有的行徑。他非常有意識地嘲諷寄信人，而且在我看來，他想惹惱她。在她隔天五月十七日的電郵裡，她非常直接地請求和他見面，他說話則不拐彎抹角，回覆她，如果她想從他那得到什麼，她得做全套，就像高登挖出的最後一封信裡寫的。他不再只是挑逗而已，而是慾火焚身。」

「我們能確定是西絲麗·帕克寫了那兩封電郵嗎？」蘿思問，儘管她似乎毫不懷疑。

「我覺得是這樣，而且她知道要怎麼挑起帕勒·拉姆森的性慾。他對她慾火焚身，不停想著要對她做什麼，就這樣不小心地心甘情願成為受害者。綁他的手可能更讓他慾火高漲。」

「我完全搞不懂，」阿薩德咕噥，「為什麼這麼聰明的女人會用真名？你不覺得西絲麗·帕克就像一隻從帕克手中逃走的羔羊嗎？」

卡爾對阿薩德的選字露出笑容，但他說得對。她為何要那樣做？

「他叫她『妳這個渾身是傷的賤人』。那只是侮辱，還是她真的某種程度渾身是傷？我們可能該查出來看看。」蘿思說。

「妳是在建議，我們該脫光她的衣服，做個徹底的搜身嗎？」卡爾問。

「我只是在說，如果她曾治療過她的傷，我們應該可以查閱病歷。」

高登搖頭。「那不會有多大進展，因為丹麥有個資保護規範，這個時代我們很難取得任何種類的病歷。」

「西絲麗．帕克有一家規模不小的公司，她是試圖打破玻璃天花板的幾位女士之一。試試MediaINFO——她在女性雜誌裡應該有很多篇專文。」卡爾說。

「我試過了，什麼也沒。」高登說。

「那很奇怪。我們有她人生的其他細節嗎？」

「出生於一九六四年三月三十日，本名是莉茲貝絲，出生地在諾勒鬆比。母親是單親媽媽，達格妮．帕克．愛文森。她在臉書上說，西絲麗是她母親給她的小名。她十八歲時從奧爾堡的高中畢業，在一九八二年就讀哥本哈根大學化學系，在一九八九年以優等生的成績畢業。」

「化學系？」

「對，後來又在開普敦大學讀企業管理碩士，她在那住了三年，斷斷續續地工作過。」

「眞該死，如果她這麼聰明，為什麼花了七年才念完化學學位？」

「不曉得。」高登回答。

「伴侶呢，高登？」蘿思問。

「就我所知，沒有。」

蘿思拿出一張她在Google上的會議照片。「很奇怪。如果我像她一樣有錢、纖細和美麗，應該不難找到男人。」

卡爾看到高登臉上受傷的表情。那男孩什麼時候才會克服對蘿思的暗戀？

「我還在想她念化學的事，」阿薩德輕聲說，「如果有什麼能造成疤痕，就是化學物質潑到你，或在你附近爆炸。」

卡爾微笑。「我不覺得像她這樣讀到企業管理碩士的人，會隨機到處亂潑硫酸，阿薩德。」

辦公室門傳來敲門聲。馬庫斯站在門口，頭頂籠罩著永恆的烏雲。

卡爾知道緊接而來的是什麼。

「你為什麼在這，卡爾？你不應該在這裡。」他看起來很不快，「我們正要打電話給你，但你既然都溜進來了，我們需要和你小聊一下。」

「小聊」代表不是個好兆頭，那表示緝毒組的泰耶．蒲羅和幾名人資部門的人都將在場。馬庫斯領著他經過辦公室，來到通常是用來偵訊羈押犯人的小房間。那確實不是個好預兆。五名在場的人看起來不太友善，他們的表情像對面的白癡已經被判決——而在這次，白癡是自己。這感覺可不太好。

這是個非常正式的簡短會議。結果在意料之內——他因他們稱之為「霍耶爾案」的理由，遭到起訴。

「只要調查還在進行中，你就不能自由離開丹麥。喔，還有聖誕節快樂。」領導偵訊、從政風處來的男人說。「緝毒犬」對最後一句話笑得興高采烈。他實在不該如此，卡爾可不會忘記這種事情。

「遠離這個調查和懸案組，卡爾。如果再讓我在這裡看到你，我沒有選擇，只能逮捕你。」

「你不會是認眞的吧，馬庫斯！想想你在說什麼，該死。那個案子我們就快有突破了，你不能就這樣硬生生打斷調查。」

「你到目前為止的成就的確傑出，但從現在開始，你必須把案子交給同事去調查。」

卡爾頓時無言。「最後一個問題，馬庫斯，如果我需要的話，你會支持我嗎？」

「得看情況。」

「有人會在五天後被殺害。我們有嫌疑犯，需要放手一搏。」

「卡爾，」他將手按在他肩膀上，「你得用盡全力證明你是無辜的。我們目前在檢查公事包裡的現金上的指紋，只要我們找到一枚你的指紋，你就得坐很久的牢。我建議你回家和夢娜談談，讓她有個心理準備，你和她的未來將會很不容易。」

第四十六章　西絲麗

二〇二〇年十二月二十二日星期二早上

從一九八八年以來，每到聖誕節前夕，她都會安靜地站在這個地點省思，瞪著小小的墓碑，如今旁邊又添了一座。兩座墓碑溫柔相依，兩個悲劇的命運最終結合，而唯有西絲麗需要為此負起責任。

「我真的非常抱歉，瑪嘉。」她一邊低語一邊彎下腰。

她溫柔地撫過生硬的沙岩。自她上大學以來，就不曾能為誰哭泣過，除了小麥克斯以外。他現在就躺在這裡安息，而瑪嘉的名字如今刻在隔壁的墓碑上，加入了他。她極度傷心。

她至少問了自己相同的問題千百遍。即使要讓那些怪物存活至今，如果在神的幫助下，她能救小男孩一命，那她會改變任何事嗎？她就是不知道。但自從無辜的小男孩付出了生命代價，她就對自己承諾，永遠不會再用這類手法，比如會奪走無辜受害者生命的炸彈。

不，在一九八八年那個命定的一月天後，她的犧牲者就得單獨赴死，並且必須清楚他們為何會死。

她轉頭望向瑪嘉和小男孩旁邊的空墓地。她三十年前就買下了這塊地，等時機到來，她就會和小男孩並肩躺在一起，為那個因她的大意而被奪走生命贖罪。今天，麥克斯原本可以長成三十五歲左右的成年男子。目前為止，她已經奪走了那個小生命的一萬兩千天。而在這一萬兩千天裡，他母親被迫活在無法忍受的痛苦和夢想幻滅的煉獄之中。

她受到的折磨，無法用言語描述。

瑪嘉自殺時，底波拉曾問西絲麗，那些犧牲者的家屬所感受到的痛苦，是否也曾困擾著她。

那個問題很可能是第一個徵兆，揭示西絲麗無法再完全掌握底波拉和亞當。她永遠不該問這個問題。底波拉很清楚，他們的犧牲者都是別人生命的吸血蟲，他們出於自由意志，明知後果為何仍選擇走上敗德之路，壞事做盡。因此，底波拉不該質疑他們是否該負起責任。那些犧牲者的家屬並沒有阻止伴侶做壞事、進行邪惡的商業交易。那些惡人狡詐敗德、傷害動物，引誘窮人走進經濟毀滅的陷阱。而自願跟他們同住的人，一點都不值得同情。她一再鼓吹這點。那些親人共享犧牲者由卑鄙和殘暴行徑所建構的舒適生活，這難道不是真的嗎？所以，當所有一切毀於一旦，他們為何要為那些人感到難過？她所做的，僅僅是拯救那些小孩，避免他們在病態的環境中長大。她實在不理解底波拉問這個問題的深層原因。

最近，這兩人還試圖鼓勵她偏離自己的原則，在時間來臨前就殺害犧牲者。那與他們長年奮鬥的目標完全相左。這樣一來，下一步可能導向什麼？

她可能會輕易失去對亞當和底波拉的掌控，尤其現在，有個愛管閒事的警察試圖破壞他們的宏大計畫，阻止他們。

她跪下，輕柔地將一束不顯眼的鮮花放在小男孩的墓碑上。在此之前，她曾無數次希望自己能這樣致上心意，但當時瑪嘉還活著，可能會對這點不尋常有所反應。那太冒險了。

她慢慢站起身，沿著墳墓間的小徑迂迴前進，直到找到要找的人。

墓碑上寫著「拉斯．K．彼得森」。歲月的摧殘使得上頭的死亡日期難以辨識，但西絲麗比任何人都清楚那個日子。那是上帝選擇她，和饒過她的那天。她，是七個被雷擊的人當中唯一的正義之士。她，是團體中唯一能辨別是非的人。

剛開始幾年，她對著拉斯·K·彼得森和其他五人的墳墓大吐口水，但後來，底波拉引導她走上正義的最佳路徑。

正因爲有這些人，妳才會發現上帝，西絲麗。妳應該對他們心存感激，接受上帝賦予妳的任務，因爲他們爲此犧牲生命。

「謝謝你，拉斯。」她向長年無人問津的墳墓點點頭。

現在瑪嘉已死，又有警方牽扯進來。該是讓她的門徒接管此地，重新在其他地方展開任務的時候了。

她穿著眞皮高跟鞋走向電梯，回音在大接待室的天花板迴盪。她大部分的員工早在幾天前就被送回家，只有最資深和受信任的人在上面四樓的會議室等待著她。

她已經期待這場會議很久了。

她對福利部門的三個女人點點頭，她們坐在那裡一臉期待。每件事都循著正軌發展。

「歡迎，謝謝妳們在這麼古怪的時節前來開會。妳們可以自由摘下口罩，只要我們都還坐著，口罩就可以摘掉。」

她對每個人點頭。這麼棒的菁英團體，簡直是天堂的一隅！

「等我完成聖誕節隔天的任務，就會消失，換句話說，我不會再出現在妳們面前了。但妳們個別的任務已經安排妥當，公司未來的計畫也是。就像妳們已經知道的，根據我們細心規畫的時間表，妳們每個人都會被委任處置一個特定人選。我知道妳們都已經計畫好這項謀殺應該怎麼執行，也不會冒被逮的風險。我對妳們的成功完全有信心。從現在開始，我的身分是妳們的協調者，而作為妳們的協調者，我需要收到妳們每個人提出的計畫。誰提出的計畫最有可能完成，她就會第一個執行殺戮，所以，妳們自然無法知道行動的確切時間。」

她指指舉手的諾菈。她全心全力奉獻，百分之兩百合格，是團體至目前為止最優秀的成員。

「妳有問題嗎，諾菈？」

「是的，謝謝妳。我們什麼時候會收到通知，知道目標團體是誰？」

西絲麗微笑起來。除了諾菈，還有誰會問就要給答案的問題？這女人有領袖潛力。

「這就是為什麼我們今天要在這裡聚會，我決定和妳們分享這件事。」

三人的肩膀往後放鬆，緊張終於釋放。

「從二〇二一年開始，每四個月，我們的目標是確定一名違逆道德原則的市級或國家級政客。在民主政治中，這些人原本需要遵循應有的原則，承擔巨大的責任，結果他們濫權、貪婪、欺騙、腐敗、不忠誠、違反規則、撒謊……是的，列也列不完。我看到妳們已經在點頭了。」

諾菈再度舉起手。她微笑著，就像其他兩位——想必是期待在長期訓練後大顯身手。底波拉在開始時也像那樣胸懷大志，隨後就成為西絲麗組織裡的高級實習生。

「等我們完成任務時，會怎樣？」

她又早西絲麗一步。

「我到時會告訴妳們。妳們每位都要負責帶領自己的實習生，訓練她們在下一場殺戮時取代妳們。然後妳們會得到豐厚的補償，隨即隱遁，這樣妳們就能重新在另一個國家安頓下來，開始家庭生活——如果這是妳們期望的話。妳們一定要非常了解，這是無可避免的局勢。等這類殺戮的犧牲者累積到一定人數，丹麥必然會進入緊急狀態。不管妳們掩飾得多成功，也不可能在殺害這種程度的候選人後，不驚動警方大力增強調查和安保範圍。」

「就像懸案組的卡爾．莫爾克現在那樣嗎？」

「卡爾．莫爾克！」西絲麗露出笑容，「妳們別擔心他。他的末日屈指可數，就像其他人。他剩下的時日不多了。」

第四十七章 蘿拉·凡·比爾貝克

二〇二〇年十二月二十一日星期一、十二月二十二日星期二

凡·比爾貝克的家裡沒有一絲聖誕節的歡樂氣氛。家裡最大的女兒已經十五歲了，她又吼又叫，抱怨了一整天，糟糕的個性一覽無遺，這都要怪首都最棒的店都關門了，害她無法得到想要的東西。

那就是蘿拉·凡·比爾貝克想要卻得不到時的醜樣。她一直是個被寵壞的小孩，任性沒有極限，她只要用哀求的藍眸看著她父親，她父親就會任憑擺布，拿出皮夾。然而現在他不在家，而她被迫得整天待在家裡，無法上學去和高年級的男學生調情，甚至無法期待聖誕節禮物。她和索瑟興奮地討論了好幾個月的跨年派對，在意識到可能告吹後，她再也無法控制自己的脾氣，終於整個爆發。

「別再鬧了，蘿拉。」她母親說，嘗試讓她停止她可笑的舉動。

誰會聽那女人的話？蘿拉想。如果他們家有客人到訪，她才會費心打扮，不然就是整天套著一件單薄的睡衣，嘴叼香菸，手握酒杯，噁心至極！

「我們叫羅克珊弄點好吃的給我們吧。妳想吃什麼，親愛的？」她的母親嘗試安撫她，但蘿拉甩上臥室門，坐在筆電前。如果沒有Zoom，她眞的會發瘋。

她朋友索瑟和她特別合拍。她知道淫穢的情色故事，並教導她在四下無人時，該在自己的臥

室裡和男孩做什麼。

「嗨，索瑟，妳還好嗎？妳也快被無聊死了嗎？」

她朋友以疲憊的眼神盯著螢幕，說明了一切。

「我想妳聽說了，要封城直到一月中旬？」她說。

蘿拉點點頭。

「妳爸對這些狗屎說了什麼？」索瑟問。

「不知道，他還沒回家。」

「他在哪？他出門好久了。他連聖誕節都不回家？」

「不會，他媽的煩死人了。我媽說，他要到聖誕節隔天或再隔天才會回家。都是核酸檢測和隔離耽擱他。」

「嗯，至少他會帶著禮物吧。」

「最好這樣！」

「他到底在哪？妳還是不知道嗎？」

「他應該在加州，但我媽也不確定。」

索瑟歪著頭。她通常不會做出嚴肅的表情，但現在她好像找到方法了。

「怎麼了，索瑟？妳看起來怪怪的。」

「我不確定是不是。我昨天對我爸說，最好不要期待能很快再跟妳爸打高爾夫，因為妳爸還沒回家。結果妳猜昨晚我爸媽在以為我聽不到的時候，說了什麼？」

蘿拉不確定自己想不想聽。在兩人的爸爸在陽台交談時，她曾偷聽過，而她不喜歡自己聽到的事情。

「他說，他確定妳爸又和另一個女人瞎搞，他沒有老實跟妳媽招供是不對的。」

「我一個字也不相信。我媽說他在進行一場會讓我們變得有錢到爆的交易。」

「這個，我媽說整件事有點奇怪，因為她在電視上看到一個警察說，警方正在找某個失蹤的人，但他們還不知道那人的名字，他家人也可能不知道他失蹤了之類的。後來她過來告訴我，我也許該跟妳提這件事。」

「我不懂，為什麼？」

「妳們家人從不看報紙的嗎？」

蘿拉大笑。這是什麼蠢問題？索瑟明明知道他們不看報。

「什麼，妳們也不看電視？」

「當然有看，還一直看。Netflix、HBO、亞馬遜，妳知道的。」

「不，我是指一般電視。新聞那一類的。」

「妳瘋了？我媽不看那種節目，她只會拚命抽菸、看電視影集。」

「叫她看看吧，好嗎？」

客廳像平常一樣一團亂，寄宿生盡力整理過了，但還是沒辦法帶來任何秩序，所以蘿拉和妹妹不想待在客廳。那裡滿是菸臭味，而且如果羅克珊的手腳不夠快，客廳裡就會到處是半滿的玻璃杯和髒盤子。

蘿拉搞不懂她媽，也沒有很想了解她。她班上有些男同學看過一些年代久遠的實境秀節目，她母親當時有出演，穿得很清涼，讓蘿拉很尷尬。那些節目是她母親和幾個男人在異國拍攝的，每次她母親談起節目，聽起來就像對自己能參與節目演出感到很自豪，但這並沒有讓她和蘿拉的關係變得更親密，正好相反。

但現在，蘿拉決定要拿索瑟告訴自己的事，當面質問她媽，即使這得把她從恍惚狀態搖醒。她確實稍微清醒了過來，拉緊和服。

「索瑟說她在哪裡看到報導，蘿拉？」她一邊抽鼻涕，一邊蹙緊眉頭，昨天抹上的厚厚一層底妝已經開始龜裂。

蘿拉打開陽台門，讓凍得要命的空氣灌進來。昨天開始冷氣團籠罩全國，這能幫助她媽清醒過來。

「妳去問索瑟她媽，我不知道。」語畢後她消失，也沒有關上身後的陽台門。

過一會兒房子裡總算充滿新氛圍，也感覺到冬天的腳步更近了。她母親對著電話筒低語；晚上她寫了信，連在三樓都聽得到她敲鍵盤的聲音。

「她在做什麼啊？」她妹妹問。

「我想她在試圖催爸爸回家。」

隔天早晨，她們的母親滿臉憔悴，眼睛四周有黑眼圈，眼袋明顯，就像她以前隆乳不大順利、服用腎上腺皮質類固醇的時候。

但她至少很清醒，似乎很冷靜。

她已經安裝了幾個串流新聞和電視報導的應用程式，正坐著緊盯螢幕。

「安靜一點，蘿拉。」蘿拉進入客廳和她一起看新聞時，她說。

那名在螢幕上的警察簡直不該出門見人，他的頭髮凌亂得像個坐在市中心超市前的酒鬼。他正激動地揮舞著手臂，衣衫藍縷又沒刮鬍子，外表不是很整潔。

蘿拉看著她媽徒勞地摸索著香菸，因為她無法將眼神從那個滿臉鬍碴的男人上轉開。

接著，她在菸盒邊的空白處寫下一個電話號碼，記者會一結束馬上打電話過去。

幾分鐘後，她就只說著「是」和「不是」，聽起來彷彿身在遠方。她開始泛淚，淚水隨著黑色睫毛膏慢慢流下臉頰。

第四十八章　卡爾

二〇二〇年十二月二十二日星期四

「抱歉，卡爾，但我想再問你一次，你要不要告訴我，任何你和那個公事包的事？」

這類執拗的質詢通常對卡爾沒有影響，船過水無痕。但發問的人是夢娜就另當別論了，這眞會傷害他。實際上，他整晚絞盡腦汁想著同樣的問題，但他模糊的記憶並不能在時間的迷霧裡找到遺失的事情。

「妳是認眞的嗎，夢娜？那已經好多年前了，妳很清楚在我和哈迪、安克爾遇到槍擊後，我有多難過。我的記憶一片空白，而且不管我怎麼努力回想，就是不曉得那個公事包裡面怎麼會有那些狗屎。我和哈迪確實懷疑安克爾在道德上有瑕疵，過去我們也常常要阻止他做某些事——他把羈押偵訊的人揍得太凶，或他對凶殺組組長撒謊的時候，就像有時他把報告寫得像美好的童話故事。但我無法想像他是那種有那個公事包的冷酷罪犯。」

她的表情並沒有如他希望的鬆口大氣。

夢娜騎著腳踏車載露西雅去托兒所時，蘿思打電話過來，口氣興高采烈。

「我們在找的被害者，就是一個叫莫利茲・凡・比爾貝克的男人，毫無疑問。因為每件事都符合，甚至是他『失蹤』的日期。」

卡爾從蘿思的口氣確定，她在說「失蹤」時，手指肯定在空中比畫出一個引號。

「還有他『失蹤』的方式。對，每個條件都符合，我們挖到金礦了。所以計畫如下：我和阿薩德要開車去接你，然後我們會出發。我們在二十五分鐘後和凡・比爾貝克太太有約。」

在他有機會提出任何反駁前，蘿思便掛掉電話。

在他們三人開車去凡・比爾貝克家的路上，蘿思嘰嘰喳喳個沒完沒了。聖誕節彷彿已經到了，而凡・比爾貝克的妻子打來的電話，好像是她在這難熬的一年裡能收到的最佳禮物。

「她們很久沒看平常的電視了，卡爾，」阿薩德解釋，「這是她女兒和她朋友的媽媽推論的。凡・比爾貝克的妻子受到不小震撼和驚嚇。」

她確實如此，從遠處都能感覺到她有多震驚。她的豪宅座落在最昂貴的郊區，而沮喪的霧靄彷彿籠罩著這棟雄偉的希臘式建築大雜燴。

那女人立刻認出卡爾，幾乎是敞開雙臂直奔他懷抱，彷彿想緊緊抓住這個能消除她痛苦的人。卡爾迅速移至一側，提醒她新冠肺炎的社交距離可不只會在電視上出現。

「再從頭開始說。」他們在窗前坐下時，卡爾說。從那窗戶可遠眺公園般的花園景致，任何從市中心來的人都會對此印象深刻。

女人的心思一片混亂，很難從她那裡取得完整易懂的敘述。好在她有個青少年女兒在旁補充，至少她不會把每個問題都扭曲到不可辨識，能給出直截了當的答案。

「一輛禮車在十二月十二日來接他。我會把日期記得那麼清楚是因為那時離這個狗屎聖誕節就只剩半個月了。」女孩以母親無法比擬的嚴肅神情看著他們。「禮車是黑色的，你可以在監視錄影上看到。你還可以看見車子開下坡，我把檔案存在這張記憶卡上了。」

她遞給蘿思，卡爾真想當場收養這個女孩。

「我也把爸媽往來的電郵全部存檔了。」

「妳有存電郵的副本，蘿拉？」母親問，看起來很光火。

女孩聳聳肩，那就是她的答案。「妳不該把密碼隨便亂放。」

「妳父親為什麼離開？」蘿思問。

「他去和美國某個公司的人洽談併購他公司的事，我們以為他已經飛去美國交涉了。」

「了解。但問題是我們查過了，妳父親沒有出境紀錄。妳知道他那天要和誰碰面嗎？」

「你的意思是他一直在丹麥？」知道這個消息後，她低頭瞪著地板。「不，我不知道。我想是從這公司來的某人。」她遞給蘿思一張紙條。

「全球實境公司，美國威斯康辛州。」蘿思大聲念出來，「不就是為全球市場製作實境秀的那家大公司嗎？」

「對，但我爸的公司也很大。他的眞人實境節目幾乎在所有歐洲國家播出，還有亞洲、澳洲、南美，和……」看到卡爾、阿薩德和蘿思交換眼神時，她猶豫了一下。

他就是我們要找的人。卡爾想。這男人製作垃圾電視節目，符合凶手想從地球上抹去的人。

「妳先生的公司叫什麼名字？」卡爾問妻子，她正以空洞的眼神瞪著空氣。

「不可置信企業。他們製作了《天堂或地獄》、《實境監獄》，還有很多其他節目。」

她驕傲地說。儘管如此，卡爾認為那姿態只表示她知道公司帶來巨大利潤，而她珍惜那利潤勝過一切。

「是的，還有《積架和年輕人》，我媽曾經參演，如果你想看她光著身子的話。」蘿拉插嘴，她以責備的眼神看著她母親。

「妳的律師，克拉斯．埃佛特來了，」一名嬌小的菲律賓女人打斷談話，「要讓他進來嗎？」但那男人已經衝進來和女主人打招呼。「維多利亞，這是怎麼回事？太可怕了。」他們的擁抱持續了幾秒鐘，久到有點可疑。蘿拉翻個白眼。

「我很抱歉，但我需要克拉斯在現場。我需要知道在法律上我該如何處理。」妻子說，彷彿她丈夫已經死亡並埋葬，甚至還會發生比這更糟的狀況。

如果這個女人還不住嘴，我就要打電話給夢娜，說我要帶一個女兒回家。卡爾想。

他們沒能從偵訊中得到多少有效情資。那位律師握著妻子的手，每十秒就輕拍一次。也許他心裡的計算機已經在盤算房產的價值。他們不可能從維多利亞醉醺醺的大腦裡問出是誰開車來接莫利茲．凡．比爾貝克，以及他要和誰會面。

「妳這裡有地方，能讓我們坐下來討論案情嗎？」阿薩德問，「如果妳不介意的話，我們想在這裡成立調查總部。目前警察總局的氣氛有點緊繃，希望妳懂我的意思。如果妳能設法聯絡上綁架的人，我們就會在旁邊。這點很重要，維多利亞。很不幸我們的時間不多了。」

對這個建議，蘿拉是唯一看起來開心的人。

「我爸的辦公室很大，他不在家的時候沒有人會進去。我帶你們去那。他們想待多久都可以吧，媽？」她沒等回答就轉身。

「很棒的點子，阿薩德。」在一大堆影印機、電腦和路由器的閃爍燈光中坐下時，卡爾說。路由器毫無疑問正在這個房間內傳輸大量太位元組。

「現在，馬庫斯監視不到你在哪、在做什麼。我們可以把高登留在辦公室，以防萬一。我們可以叫他把白板和任何我們需要的東西的照片傳過來，然後用那個印出來。」阿薩德指著一台奇妙無比的機器，它可能可以列印大到A2的紙張。如果調查單位想要那樣的設備，司法部至少得放棄兩份年薪。

蘿思的眼睛從後牆播放的電視上轉開。「簡直無法置信！莫利茲．凡．比爾貝克的公司只製作狗屎節目，而節目的唯一目的，就是挑戰參賽者和觀眾的道德尺度。他製作的很多節目幾乎會被歸類在色情節目。奇怪的是，他成功讓全球電視頻道和串流服務拋棄一般道德標準，購買他的企畫。我可以在Google上看到其中一個節目，《她眞的說了那個嗎？》賣給超過五十個國家。很多節目會依照當地文化和語言習慣修改企畫。」蘿思搖搖頭。

卡爾慶幸他從未趕上潮流，儘管現在懂點實境秀會對辦案更有利。

「你看過他的節目嗎，阿薩德？」卡爾邊問邊把節目列表推向他。

阿薩德非常仔細地閱讀節目名稱，任誰都可輕易看出，他正在腦海中想像那些節目。

「沒有，我的小耳朵沒辦法接收這些。」他淡淡地說。

「妳呢，蘿思？」

「我稍微看過其中幾個，但連受過最基礎教育的人都不能從中獲得任何意義，那都是垃圾。

但我知道有幾個節目非常受歡迎，讓衛星頻道上比較傳統的實境節目都望塵莫及。」

「妳的意思是？」阿薩德問。

「它們會一直被播放，只要還有足夠的觀眾願意在喝啤酒時配著看就好。」

阿薩德看起來還是很困惑。

「我這裡有凡・比爾貝克的公司帳戶明細表，」卡爾說，「公司淨值後面的零我都數不清。如果他真的要為公司找到買主，他將會變成斯堪地那維亞最富有的人之一。你們哪位要打電話給那家聲稱要來併購的美國公司？」

「我會請高登打，我和阿薩德要來讀莫利茲和他妻子的電子郵件，可以嗎？我們讀郵件的同時，你可以檢查監視錄影，卡爾。」

門上傳來謹慎的敲門聲，克拉斯・埃佛特側身進入房間。他體型魁梧，身上的海藍色西裝實在太緊。他終於有機會伸出手，適當地自我介紹，一排驚人光亮的潔白牙齒閃耀著，連比爾貝克實境秀裡的參賽者都會自慚形穢。

「抱歉打攪，」律師並不真心誠意，「你們在維多利亞的居家設立總部，我有點小問題。如果你們要翻閱莫利茲・凡・比爾貝克的私人物件，不是應該有搜索令嗎？」他沒有等他們回答，「你們應該沒有吧，所以你們最好現在就收拾東西，離開這裡，懂了嗎？」

阿薩德站起來瞪著他。「聽好，種馬，你就不能等到那男人真的被殺掉以後，再和他妻子在乾草上打滾嗎？我們在這裡想救他一命，讓你沒機會騰出長褲口袋來裝下你正在盤算的幾百萬。你是想脫掉長褲嗎？乾脆直接告訴我們你想從這片混亂中揩到什麼油，如果你不肯說——」

阿薩德看見卡爾扭曲的表情，終於住嘴。

「我同事想表達的是，你如果願意假裝為你委託人的生命奮鬥，你就有機會讓職涯一飛衝天，」卡爾解釋，「所以我有個你不容拒絕的建議，請你別來煩我們。那就如同我同事早先對維多利亞說明的，我們的時間不多了。」

「你確定那樣做明智嗎，卡爾？」律師踏著沉重的步伐走出門後，蘿思問，「你要讓他在國家電視網上對大眾宣布，莫利茲．凡．比爾貝克就是你在找的人，而我們強烈懷疑那可憐的傢伙會在聖誕節隔天被殺？」

「等著瞧吧。只要不提到懸案組，馬庫斯會以為這個資訊來自別的地方，他會趕緊先保護自己的地盤。這樣做的好處是，等律師一公布這家人願意付出一千萬克朗的獎金，只要有人能提供莫利茲現在的位置，也就是保證他能安然返家的話，整個丹麥就會動員起來。你不覺得每個丹麥人都會竭盡所能爭取獎金嗎？尤其現在又面臨新冠肺炎，聖誕節被取消，他們全都無事可幹？」

「一千萬！馬庫斯會爆炸。」阿薩德毫不猶豫地說。

「是會『氣炸』，阿薩德，但也很接近了。」卡爾不禁微笑起來。阿薩德又在開玩笑了嗎？

「我同意那不是正常程序，獎金也多到瘋，但馬庫斯很聰明，只要不提到我們的名字，他會保持沉默。我們就能安安靜靜地辦案，讓其餘的丹麥人玩警探遊戲吧。」

「萬一凶手放棄他的原則，提早殺害莫利茲怎麼辦？」蘿思問。

「我們依然同意西絲麗．帕克可能是凶手嗎？」

其他人點點頭。

「我該死的確定，攸關任務時，那女人絕對不會妥協，但她顯然會察覺到我們開始盯緊她了。所以從律師公布的那一刻開始，我們就得監視西絲麗．帕克。從現在直到聖誕節隔天，緊盯著她，ＯＫ？必須盡你們所能地分配值班時間。你有家庭，阿薩德，所以你可以值日班，從早上八點到下午四點。蘿思，妳值下午四點到半夜的晚班，高登值半夜到早上八點的大夜班。」

「我想我最好和高登交換，」蘿思說，「他今晚可以輪第一班，這樣我和阿薩德就可以繼續好好讀讀維多利亞和莫利茲之間的電子郵件。我已經和高登安排好了，他會把車停在西絲麗的住家旁邊，鑰匙留在前面輪胎上，代表如果她要開車離開家，我們就可以跟蹤她。他會搭計程車往返西絲麗住家，就像我們一樣。只要不是他付計程車費，我想他不會介意。」

這就是他們的好人老同事蘿思。她不但安排好交通工具，還自願值大夜班。沒有事情能讓這個女人驚慌失措。

卡爾原本希望蘿拉只複製了車子來接她父親時的片段，但他已經瞪著畫質很差的錄影帶半個小時，影片裡的街道上什麼動靜也沒，只有一個遛狗人經過，這傢伙還把狗屎袋忘在家裡。

「快來吧，小車車。」他一再重複。或許他們應該先要求看凡．比爾貝克的通聯紀錄，那樣至少他們可以推估全球實境公司的假顧問，大概什麼時候開車來接他。但他們要怎樣才能盡快拿到通聯紀錄？他的經驗告訴他，這可能得花很久的時間。所以，他辦案的主要重點是保持專注，不要因為百般無聊而打盹。

他出神望地著雄偉的窗外風光片刻，那扇窗戶正對著大花園的另一側。天色很快就會黯淡下來，工作日會在正常情況下結束。

正常情況！卡爾思索著這個字眼。一切眞的會恢復正常嗎？

卡爾豎起耳朵。他可以從樓下的聲音判斷，莫利茲的妻子終於了解到這整個情況的嚴重程度，她一下發出哀嚎，一下又在咆哮著這整件事有多可怕。或許是女人單調的拖長音調使他打盹起來，等他手機響起，他驚跳著嚇醒過來，馬上回到現實。

「聽好我說的話，卡爾，」夢娜低聲說，「警察剛來過這裡，他們有你的逮捕令。他們問我知不知道你和你同事在哪。他們下了嚴格指令，要我接到你的電話就立刻通知他們。我確定他們在竊聽我倆的電話，所以關掉你的手機，解決它，這樣他們就沒辦法追蹤到你的位置。我也想讓你知道，我從沒懷疑你是無辜的，一秒鐘都沒有。」

他正想說什麼，卻被她打斷。「我很清楚這案子對你的意義，卡爾，我懂你。你是清白的，所以直到你找到那個在等死的可憐男人前，不要出來亮相。還有告訴阿薩德、高登和蘿思照顧好你，他們的手機也得關掉。再見，親愛的。等這一切地獄的折磨後再相見，我和露西雅都給你親親。」

「嗶」一聲，她掛斷電話。

卡爾的呼吸變得沉重。是的，他早料到那些愛管閒事的同僚會在某個時間點來抓他，但沒料到這麼快。卡爾對自己點點頭。他眼前的現實會讓任何人感到沮喪，但至少他有夢娜的堅定支持，他也正需要她的提醒。

他專注地看著大辦公室的另一頭，蘿思和阿薩德正埋首於大量電子郵件中，尋找甚至最微小的線索。儘管他們不知疲憊地努力工作，三人都知道這條路是死胡同，不會成功。綁架的幕後主使為何要在寫信時放下戒心，露出破綻？

「嘿，你們兩個，我必須告訴你們夢娜剛跟我說了什麼。」

幾秒鐘內他們關掉手機。

「我很抱歉讓你們騎虎難下，但眼前的情況就是這麼困難。你們最好決定是不是要現在就離開，停止再和我接觸，不然你們就要等到這案子結束後才能回家。眼前的情況對你來說可能比較艱難，阿薩德，你有瑪娃和孩子在家。你覺得怎樣？」

這困境使得阿薩德暫時陷入錯愕之中。他看起來並不開心，接著他轉身面對卡爾。

「這個，問題是，我只是有點尷尬，卡爾。我真的不知道你為什麼突然提到老虎。」現場陷入短暫沉默，接著他站起來揚起笑容，給卡爾一個大大的擁抱。阿薩德在他耳邊低語他當然不會讓他失望，也不會離開調查。卡爾用盡全力才沒有崩潰流淚。

「我也會留下來，卡爾，」蘿思說，「我們會陪你一路走下去，但我們得給凡．比爾貝克家壓力，請他們讓我們住在這。」

卡爾試圖說出謝謝，但話哽在喉嚨裡。

「順便一提，蘿思在你小小打盹時跟高登談過了。」阿薩德說。

「是的，他說全球實境公司的管理階層沒有人記得有為了併購不可置信企業一事，和莫利茲．凡．比爾貝克接觸過。相反地，他們說，在凡．比爾貝克推銷他的最新企畫後——一個叫《誰會先掛？》的節目——他們可能永遠不會併購他的公司。」

「好，那聽起來的確是個糟糕的節目名稱。算了，至少我們現在能排除這項可能。」卡爾說，「就像我們預料的，這整個併購從一開始就是個圈套。喔，你們有記得告訴高登關掉他的手機嗎？」

「有。他現在用預付卡，我這裡有號碼。」蘿思回答。

卡爾鬆口大氣。「他已經離開去監視西絲麗了？」

「是的，他二十分鐘前離開辦公室，他知道可能會有警察跟蹤他，他說他會想辦法甩掉他們。」

卡爾察覺他一定打了至少半小時的盹。他嘆口氣，轉身面對螢幕，黑白監視錄影仍舊播放著凡·比爾貝克住家前的街道景觀。

他看看手錶，考慮從頭再看一次錄影——接著它就出現了。一輛黑色閃亮亮的 Lexus 慢慢滑上比爾貝克房子的入口前方。不幸的是，監視器的位置沒辦法看到駕駛座或誰在方向盤後方，看起來就像沒有人在車子裡。卡爾注意到螢幕角落的時間碼，十點整。接著錄影帶顯示，莫利茲從後方走下前門階梯，腋下夾著檔案夾上了車。

卡爾暫停錄影帶，一秒一秒地察看。

「拜託讓我看清楚的車牌號碼。」他低語，禮車慢慢往前移動。

現在它朝馬路轉過去，鏡頭能看到尾燈。卡爾按下暫停，瞪著車牌號碼：FB5，後面跟著四個無法辨識的號碼。

「你們倆過來一下好嗎？」他大叫，「我們有車牌號碼了。」

看到黑色 Lexus 和車牌號碼，蘿思點點頭。她馬上能追蹤到車主。

卡爾往後靠坐，伸展手臂過頭，心裡大叫著「成功」。他坐在那，沉醉在他們這天唯一有的眞正進展中，直到蘿思回來。

「抱歉，卡爾，那輛車只出租了幾個小時，是用西班牙銀行的假名假信用卡付帳。租車公司沒懷疑那個女人，因為她用來當身分證的護照是合法的。他們直到隔天才發現被騙，但幸運的是至少車子沒被留在波蘭或其他遙遠的地方。有關那女人，他們唯一能記得的是，她四十多歲，除此之外都很普通。」

卡爾放下手臂。「這不太符合西絲麗．帕克吧？」他們雙雙搖頭。

「好吧，在律師在新聞上發表聲明前，我們能做的事不多，只能等，除非高登查到什麼。我一小時後會打電話給他。但在這段時間裡，如果你們在莫利茲和他太太的電郵中發現什麼有趣的事，請告訴我。」

「到目前為止都沒什麼重要的事，」阿薩德說，「但妻子似乎很容易被騙，她相信每個她不能打電話的蠢藉口。」

「那是因為她不在乎。」蘿思補充，「事實上，她問過她丈夫至少十次，他覺得這次併購會賺多少錢。當他最後回答可能有三億美金，她就停止提問了。她可能還繞著餐桌跑，高舉著手臂，高興地尖叫。」

卡爾哼了一聲。「好吧，那下一步我們該做什麼？你們能說服維多利亞讓我們在這窩幾天嗎？告訴她等情況稍微冷靜下來後，我們會讓她上黃金時段的電視節目，看這樣能不能得到她的同意。如果她小孩有在旁邊聽，告訴她我們會用盡一切方法把她先生救回來。」

蘿思看起來沒那麼有把握。「我不會對那期望太大，卡爾。話說回來，你不覺得你該專注在自己的情況嗎？你跟哈迪談過了沒？你可以用凡．比爾貝克的室內電話。」她指指一個看起來像有鍍金的怪東西——它**真的**是鍍金。

卡爾點點頭。在釘槍案件莫名其妙的發展下，打電話給哈迪合乎邏輯。

第四十九章　西絲麗

二〇二〇年十二月二十二日星期二

她安靜地坐在家裡與上帝溝通，這是在某人需要為他不道德的行徑付出代價時，她的慣常儀式。處在這種親密狀態裡，她儀式中最重要的，是請上帝彰顯犧牲者的罪孽本質，以及確認犧牲者該在撒旦哪個爪牙的生日死去。

「親愛的上帝，我相信，毛澤東是祢在世間的創造物中最卑鄙的那個。他將自己變成褻瀆祢的半人半神，只饒過對他權力沒威脅的人，他榮耀邪惡的訊息，就像在嘲諷祢一般。他讓他的人民死於饑荒；遇到挑戰他教條和他所謂神聖地位的敵手，他無情處決。最糟糕的是，他不僅引誘他意志薄弱的人民，也引誘西方年輕人無條件地追隨他。在這個邪惡化身的生日，另一個悲慘的靈魂會去和祢相會。祢是他的神聖創造者，他必須接受最後審判。神啊，請聆聽我的祈禱。」

她坐了一會兒，想著幾天後要發生的事，最後以慣常的感恩總結她的奉獻。

「感謝祢，親愛的上帝，我祈求祢饒我一命，好釋放祢正義的憤怒。感謝祢讓我成為祢的門徒，祢的寶劍。感謝祢交付任務給我，並感謝祢總是賦予我選擇的自由。」

她低下頭，說了聲阿們。

現在她準備好了。

莫利茲．凡．比爾貝克只剩三天半可活。這條生命已經活得過久，終於只剩八十多個小時。

在這最後的時刻，被判死刑的人應該了悟他的處境。他不是在懺悔後以敞開的心靈和上帝會合，就是否認罪孽，在永恆的地獄中受苦。

西絲麗不在乎他選擇哪條路，她唯一的任務是提醒他，人生裡的所有行動都有其後果，就像《聖經》說的「以牙還牙，以眼還眼」。

她在胸前畫個十字架，從跪姿站起身。和福利部門招募的三名復仇天使的會面相當成功，因此她確定，等她往後幾年在遠方觀賞「淨化」的過程，一定會看到光輝無比的景象。西絲麗允許自己欣喜若狂，沉浸在同等的感激和自豪中。

她走進客廳，打開電視，剛好瞥見一名穿海軍藍西裝的肥胖男人站在片尾字幕裡。

她的電話同時響起，底波拉正瀕臨歇斯底里邊緣。

「凡．比爾貝克的律師剛上新聞了，妳看見了嗎？」她嗚咽著繼續說，「他家人提供一千萬克朗的獎金，只要有人能提供莫利茲現在的位置，讓他安然回家。妳知道已經有多少人出動在找他了嗎？新聞記者估計會有幾千人，而且他們全都知道時間緊迫。」

西絲麗抿緊嘴唇，這又會改變什麼？

「西絲麗！妳確定妳的追隨者或門徒都不知道我們要做什麼嗎？因為如果她們知道，妳就要小心。那獎金數目太大了，西絲麗。」底波拉繼續說，「幾乎有六百萬丹麥人都知道，如果能找到我們，他們就能贏得那筆大獎。我可以想像這會有多瘋狂，這讓我很不自在。穿著男童軍制服的小男孩現在會扮演警探，還有愛管閒事的鄰居，有經濟困難的男女老少，以及在郊區無事可做、無聊到快死的人，這些都會是問題。」

「現在就閉嘴，底波拉！」

「那獎金的誘惑實在太大了，西絲麗。民眾一定會有反應，一千萬克朗是一筆大錢啊。」

「只有妳、我和亞當知道這件事，還是你們倆剛好缺那一千萬，底波拉？」

電話線的另一頭陷入沉默。對西絲麗而言，那有點太久了。

「我眞的需要妳冷靜下來，底波拉，我也需要亞當一路幫我。妳有在聽嗎？妳可不能在這個時候動搖，對吧？」

儘管連線不清楚，還是聽得到底波拉沉重的呼吸聲。

「我可以和亞當談談嗎，底波拉？」

短暫安靜後，另一頭傳來劈啪作響聲。

「底波拉似乎嚇壞了。我能信任你嗎，亞當？」

「是的。」他直截了當地回答。

「如果我告訴你，你要給莫利茲．凡．比爾貝克注射呢？」

「我嗎？」

「我要你在未來幾天盯緊底波拉，待在家裡，確定你們以完全正常的方式慶祝聖誕節——我是說，在今年可行的範圍內。」

「好。但在這期間，誰會照顧莫利茲？妳會去——」

「不用擔心他。直到聖誕節翌日前保持低調，時間到我會聯絡你。」

西絲麗掛斷電話，思索目前最新發展。

他家人承諾一千萬，是希望能有更好的曝光度嗎？現在所有人都會像無頭蒼蠅般到處尋找可疑線索，這讓她開懷大笑。警方會被民眾漫天的舉報淹沒：毒窟、裝滿贓物的穀倉、私釀酒、殘破的房子、關係可疑的家庭，等等等等。當民眾的懷疑變成舉報，淹沒熱線電話，警方會忙到焦頭爛額！那些悲慘、可憐的調查人員，原本可能還希望趁聖誕節假期度過幾天平靜日子。

一千萬！她忖度，這個首席警官卡爾·莫爾克原本應該希望調查是保守、能控管的。

*那個男人現在究竟要做什麼？*她走下地下室的樓梯時想著。地下室明亮且空氣清新，他們將這裡翻修成幾個功能實用的房間，方便她的女僕洗燙衣服。有個房間存放著鬱金香球莖好過冬，等來年春天再拿上去栽種。眼前這個房間維持恆溫恆濕，由於沒點燈，幾乎看不見櫥架後的門。她打開門鎖，點亮燈，一個設備完善的化學實驗室在眼前出現。在這裡，她可以中和氫氧化鉀和鹽酸，或合成氯和鉀離子。這兩個過程都會產生氯化鉀，她曾用來殺害兩名犧牲者，而現在她要準備第三次。

她將燒杯舉到面前，看著致命的液體。只要將足夠的分量直接注射進心臟，就能使人立即死亡。在全世界執行的所謂人道處決，會注射各種藥物，導致受刑人先是昏昏欲睡，隨後進入昏迷狀態，最後注射一劑氯化鉀完成處決。但那不是西絲麗的手法。她希望犧牲者死時完全清醒，知道發生了什麼，而她絕不想要拖延最後的過程。

當好幾毫升的毒液直接注射入犧牲者的心臟，他們的身體通常會痛苦地蠕動。他們會喘著氣想呼吸，劇烈抽搐，無法控制地猛烈搖晃。當他們沒辦法再呼吸時——就在他們死之前——她會看著在他們眼眸中自己的倒影。他們暗淡無光的眼神，宣判他們已得到永恆的懲罰。

第五十章　卡爾

二〇二〇年十二月二十二日星期二

「高登怎麼說？他就定位了嗎，蘿思？」

「是的，他就在西絲麗．帕克的房子下面的街道旁暗中監視，他說外面冷斃了。」

「他該慶幸沒在下雨。西絲麗在家嗎？」

「窗戶裡有燈光，是的，他覺得是這樣沒錯。」

卡爾轉向阿薩德。「你拿到她房子的平面圖了嗎？」

阿薩德搖搖頭。「我知道它總面積超過五百五十平方公尺，外加一個地下室。代表那裡很大，你能為所欲為，誰也不知道你在幹嘛。但我懷疑她會笨到在自己家裡殺害被害者，何況她在那個地區還有幾個房產。」

「在那個地區？」

「是的。倉庫、出租物業、私宅和公寓，還有度假小屋。所以，如果她沒有直接開車去莫利茲被關的地方，就很難追蹤。有太多選擇了。」

卡爾早就懷疑是這樣。最近兩個小時他們沒有多少正面的辦案進展。最糟糕的是，莫利茲的辦公室裡只有兩個地方適合睡覺，所以他們得輪流睡沙發床。這意味著蘿思會將其中一個據為己有，而卡爾和阿薩德只能將就著輪流睡另一張，忍受彼此的汗水和口水。

最重要的是，他打給人在瑞士的哈迪，而內容令人沮喪。哈迪的情況不佳，那還是保守的說法。他的身體經歷了大大小小的實驗手術，吞下許多止痛藥，到現在他第一次嘗試穿動力服，所有折磨都讓他的精神無法集中，暴躁易怒，心思疏遠。直到他們的電話講到一半，哈迪才領悟到卡爾目前的情況有多嚴重。

「什麼？你現在是在告訴我，那個公事包從二〇〇七年就放在你家閣樓裡。那可是十三年啊，卡爾！你忠誠、癱瘓的搭檔躺在你家客廳，瞪著天花板這麼多年，我們怎麼都沒討論到？機會不是很多嗎？還是你不覺得它很重要？」

「因為我不知道裡面有什麼啊，哈迪，你要相信我。」

「安克爾為什麼要你幫他保管公事包？我不懂。」

「因為他太太把他趕出門。那就是為什麼我不好奇裡面有什麼。我幹嘛要問？難不成要問安克爾，你被踢出家門的時候都打包了些什麼？」

「重點當然是你在閣樓裡放了什麼。不太可能是內衣和襪子吧？」

聽起來很挑釁，一點也不像他。

「很痛嗎，哈迪？」

「你別擔心這個，卡爾。也許你應該告訴我，為何像你這樣優秀的警探，從來沒有納悶那個公事包可能藏了什麼。安克爾死後你為什麼都沒打開過，或把它還給安克爾老婆？」

「我沒還給他老婆，可能是因為當初她把安克爾趕出門，也可能我就是單純忘記了。我不記得了，哈迪。」

哈迪發出不可置信的嘆息。

「哈迪，拜託幫我個忙，你回想一下，能不能想出當年為什麼安克爾會有那麼多毒品和錢？我很快就會被逮捕了，我想給他們一些線索，把調查方向從我身上移走。」

靜默震耳欲聾。只有哈迪費力的呼吸聲，告訴卡爾他還在電話另一頭。

「能拜託你試試嗎，哈迪？」

他清清喉嚨。「我一定得試試看吧，卡爾。好，我會試。」他掛斷電話。突然中斷他們的電話現在成了哈迪的習慣，這感覺很不好。自從卡爾十歲，發現自己的狗在公路另一頭被車碾斃後，他從未感覺像現在這麼孤單。

他的邏輯告訴他，警局裡一定還有幾個人依舊對他保持尊敬，此刻誰要是能給他一點老式的安慰，他會感激不盡。按按他肩膀，用前額抵住他前額，一個友善的字眼，就是那類不質疑某些事情的親暱舉止。所以哈迪是吃錯什麼藥？他為何如此冷淡？

阿薩德進門，坐在他面前，目光直盯著他。

「我想要你知道，雖然我倆現在都保持低調，但我跟瑪娃有通信。我們有兩個很少用、只有我們知道的阿拉伯電郵，結果現在那變得很好用。她寫了一些有關你的事情。」

「她說了什麼？」

「警方到我們家要找我。他們嚴厲指示，如果我聯絡她，她就得通知他們。他們還說，如果我不去自首、告訴他們你在哪，我和我家人的審查就會問題重重。」

卡爾不禁嘲笑這句話。「問題重重個鬼，胡說八道，狗屁。你不明白這是什麼嗎，阿薩德？在丹麥可不能使用那些警察治國的手法。在這個案子裡，他們不能以任何罪名起訴你，也不能因為你為我或懸案組工作，而怪罪你家人。」

「但那就是他們正在做的事，卡爾。他們會再跑去我家，如果瑪娃沒辦法給他們有關你的任何情資，他們會再次審查他們的居留權。他們就是這樣說的。」

「那些混蛋！嗯，你可以回信告訴她，我已經開車北上凡徐塞去找我爸媽，然後躲在那裡。我老媽會堅持要他們進門喝咖啡，聊聊他們想幹什麼，那會很有趣。他們還得先嘗嘗她的餅乾，聽她說她一路騎著雙人腳踏車單獨去勒肯的故事。在他們有辦法講到重點前，她就會把他們磨得耐心全無。」

「嗯，我會這樣告訴她。」

「你好像有別的心事。直接說吧，阿薩德。」

「我們還是認為西絲麗．帕克和寶琳．拉姆森之間有關連是嗎？」阿薩德問。

「是的，因為鞋盒裡的鹽。」

「也因為拉格希兒．班特森被埋的地方，旁邊的墳墓裡也有鹽，讓我們把她和西絲麗．帕克連結起來。」

「是的。拉格希兒埋屍地點旁的兩具屍體，讓拉格希兒直接連接到其他謀殺案。」

阿薩德思索片刻，搔搔大量鬍碴。自從他們祕密進行調查後，他就是這副模樣。

「我們也認為，拉格希兒．班特森和她的被害者，大比大．恩格史東之間有關連，對吧？」

卡爾微笑。「是的，絕對有。沒人會那樣隨機殺害完全陌生的人，對吧？所以你根據這些，推導出的結論是什麼？」

「嗯，我們都知道，大比大．恩格史東的日記裡清楚提到她隸屬於某種兄弟會或姊妹會，或不管什麼團體。她還提到團體裡幾個人的名字。」

「沒錯。」

「你覺得曼佛瑞或碧特．韓森的小組組員，有偵訊過大比大提過的任何人嗎？」

「我想應該有吧。」

「好，所以你不是百分百確定，只是假設？」

「沒錯。」卡爾點點頭。

「問題是，我們知道大比大提到的一些名字是假名，她自己都那樣說。但它們**全**都是假名嗎？」

「沒錯，不是嗎？」

「問題就來了。我搜尋過大比大提到的那個叫『底波拉』的女人。那是個非常罕見的丹麥名字，我們應該聯絡看看所有叫那個名字的女人。或許我們就會找到和西絲麗有某種關連的某人——就像我們找到互有關連的其他女人一樣。」

「但即使我們真的找到她，也不能確定她知不知道莫利茲被關在哪，我們甚至無法確定她是不是西絲麗的共犯。」

「我覺得大比大和西絲麗犯罪的背後動機，有許多相似的地方，你不覺得嗎？」

「是的，你要找底波拉確實很合理。你查過全國人口登記局了嗎？」

他點點頭。「哥本哈根的底波拉比我預期得還少，顯然這名字很罕見。」

「你和她們聯絡過嗎？」

「是的，全部。其中三個不是真的用那個名字，另外兩個則是太年輕。或許這個名字曾經流行過。」

「所以，那可能就像團體裡的其他人一樣，是個假名？」

他點點頭。「或者她可能只是低調。也許她登記時只用受洗的名字，然後用個簡單的『D』做中間名。」

「我用莫利茲的室內電話打了電話給我鄰居，」蘿思插嘴，「所以我知道，警方曾經拜訪過我家，問我的兩個鄰居他們知不知道我在哪。他們得到嚴格的指示，只要我一回家他們就得聯絡警方。」她爆出大笑，「那警方可要等很久囉。」

「你在聖誕節隔天之後預計要做什麼，卡爾？」阿薩德問。

「如果我們及時找到莫利茲．凡．比爾貝克，我會在馬庫斯的辦公室裡跳佛朗明哥舞。」

「如果我們沒來得及呢？」

「那我不會跳舞，但還是會去他辦公室報到。」

「我要走了。」蘿思邊說邊在脖子上繞了一條過大的圍巾，再穿上外套。

她要去和高登換班，卡爾完全忘記這件事了。

他看著阿薩德，知道兩人都在想同樣的事。他們其中一人可以在蘿思監視西絲麗．帕克的時候睡她的床，真是太棒了！

要出門時，蘿思猶豫了一會兒，接著轉身死瞪著兩人。

「順便一提，你們兩個，想都別想睡我的床！」她輕敲自己的鼻子，「這個會聞到你們的味道，讓我聞到你們就完了。」

卡爾能在腦海中清楚勾勒那個場景。還是老實縮在地板上睡吧。

第五十一章　莫利茲

二〇二〇年十二月二十二日星期二

他曾經很年輕，對未來非常不確定又迷惘。那時，他學會數數，數什麼都沒關係。如果他因為對老師頂嘴，又被叫到校長辦公室，他就會在校長責罵時，數著校長身後書櫃裡排列的書。倘若他迷失在漂亮女孩的眼眸裡，他就會數她眨了多少次眼睛，免得洩漏他其實很害羞。多年來，他用這種方式輕易熬過窘境——只要有他能數數的東西就好。後來，莫利茲不用數數了，這習慣也在時間的洪流中慢慢消失。直到現在。自從自己被隔離於世界之外，對必然來到、無能為力的死亡聽天由命後，他突然再度聽見數數的聲音。

莫利茲搖搖頭，徒勞地想睜開眼。眼皮感覺起來好像被黏住了。

他在數數嗎？如果是，他在數什麼？

「你在數什麼，莫利茲？」他聽見自己說。

他在倒數秒數嗎？數著他越跳越少的心跳？還是他祖母家老爺鐘的回音，他挑釁地數著一去不復返的時間？

過去幾天，他花好幾個小時嘗試關注時間的流逝。對被判刑的人而言，永恆的黑洞等在眼前，那是分分秒秒向前邁進的唯一目標。儘管他的大腦會無可避免地關機，依然有思緒的片段在腦中紛飛，無法擺脫。或許那就是為何他在數數——為了淹沒他腦袋裡的噪音。

他不懂，為什麼他必須慘遭殺害？

不用別人提醒，他當然可以做個更仁慈的人，他可以偶爾將別人的福利置於他之前。在他想創造出煽動、聳動的娛樂節目時，他確實可以更節制一點。

但那些參與遊戲的人，難道不是自願的嗎？所以為什麼他會在這裡？

莫利茲蠕動身軀，側躺著。他空空的腸子因胃酸而燃燒，喉嚨也很乾。

他們為什麼就不能別煩他？他們會延長他的痛苦多久？

他突然開始上氣不接下氣，於是張大嘴巴。那邪惡的賤女人想說服他的一切，也許和事實根本沒有關係。那些她認為他該負責的錯誤，她嘲笑他、對他感到憤怒的所有情緒，可能不是把他關在這裡的眞正原因。那個女人當然痛很他，但那沒那麼重要。在他看來，原因很明顯，他被關的眞正理由是好幾項事物加總起來的結果。但說到最重要的關鍵，她要的絕對是他的錢。現在她把他關在這，折磨著他，想必正在交涉贖金。她顯然正在做這件事，而贖金的金額保接近他財產所能湊出的最大數字，肯定是因為這樣才拖了那麼久。

他差點泛起微笑，但馬上忍住，因為他的嘴唇已經龜裂了。她可能會要求一億克朗的贖金。那當然不會是個問題，但維多利亞可能不會那麼輕易達成談判，她不會那麼情願放棄。

幾天以來，莫利茲終於能深沉而自由地呼吸了。有那麼一會兒，他好像成功擊退了疼痛和抽搐。他仰著頭，再度嘗試張開眼，但仍舊失敗。

他以那個姿態坐了片刻，連連喘氣，頭往後仰。接著他又聽到自己在數數。

他覺得很奇怪，嘗試阻止自己數數，還是他的潛意識在努力傳達什麼凶兆呢？

他屏住呼吸刹那，旋即想通了。

他們為什麼要他回答維多利亞寄給他的電郵裡的問題？或許那是他們要試圖證明眞的有抓到他。狗屎。他想。如果是這樣，他們大可拍他和報紙的合照，以證明日期。那不是被綁架的正常程序嗎？

莫利茲閉上嘴，低頭到他胸前。

他又開始數數。這時，另一頭牆壁那邊的貨梯慢慢傳來清晰的聲響，迴盪在房間裡。

「一，二，三，四……」

第五十二章　卡爾

二〇二〇年十二月二十三日星期三

「醒來，卡爾，我要去跟蘿思換班了。七點了。」

卡爾從枕頭上稍微抬起頭，感覺被子黏住了嘴角。他試著稍微扭動身體，但在水泥地上睡過一夜後，他屁股很疼。

他開啟一天的頭三個字是「該死的」。

「你一定睡得很好，因為你打呼打得很厲害。」一個令人驚異的輕盈聲音說。

原本他感覺自由自在——不覺寒冷，沒被指控，沒有受到新冠肺炎侵襲——結果現實像槌子般重重打中他。他從未覺得像今早這般疲憊、受到打擊，他渾身不舒服。

「睡得很好？」他困惑地問，試圖集中注意力看向蘿拉，她正在他鼻子前揮手。

「阿薩德泡的。」她邊說邊微笑，咖啡的香味讓卡爾的鼻翼大張。

「不會很濃，卡爾，喝起來很安全，」阿薩德說，他在門口穿鞋子。

卡爾點點頭，用手肘撐起身子，拿過杯子。

「裡面有加糖嗎？」他試探性地問。

「只有一點點。」阿薩德嘗試說服他。

卡爾啜飲一小口，咖啡在毫秒內抵達喉嚨，喉嚨立即緊縮，開始猛烈咳嗽。

「嗯，好喝吧？」阿薩德問。卡爾嘗試停止咳嗽聲。他從沒被騙他喝下這麼濃又甜膩的棕色液體，他也從沒喝過這種咖啡。

「很棒的提神飲料。」阿薩德丟下這句話，穿上外套離開。

「現在只剩我們兩個啦！」蘿拉就站在他跟前，「我媽帶我妹妹去律師辦公室了。」

她遞給他一個碗，卡爾看不太出來裡面裝了什麼。

「我媽最愛的發酵牛奶。」她說，一副想餵他的樣子。

搜尋西絲麗．帕克的公開影音成效不彰。她鮮少在公開場合露臉，就算有也通常是簡短聲明，主題空泛，無法提供任何潛在的線索。她總是穿著黑色褲裝和白色襯衫，衣冠楚楚，一頭短髮整理得有型又一絲不苟。她的表情控制得宜，行為得體，用字中立。這女人的整體印象絕對不會讓人懷疑她會犯下那些滔天罪行。

她的弱點在哪？她會在哪裡露出破綻，讓他們瞥見她的真實本性？

「我以前看過這位女士。」站在他身後的蘿拉說。

卡爾嚇一大跳，連忙轉身。這次，他沒聽到蘿拉進門。

「以前看過她？什麼意思，蘿拉？」他問。

女孩指指螢幕。「我爸有天去上班時，她來家裡。她說他把一份重要文件忘在家裡，要她來拿回辦公室。」

卡爾皺眉，這女孩在說什麼啊？「那是什麼時候的事，蘿拉？」

「很久以前，但應該是在暑假之後。」

「妳有讓她進門嗎？」

「完全的陌生人？當然沒有。我跟她說，我會打電話給我爸看可不可以。」

「很聰明，蘿拉。後來她怎麼做？」

「她往後倒退一步，看著房子上的名牌。然後她道歉說她搞錯地址了，她應該是要去找鄰居。」

「那她有去嗎？」

「我從窗戶往外看，她沒有，就這樣開車離開。所以我打電話給我爸，他完全不曉得我在說什麼，他沒有叫任何人來拿東西。」

「妳覺得她想要什麼？」

「我想她是個騙子，老爸也這麼想。她站在門前台階上時東張西望，好像想看看我們有沒有監視器之類的。」

「你們的房子有，而且很明顯。」

「是沒錯。我跟我爸那晚檢查了監視器畫面，想看看她長什麼樣子。結果監視器沒拍到她的臉，車子停的方式也讓車牌很難辨識。但我記得她的頭髮比現在螢幕上的要長一點，髮色更深一點。」

卡爾點點頭。毫無疑問，西絲麗．帕克想弄清楚內外的攝影角度。

「妳以為她會回來偷東西嗎？」

「對，但我爸說歡迎她回來嘗試看看，因為她什麼也偷不到。」她指指螢幕上的暫停畫面。

「她是誰？」

「我們還不是很確定，蘿拉，但我們會查出她的身分。妳能讓我看看她來這裡時的錄影檔嗎？妳有數位影本嗎？」

她笑著說她不覺得監視錄影會保存那麼久，但她會查查看。

「她是誰？」這是蘿拉的疑問，但他們想弄明白的是她**真正**是誰。他們能問誰？西絲麗的員工？只要想到要從她公司裡的那種女人口中問出線索，他就渾身發抖。她們可能寧願砍掉他的頭，也不會讓他管她們老闆的閒事。最後，他決定打電話給她曾就讀的化學系。無人接聽，他又打給幾個人詢問這個罕見姓氏，但沒有人認識有這個姓氏的西絲麗或莉茲貝絲。

那天，卡爾接二連三體驗到他們是多麼地束手無策。時間緊迫，現在離十二月二十六日只剩三天，而照情況看來，他們越來越有可能必須逮捕西絲麗・帕克，才能阻止莫利茲・凡・比爾貝克的謀殺案。但他們如何在合法範圍內採取行動？他們不能在沒有確鑿的證據下，衝進她的房子逮捕她。他們不能抓住她然後順其自然。而且，誰知道在進行謀殺時，她本人會不會在現場？他想到皮雅・勞格森的死，那女人被按在游泳池水裡，被迫溺斃。他發現自己很難相信體型相對纖細的西絲麗，會有力氣解決這麼強壯堅毅的女人。

如果有第三者在場，他們要如何證明那人的身分？他們又是如何接近西絲麗・帕克，還讓自己變成共犯？

帕勒・拉姆森描述西絲麗是個挑逗高手、跟蹤狂、白癡和渾身是傷的賤女人。這番描述並不討人喜歡，但他說她是白癡，實在是大錯特錯。他的描述能幫助他們破案嗎？

帕勒寫的這些文字，幾乎已經是二十年前的事了，想當然她在這些年裡也會有改變。但也許他們可以在她發展人格的那些年，找到她為何如此瘋狂的蛛絲馬跡。

卡爾研究過她的簡單經歷。西絲麗受洗時的名字是莉茲貝絲．帕克。他們當然有用各種拼法搜尋過那個名字，但只遇上死胡同。儘管姓氏罕見，沒有人符合他們在找的人。

卡爾納悶，這年輕女人怎麼會跑到南非繼續學業，並在那待了幾年。她和那個國家的關係是什麼？南非是她能專精所選領域的國家嗎？還是她想逃離什麼？卡爾可以想像她有多聰明，但她竟然直接置身險境，檢查凡．比爾貝克住家的監視器位置，這個舉動讓他很吃驚。她也許有戴假髮或經過僞裝，但在十五歲女孩的仔細審視下，什麼僞裝都沒用。

話說回來，或許**他**自己就可以僞裝一下，方便自由移動，進行深入調查。

他站起身，在莫利茲辦公室外頭的走廊鏡子裡審視自己。他期待的也不多，但在看見一名衣衫藍縷、又老又髒、灰髮日益稀疏的男人倒影時，還是不免沮喪一番。他的灰髮可不會讓人聯想到喬治．克隆尼。

「蘿拉！」他大叫幾次，直到她出現在他眼前，伸出手裡拿著的紙。

「這是什麼？」他一看就知道，但還是問。

「二〇二〇年八月二十九日下午兩點三十二分。」那是一張監視器畫面模糊的彩色印刷，角落有標示時間碼。監視器的確記錄到西絲麗．帕克不請自來。

「我很抱歉，鏡頭只拍到她的車頂和一點點的她，這是我能找到最清楚的影像了。看看她的頭髮，我是對的，棕色長髮。我確定那是假髮。」

車子看起來有點老舊。除了黃色車漆，唯一可供辨識的特徵是車頂有行李架，那種便宜款式可以從任何五金行買到。

「謝謝妳，蘿拉，幫助很大。」他給她個眼神，彷彿她突然變成了他的至交。「妳不會剛好有支手機，讓我可以借個幾天來用吧？」

「呃，我只有自己的手機。」

「嗯，沒關係，也可以。」

她倒退一步，一臉震驚。「你什麼意思？沒有手機我活不下去，特別是現在。」

「如果妳想和朋友談心，不能用室內電話嗎？」

「這不是重點。」她看著他，彷彿他這人沒藥醫了。他從沒聽過簡訊、電郵、推特、臉書、Instagram、YouTube、TikTok 和 Snapchat 嗎？

「那我能跟妳租妳的手機嗎？到聖誕節隔天就好。」

她咬咬嘴唇。「一天五百克朗。」

卡爾吞一下口水。「我原本是想總共五百克朗。」

她再瞪他一眼，不可置信。

「妳家裡有我能染頭髮的染劑嗎？還有妳爸的衣服有沒有我能穿的？我得去兜兜風，然後真的不想被認出來。」

一小時後，蘿思值完夜班，帶著累癱的身軀和眼神的疲憊進入辦公室。她剛用僅剩的力氣將外套丟在地板上，癱在沙發床上。這時她瞥見卡爾。

「搞什麼鬼！」她脫口大叫，正如卡爾所料。他用了點維多利亞的舊染髮劑，等他沖洗完殘留後，他的頭髮像稻草人一樣怒髮衝冠，所以蘿思的反應並不令他意外。看見有個紅髮男人在鏡中回望自己時，他也震驚不已。

「對，我媽最近確實不染這個顏色了。」蘿拉這時才說，為時已晚。卡爾簡直不敢相信。為了完成他這個極度罕見的造型，蘿拉給他穿上過時的西裝、領帶、白色襯衫；那鞋子連卡爾的老爸都會嗤之以鼻。

「你看起來很帥。」蘿拉試圖說服他。但蘿思可不是會給出溫柔安慰的人。

「任務完成，」她嘟噥著，「你看起來真的不像自己。事實上我還從來沒看過這種造型，感謝老天。你到底想搞什麼東西？」

「謝謝妳的信心喊話，」他說，「我要出門進行調查。高登的班值得怎樣？他凍死了嗎？」

「我想是吧。」她打個呵欠，「我到的時候他已經離開了。」

「好，可憐的傢伙，外面真的很冷。你們有時間調查西絲麗的大學時代嗎？」

「呃，為什麼問？你又沒有給我們備忘錄說要做那個。你不就是那個應該分配工作的人嗎？」

「所以你們沒查過囉？」

她搖搖頭，將毯子拉過來蓋住自己。卡爾其實大可睡那張沙發床，而不是窩在地板上。她根本沒有檢查。

蘿拉帶著卡爾去到一間大車庫，指指一輛招搖的愛快羅蜜歐，就停在一側。

「沒人會想念那台車，」她說，「我爸五年前送我媽的，之後他的技師會定期做檢查，但印象中她很少開它。她都說既然能坐計程車，幹嘛考駕照。那也比較好，她總是有點醉醺醺的。」

卡爾上車，車子的座位很低，對他疼痛的臀部是個不小的挑戰。半小時後，他將車停在哥本哈根大學化學系門前。西絲麗．帕克在這裡念書已經是超過三十年前的事了，所以他並不期待還有誰跟他同年。但他要是運氣好一點，也許可以找到某個夠聰明的人，能幫他從紀錄中挖出什麼線索出來。

前門開著，但空蕩蕩的走廊不太樂觀。現在不光封城，還是聖誕假期，所以這裡幾乎杳無人跡並不令人意外。如果每個地方都關門大吉，一個社會要怎麼進步？他想著，望進一間又一間實驗室，裡面滿是燒杯、瓶子和鋼製洗手台，閃耀得彷彿從未被使用過。金屬和化學的模糊氣味懸在空中，讓他想起哈迪住在他客廳的時日。

「有人在嗎？」他狂吼幾次，只有自己的聲音迴盪。他拉了拉幾扇辦公室門，但都大門深鎖。難怪他大吼大叫也沒人回應。

「狗屎。」他大聲說。蘿拉的手機響起。

「嗨，阿薩德，什麼事？」

「西絲麗．帕克剛開車離開房子。我很抱歉沒追蹤上她，因為高登的車鑰匙掉在地上，我一時找不到。」

「狗屎。」卡爾又說。他們今天的運氣很背。

「你想不想要我進房子裡面看看？」

「你是說破門而入嗎？」

「呃，是的，類似這樣。」

「一定到處有警鈴，所以我不建議，阿薩德。在你來得及反應前，兩名神情憤怒的警衛就會現身，那跟馬庫斯給我們的眼神可不能比。你可以繞著房子四周瞧瞧，看看會不會有什麼發現，但我是很懷疑啦。」

「好，那我會待在這直到她回家。我會在高登的車裡等。如果阿拉願意的話，我鬍子上的冰會融化掉。」他大笑。

阿薩德掛掉電話。卡爾正靠在走廊牆壁上，現在他眞想直接向凶殺組組長自首，結束這場鬧劇，這樣他就能將責任推給馬庫斯和同僚。反正卡爾在目前的情況下能做什麼？他看著對面窗戶中自己的倒影，這醜陋的紅頭髮是一回事，他的絕望表情是另一回事。

如果就這樣放棄，跑去自首，你會害死比爾貝克。你眞的想那麼做嗎？他問自己。蘿拉會失去她父親，而一名可鄙之人的邪惡行徑會得逞。倘若他現在去自首，放棄這個案子，懸案組所承受的打擊可能會讓他的小組永遠無法恢復生氣。另一方面還有他的個人問題，「緝毒犬」和他同事究竟挖掘出了什麼東西，能讓他的處境如此艱辛？

他不禁對自己的倒影笑了出來。染髮劑早晚可以洗掉；今晚在蘿思床上好好睡幾個小時後，他的黑眼圈就會消失。他只需要振作起來，像個男人，讓同事看看一個布朗德斯勒夫的鄉下男孩還站得穩穩的，苦幹實幹。那會讓他父親感到驕傲。

他決定最後一次試試看有沒有人在。

「有人在嗎？」他扯開喉嚨鬼叫，以刺耳的口哨作結，那是他在警察學校裡學會的花招。一扇金屬門打開又關上的聲音在走廊迴盪，隨即是快速接近的腳步聲。幾秒鐘後，一名深色頭髮的女人出現，臉上帶著鄙視和憤怒。

「你到底是怎麼進來的？」她緊握手機，好像馬上要報警。

「我從沒鎖的大門走進來的。」他指指一條走廊，但不確定這是否就是他來的方向。

「那我必須請你轉身，從相同的門離開。」她邊說邊掃視他那頭災難性的頭髮，和宛如紈褲子弟的衣物。「你無權在此。」

他卻感覺樂觀，只有行政人員會如此小題大作。她顯然散發著擁有整個機構的權力感，他只要亮出對的牌就好。

「妳沒完全說錯，我不是學生，不是講師，也不是教育部，或來自所謂的公正諮詢服務，來分析妳系所的經營和效率。但我的確……」

他從口袋裡拿出一個破舊的警察證，舉高靠近她的臉，好讓她看清上面的細節。她稍微把頭撇開，但眼神沒有離開警察證。「警察」二字通常能對人發揮這種奇妙的癱瘓效果。

「是的。不是太嚴重的事，但我必須來查探一些線索。」他繼續說，「我很抱歉打攪了妳聖誕節的平靜，但我確定妳知道，警察工作不會因假期而停下來，恐怕那就是我們的宿命。」

他確定自己裝出一副淒苦孤獨的模樣，彷彿他家中有一對哭泣的小孩在想念父親。

他伸出手肘，想來個新冠肺炎式的招呼。

「首席警官卡爾．莫爾克。抱歉我剛沒有機會自我介紹。」

她猶豫地和他撞撞手肘。

「塔賈娜．庫洛斯基．克利騰森。」她試圖看起來不是一副想叫他滾的模樣。「怎麼回事？」

「是這樣的，我需要查一位學生的資料，她畢業於一九八九年，是以優等生的成績畢業喔。」

她大大的笑容沒帶來多大希望。

「是的，我知道那是很久以前。太久了，對吧？」

她點點頭，臉上仍掛著那個微笑。「你知道那是三十一年前了吧？」

「嗯，那不是世界上最難的算數，所以妳的建議是？」

「絕對不該闖入每個人都被送回家的系所。」

「有任何檔案嗎？」

「可能吧，」她說，「但我不能授權。你怎麼不跟那時就在這工作的人談談？老講師應該會記得以優等生成績畢業的學生。」

「請問我該上哪找這位講師？」

她給卡爾的地址並不在時髦地區，但當卡爾抵達退休之家，也就是那位近九十歲的鰥夫，托本．克勞森這十年來的居所時，他想這裡看起來還堪稱舒適。這名前講師的整個世界就是這十二平方公尺大的地方：一張床、滿是科學書籍的書櫃、紫色天鵝絨扶手椅，和眾多過往年代的稀奇古怪珍品。卡爾的前岳母，卡拉．阿爾辛和這名講師一樣年邁，她住的療養院也大致如此，在卡爾為懸案組工作的整段時期，她都住在那。

托本・克勞森用嚴重白內障的眼睛瞧著他。要他分辨周遭的事物幾乎是不可能，他眼周的皺紋見證了他辛酸的人生。

「所以你是首席警官，」他說了三四次，好讓自己消化。「你們這類人不是很常來拜訪我。」他的假牙在低低的笑聲中嘎嘎作響。「其實是從來沒有。」

卡爾立刻切入重點。「你還記得一名叫莉茲貝絲・帕克的學生嗎？她畢業於一九八九年的化學系，優等生。你在那時是講師，所以或許……」

克勞森的眼睛使勁看，從一邊飛掠到另一邊，好像在找定位點。

「我想你可能……」

老人轉向窗戶，灰色天光照亮他的臉。「是的，她很有才華，才華洋溢，那對每個人來說都是個神祕的謎。我記得很清楚。」

「清楚？」

「她是我的『菁英小組』裡，唯一活過一九八二年雷擊事件的人。」

「雷擊？唯一的人？你的意思是？」

「就是我說的意思，年輕人。七名學生就在系所隔壁的菲勒公園遭到雷擊。」他的下唇在毫無預警下開始顫抖。「喔，」他開始喘不過氣，「我很久沒想到這件事了。沒想到它對我的影響會這麼大。」他抹抹幾乎瞎掉的眼睛。

卡爾點點頭，試圖挑動他的記憶。儘管這個事件聽起來很聳動，他卻怎麼也想不起來。不過當時他才十七歲，心思全放在其他事情上。

他們安靜地坐著一兩分鐘，直到老人恢復鎮定。

「唉，那是我的錯。是我建議在戶外上課，求上帝原諒我。」他再度啜泣。

「剎那間天色變黑，我沒料到會有閃電，第一道閃電讓我大吃一驚。我沒有太在意，因為我的學生正激烈地扭打成一團，我還比較擔心他們的尖叫和狂吼。這個，事實上，是只有莉茲貝絲·帕克憤怒異常。她是小組裡最優秀的學生，她指控其他人偷她的筆記，還有霸凌她，可能還有個人在感情裡背叛她，但我不是很確定。她突然暴怒，其他人則嘲笑她。我從一段距離外看著他們，正要走過去插手，這時，整個天空都被點亮，一個可怕的轟隆聲幾乎把我的耳膜震聾。大雨同時降下來，而我記得的下一件事，是我跪在水裡，四周都是漸漸上漲的水。我面前躺著沒有生命跡象的學生，他們在閃電造成的坑洞旁圍成一圈，屍體焦黑。我陷入極度震驚。那眞是個惡夢，不管過了多久，還是會在半夜在你心頭縈繞。」

「那莉茲貝絲·帕克呢？」

「她逃過一劫。我不知道她是怎麼逃過的。有人告訴我她被衝擊力撞飛。」

「她後來怎麼樣了？」

「我不太清楚，因為她在回來完成學位前，消失了幾年。你已經知道了，她以優等生成績畢業。我知道她有幾年待在南非，她回來就讀的時候，確實知道了很多不是從我們系上學到的知識。」

「你說她對同學感到憤怒？」

「是的。現在我們談到這件事，我想起來了，她一再指控同學剽竊她的分析和報告。她跟他們對質，那些人只是嘲諷和否認。她甚至去系主任那邊告過狀，所以我才會知道。在她提出指控後，她被其他人霸凌，也可能是他們乾脆排擠她。然後有個男生背叛她。我現在想起來了。」

「你有因為雷擊事件受傷嗎？」

「沒有，但就像我說的，我深受震驚。就在他們把她送上救護車後，我心臟病發。我很抱歉我講整件事的時候次序顛倒，但把她送上救護車的救護人員也救了我一命。我現在老了，能活的時間不多，但我一直很感激那位救護人員。每個聖誕節，我都會送禮物給他和他家人。」他指指角落一張歪斜的桌子。「禮物還在桌上，我想得等封城結束後才能寄出去了。」

「你記得在意外後，她發生了什麼事嗎？」

他搖搖頭。「大概兩年前，馬汀提醒我那場意外的一些細節。他應該可以告訴你更多，他也問了我一些沒辦法回答的問題。」

「你說他救了你一命。」

「是的，他是第一個趕到現場的人，感謝老天。他現在退休了，但他想寫回憶錄，也把這個意外寫進去。那對他影響巨大……對，對他也是。」

「你應該有他的地址。」

老頭安靜坐了一會兒，試圖將恐怖的畫面逐出腦海，之後回答：「你是說馬汀的地址？」

他指指桌上唯一的紅色小筆記本。

「他的地址就在第一頁。你要自己讀，因為我的眼力大不如前了。」

卡爾點點頭。「也許我可以親自幫你送禮物過去？」

那是他第一次看見老頭微笑。

第五十三章　西絲麗

二〇二〇年十二月二十二日星期二晚上、十二月二十三日星期三

他們把她當成什麼？他們真以為可以在不引起她注意的情況下，監視她家嗎？他們看不出她的房子到處都配有動作感應器嗎？屋頂的熱感應器不僅能偵測到房屋四周的動作，還能勾勒出任何接近的人。

一輛相當新的大眾整個下午都停在馬路下方。這件事本身並不奇怪，但考量到電視上的警方記者會和天價獎金，她不會輕忽周遭任何微小、無法預料到的改變。

下午三四點，她看見一個臉色慘白的男人躲在樹後面，她照了幾張他的照片。

他抬頭瞪著她的房子，看來他有的是時間，因為儘管天候惡劣，他卻沒移動位置，除了有時會到車上坐幾分鐘。

「你在吃午餐嗎？」她大聲問，然後看看手錶。整整十分鐘後，他回到樹後的位置，所以，看起來她是對的。

你是誰？她納悶。當他拿出手機對著房子，西絲麗嚇了一跳，立即從窗戶倒退，站著一會兒思索片刻。有誰知道了什麼，不然怎麼解釋眼前的監視？她員工的朋友圈裡沒有這樣的男人——這類可以描述為要死不活的男人。她非常確定，因為她有帕克企業每個雇員的檔案，裡面包含在這類情況中會很有用處的個人資料：病歷、健康紀錄、在被僱用前的簡歷和其他背景資料、底波

拉訓練期間的進展報告、家庭關係、經濟情況、所有家人和親密朋友的照片、嗜好、包括優缺點的心理側寫等等。

但在這些資料中，她都沒看過眼前這名消瘦、過於慘白的男人。所以是誰派他在此監視？她打電話給亞當，他幾乎馬上接起電話。

「我立刻傳一張男人的照片給你，看看你認不認得他。他在監視我家。」幾分鐘後他回撥。

「不，我不認得他。妳要我試試看人臉辨識嗎？我可以用 VPN，弄得好像我在美國。」

「不用那麼麻煩，那時鳥兒可能已經飛走了。馬上過來這裡。」

兩人從後面接近，亞當抓住他手臂，另一手擒住他後頸，強迫他的頭向前傾。那傢伙慘叫一聲。

「你在做什麼？」西絲麗走到他跟前，他呻吟，「放開我。」

「這才是我要問的，」西絲麗說，「你在監視我的房子，為什麼？你是誰？」

西絲麗對亞當點點頭，他稍微鬆開手。

「我才沒有在監視妳的房子。我女朋友住在隔壁，她可能劈腿了，放開我。」

她又點點頭，亞當完全鬆開手。

「眞的！她叫什麼名字？」

他猶豫太久了。「那跟妳有什麼關係？妳又是誰？」

西絲麗走近他。她曾在哪見過這個男人？

「你身上有可以給我看的證件嗎？」她問。

他輕蔑地微笑。「Over my dead body，妳沒有那個權力！」

「跨過你的屍體？可以安排。亞當，可以勞煩你嗎？」

那個臉色慘白的男人後頸被重擊一下，大吃一驚。他的藍眸徒勞地想專心看著西絲麗，此刻轉變成灰色。

「你在做什麼？」亞當在他的外套內口袋翻找，他結結巴巴地說。

「這裡什麼也沒。」亞當邊說邊對他展開搜身。

「現在就直接告訴我你是誰，可以少受更多苦。」

他似乎很困惑，低下頭拒絕回答，但隱藏不住怕再被打一次的恐懼。

「你如果不肯幫忙，事情可能變得很麻煩。你看，我不准任何人監視我，還對我隱藏原因和身分。給你選，你想被打第二次嗎？」

他搖搖頭。「我不知道妳為什麼覺得我在監視妳，我只是——」

亞當又揍他一次，這次更用力。

亞當將失去意識的男人放在西絲麗臥室的床上，再用纜線將男人的手腕和他背後的皮帶綁在一起。

兩人在置物箱裡找到男人的行車執照，也在駕駛座下找到皮夾，裡面的證件引發意想不到的擔憂。

「該死，西絲麗！他是警察。」亞當拿著證件進門，「我們不能讓他待在這裡，得想個辦法解決掉他。」

西絲麗研究他的證件。「高登．泰勒，警察助理暨律師。」

她在 iPhone 裡 google 他的名字，結果發現她的憂慮成真。在幾張照片裡，他就站在他老闆卡爾．莫爾克旁邊。接著她發現幾張懸案組的小組團體照：總共只有四個人。她曾讀到這個小組的效率和他們破過的不少舊案。她非常擔憂。

她列印出幾張照片，放在桌上。

「我有不好的預感。」亞當說，「卡爾．莫爾克認為就是妳綁架莫利茲．凡．比爾貝克。妳有察覺到對吧？我真的覺得他們追蹤到我們全體三個人，而現在危險已經迫在眉睫，比以前都嚴重。我們難道還不該就乾脆殺了莫利茲和這個傢伙，然後維持低調好一段時間？」

西絲麗的眼睛瞇起。「就我記憶所及，我才在不久前，讓你和底波拉清楚知道，我從不改變我的計畫。至於高登．泰勒，讓我看看我能不能扭轉局勢，讓他的出現變成優勢。長遠來看，我們想對他怎樣就怎樣，但莫利茲必須等到聖誕節隔天，也就是毛澤東的生日，聽懂了嗎？」

「等卡爾．莫爾克發現這傢伙沒回去報到，妳覺得他會怎麼做？如果這傢伙就這樣消失，莫爾克會闖進這房子。我想妳應該不想要這種結果，對吧？」

「讓他來，那傢伙明早就會離開這裡。」

「去哪？」

「在接下來幾天，我們可以把他和比爾貝克關在一起，不是嗎？」

亞當看起來更狐疑了。

西絲麗給警察助理注射一針，確保他在未來幾小時不會清醒。一切順利進行，尤其現在亞當回家了——他又抱怨又反對，不滿他的意見完全不被採納。

西絲麗再也不想忍受底波拉和亞當更多的不滿了，她現在可以看見結束他們關係的優點。她即將在新年啟動的新安排，將由更高素質的新門徒領導，她們的資質可比底波拉這位老兵在過去幾年招募的成員還要優秀。事實上她不再需要任何新血了，她發現自己的組織裡至少有四十位適合的候選人，能在未來二十年內被派出完成任務。她的計畫就是那麼長遠。所以，一旦莫利茲遭到處決，亞當和底波拉也就毫無用處，沒有活下去的價值了。

她坐到位子上。

處決莫利茲的所有準備都已就位。在這個最後階段，實際處決的工具已經備妥，唯一要做的事就是構思判決和其背後的正當理由。宣告最後判決是她二〇一六年後開始的慣例，當時輪到佛朗哥．史文森被處決，但就在她要給他致命的一針前，她卻什麼也說不出來。他恐懼的目光哀求著她。在他悲慘的時刻裡，他的眼淚噴發，毀掉原本精心排練、判決宣告的莊嚴氣氛。

等輪到伯格．凡．布蘭登史普該被處決時，她決定先坐下來寫出她想講的話，讓她宣告判決後的每件事都順利進行。現在他們要處決莫利茲，她也要確保一切像以前那樣進行順利，文明冷靜。西絲麗露出微笑，她對凡．比爾貝克的不屑使她文思泉湧。

接近午夜時分，一道光線照亮書櫃。西絲麗從桌後起身，剛好瞥見一輛計程車轉過她住家的街角。她看向馬路，直盯著還停在那裡的大眾灰色Golf；他們得解決掉它。當她正在盤算著明天可以解決這件事，另一個身影走到車子旁邊。這個人似乎也抬頭望著她的房子。

那身影暫時移出黑影，短暫在街燈的光暈下停留，四處察看。是名年輕女子，從她的身體語言判斷，她似乎困惑不已。因為她預期會碰上高登·泰勒嗎？

西絲麗拿出夜視鏡，在那女人躲回黑影裡面前，捕捉到她的臉。

只須迅速一瞥懸案組的團體照，西絲麗就認出那女人是其中一員。

懸案組在逼近她，無庸置疑。

西絲麗在翌晨六點起床，確認那個女人仍在監視位置。可惜啊，沒有東西可以讓妳回報。她想。可能很快就會有另一個人來接班。

接班在八點整發生。如她所料，那四個人當中的第三個人出現，是一個皮膚黝黑、肩膀寬闊、個子矮小的男人。她馬上認出那是阿菲茲·阿薩德，他正站在Golf後面和女人交談。他們可能在討論高登·泰勒的下落，他可能該在這之後換班。

西絲麗微笑。她在晚上檢查了好幾次那個失去意識的男人。他躺在那像是隻擱淺的海豚，完全看不出半點生命跡象，除了一直傳來的古怪微弱呼吸聲。

他們在Golf那裡的下一場換班可能會在今天下午四點，那時阿薩德會結束監視。等他們發現高登．泰勒沒出現，就會發現事情不對勁了。

西絲麗的房子和車庫間有直接通道。儘管如此，要從她臥室到車庫門，還是得穿越四個客廳、一道走廊、廚房和儲物間。想扛著一個失去意識的男人走完，幾乎不可能——儘管他瘦得像皮包骨。

所以她用力推他一把，讓他滾下去，「砰」一聲撞上她特別鋪在地板上的厚重毯子。他一邊肩膀著地，嘆息一聲，依然沒有意識。

西絲麗將波斯地毯拉到旁邊一點，將男人拖過幾個房間，斗大汗珠開始從腋下流出。等她抵達車庫已經疲憊萬分，只好用力將毯子拉過五道水泥階梯，讓他通往下方的車庫門。她聽到男人的頭部撞到水泥階梯的邊緣，但她還能怎麼辦？

十點整，那個懸案組男人的移動範圍逐漸逼近房子，她必須採取行動。她想，現在是我的機會。於是她衝出房子直奔車庫，打開車庫門，腳踩油門迅速駛過那個男人。只見他彎著腰，狂亂地在 Golf 的左前胎上找著什麼。

她不必開多遠。

但他們不可能知道這點。

第五十四章　卡爾

二〇二〇年十二月二十三日星期三

那名退休的救護人員，馬汀，擁有三個姓氏以及一整棟房子的小孩。阿爾貝特斯隆其中一棟排屋前，敞開的廚房門外至少停了六台有在使用的孩童腳踏車。震耳的吵鬧聲從裡面流洩而出，所以當卡爾按前門門鈴時，裡面沒有反應。鈴聲被吵雜聲淹沒了。

卡爾只好反其道而行，直接走進屋內，像名不速之客站在客廳中央，手裡拿著禮物，手臂朝八個大大小小的人伸去。他們突然停下自己的活動，手裡還拿著聖誕裝飾，一臉困惑地瞪著他。

「抱歉就這樣闖進來，」他說，「我來幫托本·克勞森送禮物給一位叫馬汀的人，是你們其中之一嗎？」

唯一符合條件的人是一位六十出頭的男人。他從梯子上下來，聖誕星星還掛得歪歪的。

「是我，」他非常震驚地瞪著卡爾，因為卡爾沒有戴口罩。「你可以把它放在那邊的桌上。我想我們不該靠近彼此。」

卡爾的手按按嘴巴。「抱歉，太容易忘記了。」說完，他摸出他幾個月以來一直放在口袋裡的藍色口罩。「你有時間嗎，馬汀？」他拿出已經失效的警徽好讓每個人都看到。效果卓越，年紀較大的孩子爭著要湊近看更清楚一點，而成年人的目光則瞪著主人，好似他已經遭到逮捕。

「我知道我們看起來聚集了太多人，但我們真的都住在同一個屋簷下，那表示我們沒有違法，對吧？」

卡爾在口罩底下微笑，希望那男人感覺得到。

「放輕鬆，我不是來管聚會規定的，我是來談莉茲貝絲．帕克的。托本．克勞森剛告訴我，你是在雷擊後第一個趕到現場的人。不知道你有辦法空出幾分鐘的時間嗎？針對那個事件我有些問題想請教。」

「在當救護車駕駛和救護人員的那些年裡，我經歷過很多事情，但一九八二年的那天很特殊。你想想，六具屍體冒著煙，聞起來就像烤豬，而他們前一刻還像你我一樣活蹦亂跳。只有一位倖存。」

「莉茲貝絲．帕克？」

他點點頭，敘述意外的細節。

「你的意思是，其他人死了，她很開心？」以她的案例來說，實在不會有什麼事再讓他吃驚，但他很好奇。

「是的，她是那麼說的。她的原話是：『如果我活過了這場災難，那在上帝的幫助下，我就能通過任何試煉。』」

卡爾不禁點頭。自那之後，她確實就在測試那個假設。但卡爾可以阻止她，希望如此。

「托本．克勞森告訴我，你在寫回憶錄，而那場意外，特別是莉茲貝絲．帕克的命運，一直在你心中揮之不去。你發現了她什麼？可以告訴我嗎？」

結實的男人露出俏皮的微笑。「只要你不會偷我的故事出版就好。」

「保證不會。雷擊過後，那女孩發生了什麼事？」

「我直接載她去哥本哈根大學醫院，只有幾分鐘車程。她被送進創傷中心，然後轉到神經科病房。她在那住了幾天，之後轉到格洛斯楚普的郡立醫院做進一步治療。最後她住進他們的精神科中心。精神科醫生不肯告訴我太多內情，但我設法從他們那探聽到，她是自願住院的。在經歷某些強烈和非理性的精神病發作後，住了快兩年。她的大腦顯然受到雷擊的嚴重影響。」

「那是像電痙攣治療嗎？」

「不，差遠了。閃電能同時產生伽瑪線和X光，釋放出幾億瓦特、幾乎一萬安培的電流。電痙攣治療遠遠比不上。」

「那電痙攣治療會給身體帶來什麼？」

「完全不同的東西，通常是四百六十瓦特和零點八安培的直流電。」

「好。但為什麼那時雷擊沒殺死她？」

馬汀聳聳肩。「她一定是站在離雷擊剛剛好的距離之外。和電痙攣治療相反——治療只會持續十五秒到一分鐘——就我所知，閃電的放電僅僅持續四分之一秒。如果放電時間像電痙攣治療那麼長，她可能會被烤成煤渣。」

「你最近有和莉茲貝絲・帕克談過話嗎？我想你知道，她這些年叫自己西絲麗・帕克，是個成功的商業女強人？」

「是的，我知道她很多事，但沒和她直接談過話。我試圖和她約訪談幾次，但都被她公司裡和我說話的人直接拒絕。眞可惜，因為那故事眞的非常有趣，尤其考量到她選擇的人生道路。」

你要是知道的話，絕對會大吃一驚，馬汀。卡爾想。

卡爾打電話給格洛斯楚普精神科中心約面談，對方告訴他，此地從一九八二年後就改變了很多。在莉茲貝絲．帕克住院時期，它叫作哥本哈根郡立諾凡醫院，但後來不但醫院名字改了，精神科的原則和管理結構也起了巨大變動。

「如果你對在此住院的病人有疑問，你必須照標準程序走，才能拿到病患的病歷。」祕書說。他努力說明此番偵訊的重要性，說他正在調查一個案子，如果不能盡快得到一點幫助，結果會很嚴重等。但他發覺不管他多強調，這些話都沒有用。

「現在是聖誕假期，我們人手短缺，很多人因為新冠肺炎被送回家，但你有機會在一月得到回覆。」

卡爾很想爆氣，但提不起力氣。那也不會造成任何差別。

「你可以告訴我，一九八二年在你們醫院工作的任何醫生的名字嗎？拜託。」他苦苦哀求。

「你要自己在網路上查。」對方回覆。

眞多謝。卡爾想。

他在加油站停車，買了一副兩百度的老花眼鏡、剛出爐的法國麵包和十罐無酒精的嘉士伯北歐啤酒，接著開始用蘿拉的小手機螢幕上網。

我實在該買兩百五十度的眼鏡。他瞇著眼睛想。想追蹤退休精神科醫生的下落並不容易。他在許多精神科醫生的博士論文裡面附的參考資料中，找到幾位八〇年代在諾凡醫院任職的醫生，但那些仍在世的人裡面，沒有人提供電話號碼。

他想想還是叫蘿思來找比較有效率；高登可能會做得更好，於是他打了那個臨時電話號碼。他等到電話轉入語音信箱，再試一次還是沒人接聽。

高登不是那種會早早離開值班，然後直接回家睡覺的人。

卡爾嘆口氣，再次瞇眼盯著螢幕。那段期間在諾凡醫院工作的醫生中，只有少數待了很久。但醫生就是這麼回事，他們會升遷，會轉換領域，會因為有人提供更優渥的績效獎金而換工作。絕對不像警方。

卡爾轉而搜尋精神科護士。半小時後，他找到一名叫凱倫．喬亨森的人，她曾在諾凡醫院擔任病房護理長許多年，而感謝老天，工作時間就在他要找的時期。在她屆臨退休年齡後，又做了五年的中介護士之後才退休。電話那頭的她，聽起來不介意讓無聊的生活來點樂趣。

「莉茲貝絲．帕克！」聽起來她似乎深吸了一口氣。

「如果有哪名病人我記得特別清楚，那非她莫屬。但你要知道，就像醫生，我受限於醫病保密原則，只能在她同意的情況下談論她的疾病和治療。」

卡爾知道，任何人都不可能拿到西絲麗簽署的討論自身心理健康同意書。

「我當然了解。也許妳可以介紹給我她的醫生？這畢竟是警方事務，或許我能得到一點幫助？」

「這樣，我必須承認你現在讓我好奇心大起了。如果你能拿到她的病歷，再和我聯絡吧。」

「聽起來妳一直在關心她後來的發展。」

「我當然知道她後來怎麼了。這些年來，我在電視上看到她幾次，她的成功令人印象深刻。不過，她眞的**很**特別。」

卡爾注意到她強調「很」這個字眼時，是在邀請他挑戰她的看法。

「所以妳對她很憂慮，凱倫？」

這段靜默長到足以讓他燃起希望，她可能會掉進他的陷阱。

「我不能提她在諾凡的住院情況，但如果眞要我說實話，在精神科病房工作的人，沒有人眞正了解她。我們知道她經歷過很多事情，但雷擊對她造成的傷害比我們原先以為的還多。不過這事你得問別人。」

卡爾放棄。她太專業了，無法操控。

「妳能給我個醫生名字嗎？這樣我也許可以試試看拿到她的病歷。」

「我可以給你幾個名字，但我只有跟其中一位保持聯絡，他也是最能幫上你忙的人。他的名字是索雷夫·彼得森，是病房的顧問精神科醫師。後來他開了自己的診所，然後在大學斷斷續續地教授司法精神醫學。」

卡爾發現醫生的地址靠近莫利茲在加默荷特的家，於是他決定前去拜訪。

我眞該做醫生的。想到自己在羅稜霍特公園的家，對比眼前這棟由石灰覆蓋的農舍時，他想。農舍有三個側翼建築，直接通往農場和結凍的牧場。

「我丈夫和冰島小馬在外面，農場之間的右邊第三條小路。你要大聲叫，他年紀大了，有點重聽。」他白髮蒼蒼的妻子解釋。老婦瘦得可以輕鬆塞入小號服裝，不像卡爾母親，她沒那麼多錢能吃上健康飲食。

卡爾在爛泥裡跋涉，他低頭看看鞋子。他必須承認，連日的降雨對土壤有好處，但對他的鞋子沒有。他的鞋子很快就滿是爛泥，提醒他丹麥該死的能有多冷。

「哈囉！」他看見一顆頭出現在一群等著被餵點心的小馬後面，他走到適當的距離後大叫。那男人的眉毛非常濃密，當他從小馬後面走出來，你幾乎無法注意到其他特徵。他的雙腿站得開開的，橡膠靴高得不得了，看著卡爾的神情彷彿卡爾是他的病人。

卡爾不斷提高聲量來自我介紹，亮出警徽，對方露出欣然接受的微笑。這男人顯然曾和警方有過許多良好的交手。

卡爾告訴他是誰給他地址，他又給他了一個微笑，顯示他高度尊敬凱倫．喬亨森。但當卡爾提到莉茲貝絲．帕克，他的微笑轉瞬消失。

「她怎樣了？」他問，口氣突然變得充滿敵意。他跪下來舉起小馬的後腿。「就我的判斷，這大概是蹄葉炎。你知道那是什麼嗎？」

卡爾點點頭，只要是在鄉村長大的人都知道。「我很遺憾，不然牠看起來真健康。」

那男人站起來撫摸小馬的口鼻。「牠很乖，但我想獸醫明天必須過來給牠安樂死。那會是悲傷的一天。」他拍拍小馬的胸部，領著牠到小路另一側的農場。

「其他馬怎麼樣？牠們也有蹄葉炎嗎？」

「希望沒有。如果牠們有，該怪我。」

「牠們吃飼料還是放養吃草?」卡爾問。

醫生皺起眉頭，但眼神多了一絲尊敬。

「我是在鄉村長大的。」卡爾回答。

「我能在屋內請你喝杯酒嗎?今天很冷。」他看看卡爾滿是爛泥的鞋子，面帶微笑。

「我不能自由討論病人或她的治療，除非我對她的資訊保密的同時，有生命正遭受威脅。」

卡爾聞聞索雷夫．彼得森倒的威士忌。後來證實，這場對話很有收穫。他詳細解釋懸案組串連起來的線索，以及被綁架的莫利茲．凡．比爾貝克目前的處境。

索雷夫．彼得森慢慢退下他的專業面具。

「喔，那讓我背脊一陣發涼。」他說，「我必須承認，她是我經手過最複雜的案例。我們沒有在放她出院前『中和』她，實在太可怕了。」

「『中和』?」卡爾不想問那字眼的確切意思。「談談她的事吧。在你看來，她怎麼會變成現在這個樣子?她的弱點是什麼?我們只剩三天來阻止另一場謀殺。」

「你說什麼?」他的一隻手舉在耳後。

「我們只剩三天來阻止另一場謀殺。」

「我們不能請法官開出逮捕令嗎?」

「我們對她的所有罪行，都是建立在假設和猜測上。我確定我們是對的，但我們手中的證據還不足以逮捕她。」

「你問我她是誰，我可以告訴你，她是從格洛斯楚普郡立醫院轉來我們這的；在那之前，她住在哥本哈根大學醫院的神經科病房。大學醫院試圖確定她在雷擊後，神經系統和大腦的受損程度，但他們沒有多大進展。掃描顯示，組織最敏感的某些區域受到影響，但這類衝擊造成的神經系統和神經心理後遺症，不會馬上顯現出來。所以我們不知道，她的認知和情緒狀態是否是那場意外的結果，但毫無疑問，她是個很特殊的案例。當她轉到格洛斯楚普的燒燙傷中心時，他們發現她體內有個死胎。」

卡爾努力將所有新資訊擺進大拼圖裡。

「我在想，她可能早就發瘋了。」卡爾建議，醫生點點頭。

「想當然，他們取出死胎時，她很難過。她說是上帝懲罰了她跟她的小孩，因為她和讓她懷孕的魔鬼糾纏不清。她說，他為了班上的另一個女生背叛她，她希望他和那個團體裡的其他人死得淒慘。她一直說，雷擊就是答案。她後來越來越怪那個背叛她的男人害死她的小孩。」

「你覺得她想要那個小孩嗎？」

「她甚至不知道自己懷孕了。但她的受傷程度遠比失去小孩嚴重，因為她的子宮發炎，損傷過重，沒辦法保留。她永遠都不可能有小孩，那就是她轉來我們醫院時的情況。她憤怒得不可置信，一心只想復仇，不斷重複講著邪惡、上帝、復仇。我被叫去醫院幫忙，因為我的同事擔心她對周遭的人會是個危險。她真的對一些同科病人很嚴苛，據說有一位還因為她自殺。所以就某方面來說，我同事是對的。」

「但當時，她沒有犯下任何可以被歸類為刑事罪行的案子，有嗎？」

醫生嘆口氣，又為兩人各倒了一杯威士忌。他仰頭喝下，舔舔嘴唇，好像在尋找答案。

「西絲麗．帕克不是在違反自己的意志下入院的，沒人要求她這麼做。她是自願住院。我認為她自願在我們那裡住院一年半，是她想要好轉的徵兆，她可能希望自己在公私領域都能正常運作。」

「但後來她自行申請出院？」

他點點頭。「你說她殺了多少人？」

「預謀謀殺的？」

他點點頭。

「至少二十二人，可能還更多。還不包括她行動的間接受害者。」

索雷夫．彼得森將臉埋在手裡。「眞可怕。太可怕了，我們應該阻止她的。我們應該看到徵兆，但我們怎麼會知道？」

「西絲麗．帕克可能和你認識的莉茲貝絲．帕克很不一樣。她顯然發展了一些自我層面，只透過特別的儀式來運作，不然這個莫利茲．凡．比爾貝克可能早就死了。我們掌握的事實是，她的謀殺只能發生在獨裁者的生日；然後每個犯罪現場都有鹽，顯然在模仿上帝在所多瑪和蛾摩拉的審判。這整個僞宗教元素和手法都有高度的儀式性。她是不是也可能有強迫性精神官能症？我的意思是，她做的事都指向她有強迫性想法和行動。」

醫生在椅子上挺起身子，臉色慘白如紙。「我們在會議裡對這件事討論了很多次，她也有思覺失調症的症狀，但她每次都會讓我們相信她很正常，我們反而更專注在意外和死胎對她的衝擊。但我們後來相信，她的主要問題是憂鬱症。現在你提起來，我才確定她一定有強迫性精神官能症——現在應該還有。基於你剛告訴我的資訊，我現在會診斷她同時有思覺失調症和強迫性精神官能症，還加上許多精神障礙。那女人精神問題很嚴重。但所有這些，加上她的強迫性想法，都被她拿來當作正當理由，嚴懲崩壞的道德倫理。這些混合起來，都變成致命行徑。」

卡爾點點頭。「就你現在對她的了解，你想她最大的弱點是什麼？」

醫生的眼神茫然地瞪著遠方良久。他又喝了一杯威士忌，表情仍舊迷惘。

「你想她有為這些病吃藥嗎？」卡爾問。

索雷夫．彼得森似乎突然從恍惚中醒轉。他看起來仍在苦惱，但至少回神了。「就你剛才告訴我的細節判斷，我幾乎可以確定她沒在服用任何藥物。沒有跡象顯示她行動的暴力本質和程度有任何趨緩。她可能有時會服用鎮定劑——畢竟，每樁謀殺案都隔了兩年——但在犯下謀殺案前絕對沒吃。如果我對你的話了解正確，這就是我們現在的結論。」

他傾身向卡爾。「你提到無意間有小孩被殺害。那點，加上她送給受害者母親的花束和金錢，還有她自己曾失去小孩而且永遠無法再懷孕，這些就是她的致命弱點。相信我，如果你想要對她動之以情，那是你的最佳賭注。用這點來打倒她。」

卡爾點點頭。這時他的手機響起，他沒認出電話號碼，但本能覺得他應該認得。

「哈囉，我是卡爾．莫爾克。」他說。

「高登昨晚沒有回家，」蘿思的口氣似乎很驚慌，「他在值班時失蹤了。阿薩德告訴我，西絲麗今早從她家疾駛離開。高登落入她手裡了，卡爾，我就是知道。」

第五十五章　高登

二〇二〇年十二月二十四日星期四聖誕夜

高登的身軀一點一滴地甦醒過來。首先，後腦杓傳來像被捶打般的劇痛，隨後是他的腳踝和手腕好像被綁得死緊，雙手雙腳都麻木了。接著他感到噁心想吐，身軀尖叫著想要水分和比較舒適的姿勢。

他張開眼睛時，很清楚自己的情況毫無希望，但高登並不恐懼，他反而憤怒異常，對自己的大意和遭到突襲感到生氣。在他感覺到背後有東西在移動時，他就該直接狂奔。他跑得很快，百米只需要十四秒，他到底為什麼沒有馬上逃跑？

現在他抬頭往前看，只見光禿禿的牆壁和房間遠處有一部電梯，電梯旁有一張桌子。就他目光所及，那是座很寬敞的電梯，或許是貨梯。他仰起頭，注意到天花板有兩條軌道延伸到遠處的牆壁那邊。這房間看起來是用作工業用途，他可以清楚想像卡車在四到五公尺高的金屬擱架間行駛，從擱架上取下棧板，隨後開到另一邊牆壁，在電梯卸貨。

有條纜繩將他的雙腳固定在椅腿，同時將手臂固定在椅背。他試圖掙脫纜繩，但繩子緊到手腳一移動都會帶來痛楚。

緊接著他聽到身後傳來一個聲音，像是某人在嘆息，或嘗試發出非常微弱的母音。他試圖轉身，但背部就像木板一樣僵硬。

「有人在那嗎？」他問，又聽到相同的嘆息聲。

「該死！」他嘗試扭曲身體時驚呼。右邊身體的每道震動都感覺像有刀刺入背部。

他出了什麼事？

他前後搖晃，每次都為右邊帶來更大的震動。

「我可以聽到你在我背後。是妳嗎，西絲麗・帕克？」

沒有回答。最後他總算扭動自己朝最右邊看，勉強看到一個身體癱在椅子上。那椅子像他的一樣固定在地板上。那看起來很古怪，但那個可憐人似乎被兩道鐵鍊固定在原地，鐵鍊似乎從他背部竄出，直直往上連到天花板。

「莫利茲・凡・比爾貝克？」他試探性地問。他確定那絕對是個男人——從長長的鬍子、鬆垮內褲前方的尿漬來判斷，絕對無誤。那個被盔甲護身的男人，沒有散發他預期會看到的意氣風發或精神奕奕。他看起來像個枯瘦憔悴的囚犯，表情絕望，皮膚慘白乾燥，每一根落在額頭的瀏海都油膩膩的。他的嘴唇龜裂，手腳慘白，胸部異樣地毫無起伏。他手上的勞力士秒針已經停止，顯示它已經停在那很久了。那手錶得手動上發條。

但他還活著。

幾小時後，高登把自己尿濕了。

他盡力憋了好久，幾乎要沮喪地尖叫，但沒人聽得到又有何用？

自高中以來，他就以憋尿超久為傲。當他勝利，他能連續尿上幾分鐘才把膀胱清空，這讓他朋友印象深刻，娛樂感十足。

我一定是在這裡待了很久，因爲我再也憋不住了。

他看著地上的尿池慢慢流往另一邊的牆壁。

他被攻擊的時候，時間已經很接近十二月二十二日大夜班的換班時間。正常情況下，他至少可以憋尿一天，所以他推論自己一定已經失去意識超過二十四小時。他無望地坐在這裡，現在可能是聖誕夜，除非他們曾給他注射會妨礙他身體自主功能的藥物。多可怕和悲慘的假期。

他轉身朝向莫利茲，那男人在最近幾小時內絲毫未動。根據懸案組的推算，他只有兩天可活。眞是個可怕的想法——但那高登會如何？他也注定要分享莫利茲的命運嗎？

察覺到這個可能性，高登開始痛哭。情緒來得突然又始料未及，令人尷尬。他知道他為何哭——他當然怕死，而他的人生只體驗到愛情所帶來的失望，使他更加難過。他不曾有過任何機會向某位女人表白，讓他完全屬於她，就像他也未曾碰到女人對他宣示無盡的愛。兩個人互相選擇彼此作為人生伴侶，不怕遭到背叛。

高登曾陷入愛河多次，卻總是站在邊緣，沒有採取行動。現在他已經三十二歲了，年紀太大顯然不容易找到女友。當他看著鏡中的倒影，他可以理解為什麼。他有多常去日光浴沙龍，卻發現自己就是曬不黑？他有多常站在相同的鏡子前拿著啞鈴全身冒汗，卻發覺自己永遠練不出一身肌肉？有人說高登．泰勒長得不錯，但沒有不錯到讓某人瘋狂愛上他。

現在他可能永遠體會不到那種感覺了。

「莫利茲？」他盡可能地放聲大叫。他不想單獨在這個被遺棄的地方，要是莫利茲能醒來就好了。但莫利茲幾乎沒動。

遠處的牆壁傳來電梯的低沉嗡嗡聲。他豎起耳朵，可以在嗡嗡聲上聽到每次停在新樓層又再度啟動後的「喀答」聲。

在電梯抵達他們的樓層時，高登數它停了五次。這表示他們在地下五樓，還是電梯是從更高的樓層下來的？他能判斷它什麼時候會再上去嗎？

電梯門打開。

他立刻認出那位纖細的女人，西絲麗．帕克，並看見一位巨人在她身後。巨人幾乎比她高二十公分，而她可不矮。他的臉扭曲，眼睛斜視。顯然是天生缺陷。高登想。這就是那個在黑暗中把他敲昏的男人嗎？他靠得越近，高登就越確定是他。就是他。

「看到你醒來了，高登．泰勒，真是令人愉快的驚喜。」西絲麗．帕克說，小心避開尿池。她一路走到他面前，注意到他長褲上的暗漬時，幸災樂禍地微笑。

「我保證你會習慣的。」她嘲諷，「你有機會和你這裡的朋友打招呼嗎？他看到你開不開心？你終於找到他了，開心嗎？你這麼絕望地在找他。我們把你的椅子釘在地上，所以如果你想看看他，就要努力一點。」

高登怒目而視，考慮要不要對她吐口水，但在巨人走了幾步靠近他後放棄。

「你要再揍我嗎？」他問，「你他媽的不會打沒有防禦能力的人。甚至連**妳**都不會那麼做吧，西絲麗．帕克？」

她對他的譏諷沒有反應。「從昨天早上把你帶來這裡後，我們有時間查你的底。你在懸案組待了將近十年，考量到你還在那工作，我想你應該讓卡爾．莫爾克覺得薪水花得很值得。你是成績優異的法律系畢業生，卻選擇成為警方調查人員。如果你問我，我會說這是個不尋常的職業道路選擇，但這讓我知道你在工作上奉獻很多。我尊重那點，所以我決定給你個機會，一路看到莫利茲．凡．比爾貝克的結局。」

或許她期待高登對此有所反應，但他才不要讓這個賤女人知道他對她或她的病態想法有什麼看法。

「我們會在後天中午殺他。等他死後，我們會把他從這裡搬走，把你單獨留在這，讓你期待你的懸案組同事會找到你。我覺得很不可能，但我們可以瞧瞧。我可不想剝奪你的希望。」

她對巨人點點頭，男人從遠處的牆壁那抓住一個點滴架，吊上一袋點滴。

「就給他他能夠吸收的，亞當。」她冷冰冰地說。所以，巨人叫作亞當，可能就是幫她溺斃皮雅．勞格森的人。阿薩德的推論毫無疑問是正確的，因為這個男人很輕易就能把強壯的女人按進游泳池，想按多久就按多久。

亞當將點滴的針扎入比爾貝克的手背，接著等待。幾分鐘後，他的呼吸開始變得更深沉，接著亞當開始打他巴掌，叫他醒來。亞當越打越重，直到他最後終於醒轉。

第五十六章　卡爾

二〇二〇年十二月二十四日星期四聖誕夜、十二月二十五日星期五聖誕節

懸案組在莫利茲·凡·比爾貝克家成立臨時辦公室，今年聖誕夜的過節氣氛不會太愉快。他們全都聯絡不上高登，因而憂心忡忡。蘿思仍處在震驚中，不斷責怪自己。當她去和高登換班時，發現他不在那，為什麼沒有立即警覺心大起？如果她有，他們或許能及時得到西絲麗·帕克住家的搜索令，甚至可以在那找到她，終結整個令人遺憾的故事。運氣好的話，他們也可以從她口中逼問出她將莫利茲關在哪裡。警方一定會有人伸出援手，畢竟自家人在執行任務時都被綁架了。

卡爾感覺得到，蘿思看他時，眼神裡有一絲責備。但如果他們打草驚蛇，絕對會為他們全體招致無數難題，也幫不上高登任何一點忙。卡爾反而會遭到逮捕，其他人也得面對嚴重後果，甚至丟掉飯碗。

那真是個可怕的兩難處境。

「我要闖進她的房子，」阿薩德說，「這次沒人能阻止我。」

「我不認為那會幫到高登，西絲麗會發現。如果不找到莫利茲被關的確切地址，或查出高登出了什麼事，闖入她家也沒意義，不是嗎？」

阿薩德看起來沮喪不已，他顯然精疲力竭了。他們都是。

「你們倆都聯絡過家人，祝他們聖誕快樂了嗎？」卡爾問，他倆疲憊地微笑。自從他們躲起來後，他自己再也沒和夢娜聯絡。她禁止兩人聯絡，但他很想投降。

「我打電話給高登的雙親。」蘿思說，「高登通常會在聖誕節前跟他們聯絡聊天，所以他沒和他們聯絡，他們一定覺得奇怪。他們是那種會在去跟警方報案的人，所以我想我們最好防範於未然。我告訴他們，他現在正跟一個女人陷入熱戀，所以他雖然沒打電話，他們也不用擔心。」她發出深深的嘆息。「她母親顯然沒料到會聽到那種消息，她聽起來好快樂，幾乎快樂到令人尷尬的程度。我覺得自己很可恥，但我還能怎麼辦？」

樓下客廳傳來吼叫聲。莫利茲．凡．比爾貝克的兩個女兒自然有自己的挫折得應付。妹妹在哭，蘿拉對母親狂吼。還能期待什麼？這是一次沒有任何裝飾品的聖誕夜：沒有禮物、沒有親戚、沒有爸爸。總有人得承擔過錯。

「給我一些點子，」卡爾說，「我們得跳脫思考框架。你一直在找那個叫底波拉的人，阿薩德，有任何進展嗎？」

「我不認為那條線索有任何希望，卡爾。」

「我完全沒感覺了。高登顯然沒辦法跟我們聯絡，不然他早就做了。我就是沒辦法擺脫這個想法，」蘿思低聲說，「你覺得她已經殺他了嗎？」

最後一次看到蘿思泫然欲泣是何時？卡爾想不起來。

「不，我不覺得，那不是西絲麗．帕克的犯案手法，蘿思。她不隨機殺人，她都是有計畫的。而就我們對她心理狀態的了解，我們可以確定她不會違背她的個性和計畫。我們沒有發現高登的車附近有任何鹽，不是嗎？」

蘿思看起來想鬆口氣，但她沒被說服。「比爾貝克的車道在他被綁架時也沒有鹽。而有兩個案子是在屍體被挖出來時才發現有鹽。」她雙手摀住嘴巴，沉重地呼吸。她要開始恐慌了嗎？

他不該提到鹽的。蘿思是對的，那並不相關。「但聽好，如果西絲麗．帕克不主動洩漏高登的動態，我會很吃驚。她厚顏無恥又高傲無比。假如她就是綁架他的人，她會——」

「她就是。」蘿思不耐地打斷。

「如果是這樣，我希望她會給我們線索，告訴我們她想怎麼做。」

「我們的手機都關掉，她要怎麼聯絡我們？她甚至不知道我們在哪，卡爾。你不會是在期待有快遞送訊息過來吧？」阿薩德大大的眼睛盯著他。不幸的是，他是對的。

卡爾往後摸索著找外套，他把外套丟在沙發椅背上。

「我很快就會結束。」他邊說邊從口袋裡拿出手機。

「你要把手機打開？你瘋了嗎？」蘿思搖搖頭，「這地區基地台很多，他們九十秒內就會追蹤到你，卡爾。你可以確定他們早就準備好在等著。緝毒組在碰到嚴重案件時，總有無盡的資源。如果你想查什麼，為什麼不用比爾貝克的電腦？」

「我只想查查看有沒有來自她的訊息或電郵，只會花一分鐘。」

他打開手機，數著秒數，蘿思和阿薩德則在旁試圖解釋，警察總局一定讀過他的電郵，如果西絲麗有寄的話，早就會知道內容。

「你可以確定他們也會寄給你有間諜軟體的電郵，所以請不要看。」蘿思徒勞地說著，但卡爾就是**要**看看。

他花了寶貴的三十秒才啟動手機。儘管蘿思強烈抗議，他還是打開電子信箱，迎面而來的是無止境的電郵。馬庫斯．亞各布森、「緝毒犬」和他的小組、他雙親祝他聖誕快樂，還有至少十則親戚傳送的聖誕訊息，哈迪和莫頓也各寫了一封電郵，加上許多想賺一千萬克朗、相信自己的通風報信能讓警方找到關莫利茲之處的人。

卡爾開始冒汗。

「停下來，卡爾，**現在就停止！**」蘿思大叫，但卡爾沒停下來。

「我只是要查查訊息，只會花幾秒。」

但並非如此，太多人想聯絡上他。太多聖誕節訊息。有些人的口氣好像很擔心，那眞感人。

「**住手**，卡爾！」阿薩德伸手去抓手機，按了一個按鍵後將手機關閉。

「都要三分鐘了，卡爾，你瘋了嗎？你這個世代眞是蠢斃了，你明明能用這裡的電腦檢查電郵，卻非得從手機下載嗎？」蘿思說，「這下你建議我們今晚睡哪？我可以確定他們現在已經追蹤到你的位置了——說起來是我們全體。」

卡爾起身，默不吭聲走到樓下客廳。維多利亞正在那鼓起勇氣，提振聖誕精神。同時間，可憐的羅克珊衝來衝去掛著聖誕裝飾，房間太大，聖誕樹顯得毫無存在感。塑膠聖誕樹上掛著燈泡，早就矗立在巨大的波斯地毯上。倘若沒有新冠肺炎，家人可能會繞著聖誕樹跳舞。

「抱歉，維多利亞，我們有個麻煩。我們認為隨時會有很多輛警車開過來找我們。不幸的是，我們嚴重懷疑有些警察可能和妳丈夫遭綁架一事有牽扯。我們能做什麼，好確定他們找不到我們？」

她拉直襯衫好幾次後，才有辦法開口說話。「警方？」她驚呼，表情顯示她看了太多警匪劇。每個人都知道最好不要和腐敗的警察扯上關係，他們是最危險的人。她看起來一臉狐疑。

他說得太過火了嗎？

「沒必要害怕，他們不是要抓妳。」他安撫她。

「但為什麼警方要那樣對莫利茲？我不懂。」

「別擔心，我稍後會解釋。妳有地方可以讓我們躲起來，別人又找不到嗎？他們可能會帶著狗來。」

她嚇壞了。倘若他們帶狗來，她要怎麼騙得過他們？

蘿拉再次出手相救。她顯然在偷聽，而且不是很相信卡爾的解釋，但她綻放燦爛微笑，彷彿這是被毀的聖誕夜裡所能發生的最酷的事。

「後面有台全地形四輪摩托車，爸爸用它來賽車。你們騎那個的話，狗兒就沒辦法追蹤你們了。我們會說你們有過來問了幾個問題後就走了。」

卡爾控制全局。幾分鐘內，組員收好所有隨身物品準備逃離——他們剛好看見藍色警燈在遠方閃爍。

「這不是個以後回憶起來會開心的聖誕節。」卡爾邊說邊啟動四輪摩托車，蘿思和阿薩德使盡吃奶的力掛在後面，帶著他們所有的家當。

「但永生難忘，卡爾。」阿薩德試圖讓他開心起來。

幾分鐘後，一行人抵達防風林後的一個庇護所，卡爾毫不浪費時間，馬上從三星手機抽掉ＳＩＭ卡，滑起簡訊。其他兩人在旁看著。

「我想你該放棄簡訊，卡爾，」蘿思說，「她比較有可能寄電郵，因為建立電子郵件帳號最簡單又幾乎沒辦法追蹤。」

卡爾嘆息，未讀的電子郵件數量幾乎要把他淹沒。「我能不用SIM卡來讀嗎？」

蘿思點點頭，她很熟悉他手機的設定。

收件匣裡的電子郵件幾乎都沒有主旨，更糟糕的是，他老舊的電子郵件系統從來沒有更新過，因此從收件匣不可能知道郵件內容是什麼。眞讓人惱火，有些人從來不順手更新主旨，尤其是那些只想來抓他的人。不幸的是，他們占絕大多數。

「別浪費時間在那些電子郵件上了，卡爾。有些人只是太快下結論。」半小時後阿薩德說。他指指那條連貫到天際的藍色閃爍燈光，後來警車燈終於消失。

卡爾點點頭。如果遠離家園、在荒郊野外過聖誕節算沮喪的話，那他眞無法想像在新年自首會是什麼光景。

「停下來！」蘿思攫住卡爾的手腕，阻止他滑手機，「那個，試著打開那封，卡爾。」她指著其中一封郵件。

他看看主旨。「你詢問的答覆。」

卡爾打開，頁面上跳出兩張照片。

一剎那，那封郵件就像陰暗冷冽的冬天刺穿他們的心。阿薩德的嘴停止吐出白霧，蘿思把卡爾的手腕抓得更緊。卡爾將手機舉到眼前，試圖看清楚他到底在看什麼。

內文直截了當：

如果你還想你同事活著回去，就滾遠點！

他們全都緊盯著內文裡的照片。

「喔，老天，不！」蘿思驚呼。

第一張照片是從兩個男人身後拍攝，兩人都坐在金屬椅上。照片品質很好，所以他們不會認錯，其中一名的確是高登，他的雙手被纜線綁在椅子上。另一人顯然身子前傾，癱在椅子上，身體套著金屬盔甲，上有鐵鍊連到天花板。

第二張照片則是從前面拍攝兩個人。高登直瞪著攝影機，表情古怪，充滿仇恨和輕蔑。他疲憊的眼睛滿是血絲，但仍散發危險的光芒，這對欺負他的人而言不會是個好預兆。

「感謝老天！他沒有放棄。」蘿思鬆口氣說。

但卡爾並未像她一樣鬆口氣，因為不管高登有多不屈不撓，現在他不是自己命運的主人。如果卡爾和其他人遵照西絲麗的警告而不插手，莫利茲．凡．比爾貝克確定會在不到四十八小時內死亡。而倘若高登目擊了整個經過，她有什麼理由讓他活下去？

卡爾相信西絲麗不會允許他們阻攔，也相信莫利茲不會是她殺害的最後一個人。

卡爾仔細端詳照片。這兩張照片有可能能幫助他們嗎？他很懷疑，因為西絲麗沒出現在任何一張，因此他們依然沒有她是幕後主使的確鑿證據。因此儘管他們知道她要幹什麼，甚至就算她要殺害高登，也只有一件事能阻止她的瘋狂行為：她的死亡。卡爾相信她腦袋就是這樣運作的。

「這個爛斃的小螢幕沒辦法看到細節，卡爾。我們要回莫利茲的家，盡量放大照片。」

「妳真覺得這兩張照片裡會有細節幫到我們嗎，蘿思？我不覺得西絲麗·帕克有那麼笨。」

等到天黑後，一行人才坐上四輪摩托車慢慢駛回房子，盡可能小聲。

從花園窗戶可以看見聖誕樹的燈光仍在閃耀，地板上有一小堆包裝紙，那代表屋內至少曾進行某種聖誕慶祝。

「我聽到你們來了，」蘿拉從三樓的一扇窗戶低語，「你們可以進來。警察已經走很久了。」

她跑出去和他們會合，馬上告訴他們，警察在時發生了什麼事。

「媽媽一直在哭，說你們違反她的意志待在這，然後開著爸爸的四輪摩托車離開了。她的演技真好，我真是印象深刻。她一邊說一邊撒謊，要不是我知道她這個人，我一定會被騙。」她縱聲大笑，「現在我至少相信她曾是女演員了。」

「她那樣說的時候，警察做了什麼？」

「他們搜查整棟房子，在浴室裡發現染髮劑。所以他們可能在找紅髮的你——但我告訴他們，你已經把它洗掉了。」

卡爾點點頭。如果那方法可行，他會立刻這麼幹。

「整段時間狗狗都在追蹤你的味道，但牠們在離房子五十公尺左右就找不到了。那和媽媽的說法一致，所以他們相信她，要她保證如果你們回來，就要聯絡他們。」

「妳覺得她會報警嗎？」

「你告訴她警方也和爸的綁架案有牽扯後，就不會了。她去睡覺前才在說，如果警察膽敢回來，她要給他們好看。」蘿拉用力笑到哭出來，她顯然很想看看那一幕。

「警察是怎麼說我的？」卡爾問。

「他們說你是個危險人物，是毒品走私犯，牽涉到丹麥和外國的死亡案件。他們要在你做出更多傷害別人的事之前抓到你。」

卡爾沉重地吐氣。他們對這麼多狗屎指控有什麼證據？

大螢幕顯示出很多無法在卡爾手機上看到的細節。

比爾貝克被關的房間似乎最近才剛翻修。天花板的鋼鐵軌道閃閃發光，牆壁刷著白漆。水泥地板和遠處的牆壁都沒有刮痕或用過的痕跡。電梯門閃閃發光，是雙相不鏽鋼。

「也許建築物剛蓋好？」蘿思說。

「是的，或者它從沒被使用過。你們覺得那些天花板的軌道是做什麼用的？」

「很難說，但我不認為那是原始內部裝潢。」蘿思指指從軌道垂下的鐵鍊，「這是她極其邪惡的發明，我確定。被害者可以移動——但不能像他們想要的那般自由。看看軌道上的螺栓，代表囚犯只能往前移動幾步。那軌道可能可以從遠端控制貨物，從電梯運進房間。」她說。

「我不覺得，如果是這樣，那要有更多軌道。」阿薩德反駁。

他們花很多時間研究照片裡的每個細節：比爾貝克鬆垂的下巴、手背上的靜脈、虛弱的身軀、聽天由命的肩膀。他坐的椅子和高登的是同一款，工業鋼鐵製成，能抵禦任何事物。

「誰會用那種椅子？」卡爾問，「某種機械修理廠嗎？」

「看看椅腳，有小金屬盤焊接在上面，所以可以把它釘在地上。從鐵鏽判斷，金屬盤是原來就有的。」

「誰會需要椅子釘在地板上啊？」

「我想歐勒．度德的工廠可能需要。我打電話給他的工頭，問看看他認不認得椅子。」阿薩德說。

卡爾和蘿思繼續審視從後方拍攝囚犯的照片，阿薩德走到辦公室另一頭打室內電話。

「妳還看見什麼，蘿思？」卡爾問。

「那是個貨梯，我來放大那個區域。」她指指雙相不鏽鋼門，上面有個幾乎看不清楚的商標。卡爾瞇起眼，他現在願意用任何東西換一副老花眼鏡。

「它看起來不怎麼新，妳不覺得嗎？」

蘿思點點頭，換成從前方拍攝高登和莫利茲的照片。蘿思盡可能在細節不受影響的情況下放大照片。

「放大地板，然後往上移到另一邊牆壁，再沿著天花板回來，蘿思。」卡爾說。

蘿思開始放大地板。比爾貝克的椅子旁的鐵鍊除了顯示他常尿濕自己，以及靠近他的尿漬變得越來越黑外，其他沒有可以注意的地方。

「看得出來他的尿液變得越來越濃稠，」卡爾說，「他顯然嚴重脫水——也許到快死的地步。但我覺得西絲麗會讓他活著，即使奄奄一息，直到她計畫殺他的那天。」

蘿思放大後面那面牆壁，上頭完全沒有任何痕跡可以辨識。沒有插座，沒有老舊釘子或螺絲釘，沒有任何可以判斷房間年代的東西。沒有家具或裝飾。

「現在放大天花板。」卡爾說，「看得出來軌道沒有一路延伸到另一邊牆壁，所以妳的判斷可能是對的，軌道是後來加裝的，唯一的目的就是為了限制囚犯的活動範圍，絕對不是為了搬動貨物而裝設。」

「如果二〇一六年和二〇一八年的兩個謀殺案件，也就是佛朗哥・史文森和伯格・凡・布蘭登史普的謀殺案是在這裡犯下的——跟波波・梅德森二〇一四年的騎馬意外，還有那之前的案件手法相反——那西絲麗可能是在二〇一六年或不久前買下這個地方。」蘿思說。

「所以妳認為西絲麗是在波波・梅德森和伯格・凡・布蘭登史普的案件之間買下這個地方？」

「是的，在二〇一四年到二〇一六年之間的某個時刻。」她停下來看了卡爾一會兒。「如果我們得不到馬庫斯和他小組的協助，那就很難找了。今天是聖誕節，而我們可能只剩二十四小時。」

卡爾點點頭。他們**必須**追根究柢。「試著沿著軌道回去天花板，蘿思。」

他們眼睛眨也沒眨，仔細審視閃耀的鋼鐵軌道。軌道以不鏽鋼L型托架釘在天花板上，托架往兩邊突出去，以工業螺絲拴在天花板上。

「我認為軌道裡有滾珠軸承，」卡爾判斷，「這樣固定在鐵鍊上的吊環才能輕易移動。」

「所以你覺得比爾貝克在變得太虛弱前，是可以在房間裡走動的？」

「我不知道。我猜軌道中央的螺栓會限制行動。」卡爾搖搖頭。這女人不僅瘋得可以，還百分百是個虐待狂。

他們開始檢視照片裡離螺栓兩公分的細節。蘿思整個人僵住。「等等！你可以看見一側軌道上的痕跡嗎？你覺得那是什麼？」

卡爾不知道。「有人想用扳手把什麼扭出軌道，也許是想讓吊環掉出來。」

蘿思仰起頭取個好角度，接著點點頭。「就是這麼回事，比爾貝克曾試圖把吊環扭出軌道。」

「但怎麼弄？他是個雜技演員的嗎？」

「卡爾，看那個！」蘿思凝視得太靠近，鼻子幾乎碰上螢幕。「這裡，就在扭痕後面。軌道上有製造商的名字浮雕。」

「那麼近我恐怕看不見，蘿思。」

「嗯，反正不是很清楚，但我想第二個詞是『鋼鐵』。」

她將鏡頭拉近，發覺沒幫助後再度拉遠。「前三個字母是『Mex』。是『Mexita』嗎？聽起來像八〇年代難聽的流行歌曲。」

卡爾 google 那個名字，搜尋結果讓他背脊一陣發涼。他指指官網。

「你想這會有幫助嗎，卡爾？」

「或許。」他猶豫地說。

「你們有找到任何線索嗎？」阿薩德在他們身後問，「我倒是有進展。我叫醒度德的工頭，聽起來他『酥嘴』很嚴重。」

「是宿醉很嚴重，阿薩德。」蘿思糾正。

阿薩德皺緊眉頭。「呃，妳想這麼說就這麼說吧。反正他聽起來真的精神不濟。我傳給他一張比爾貝克坐的椅子的特寫，他馬上認出那和歐勒．度德的技師固定在地板上的一些椅子很類似。他說，度德死掉、工廠倒閉後，工廠所有的存貨和工具都被拍賣掉了。」

蘿思和卡爾不可置信地瞪著他。

儘管西絲麗·帕克沒出現在那兩張照片裡，但這個新情資可以確定照片裡的犯罪現場和這名連續殺人犯早期的犯案有所關連。

馬庫斯·亞各布森不可能忽視這點。

第五十七章　高登

二〇二〇年十二月二十四日星期四聖誕夜、十二月二十五日星期五聖誕節

西絲麗·帕克和她那名出手很重的打手前晚待在這，直到莫利茲·凡·比爾貝克再度正常呼吸。他們祝福兩名俘虜聖誕快樂，並保證他們其中一人隔天會再回來。兩人準備回亞當的房子慶祝聖誕節，西絲麗則會在那待到所有事情結束。

「你在懸案組的同事可能會覺得無聊，但至少他們能看看我房子裡的燈光輪流點亮來娛樂自己。我能用這個應用程式控制燈光。」她舉高手機，按下一個按鍵。「這下設定好了，」她說，「三樓的燈光啟動，他們一定在納悶誰在房子裡鬼鬼祟祟的。既然他們很想知道你出了什麼事，我何不給他們一個線索呢？」

高登沒有回答，只是恨恨地死瞪著她，她則先從前面，再從後面拍攝兩人。

她在玩火，他想。她可能不曉得你能把手機照片放到多大，尤其手機攝影鏡頭又好的話。她會在無意間給出太多線索。

西絲麗和亞當翌晨返回時，高登就無法那麼樂觀了。他在昨晚上了大號，而在過去幾個小時，他的皮膚開始刺痛。比爾貝克那天早上有稍微咕噥了幾次，之後兩人便再也沒有交談。

他們對兩名俘虜冷淡地打個招呼，在他四周走動時避開糞臭，並再度給他的獄友點滴。毫無疑問，點滴中不只有糖和鹽，因為短短幾分鐘後，比爾貝克就開始咳嗽，試圖坐直。

高登轉動身軀，看見比爾貝克現在重新恢復了一點血色。他的眼珠在眼皮下轉動，呼吸聲變得更斷斷續續。他試了幾次想說什麼，但聽起來像「喔，不，喔，不」。

他慢慢睜開眼，在天花板射下的燈光中瞇起眼睛。現在他清晰地驚呼：「喔，不！」彷彿再度明白他的無望處境。

接著他看見高登坐在他前面，在座位上扭動身軀，試圖捕捉他的眼神。比爾貝克沒有馬上做出反應，也許他一時搞不清楚他看見了什麼。但之後，他的目光往下移到高登被綁在椅子上的雙手。他的表情變得更為陰鬱，脖子似乎痛苦地一扭，嘴唇顫抖，開始啜泣。他的眼睛裡沒有淚水，但那只讓這景象變得更折磨人。他才明白，眼前這個人的存在並不會改變自己的苦境。反之，高登存在的意義似乎更讓他招架不住。

他恐懼地瞪著掛在身旁的點滴。或許他懷疑毒藥會在下一刻注入他的靜脈，而現在就是他的最後時刻。

也或許他知道高登也知道的事——他注定明天才會死。

他顯然想控制哭泣，大口大口喘著氣，然而遮掩不住恐懼和絕望。他將目光焦點轉換到那兩人，他們在另一邊牆壁的桌子那邊來回走動。高登也望向同個方向，試圖搞清楚他們在做什麼。幾個燒杯一字排開，彷彿在展示一般。接著他們剪開兩個塑膠袋，從裡面拿出兩個大針筒。

兩個針筒！

高登現在在冒汗了。西絲麗·帕克的前兩次處決是注射一針氯化鉀，那就是他們現在在準備的東西嗎？直接將致命物質注射進他們的心臟？西絲麗．帕克說過，會在殺害比爾貝克後留他活口，但那能信嗎？這位冷酷的女人如此邪惡又有虐待傾向，她也許會先殺了高登，好讓比爾貝克看看等在他前面的是什麼？

現在，他們正從紙箱裡拿出裝滿的塑膠袋。亞當拿起剪刀，開始將塑膠袋剪開。他一個接個將內容物倒入一個大塑膠容器內。完成後，他再倒入大量清澈的液體——也許是水——隨後開始搖晃容器。這時，西絲麗．帕克在桌上放了一個大漏斗。

*喔，老天！他想，他們在準備生理食鹽水。那是他們保存佛朗哥．史文森和伯格．凡．布蘭登史普屍體的原始手法嗎？把漏斗裝在瓶口，然後倒在虛弱的身體上，直到身體再也無法承受爲止？*高登不再覺得肛門傳來地獄般的刺痛，但他發現他又尿濕自己了。

「乖乖沒事喔。」亞當經過他，去檢查比爾貝克的點滴。

高登在座位上拚命扭動，但綁著手腕的纜線只是勒得更緊。

*我的手腕最後也會有帕勒．拉姆森那樣的凹痕？那時他被綁在方向盤上，慢慢失去知覺。*他想。與那男人共享相同命運的想法，使他背脊一陣發涼。

「我會給你再打一針，莫利茲，」亞當在他身後說，「我們要維持你狀況良好，這樣你在聆聽判決時，才能保持意識清醒。」

「不會發生那種事的，莫利茲。」高登聽到自己大聲說。

他可以聽見西絲麗從房間遠處傳來的狂笑。

「我們走著瞧，高登．泰勒！我們走著瞧！」她大叫，「你也知道莫利茲是個大好人選，絕不能縱容他。這男人活該被殺。」

「妳才應該被殺！」他脫口而出。

她走到他面前。

「你真的這樣想？我們倆都知道你是錯的，不是嗎？你身後的那個男人是個道德淪喪、自私貪婪的混球，還把他的低下標準帶給別人。他引出民眾最糟糕的特質，剝奪他們能擁有的任何智慧。我對莫利茲·凡·比爾貝克完全沒有好話可說，我們是要阻止他再犯下人類罪，所以不要同情他。你可能知道他什麼時候會死，要不要等我們走後，告訴這個怪物？」

高登嘆息，鬆口大氣。所以他不會被拿來當示範，現在就在這裡殺害他。但他鬆口氣的時間極為短暫，他仍然不知道午夜之後會發生什麼事。

「很好，那麼，莫利茲，」亞當仍在他身後說，「你現在準備好了，你半小時後就會感覺好點。我已經給你能提振精神的營養針，你的心臟很快就會跳得更強更快。我也給了你液體和礦物質來刺激你的血液循環。聽起來怎麼樣？」

「我能和我的小孩說說話嗎？」莫利茲的聲音仍舊微弱。

怪物會問那種問題嗎？高登知曉他身後的男人很憤世嫉俗，但除此之外，他應該還有其他特質吧？還是眼前的情形讓他變得情緒化？

「你在說什麼啊，莫利茲？」西絲麗問，「你是要我們把小孩帶來這裡嗎？還是你想要我們讓你打 Skype？還是你比較喜歡 WhatsApp 或 Zoom？你想要什麼？我們就這樣打電話給她們？」

「是的，」他呻吟，「拜託。」

她大笑。「不會有這種事的，沒那麼好，莫利茲。你會在毫無慰藉和關愛的情況下離開人世，我們也會確保你新室友的同事在我們完成任務後，永遠找不到你。我保證。」

「我詛咒妳在地獄裡被燒毀！」他粗啞地說。

「不太可能，上帝站在我這邊。上帝不是毫無錯誤的，所以有時候祂會創造出你這種怪物，但之後祂會彌補錯誤，把復仇之劍賜與能解決像你這種人的人。地獄是保留給你這種人的。」

高登禁不住狂笑。「別聽她的，莫利茲！她瘋了。她看起來像是上帝的使者嗎？看看她，看她眼底的那股瘋狂。」

她馬上衝過來甩他巴掌，對他的臉吐口水。

「你對我一無所知，高登．泰勒！」她狂吼，「**一無所知**！懂了嗎？」

「我知道的遠比妳以為的要多。妳是個連續殺人魔，每兩年出擊，然後都在人類歷史上最凶惡的暴君生日那天殺人。妳以為妳是上帝的復仇天使、道德的守護神，所以用鹽作為招牌手法來正當化妳的殺人行徑。妳引涉的經典是所多瑪與蛾摩拉。」

她用指甲再打他一次。

高登閃向一邊，感覺到溫熱的血液流下臉頰。

接著他直起身子，放低音量。「在妳開始這令人作嘔的十字軍活動的時候，還殺了一個無辜小孩。奧維．懷德的修車廠，記得嗎？妳還殺了男孩的母親，因為在她剩餘的悲慘人生裡，妳害她無法承受喪子之痛。」

「**閉嘴**！」她尖叫，再度甩他巴掌，這次是用握緊的拳頭。

高登搖頭。她眼裡的瘋狂告訴他，他應該聽從，但他就是無法克制自己，就是想再次扭動插在她心臟的那把刀。

「也許上帝最大的錯誤，是沒讓妳在那場爆炸中死去，但我猜想撒旦也是這麼回事，墮落的天使，上帝也沒擊倒他。就像妳聽到的，西絲麗，我知道所有妳該公諸於世的事情。我的建議是，為妳犯的所有過錯負責，現在就阻止這場惡夢，去向警方自首，帶著妳的白癡伙伴一起。那是妳唯一能讓世界更美好的方式，而我確定上帝會同意。」

他不是第一次被身後那男人在脖子上重重一擊，但這次他沒有昏過去，只是假裝暈倒。

第五十八章　卡爾

二〇二〇年十二月二十五日星期五聖誕節

「我才不在乎今天是聖誕節。你現在在跟警方說話，而我要你馬上開車到工廠去，懂了沒有？」卡爾憤怒異常。

很難找到比眼前這個人更不肯合作的惱人白癡。這個四十多歲的男人永遠覺得自己是對的，是那種即使情況需要仍會斷然拒絕改變行程的人。

「我在我的度假小屋，」他一副理所當然地回答，「離工廠所在地阿本羅有五十公里。你根本不能確定是我們安裝那些軌道的。你知道，我們公司是德國公司，而且——」

「如果你現在不站起來衝到阿本羅去找答案，我保證你會被扣上妨礙調查和謀殺共犯的罪名。如果你喜歡的話，我可以派兩名警察護送你去那，但你要該死的知道我們會寄帳單給你，懂了嗎？」

「懂，但是——」他正要再度抱怨，卡爾拒不讓步。

「如果你現在不自己過來，我會打電話給 Mexita 鋼鐵的老闆，建議他們馬上換個新執行長，好應付未來幾天媒體的瘋狂曝光。」

那個男人最後讓步，跟某人說他得回去工作。背景傳來激烈的抗議聲，顯然他妻子和他並未團結一心。

「你說服他去了嗎？」蘿思從她和阿薩德工作的角落問。

卡爾點點頭，走過去兩人那邊。

「但他不確定能否找到金屬軌道的原始訂單。如果我們能把範圍縮小到幾年之內，幫助會很大。簡直是個白癡。」

他試圖甩掉心中的惱怒，接著轉向阿薩德。

「你進展得如何？有拿到西絲麗．帕克的不動產和租屋的詳細概況報告嗎？」

「不動產是有。我前天列了一張表，在這。」他遞給卡爾，卡爾迅速瀏覽。

那是張很長的列表。

「問題是所有待售房產並沒有都完成，比如這個。」

阿薩德遞給他一張紙，那是帕克企業對一塊仍在開發的土地的優先購買權狀。

「開發？具體是什麼意思？」蘿思問，「那表示當地已經有棟建築物等著拆毀嗎？這裡面的細節很有限，不是嗎？」

「是的，我們需要更多資料，阿薩德。找找看那地方的監視器照片，街景、Google Earth，什麼都可以。我不覺得這份文件可以叫不動產轉讓協議。這不就是某種購買意向書嗎？這類型的文件很多嗎？」

「可能有二十五份，我們還不太確定。要一個個調查工作量會很大，就像公駱駝碰到一群野生母駱駝。」

「謝謝你的寓言故事，我可以很清楚想像那個畫面。你覺得她要那麼多土地幹嘛？」

阿薩德聳聳肩。「誰知道？或許那些只是投資。帕克企業的利潤每年有幾百萬，所以與其付給丹麥銀行負利率，或冒險買股票和股份，她可能覺得投資不動產更好。土地總是個好賭注。」

卡爾嘆氣。「老天！你的意思是她除了房地產投資組合，可能還有租屋嗎？」

他們雙雙點頭。

卡爾搞不懂。「如果這些都說得通，那她該死的為何要把最近的被害者屍體埋在公共土地？她大可以選自己的一塊地啊。」

「如果屍體是在她的土地裡被找到，她不就會引來不想要的注意嗎？」蘿思問。

「但如果是那樣，她就有可能把莫利茲和高登關在不是自己名下的屋子裡。那我們要怎麼在這麼短的時間內找到他們？」

「好問題，卡爾，但我們相信我們該找大型建築，」蘿思說，「有大型貨梯，可能表示那是個可以接收許多貨物和棧板的地方，也意味著有好幾層樓，甚至有地下室。」

「她名下有大型建築嗎？」

「只有她的總部，那裡沒有貨運入口。是有個地下室，但我們沒發現任何大到夠放棧板或卡車的柵門或裝卸區。不過更複雜的是，土地登記紀錄顯示，她也擁有其他公司，叫愛文森公司，是用她母親的娘家姓氏命名。」

「那個公司也擁有不動產嗎？」

「沒有，那是家有幾個股東的控股公司，」阿薩德回答，「我前天查過了，結果找到一個有趣的情資。這個控股公司有個叫以撒的子公司，那公司的共同老闆是亞當和克莉絲汀．D．霍姆。我剛開始沒多想，但後來蘿思對所有權又仔細查過，結果發現亞當以前擁有一家公司，而現在他和他妻子仍是它的小股東。我們在網路上搜尋妻子的商業職位，猜猜我們發現什麼？其中一個列出她的中間名字：D是底波拉。」

卡爾瞬間無語。

「嗯，我們最後終於找到西絲麗．帕克、大比大、拉格希兒和所有跟底波拉有關的祕密會社連結。」阿薩德說，「我們還找到一個離西絲麗．帕克住家不遠的地址。」

卡爾對空氣擊拳，他們終於有個具體線索。

「我們沒在以撒名下找到任何不動產，」蘿思繼續說，「但它有兩家子公司。」

卡爾深吸口氣。「我們怎麼不趁現在就去拜訪這位底波拉。」

「好主意，但我們得先考慮幾件事，」阿薩德以嚴肅的表情說，「如果我們就這樣跑過去，出現在門口，會發生什麼事？會不會置高登和莫利茲的性命於險境？」

蘿思熱切地點頭贊成。「如果我們不採取行動，莫利茲會在明天被殺。那是確定的事實，但也可能發生得很早，比如就在午夜過後十秒鐘後。但西絲麗．帕克會冒險讓我們在那之前找到正確的建築嗎？我不覺得。所以如果我們洩漏太多，比如我們知道她的共犯是誰，以及讓共犯招出那兩個可憐傢伙被綁在鋼鐵椅子的地方，西絲麗．帕克一定會移動高登和莫利茲，到了那時，他們就不一定活著了。所以不管我們查到什麼，都要非常小心。我們沒有其他選擇。」

第五十九章　亞當／西絲麗

二〇二〇年十二月二十五日星期五聖誕節

處決莫利茲前的最後幾天，本該充滿期待和歡樂，就像以前他們殺害許多人一樣。每次，西絲麗都對自己的聰穎以及事情進行的順利程度，感到快樂和興致高昂——儘管不是每次謀殺都很容易計畫和執行。

但這次，西絲麗完全開心不起來。高登．泰勒顯然讓她滿腔怒火。

昨天，他們慶祝了一個平常的聖誕夜。三人都吃了簡單的一餐，低聲祈禱並向夫妻死去的兒子以撒致敬，接著恭賀他們就快成功完成所有任務。最後，三人眞誠感謝上帝帶領他們熬過所有試煉。那是個很不錯的夜晚。

但亞當仍能感覺到，在和高登．泰勒對質後，西絲麗被他的言語攻擊惹得極不開心。西絲麗動作僵硬，說話斷斷續續，聽起來漫不經心。她一直重複說，自從閃電擊中她後，她從來沒聽過那麼不知羞恥的字眼。

「你自己也聽到他說的話了，亞當，」亞當和底波拉坐在沙發，臉被爐火照亮，而她來回踱步說，「他的魔鬼字眼和蔑視的表情。」

「上帝在試煉妳，」亞當說，「高登．泰勒想讓妳害怕，讓妳以為自己受到攻擊。但他除了那個理論以外，有妳什麼把柄？什麼也沒，什麼也沒！所以會發生什麼事？沒人知道莫利茲和高登在哪，他只是想在妳心裡播下懷疑的種子，那是撒旦的傑作。」

「你確定完全沒人知道嗎，亞當？」底波拉打斷他，「卡爾．莫爾克的小組越來越逼近了，他們知道那些謀殺案後的主使可能是西絲麗。而高登．泰勒看過你、知道你的名字。在我們來得及反應前，事情可能會變得更糟。」

他點點頭。

「別忘了，不是只有西絲麗在賊船上，我們也是，亞當。你想，如果我們去坐牢要怎麼辦？我們會被迫分開好幾年，見不到彼此。告訴她，亞當！」

亞當不知道該說什麼，他痛恨夾在兩個女人中間。

底波拉對他的沉默搖頭，轉而面向西絲麗。

「難道妳的內心深處沒告訴妳，所有事情都要結束了嗎，西絲麗？妳對自己感到憤怒，這很自然，因為我們沒有及時阻止。妳不就是在生這個氣嗎？」

亞當看著西絲麗慢慢轉向底波拉。憤怒似乎從她的臉上抹除了。她輕輕點頭，溫柔地微笑。

「妳可能是對的，底波拉。一直是這樣，我真的很感謝妳這麼堅持。我們把話說開也好，現在看看你們的堅毅和擇善固執的報酬。」她敞開雙臂，彷彿要擁抱客廳和鄰近區域。「招募新血的理想學校，就在這裡。沒有她們和你們，我又該怎麼辦？」

她走近，輕撫底波拉的臉頰。這親暱的愛撫顯然讓底波拉覺得不自在，但她不發一語。

接著西絲麗轉向壁爐，點點頭，用火鉗攪動火苗。

底波拉終於讓西絲麗放下戒心，亞當露出微笑，恢復了好心情。

現在剩下的唯一問題就是西絲麗決定做什麼。她會承認處境很艱險，將殺戮提前到今晚嗎？

就像他和底波拉以前提議過好幾次……

西絲麗突然轉身，全力揮舞火鉗打向他的太陽穴。他的思緒被陡然打斷。

他們兩人這樣可真是古怪，太安靜了。底波拉的臉上仍掛著一抹震驚。一小條血液從她頭上流下，亞當壯實的頭顱也承受了好幾次痛擊。但毫無疑問，他倆都死了。西絲麗靠近看兩人。亞當的頭被折下來扭到肩膀上，臉看起來不再那麼扭曲猙獰。他的死幾乎讓人悲傷，他是個忠心的男人。如果不是底波拉不斷堅持他們該提前完成任務，亞當可能還活著。

「妳蠢透了。」她大聲說，闔上底波拉茫然瞪著的藍眸。「愚蠢、愚蠢、愚蠢的底波拉。我們明天原本該坐在一起，為最後一項任務舉杯慶祝，但我感覺得出來，妳不想。」

西絲麗用洋裝擦拭火鉗上的鮮血。接著嘆口氣，將它放回壁爐前的架子上。

西絲麗現在自由了，這兩個人不能再傷害她。她沒理由允許他們給她的新人生帶來負擔。房子裡任何他們曾共謀殺人的證據都會成為過去，火焰會吞噬一切。人們會說是聖誕樹放得太靠近窗簾了；有人會說他們太粗心，還有人會認為在聖誕夜後還點燃聖誕樹上的蠟燭實在很奇怪。

她從廚房的紙箱裡拿出甲基化酒精和丙酮，將壁爐旁的打火機油大量澆在家具和地毯上，並確定把瓶子放回原位。隨後她從車庫旁的倉庫拿了兩罐汽油，澆在其他房間，汽油被她澆掉大半，之後她將油罐放回去。或許這會讓消防隊在確定起火點時，拿不定主意。

她哼起《聖誕樹》，將樹拉近窗簾，點燃半數幾乎燒盡的蠟燭。此時透過窗戶，她瞥見藍色閃光燈點亮遠處的煙囪和屋頂。

警方、消防隊，還是救護車？她不可能知道，所以沒有必要擔心。

她打開幾扇窗戶讓空氣助長火苗，接著聽見遠方的警笛聲，那讓她猶豫片刻。

他們是來抓她的嗎？

她對這荒謬的想法搖搖頭。和她當然毫無關係，沒人知道她在這裡，也沒人知道亞當、底波拉和她的關連。他們怎麼可能還知道這對夫妻的地址？她搖搖頭，笑自己的驚慌失措。

閃光燈和警笛聲越來越近時，她點燃剩下的蠟燭。

儘管如此，還是很奇怪，她想，可能只是生病的人求救，或哪裡發生了小火災。

她縱聲大笑一會兒，她會給他們一場意義重大的大火災。一旦火焰吞噬這麼大的房子，加上厚重的家具、地毯、木框和木頭鑲板，這裡會燃燒成活生生的煉獄。

警燈現在接近得太快了，西絲麗覺得自己該快點逃走。

爲了保險起見。她想。她將聖誕樹推入浸透丙酮的長錦緞窗簾，紡織細密的布料足以讓火焰燒得更旺。

她瞥瞥兩具屍體最後一眼，低聲吹個口哨告別，開著她的車逃離。

第六十章　卡爾

二〇二〇年十二月二十五日星期五聖誕節

他們緊跟在一輛救護車後開了一段時間，顯然救護車也正急速趕往相同社區。它在一棟房子前停下，妻子站在外面揮舞著手臂，沮喪地尖叫她丈夫倒了下來，沒有呼吸。

直到那時，他們才注意到不遠處屋頂上，一抹紅光如惡兆般在天空中閃動。

他們轉下馬路，立刻意識到火焰就來自他們要去的地方。卡爾在過去幾年間曾目擊過許多場火災，但從未見過這麼歷史輝煌的大豪宅著火。那眞令人悲傷，只消一眼就知道消防隊無法及時趕到現場拯救任何人事物。

蘿思臉上的火焰反光，強調了她的挫折。

「我們來得太遲了。」她邊說邊詛咒著。兩個窗戶爆炸，玻璃碎片如雨般下在前方整齊的草坪和雲杉葉覆蓋的花圃上。

「如果高登和莫利茲在裡面……」阿薩德嚇壞了，他大叫著前後衝來衝去，想看看是否整個房子都被火焰吞噬了。

阿薩德跑回其他人那邊。

「停車場有一輛黃色車子，很像西絲麗監視比爾貝克住家時開的那輛。」他說。

現在房子散發出如此強烈的高溫高熱，附近來湊熱鬧的住戶慢慢後退。

卡爾拿出他已經失效的證件，向站得最近的群眾詢問：「誰知道房子有沒有地下室？」

有人回答「沒有」，幾個人同意。

「感謝老天。」蘿思嘆氣。

那麼，高登和莫利茲在哪？

「你們有人認識住戶嗎？」卡爾問人群。

「不是很熟。」一名年邁的女人回答。她解釋就是她打電話給消防隊，而她住在對街。「他們通常不跟人來往。」

「嗯，我不會那麼說，」在她旁邊一名灰髮蒼蒼的男人打斷，「他們有很多訪客。」他邊說邊盯著火焰。

「很多訪客？你能多說一點嗎？」卡爾問。

「大部分是年輕女人，每週來一次，都在同一個時間。」

「好。你有看過任何人的臉嗎？如果我給你看一些照片，你有辦法指認嗎？」

那男人點點頭，在另一扇窗戶爆炸時本能地低下頭。

卡爾對蘿思彈彈手指，要她給男人看拉格希兒和大比大的照片。

她必須在男人面前揮舞手機，才能吸引他的注意。他從上衣口袋拿出老花眼鏡，臉孔湊近螢幕。

「是的。」他簡單說，摘下老花眼鏡。

「是的什麼？你認得她們嗎？」

他點點頭，說他有一段時間沒看到其中一個人了，一邊說一邊癡迷地盯著眼前的景象。

「好，那我認為可以假設這房子的住戶就是我們在找的人。」卡爾對蘿思和阿薩德說。

「你在說底波拉和亞當嗎？」那個男人問，「他們恐怕還在屋裡，真是太可怕了──我想不出更淒慘的死亡方式。怎麼會發生這種事？」他稍微停下來，第一次正眼瞧著卡爾。「但今晚和他們在一起的女人很快就開車離開了，我早先去遛狗回家時有看到她。那不是很奇怪嗎？」他沒等到答案就點頭。「我想你該抓住那女人，問她發生了什麼事。」他以就事論事的口吻說。

卡爾覺得他聽起來像個退休公務員。

「妳能叫出西絲麗的照片嗎？」他壓低聲音問蘿思。蘿思馬上找到。

西絲麗‧帕克在照片裡很上相──成功女強人的縮影，就像那種會參加電視節目《龍窟》的參賽者。是那種會集嫉妒和欣賞於一身的女人，也會引出人們最壞的特質。

那男人點點頭。「她今天看起來不是那樣，但我有注意到她打扮起來可能是啥樣子。」

「所以這女人不久前開車離開？」

「我不想顯得太過自信，但我百分之九十九確定。」

「我們該打電話給馬庫斯了，」蘿思說，「我們知道她是幕後主使，而我們必須阻止她。馬庫斯可以下令逮捕她，我們都同意吧？」

卡爾點點頭。「妳打電話，蘿思。我確定我們這裡的朋友能提供她穿什麼衣服的細節描述。」

消防車抵達，消防隊員立即開始滅火。

「你最好離開這裡，卡爾。」看到警方也抵達，阿薩德說。

卡爾搖搖頭。「我們要先知道裡面有沒有人在。」他的目光追隨著蘿思，她正走到一邊打電話。與此同時，兩名穿防火衣的消防隊員從煉獄中走出，扛著兩具燒焦的屍體，將他們放在地上。圍觀的群眾一臉驚恐。

卡爾對消防隊員亮一下證件，便蹲在屍體前面。那景象看起來眞恐怖，他們聞起來像燒焦的烤豬。

「發生了什麼事？」他問，屍體的頭姿勢古怪，就快碰到另一人。就在一個小時前，他們還有可能從這兩具遺體套出線索，或許就能及時解救莫利茲和高登。命運就是如此諷刺。這兩人，卡爾曾有能力和機會鑽研其心智深處，如今就躺在眼前，毫無生命跡象。所有答案都被死亡撲滅，所有解釋永遠不會再重見天日。就這樣和機會永遠擦身而過！

而現在，西絲麗．帕克在哪？他們唯一不用搜索的就是她家。她就像狡猾的狐狸，一定會找到新的地方窩藏。

警方封鎖此地，將人們保持在一定距離外。蘿思和阿薩德向卡爾點點頭，表情帶著詢問。他們該離開了。

他們離開群眾，一邊走一邊保持一段安全距離。

「早一個小時，我們就來得及。」蘿思說。

卡爾點點頭。現在那位該死的 Mexita 鋼鐵執行長也許是唯一能幫助他們的人，他浪費了他們那麼多時間。

卡爾拿出手機按下號碼。

「你在工廠了嗎？」他問。

「不，我讓住在阿本羅的經理過去那邊找檔案。」這老兄可一點也不尷尬。

「所以你沒過去那？」

「不，我在家，那種事情他比我在行。」

卡爾感覺得到自己越來越火大。「你瘋了嗎？如果你一直都知道，他媽的該死你為什麼不早點提到他？現在有兩個人死了，如果你肯早點行動應該可以阻止這兩個人死亡。」

阿薩德拉拉他的衣袖。「我們怎樣都會來不及，卡爾，」他低語，「愛撫他的口鼻，這招總是有效。」他將手在空中舉起，示範出拍撫的手勢。這個男人的腦袋裡總是想著駱駝。

「算了，木已成舟，」卡爾以緊繃的鎮定語氣說，「給我那男人的姓名和電話，我去和他聯絡。」

「馬庫斯說了什麼，蘿思？妳看起來不太開心。」在他們開車回比爾貝克住家的基地時，卡爾說。

「他說他會馬上開她的逮捕令——還有你的。」

卡爾皺起眉頭。該死的那是什麼意思？

「馬庫斯說我們半小時內也會上新聞。」

卡爾簡直震驚萬分。「妳沒告訴他，一解決這個案子，我就會去自首？」

「他不在乎。我想他現在承受很多壓力，卡爾，他說荷蘭人緊盯他的每個動作。」

「荷蘭人？」

「調查席柴丹謀殺案的鹿特丹警方，記得嗎？他們認為斯雷格瑟謀殺案和你們被槍擊的亞瑪格島，有直接關連。」

「但我跟那個老案子毫無瓜葛，馬庫斯幹嘛不相信我？該死的瘋了。」他對馬庫斯大失所望，讓他覺得自己好像眞的生病了。每次馬庫斯需要卡爾，卡爾不都站在他身旁伸出援手嗎？不是都力挺他嗎？他妻子罹癌死亡的時候？馬庫斯決定辭掉警察，後來又回鍋的時候？這些他都忘得一乾二淨了嗎？

「他還說，他們在你閣樓公事包裡的幾張紙鈔上，找到你的指紋。他已經不會站在你這邊了，卡爾。」

眞是個嚴重打擊。

卡爾瞪著車裡的GPS，剩餘的路由它導航。現在他不知道該拿自己怎麼辦。其他小組的同事這下眞的懷疑他是謀殺案和販賣軟性毒品的共犯嗎？他們一定是瘋了。

「警察總局打算把哈迪、米卡和莫頓從瑞士弄回來，這樣他們才能偵訊哈迪。」

卡爾無法相信自己的耳朵。「他們也懷疑**他**？」

「不，但他們認為哈迪也懷疑你，卡爾。我很遺憾。」

卡爾呆瞪著前方馬路，城市盡收眼底，他感覺內心完全被淘空。

「你有從工廠經理那得到進一步的消息嗎，卡爾？」阿薩德試探性地問。

卡爾嘆口氣。事情太多了，沒辦法一下子全部消化。

「有，」他還是開口，「經理是從南日德蘭半島來的老傢伙，他的方言我幾乎聽不懂。但感謝老天，他比執行長願意合作多了。」卡爾力持鎮定。他要不現在就認輸，要不就鼓起男子氣概，撐到最後一回合。

他抹掉前額的汗珠，試圖讓呼吸變得平穩。不過半分鐘，他已經覺得自己可以再奮戰下去。

「是的，」他說，「經理知道不少事，但不幸的是，他沒辦法當場找到軌道的資料。那是在好幾年前安裝的，我們又不知道地址。他也說他確定工作是外包，因為他不記得有被叫出去安裝過那個軌道。如果是公司自己的工人安裝的，地點應該在日德蘭半島，因為這是他的業務範圍。但他還在找。」

「老天。」蘿思驚呼。

前景看起來不妙。現在高登和莫利茲的性命，全仰賴那個老傢伙從塵封的檔案裡找到資訊。

比爾貝克的住家裡外都被黑暗吞噬。既然沒人在做事，為什麼要點燈呢？當最重要的家人只剩幾個小時可活，她們有什麼理由要播放音樂或影集？

蘿思輕敲客廳門框，女孩們分別坐在母親兩旁，一副快嚇呆的模樣。妹妹顯然哭過，姊姊蘿拉坐著咬緊嘴唇，空洞的眼神瞪著前方。

三人全都抬頭看著蘿思。蘿思搖搖頭，她們眼底的希望火苗立即遭到撲滅。隨後蘿拉也開始哭泣。卡爾走到門口，正要解釋案情，表示仍舊有希望，但維多利亞鋼鐵般的眼神阻止他開口。

「我們剛關上電視，卡爾，所以我們知道警方在找你。」她從他身上轉開目光，看向門，再看向廚房。「我們現在不想要你在這裡。」

「等等，維多利亞。我不確定我錯過了什麼，我沒有看到電視。」

「你自己就是個天殺的謀殺犯！」蘿拉突然尖叫，「滾蛋，我恨你！」

「對，請離開，卡爾。你們兩個可以留下來，但他不行。」維多利亞補充。

「你根本沒比那個綁架我爸的西絲麗·帕克好到哪去！」蘿拉大叫。

阿薩德往前一步，走下通往客廳的三個階梯。

「讓我告訴妳們，妳們這些不知感激的……」他說了些最好不要翻譯出來的阿拉伯文。「卡爾會被通緝，是因為他日以繼夜地工作，想救出妳爸，所以還沒去自首。他把這個案子放在最優先——包括他自己的事之前。」

「真是感人肺腑。」一個聲音從廚房門口傳來。是維多利亞好管閒事的律師，克拉斯·埃佛特。「但我們的協議不再有效了，卡爾·莫爾克。只要提供你的資訊，警方就會給獎金。雖然沒有多到像西絲麗·帕克的那麼多，但足以強調他們的指控有多嚴重。我們沒有正當理由藏匿一個通緝要犯。我們會給你十五分鐘收拾東西，然後你就要離開。」

他說「我們」沒有正當理由是嗎？他已經把自己當作一家之主了？

卡爾轉向女孩和母親。「妳們的爸爸還活著，我們三個是唯一能——」

「該死的滾出這棟房子。」克拉斯·埃佛特現在手握手機，準備要打電話。

阿薩德吞不了這口氣，他撲向律師，抓住他咽喉。律師一個踉蹌倒在地上，安靜下來。

「把手機給我。」阿薩德說，律師肥胖的臉變得通紅。

阿薩德轉向卡爾，點點頭。「告訴她們，現在在發生什麼。」

卡爾在女孩面前單膝跪下。

「我相信妳們的父親還活著。我們最好的一個朋友也被抓了，跟他關在一起。我們看過他們的照片了，一定會竭盡所能及時找到他們。但現在我們需要幫助，而我們能仰賴誰？申請逮捕令的人是我老闆。他也想破這個案子，也知道妳們爸爸會發生什麼事，但他不知道，他手下的一名員工，也就是我們的朋友高登，也被西絲麗抓走了。我們想告訴他，也想讓更多人來辦這個案子，但我們看不出那能幫上多少忙。我們正在等南日德蘭半島的一通電話，也許案情會有所突破。所以請妳們給我一點時間。蘿拉，我沒做他們指控我的事，等這一切都結束，我會去說服警方。」

蘿思連忙打斷。「維多利亞，這個被阿薩德抓住喉嚨的男人，看來不希望妳丈夫安然回家呢。妳難道看不出來他顯然很迷戀妳嗎？只要確定妳丈夫過世，他就要坐上莫利茲的位。」

「不！」蘿拉狂吼，「我討厭那個白癡，媽！」

「直到明天晚上，我們都要讓他無法行動，阿薩德。」蘿思說。

第六十一章　高登

二〇二〇年十二月二十五日星期五聖誕節

「你醒著嗎，莫利茲？」

高登的喉嚨很乾，嘴唇也黏在一起。他說得夠大聲嗎？

「你醒著嗎，莫利茲？」他再度嘗試。

房間裡不滅的燈光現在感覺都像個折磨。自從被帶來這裡後，高登就沒睡過覺。莫利茲看起來精力耗盡，大部分時間都昏昏沉沉的。高登反而嫉妒他。

「如果我能陷入像你那樣的虛無就好了，莫利茲。」高登低語。老是醒著眞是難熬。他嘴裡濃稠的唾液感覺就像膠水。偶爾想吞嚥口水時，喉嚨還會塞住。他嘆口氣，聞到自己的口臭。這就是將死之人聞起來的味道嗎？腐爛也想從他體內逃走嗎？

「莫利茲，你能聽到我的聲音嗎？」他在那天至少問了不下十次，或九次？他們離聖誕節隔天有多近？已經過午夜了嗎？他們只剩幾分鐘了嗎？

高登正在受苦。他的整個存在都是建立在獲取知識上。小時候，如果他能在晚餐說出不是在學校或家裡學到的知識，他父母便會咯咯輕笑並讚美他。那對他來說是種鼓勵，因此小高登盡力收集所有能讓他得到讚美和欣賞的知識。他帶著這個習慣來到懸案組，而問題總能被克服。他在尋求眞相時，不過遇到一些小顛簸而已。

然而現在，他甚至無法回答一個最簡單的問題：現在何時何日。對他而言這是此刻最重要的疑問。只要能瞥一眼手腕，他就能馬上得到答案，然而雙手被綁在身後。這個當下，會顯示時間日期的簡單手錶，竟成為史上最重要的發明，其中暗藏他們還有多久會死的答案。如此近卻又如此遙遠。

「莫利茲，醒來，我們得聊聊。」他盡量大聲說，但乾燥的喉嚨很痛。有反應嗎？

他屏住呼吸，仔細聆聽。

「嗯嗯嗯。」他聽到身後傳來幾個聲音。

高登盡量把頭轉向莫利茲，看進他充滿血絲的雙眼。

兩人點點頭。有那麼瞬間，高登乾燥的眼睛幾乎泛起淚水。在宇宙中他並非全然孤獨。

「現在？」莫利茲以非常微弱的聲音問，像在低語。

「只有我們，」高登回答，「所以不是現在。」

「他們說我要等到毛，你知道這是什麼意思嗎？」

他癱坐著，身體有點前傾。這個問題在高登腦海裡迴盪。他該回答什麼？狠心地不回答，還是狠心地告訴他真相？

「所以你不知道，莫利茲？」

他花了很長時間才回答，非常緩慢地搖頭。

「你想知道嗎？」

「我想，是的。」隨後的「請」使高登動搖。

「毛澤東的生日是十二月二十六日，莫利茲。他們要在那天下手。」

高登覺得羞恥萬分。他們要在那天下手。他那樣說。他眞的以為這樣說他就能心安嗎？

「所以他們要殺我？」莫利茲小聲問。

高登直視他的眼睛，點點頭。莫利茲閉上眼睛，也點點頭。

「毛澤東的生日，何時？二十六號快到了嗎？」

高登察覺莫利茲不再害怕了。他聽天由命，放棄生命，甚至可能想結束一切。

但高登沒有相同感覺。他攻擊西絲麗．帕克的時候，她忽然對他改變態度。原先他以為那是出於尊敬，但他很快改變了想法。

我不該攻擊她攻擊得那麼厲害，我該閉上嘴。我知道現在她不會留我活口了。

「我們會一起死，莫利茲。」他說，試圖保持聲調穩定。

「在毛澤東的生日？」莫利茲綻放微笑，「二十六號不是已經過了嗎？」

高登搖頭。不可能，不然他們不會還活著。

高登閉上眼，默默禱告。親愛的上帝，請關照我們，讓卡爾、蘿思和阿薩德及時找到我們。我還太年輕，還不想死，我以前和祢解釋過。我還有很多事沒做過。所以請幫助我們，親愛的上帝。阿們。

感覺好了一點。但只有一會兒。

「毛澤東的生日，」莫利茲再次小聲說，「我不懂。你能解釋嗎？」

高登點點頭。

「是的，是明天，莫利茲，或甚至可能已經是今天，我現在沒有時間觀念，也許就是現在，可能現在就是早上。我沒概念。」

電梯停下來的「喀擦」聲嚇了他一跳。接著是另一聲，又另一聲。每次他聽到喀擦聲，整個身體就發抖。

電梯門打開。

高登半閉著眼，以避免受到太大的震撼，因為西絲麗・帕克進入房間的景象眞令他害怕。他垂下頭，但眼皮下的狹小視野仍足以讓他看到她在房內的行動。

她什麼也沒說，只是站在那裡瞪著兩人。

她可以就站在那裡。不要再靠近他們，不要現在。

接著她向外揮舞手臂。高登剛才沒看見她手裡拿著毯子，現在她將毯子鋪平在地上。

片刻後她脫掉外套，在地板上躺下，將外套拉起來蓋過自己，嘆口氣後沉沉入睡。

第六十二章　卡爾

二〇二〇年十二月二十六日星期六聖誕節翌日

時間迅速流失，每分每秒都感覺越來越短，越來越短，沮喪感節節高升。卡爾不認為那晚房子裡有人睡得著。

蘿思繞著那張舒適的沙發床來回踱步，不斷折磨自己，低頭看著西絲麗傳給他們的照片。

「我們只有軌道和貨梯這兩條線索可以查下去，卡爾，其他什麼也沒。我們的調查出了什麼錯？我就是不懂。如果沒有新冠肺炎，事情會不一樣嗎？」

「如果現在不是聖誕節，我又沒出事的話，事態應該會有所不同。」

卡爾的目光望著越發黯淡的灰濛夜色。太陽很快就會狹著微弱的十二月光芒升起，命定的日子步步進逼，難以描述的恐怖即將來臨。等今天的太陽再度消失於地平線後，兩名人質可能再也看不到夜幕低垂，其中一位還是他親愛的朋友。

卡爾看了手錶無數次，時間滴答滴答貪婪地朝終點邁進。現在是早上八點十五分，而那個在阿本羅的男人還是沒有回電話。

他決定用自己的手機打馬庫斯．亞各布森的私人號碼。

凶殺組組長聽起來很睏，但一聽到是誰打電話來時，他全醒了。

「我沒料到你會這樣對我，馬庫斯。」卡爾說。

「我也是，卡爾。」

卡爾的頭垂到胸前。「馬庫斯！你明明知道在證明有罪前，大家都是無辜的。那不是我們在警察學校和進入警界後一直被灌輸的基本概念嗎？」

「對，但我們在公事包裡的很多張紙鈔上發現你的指紋，卡爾。」

「我聽說了，但你——過去最厲害的警探——從沒想說那可能是安克爾栽贓的嗎？」

「他到底幹嘛那樣做？」

「你不覺得你該自己解決那個謎團嗎？你在多少張紙鈔上發現安克爾的指紋？」

「我想數目夠多了。」

「數目夠多了？多謝你的肯定回答。但我只能告訴你，你以這個錯誤指控妨礙了我們懸案組的調查，如果案子最後的結局很淒慘，你一定會後悔。幾小時後，莫利茲．凡．比爾貝克會死，還有你可能已經知道了，西絲麗．帕克也抓了高登作為人質。」

「是的，我們知道。我們申請她的逮捕令時，她傳給我們一張兩人坐在房間的照片。我們正竭盡所能，希望能找到他們。」

「她也有殺害高登的高度風險，你有想過嗎？」

「我不這麼覺得，那不符合她的手法。我們有一組心理學家正在研究。」

「原來如此，好吧。既然你知道我們可以幫忙，你不覺得那是個好點子嗎？也許對莫利茲和他家人來說都是。」

「你想跟我做交易，我懂你，卡爾，但答案是不。你不會得到任何豁免，不管你想提供什麼條件，我們一找到你的位置，就會逮捕你。」

卡爾突然發覺馬庫斯說話的速度比平常還慢。他早就料到卡爾會說什麼，並在卡爾甚至有機會回答前就問問題。他知道卡爾會抗議和爭辯，這樣才好拖延時間。卡爾就知道！

「你根本不在家，對吧，馬庫斯？你在工作嗎？你旁邊坐著人試圖追蹤我的所在地嗎？」

「我當然在家——」

卡爾直接結束通話，看著碼錶。他們的交談沒超過兩分鐘，沒辦法完成追蹤。

「你得吃點什麼，卡爾。你的胃一直這樣咕咕叫，吵得我們沒辦法思考。」阿薩德已經準備好一盤食物。那是昨晚蘿拉替他們煮的聖誕節晚餐的剩菜。阿薩德雖然重新把菜熱過，但肚子空空如也的卡爾現在最不想吃的，就是乾掉的鴨肉和四角翹起的烤豬肉。

「我現在吃不下任何東西，阿薩德，也許待會吧。」

這時蘿拉的手機在他口袋裡響起，是阿本羅工廠的經理。

「喂！」卡爾大叫著回答。

「抱歉這麼早打過來，」那個男人聽起來真的很抱歉。早？阿本羅的人究竟幾點起床？

「你有找到任何線索嗎？告訴我你有！」

「有。我還是不清楚軌道是在哪安裝的，但我查到那份工作是亞當．霍姆預約的，在二〇一六年十月十五和十六日安裝，是由我們不再合作的公司、一名裝配工安裝的。也許你可以打電話給這位亞當．霍姆，我這裡有他的電話號碼。」

不，不，不。這三個字跑過卡爾的腦海。他們快沒時間了。

「裝配工叫什麼名字？你有他的資料嗎？」

「沒有，但我可以給你他工作的公司號碼。但你幹嘛不打給亞當．霍姆？」

「因為那個男人現在已經燒成灰燼，躺在解剖台上，旁邊就是他太太和法醫，懂了嗎？謝謝，我們沒太多時間。」

他抄下安裝公司的電話，將手機摔在桌上不斷咒罵。

「蘿思！」他咆哮，「快點！給我任何有關這家『朗與兒子』安裝公司的資料，他們的總部在萬洛瑟區。」他轉向阿薩德，「我現在得吃點東西。」

他看著凝結的肉汁，聯想到布朗德斯勒夫精神病院，就在他父母家馬路下方。他母親曾在那當廚師，所以他們常常有剩下的肉汁可吃。

「朗與兒子在二〇一九年宣告破產，」蘿思說，「去年重新開張，改名為朗的兒子。我這裡有個席格．朗的電話，他是現在的執行長。」

他馬上撥了那個號碼。「蘿思，打給公司其他人。我們一定得追查這條線索下去。」

另一頭的電話響起，似乎響了永恆之久，接著轉入語音信箱。

「妳運氣如何，蘿思?!」他狂吼。

「語音信箱。聖誕假期休假，一月四日上班。」

「老天，該死！」他大吼，決定不吃肉汁了，「找找執行長的私宅地址，我們直接殺去那裡。」

「沒有地址！」

「席格．朗，有多少人叫這名字？不會很難找。」

「我會打給一個叫葛達．朗的人，她住在哈德維夫鎮，或許她認識他。」她回答。

上帝，請讓她認識他。卡爾想。

一分鐘後，蘿思和某人講到電話。

「是的，是的，是的！」她興奮地說，「是的，是的，是的！」

她掛電話後，轉身向卡爾和阿薩德。

「葛達是接管公司的人，三個兒子的媽，她可以確定他們絕對沒有安裝那些軌道，因為公司承攬不同的業務。她會知道是因為在她丈夫生病和死前那幾年，經營公司的人是她。那種工作他們會外包給兩個波蘭人，這兩人到處遊走打工，幫需要臨時裝配工的公司打打零工。」

卡爾感覺到血壓上升。波蘭臨時工？他們全都是天主教徒，所以一定會在聖誕假期回家，在華沙或卡托維茲或任何他們的家鄉，和家人一起慶祝聖誕節。

他的手撫住額頭。「妳不會剛好查到那兩人的聯絡方式吧，有嗎？」

「有。一個住在丹麥這裡，名字是朱瑞克·賈辛斯基，他住在——」

一聲碗盤摔碎的巨大聲響傳來，兩人紛紛轉頭看向阿薩德。阿薩德站在那裡，手上空空如也，而跟前有個破盤子，鞋子上滿是肉汁。

「再說一次那個名字，蘿思。」他的眼睛從沒張得那麼大，再幾公釐就要掉出來了。

「朱瑞克·賈辛斯基，他住在——」

「來吧，你們兩個。」他堅定地走往陽台門，留下一條肉汁的痕跡。

阿薩德翻閱筆記本，卡爾將維多利亞的愛快羅蜜歐飆到最高速。

「朱瑞克·賈辛斯基就是我昨天打電話問金屬椅的人。眞不敢相信。我原本在十二月十七日和他談過，想得到有關歐勒．度德的更多資訊。你記得嗎？就是那個雙手被自己機器剁掉的男人。我確定他告訴過我，他被解僱後被迫在哥本哈根試試運氣，但我從來沒查到他為什麼被解雇。」

卡爾幾乎無法思考。

「沒人會知道有個莫利茲．凡．比爾貝克會在你和這傢伙碰面五天後被綁架，所以，阿薩德，別苦著一張臉，」蘿思說。

「我應該問他在歐勒．度德之後，他做的工作是什麼！」

「那會怎樣？葛達告訴我們，他和另一個波蘭人只為他們工作過短暫的時間。之後他可能在很多地方打過零工。」

「他到底為啥不接電話？」卡爾咕噥，「如果他真的回波蘭過節，我會爆炸。」

「很有可能，卡爾。他對新冠肺炎漫不經心，我在的時候沒有人戴口罩。而且我打電話問他金屬椅子的時候，他可是酩酊大醉。」

一行人在一棟黃色水泥小建築前停車，不約而同都嘆口氣。窗戶內全無燈光，門墊被踢到門旁的花圃裡。

車道上沒有車，信箱塞滿垃圾郵件，而郵件可能探出信箱好幾天了。天氣冷冽，刮著大風。

他們按下門鈴，用力捶門，從窗戶外往裡窺探。什麼也沒有。

等他們坐回車內，發動引擎，卡爾突然感覺喉嚨被一塊東西哽住，那東西大到他得想辦法試圖吞嚥下去。這時，蘿思注意到有動靜。

「停車！」她狂吼，指著前門。一名外表凌亂的男人頂著一頭油膩膩的鮮紅頭髮出現，穿著半敞開的睡袍和花樣內褲，站著死盯著他們，一臉昏昏欲睡。

第六十三章　西絲麗

二〇二〇年十二月二十六日星期六聖誕節翌日

一夜無夢，她在沉睡後醒轉，滿足地伸個懶腰，才想起她身在何處，以及她為何睡在水泥地板上。

離她稍遠處的兩個人都癱坐在椅子上，身體前傾。第一位半閉著眼，第二位顯然失去意識。她看看手錶，表情困惑。真的已經十一點三十分了？她好久沒睡這麼久了。

嗯，嗯。她對自己說。昨天令人心滿意足，她永遠結束了生命中不再值得繼續的一章。她馬上在網路上尋找新聞對火災的描述，希望看到被害者的名字。

「真悲慘的結局啊，但我警告過你們了。」她邊說，手裡邊拿著她睡過的毯子站起身。她轉向桌子，看著各種化學藥劑。注射藥劑準備好了，點滴也掛在架上，生理食鹽水在瓶子裡。其餘只是程序。

「親愛的上帝，」她說，「感謝祢賜給我清晰的腦袋。感謝祢在撒旦統治人間的年代裡，讓我成為祢公正的使者。感謝祢賜給我力量，教導我分辨人類的欺瞞行徑。感謝祢讓我看穿虛僞。有人說自大應該被原諒，因為它沒有解方。但祢和我了解遠遠不止如此。自大有解方，那就是死亡。」

她轉身，將手臂高舉過頭。「在我眼前，有兩位被撒旦附身的悲慘靈魂。他們任由祢的判決處置，而我是祢的使者。我會開導他們，直到他們了解自身的褻瀆，這樣他們就能面對死亡和地獄，不再懷疑，並深深感到悔恨。」

她踱步走近，彎腰朝向高登．泰勒精疲力竭的身軀。

「你醒著，高登，很好。每件事都會莊嚴地進行，而你會是我的眞理目擊者。」

他抬起臉看向她，滿心憤怒，嘴唇顫抖。

「我會馬上給你們一小袋點滴，讓你們清醒。注射很快，只要身體運作的時間能按照我的要求就好。我會從莫利茲開始，畢竟一切都是為了他，我們今天才會在這裡。看起來他需要提神一下。」

她走到桌子那邊，抓住點滴架。點滴裡的液體無疑會馬上喚醒莫利茲．凡．比爾貝克。甚至連佛朗哥．史文森在極度接近死亡時，都立刻恢復了精神。那液體就是這麼有效，那時他甚至還開始哀求活命和憐憫。那眞的很令人愉快，她希望莫利茲也會做同樣的事。

每走一步，她就感覺到高登．泰勒殺人般的眼神。經過他的時候，她可以聽見他在嘟噥著什麼。針刺進莫利茲手背最大的靜脈，他的皮膚彷彿像塊奶油。身體變得越瘦，靜脈就越清晰可辨，西絲麗對這個副作用感到特別高興。每件事都平穩順利，即使是在這個準備階段。

她在他面前蹲下，等待著，他眼皮細微的震動應該會在不到一分鐘內大大改善。但當一分鐘流逝而不見改善後，她調快點滴的流速。

她希望能在幾分鐘後聽見嘆息聲。她不喜歡眼前的情況，以前從沒有耗費這麼久。

「醒來，莫利茲。」她堅持，甩他巴掌。

「賤女人。」她身後傳來低語。

她迅速轉身，與高登四目交接。

「你在和我說話嗎？」她問。

「是的，妳這個賤女人。」他非常微弱地又說一次。

西絲麗站起來。

「你坐在那裡，可能還抱持著你會活著走出這裡的幻覺。但，高登·泰勒，你以你的撒旦和輕蔑的字眼詆毀我，因此你會和莫利茲分享命運。你懂我在說什麼嗎？」

他點點頭，但表情未變，看不見懊悔或恐懼。

現在莫利茲開始短促地喘氣，呼吸變得急促，但點滴似乎沒有用。或許她已經給了超過的分量。她立刻站起身，按住點滴的夾子讓點滴不再流下。

「莫利茲，醒來！」她狂吼，猛力搖晃他。他的頭在脖子上劇烈晃蕩。他似乎有過敏反應，但她不知道該怎麼辦。

她再度在他旁邊蹲下，握住他的手輕撫，彷若他是個不肯停止哭泣的小孩。

「好了，好了，莫利茲，我知道你聽得見我。別害怕。乖，乖！」

她持續安撫了很久，她身後的那個男人仍在不停地低語「賤女人」。那讓她想念起亞當，他總是能立刻維持秩序。

「但我不再需要他了。」她大聲說，開始輕撫莫利茲的頭髮。

「你一定要聽到我說什麼，莫利茲，那很重要。我準備得很周到，你一定要聽。」

她拿出一張紙開始大聲朗誦，抓住莫利茲的手再度輕撫。

當他明擺著沒有生命跡象時，她打住演講。

「撒旦在我們之間探出牠長角的臉。」她邊說邊抬頭看天花板。「喔，上帝，讓牠停止吧，讓莫利茲醒來，回到我們這裡。讓他的五官回神，讓他回來接受他的判決。」

過了快半小時，也就是午夜過後，這麼多年以來西絲麗第一次覺得魔鬼戰勝了她。她從來沒感覺到魔鬼毒藥般的呼吸如此靠近。她轉向高登，他坐在那半閉著雙眼，但西絲麗知道魔鬼在他體內。

她將針從莫利茲手背上拔出，半分鐘後就插入高登綁在身後的手背。他試圖伸展手指自我防禦，但他很虛弱，不可能阻止得了她。

這次耗時不到一分鐘。高登眼睛大睜，劇烈咳嗽，清清喉嚨。他費勁地深吸幾口氣，伴隨著每次吸氣，他的力量和意志逐漸回來。

儘管他的腳踝上綁著纜線，腿卻像鼓棒般劇烈抖動。他的膝蓋上下晃動，現在他的呼吸就像個在水底憋氣太久、掙扎著吸氣的人。

「幹得好，高登．泰勒，現在我知道點滴有效了。」她拍拍他的臉頰，將針拔出，再插回莫利茲的手背。

「輪到你了，莫利茲。」她檢查他脖子的脈搏，看著手錶數數。

脈搏的確很弱，但心跳正常，他的臉頰也恢復些許血色。或許只會花費半個小時，他們必須等待。

「別管我們了。」她身後的聲音清晰而充滿決心。

「閉嘴！你再說下去，我可以讓你再度失去知覺，高登·泰勒。」

「妳可以放開我們，然後消失，逃到哪都可以，躲在地球另一邊的叢林裡，不然妳會後悔的。」

她露出笑容。在這種氛圍裡結束別人的生命，其實非常有趣。這對她而言非常新鮮。

「妳會被獵捕，西絲麗·帕克。等妳被逮到，不會有人憐憫妳，妳知道的吧？別想回到正常生活。」

她任性地搖頭。「也許你以為懸案組傷害了我，但正好相反。你幫我做了重大決定。等你的身體變得又冰冷又僵硬，跟你的朋友坐在這，我會聽從你的建議，所以謝謝你。」

「詛咒妳在叢林裡爛掉，妳這怪物。但他們會找到妳的，如果妳沒在那之前腐爛的話。」

她縱聲狂笑。「我親愛的朋友，每件事都準備就緒了。私人飛機會飛到波蘭，從那租車去布魯塞爾，然後直飛奈及利亞。那個完全墮落又腐敗的國家，熱烈歡迎口袋裡有正確護照的億萬富翁。那個國家很大，有無盡的機會。走著瞧吧，等著我的是豐富多采的人生。」

她看得出來他很困惑，他的大腦還沒準備好了解她這番話的精髓。她會在世界另一端繼續十字軍活動嗎？她會在外國開始殺戮嗎？

「我看得出來你想得頭都痛了，高登。但答案很簡單：是的，我會繼續。」

他深深嘆口氣，消瘦的臉只能顯示他的無能為力。她想要他聽懂，而他也搞懂了。

「妳做的每件事都是褻瀆，」他以粗啞的嗓音說，「妳對妳祈禱的上帝褻瀆。妳不知道十戒嗎，西絲麗·帕克？妳顯然不知道，因為妳在破戒。」

「噓，安靜。你聽不到嗎？莫利茲現在的呼吸比較沉重了。」

「除了我以外，你不可有別的神——但妳的神是妳自己。不可妄論耶和華你神的名——但妳不斷這麼做。當守安息日為聖——但妳在星期天殺害帕勒．拉姆森和佛朗哥．史文森。不可殺人。妳需要我重複兩次嗎，西絲麗？**不可殺人！**」

「啊，我聽得出來你有學教義問答。但你要想想，上帝會選擇殺戮的僕人，而我是祂在人間的天使之一——」

莫利茲．凡．比爾貝克輕輕咳嗽。

「你醒來了嗎，莫利茲？」她邊說邊甩他耳光。

「嗯嗯嗯。」他回答。

她毅然決然地走到桌前，將致命液體注滿兩個針筒。液體看起來清澈如水，如此清爽且無害。接著她將粗管子接上裝有生理食鹽水的大型容器。等他們倆都死掉，她會將管子盡量插入他們的喉嚨深處——那是至少兩份三到四公升的濃縮生理食鹽水。當然這不算是最後的防腐劑，但用這象徵也沒什麼錯。最後她會在每個椅子前的地板上撒一小柱鹽。

莫利茲很快就會更清醒了。到那時，她會給他注射一點點滴，對他宣判他的死刑判決。之後，她接下來會處理下一個犧牲者。

然後在一小時內遠走高飛。

第六十四章 卡爾

二〇二〇年十二月二十六日星期六聖誕節翌日

朱瑞克．賈辛斯基從十二月二十三日就開始喝得爛醉如泥，因為「他的女人」惹得他很煩。灌掉一瓶牛酒精濃度八十八的巴爾幹一七六伏特加效果非凡，朱瑞克愛死它了。

在吵了超過一星期的架後，朱瑞克再也無法忍受，就這樣幹掉十瓶瘦瘦高高的酒。那是他原本計畫要留給來年的量。

隔天她就受夠了，留下朱瑞克面對自己的命運，坐火車到霍森斯，和姊姊、姊夫同住。那就是為什麼朱瑞克沒有立刻對重重的敲門聲做出反應。

他領著一行人進入客廳時，站都站不穩。客廳滿是汗味和菸酒的臭味。

「你們想喝一杯嗎？」他厚顏無恥地微笑著，沒等回答就仰頭乾掉一小杯。顯然他是經驗老道的酗酒者。

「你記得我吧，朱瑞克？」阿薩德問。

朱瑞克點點頭，用力爆笑，口水從嘴巴噴濺而出。「我們小聊了金屬椅子和歐勒．度德。你還想知道那個混蛋什麼事？」

「看看這張照片。」阿薩德將西絲麗傳來的兩名人質照片舉高在他面前。「別看他們，看看天花板的軌道。」接著他拿出軌道放大的新照片。

「那該死的是什麼啊？」他揉揉昏昏欲睡的眼睛，摸索著放在菸蒂和用過的餐布之間的老花眼鏡。

「別看那兩個男人，看軌道，朱瑞克。你和同事幾年前安裝了這個軌道，是真的嗎？」

「幾年前？」看來他需要比巴爾幹一七六更強的酒類來讓他正常運作。

「絕對是在二〇一七年之前，」阿薩德說，「我們猜是二〇一六或更之前。」

「那些軌道？」他以沾有尼古丁汙漬的手指，直接指著照片。「讓我告訴你，我為什麼記得。這兩個軌道該死的靠太近了。如果你要用這些軌道吊掛任何東西，為什麼要讓它們該死的靠得這麼近？」

卡爾屏住呼吸片刻。「你認得？」他的脈搏狂跳。

「把軌道安裝得這麼近真是該死的愚蠢。」他口齒不清地說。現在他們只需要他的記憶力全速前進。

「我們要馬上知道你是在哪安裝的，朱瑞克。我們沒有地址，如果我們查不到，照片裡的那兩個男人很快就會死。」阿薩德猶豫起來，嘆口氣。「如果還不會太遲的話。」

「也許他們該死？」朱瑞克咧嘴而笑。

「其中一個是我們的人，所以不是這樣的，他們並不該死。快想想！你知道這在哪嗎？」卡爾很想抓住朱瑞克的睡袍衣領，用力搖晃他。但蘿思先出手。

「你是個英俊的男人，朱瑞克。你太太讓你單獨坐在這裡過聖誕節，實在是個傻瓜。但現在她人走了，你想不想賺一千克朗，這樣你就能喝到她回來的時候？你覺得怎麼樣？」她在他面前揮舞著鈔票。

「妳想要我做什麼？」他嘟噥抱怨。

「告訴我們，你在哪安裝那些軌道的。用力想！」

他傾身向前，雙臂抱胸，吐出一道濃厚的酒臭，幾乎把阿薩德熏昏。

「在哪，在哪？喔，幹！幹！」

他揉揉太陽穴，搖搖頭，彷彿這能幫助他內心的時間軸就定位。

「在哥本哈根嗎？」蘿思揮舞著紙鈔問。

他點點頭。

「我們花了三天才安裝好，因為那個僱我們的賤女人在我們每天做兩小時後就叫我們回家，也因為天花板的水泥是純 *gówno*。」

「*Gówno*？」

「狗屎，你不會說波蘭語嗎？那水泥非常硬，我們——」

「**在哪**，朱瑞克？**在哪**？我們只需要知道地點。」蘿思堅持。她開始將紙鈔收回皮包。

「等等！就在哥本哈根外圍，往北的高速公路那邊。那個建築物很奇怪，根本還沒完工。有個電梯和幾層地下室，地上建物只有一層。你會以為那是被蘇聯人統治的華沙——他們也留下這種沒完工的建築物。」

蘿思將紙鈔拍在他額頭上。

「離高速公路開**多遠**？是往赫爾辛格還是希勒羅德區？**快想想**，男人！」

「你不能開這麼快，」阿薩德說，「這不是巡邏車。」

「確實，但它今天的作用就是巡邏車。」卡爾說。

「你這麼想，這裡的警察也不會同意。他們會把我們攔下來，因為這輛愛快羅蜜歐的時速飆到一七五公里，車頂還沒有警笛。他們會逮捕你，卡爾，開慢點。」

蘿思從後座拍拍卡爾的肩膀。「踩油門就對了，卡爾。阿薩德說得對，但是……」

卡爾全身冒汗。他們對建築物的位置以及它五年前看起來的樣子，有個模糊的概念。但萬一在這期間建築物完工了呢？朱瑞克．賈辛斯基描述的建築物，對面是獨棟的白色水泥建築，他和工作伙伴曾在那用廁所幾次。不幸的是，那個建築物沒有什麼特色。

「你從高速公路就可以看到它，不可能錯過。」說完，他拿走一千克朗。

「我還是覺得我們運氣太好，阿薩德知道那個男人，這機率有多大？」蘿思說。

「牽扯到移工，什麼事都可能發生。」阿薩德說，「妳不知道一群駱駝想要領養一隻驢子的故事嗎？牠們以為那會讓牠們看起來更有趣。喔，妳不知道？這個，牠們發現——」

「**你看，卡爾！**」蘿思大叫，「在那邊，看那棟建築。那看起來簡直像被核彈炸過。你看！它的一邊蓋得比另一邊高。」

「他是這麼描述的嗎？」卡爾不確定，他認為描述不符合。

「不然會是哪裡？它是這整條高速公路第一棟符合他描述的房子。下交流道，卡爾。快點，你辦得到。」

「哪天再告訴你驢子的故事，卡爾。」阿薩德說，「我同意蘿思，那就像朱瑞克描述的那棟。」

卡爾的輪胎嘎吱響著駛出交流道，轉回工業園區。

「你們有看見嗎？我看不到！」卡爾幾乎陷入恐慌。他眼前起碼有二十棟建築物，儘管各有不同，但在他看來全都一樣。好幾條馬路在建築物之間蜿蜒進出，沒有明顯的規畫。這是那種在六〇年代拓展的工業園區，最後因為太醜陋而被棄置。

「你能告訴我，為什麼這裡的建築物沒有完工嗎？」卡爾邊問邊試圖在巷子間轉進轉出。

「不良的建材能讓任何建築計畫叫停。」阿薩德回答。

「就像那些在亞瑪格島新蓋的高樓大廈，水泥地基顯然無法承受所有樓層。」蘿思補充。

「是的，或者錢花光了。」阿薩德建議。

「你的西絲麗不動產列表呢，阿薩德？她在這裡有任何地產投資嗎？」卡爾問。

阿薩德搖搖頭。「我已經檢查過了，卡爾，沒有，但她可以租。」

卡爾一陣戰慄。

「像西絲麗．帕克這樣的心理變態租這樣的地方，除了用來殺人外，還能幹嘛？」

「右邊那邊，卡爾！」蘿思指著一處。

他看出來了。一棟水泥建築的一樓顯然完工，有門和窗戶，但除此之外看起來完全被棄置。周遭有個大停車場，一則廣告表示你可以按年在此租停車位，標準停車費是一年五千克朗。因為現在是假期，停車場裡沒有車。但它就位在工業園區中央，想必工作日一定停滿了車。卡爾估算如果所有停車位都租出去，一年至少進帳七十五萬。真是門好生意。

「喔，不不不！」阿薩德沮喪地驚呼，「我現在才找到。這是西絲麗的地沒錯，是以停車場的方式賣給她。我沒想到停車場中央會有一個這樣的建築物。如果我有調查過就好了。」

難怪他看起來很鬱悶。

卡爾停在主要入口前。要不是因為前面有十道階梯，他會直接開車衝進大門。

蘿思跑上階梯，試了試門，當然是上鎖的。

「可能有警報器，」卡爾大叫，「如果我們破門而入，她會知道。」

「對，**如果**她在建築物內的話。我們不確定。」

「只要我們看看電梯在哪就會知道。如果電梯還在下面那裡，那她可能還在。」卡爾說。

阿薩德往上指。「看上面！」

在平坦的水泥屋頂旁，南側的牆壁佇立在那，顯然建築物原本要蓋更多樓層。建築物的南側本應高出一樓，但從他們站立的地方看來，那只是個幻覺，就像好萊塢的電影布景。

「我們在看什麼，阿薩德？」

「我們從下面這裡沒辦法看出為什麼要蓋那道牆，但你不覺得電梯塔也是在同時興建的嗎？」

他們全都贊成，於是跑著繞過建築物的另一側。

「要怎麼上去那裡？」蘿思問。南側牆壁確實上不去，所以他們繼續繞著建築物跑，最後停在像廢棄場的土地上。

這片建築用地一直延伸到十公尺外的外圍籬笆，整個地區全是水泥塊、發霉的絕緣材質、腐爛的歐式棧板、生鏽的T形鐵和鐵絲網，還隨機混著垃圾，幾乎有兩公尺高。負責建案的開發商果然態度馬虎。

「我們沒辦法穿過這邊，阿薩德！」卡爾大叫。但阿薩德像嗅到氣味的獵犬，已經跑走了。

卡爾停下來片刻，掃視周遭。

「他跑哪去了？妳有看到他嗎，蘿思？」他問。

她搖搖頭，表情憂慮地看著手錶。

「我們現在能呼叫支援警力來嗎，卡爾？我們必須進去裡面！」

卡爾點點頭，拿出手機。所以這就是他的窮途末日。我的最後自由時刻。他想著，就要按按鍵。這時他突然聽到阿薩德從上方對他們大叫。他到屋頂上了。

「你要把靠在一起的那兩片棧板拉開。你離棧板只有四五公尺，卡爾。」

卡爾往上看，只見阿薩德從屋頂邊緣探頭出來。

「對，那邊，」阿薩德邊說邊用手指著，「往一樓的電梯被鎖起來了。但你能走樓梯上來屋頂這邊。這層樓的門是開著的，從上面這裡看起來，電梯在使用中。問題是它被鎖起來了。」

三人全站在屋頂上看著電梯的鎖。那是個平常的鎖，可能只需要轉動就能啟動電梯，接著門會自動打開。但他們沒鑰匙是要怎麼轉開呢？

他們仔細在水泥屋頂四周尋找。那裡至少有二十個棧板，散布著變硬的水泥袋，還有許多鋼筋。建築方案一定在短時間內被匆忙棄置，開發商一定是畫了太大的餅而破產，非常典型。

「上面這裡一定有東西能讓我們塞進鎖裡。」阿薩德說，但蘿思一臉狐疑。

「也許可以，但如果我們那樣做，阿薩德，就會啟動電梯往上，西絲麗也會警覺起來。」

卡爾同意她的看法，但他們還有什麼其他選擇？

「如果莫利茲和高登還活著，我們就得冒那個險。也許在她知道自己快被抓，就不會做太激烈的事。」

「也許吧，」蘿思不大同意，「現在我只希望我們之中起碼有人有武器。如果我們能下去那裡，而且她還會等我們，那我們又有什麼東西可以阻止她？」

「這些。」阿薩德站在兩公尺外，拿著一小把尖銳的鋼筋。

「你有找到能扭開鎖的東西嗎，阿薩德？不然那些鋼筋幫不上什麼大忙。」

「有的，在這。」他說，以勝利的姿態舉起一個工具袋。

他將袋子丟給卡爾。卡爾在不同的口袋裡摸索，只找到糖果包裝紙和菸盒，裡面還有一根香菸。

「什麼也沒，阿薩德。」

阿薩德將鋼筋遞給卡爾，拿回工具袋。「你這是見樹不見林，卡爾，看這個！」

他將背袋釦舉到卡爾面前，指指設計來穿過帶孔的尖齒。

「不鏽鋼，品質優良。」他邊說邊指指品牌，接著從地板上撿起水泥塊，將尖齒的頂端捶進鎖裡。「有時這招管用，有時沒用。」他緊張地說。他等了一會兒，抬頭看電梯引擎，沒有反應。

接著他深吸口氣，抓住帶釦，用力扭動。幾秒鐘後那招顯然也不管用。卡爾再度拿出手機，準備叫支援警力。

「等等！我還沒完。」阿薩德說。卡爾眞以為那麼容易嗎，金屬撞擊金屬的簡單聲音就會帶動引擎開始嗡嗡運作？

「我想它準備好了。」阿薩德有點驚訝地說，將手放進口袋，拉出一把鑰匙。在未經訓練的人眼中，這鑰匙看來稀鬆平常，但阿薩德取下一把特別的鑰匙給蘿思和卡爾看。

「這不是撞匙，但也很接近了。你知道原理，把有一般小齒的鑰匙插進鎖裡後，輕柔地敲再迅速往右轉，鎖針就會往旁邊移動。」

他們遲疑地點點頭。

「但既然沒有撞匙，我會用這個試試。你瞧，鎖齒不是很長。這是我在我家人回丹麥前，住過的一個地方的信箱鑰匙。」

他輕柔地將它塞入鎖裡。

「我只是先檢查看看鎖針是不是鬆的，它們現在鬆了。」

卡爾屏住呼吸，阿薩德輕敲鎖幾次，之後立即試圖扭動。

他試了好幾次，但運氣不佳，他開始冒汗。卡爾打開手機，打電話給馬庫斯．亞各布森。

「什麼事，卡爾？」他馬上回答，「你準備自首了嗎？」

「是的，我沒有任何選擇。」他回答。

「太好了！」阿薩德成功轉動鑰匙，上方的引擎開始嗡嗡作響。蘿思大吼。

「但不是現在，馬庫斯，照顧好自己。」卡爾掛斷電話。從下方深處開始傳來電梯上升的聲音，在每層樓停下時發出喀擦聲。卡爾把手機丟出屋頂，任它摔落到下方的廢棄物堆中。

第六十五章　西絲麗／卡爾

二〇二〇年十二月二十六日星期六聖誕節翌日

聽到電梯上升發出的喀擦響，西絲麗嚇了一大跳。

困惑與懷疑使她暫時僵住。電梯出了毛病嗎？當然是這樣，但她要怎麼讓它停下來？她跳離桌子，一直按電梯按鈕。一定是出了什麼毛病，但電梯一路走到屋頂才停下來，她待會有辦法讓它再下來嗎？

她按了好幾次按鈕，但都沒用。

她往後倒退一步。倘若這不是電梯故障，就代表有人在上面等電梯。但會是誰？

是我縱的火，我還闖上了底波拉的眼睛。但我有檢查亞當的脈搏嗎？她試圖回想。

她不確定。

亞當真的有可能活過那一擊嗎？他真的有可能在火焰吞噬房間內所有氧氣前，及時醒來嗎？

西絲麗將耳朵貼上電梯門。亞當是這世界上唯一知道這地方、以及她現在會在這的人。他們倆一起找到這個地方，而他們沒告訴任何人這裡——包括底波拉。西絲麗開車來這裡時，她從來不會將車停在自己的停車場。最好是走個五百公尺，一路小心留意，再穿過廢棄場，跑到建築物後方進入一樓。

儘管採取了這些預防措施，可能還是會有隔壁大樓的人看到她？不，不可能。而且啟動電梯需要鑰匙，除了她誰還有鑰匙？只有亞當。

要是給他機會，他會殺了我。她忖度。

他有很大的復仇動機，又非常擅長於殺人。她確信一定是他。

西絲麗轉身面對兩個男人。高登．泰勒最靠近她，她注意到他臉上得意的笑容。他一定知道要發生什麼事了。

「他們來了。」高登半轉身面朝向人質伙伴，「莫利茲，你聽！他們現在來救我們了，我就知道。」他開始歇斯底里地狂笑，西絲麗覺得厭惡異常。她厭惡人們在面對命運時演出的荒謬鬧劇，為何就不能保持尊嚴，坦然接受命運？

「閉嘴，高登．泰勒，不然我會讓你閉嘴。」

或許他不了解，直到敵人放棄，才算贏得戰役。她成功將重得要死的桌子推去抵住電梯門，這的確抹去了他臉上的微笑。

「我先處理你們兩個，然後我會用用過的針筒給亞當一針。好在裡面的分量足夠分給你們三個。他想把桌子推開的那一刻，我就會給他一針，別懷疑。好了，親愛的朋友們，總而言之，你們會整團一起下地獄。」

針筒已經準備就緒。她很快地再次檢查，接著過來在兩個男人跟前的地板上各放一支針筒。現在她只需要宣讀判決和完成儀式。由於眼下情況緊急，她得迅速完成，但電梯停頓的喀擦聲不斷提醒她，亞當不到一分鐘就會抵達這層樓，難以阻止。

她走到莫利茲．凡．比爾貝克跟前，直視他的眼睛。毫無疑問他知道要發生什麼事，但他已經放棄了。

「莫利茲．凡．比爾貝克，你的一生罪大惡極。你用各種難以想像的方式，觸犯了在天堂的上帝所創造的、要我們人類遵守的法則和秩序。你一次又一次地展示出玷汙伊甸園的墮落人性。現在，就是你的死亡時刻，莫利茲．凡．比爾貝克。」

「我們在這裡！救命！」她身後的高登扯著喉嚨叫喊。她也聽到電梯抵達電梯井底部的金屬聲。電梯門自動打開，但在撞擊到桌子時，發出幾聲「砰砰」碰撞聲。

繼續努力吧，亞當。等你想辦法打開門之後，我再來對付你。她想。

「高登！」一個始料未及的女性聲音大叫，高登聽了後興奮地尖叫，大叫著要他們動作快點。

西絲麗震驚無比。不是因為驚訝，也不是因為她在犯行中被抓個正著。她會震驚是因為她完全不知道該怎麼辦，她的緊急應變計畫是什麼？

她回頭面對莫利茲，他歪著頭，表情只剩憂傷。

「莫利茲．凡．比爾貝克，你為你的人生和行為懺悔嗎？」她問，將針筒拿得靠近他的心臟。

「住手，西絲麗！」在她身後的高登大叫，「以上帝之名，住手！」

「以上帝之名？」高登不斷在她身後喊叫時，她微笑起來。「以上帝之名，我會遵循我的使命。」她靠向前，用盡全身力氣，將針筒刺進比爾貝克的胸部。

「不不不！」高登尖叫。

比爾貝克開始痙攣，眼睛突然大睜。大針刺進心臟的痛楚總是能暫時使她的犧牲者驚惶失措。西絲麗從前兩次事件中辨識出那個反應。

「莫利茲．凡．比爾貝克，你要感謝創造者賜與你這一生，讓你生活在世上這麼多年。」她一邊說一邊注射液體。

接下來的幾秒簡直混亂異常。比爾貝克劇烈抽筋，從椅子上往一側摔倒，帶動身上的鐵鍊嘎嘎作響。高登歇斯底里地尖叫，電梯門後傳來人們大喊和敲門的「咚咚」聲音，隨著聲響越來越大，桌子慢慢被推開。

莫利茲．凡．比爾貝克的生命逐漸流失，他的嘴巴冒泡，身軀抽搐。這時，她轉向高登．泰勒，彎腰去拿在他腳旁邊的針筒。

「為什麼？」他尖叫。

她倏地轉身面對電梯門，桌子突然歪斜，「砰」一聲翻倒，裝著生理食鹽水的容器嘩啦啦摔碎在地上，液體噴濺得到處都是。

懸案組的三人一起從電梯裡推擠而出，每個人都手握鋼筋，顯然要用它來和西絲麗打鬥。中東男子最接近她，在頭頂舉高鋼筋，顯然想用力打下去。

她深吸口氣，將針筒對準高登．泰勒的心臟。她被奇怪的祥和感受給淹沒。她不還是那個占上風的人嗎？

「如果你把鋼筋丟向我，我就把針刺進你朋友的心臟。你們可以好好看看它的效果。」她說著，對莫利茲最後大口喘氣的模樣點點頭。

「放下鋼筋，站到另一邊的牆壁前面。如果你們冷靜下來，我會鬆開高登，帶著他和我搭電梯離開。但如果你們輕舉妄動，我就會給他注射。如果他掙扎打鬥，我也會給他注射。你們知道我是認真的。」

她給他們一個恐嚇的表情，但一行人不為所動。她將針直接稍微插進靠近高登的胸骨下方。

高登不禁尖叫，卡爾和那女人丟下鋼筋。但第三個人沒有照辦。

那個女人嘗試說服他，但他的姿態很堅定。

「不要，阿薩德。」高登呻吟。

「不，她會在電梯裡殺了你，高登，相信我。」那個一定就是阿薩德的男人說。

西絲麗大笑。「看來你不怎麼相信我，小傢伙？」

卡爾．莫爾克往前走一步。

「妳不會殺了他，因為他是無辜的，對吧，西絲麗？」

她沒有反應。

「妳是正義天使，不是嗎？」

「我是上帝遴選的復仇和正義天使。」

「那就是為什麼我不相信妳。」他說，「妳殺了一個叫麥克斯的小男孩，今天他本來應該會是高登的歲數，就像高登，他完全是無辜的。妳也間接殺害了他母親，瑪嘉。她也沒有渾身罪孽。最後，妳殺了寶琳．拉姆森，就像前兩個人，她也是無辜的。所以，只要能向我證明上帝站在妳那邊，我就會聽從妳的要求。」

「我不用對你負責，我只對上帝負責，祂給了我永恆的印記。」她邊說邊將針刺深一點。

高登的尖叫聲促使懸案組的那個女人做出反應。

「我們能看看妳的印記嗎，西絲麗？然後我們就不會阻止妳。」

西絲麗綻放微笑。自從她從燒燙傷中心出院後，只有帕勒．拉姆森那個混球看過。他們碰面，兩人調情，並贏得他的信任。但他是在毫無警告和猶豫之下，扯開她的襯衫。

當他看見疤痕時，他倒吸一口大氣。西絲麗本能地用力揍他。讓她驚訝的是，他很享受疤痕和痛揍。

「上帝給我的印記，就在這裡。」她打開襯衫鈕釦。三人都看著她的身體，移不開眼。她喜歡他們的目光愛撫著她。當她在鏡子裡看見自己的赤裸倒影時，她也有相同的反應。

粗獷的白色和紅色疤痕，挖鑿過她上半身的大部分肌肉，疤痕中央形成一個完美的十字架，表示上帝的憐憫。他們看不出來嗎？是的，她曾被閃電燒灼，但那是上帝的正義手指，直接在她軀體上留下的印記。她的所向無敵和肩負任務的神聖象徵。

她沒注意到，阿薩德丟出鋼筋，但她感覺到鋼筋刺穿她的下背部，使她跌落地面。她試圖站起身，但徒勞無功。

西絲麗低頭看著自己，只見鋼筋從她一側身體刺出，另一端則在她摔落時，刺穿莫利茲的屍體。換句話說，她被釘在自己的犧牲者身上。

她看著阿薩德衝過來蹲在她旁邊，而那個女人將精疲力竭的同事鬆綁。

「上帝會懲罰祂虛僞的先知，這就是妳的餘生將感受到的。」卡爾．莫爾克說，「妳會被隔絕於世，再也無法用妳的病態思想影響其他人，直到妳不再記得一切。每天妳都會為妳的瘋狂祈求上帝的原諒，但祂永遠不會原諒妳，西絲麗．帕克。妳可以相信這點。」

西絲麗微笑。他們錯得多離譜啊，這些無知、愚蠢的人。他們是多悲慘的小人物啊。人生中沒有任務，沒有目標；不恐懼上帝，也不希望得到她將得到的救贖。她收割的時候到了。最後她以祥和的心境，從這個沒有上帝、無法忍受的世界中得到自由。她舉高手臂，緊握針筒。針折斷了，可能留在高登．泰勒的胸骨下面，但針依然長到可以注射。

「把針丟掉。」阿薩德機敏地立即倒退一步，這樣她就不會把針插入他的大腿。

「你的預言無一會成眞，卡爾．莫爾克。上帝在等我，祂會眷顧我直到永恆。」

她閉上雙眼，盡可能舉高手臂，將針直接插入心臟上方的白色十字架疤痕。

當她將針推到底，體內有如爆炸一般。

尾聲 卡爾

二〇二〇年十二月二十六日星期六聖誕節翌日

「你趕快離開，卡爾，」蘿思說，「我和阿薩德會叫計程車到醫院給高登檢查。」

卡爾看著他們臉色慘白的同事坐著，頭低垂到膝蓋，試圖承受震驚和所有折磨。他需要時間恢復正常，如果真的有辦法的話。

卡爾試探性地將手放在他背上。

「做得好，高登。都結束了。在這之後，你該放幾個星期的假。」

他抬頭看向卡爾，眼裡除了精疲力盡，沒有絲毫軟弱。

「才不要，」他說，「只要世界上還有像西絲麗．帕克這樣的怪物，你就別想輕易擺脫我。」

「沒錯，回去騎駱駝吧。」阿薩德說。

蘿思嘗試微笑，但很困難。作為懸案組的成員，現在等在他們眼前的是什麼呢？

「去和夢娜單獨相處幾個小時吧，卡爾，」她說，「我們會等到馬庫斯和他的小組探勘完犯罪現場後，才告訴他們你在哪。絕對不要回你家，那裡一定還有警方監視。」

下了高速公路交流道，他繼續駛離城市，心中百感交集。

這段日子很難熬，現在也是。對家人的思念、新冠肺炎、高登飽受的折磨、所有悲傷的人們，而他們曾試圖拯救的男人，如今成為躺在水泥地板上的屍體。

幾年前，他曾因釘槍事件那個陳年案子而恐慌症發作，現在，那案子又成為他的現實。他正被追捕。他永遠擺脫不了那個舊案嗎？他永遠得不到自由嗎？

他責罵自己。這又成爲他的現實——簡直是輕描淡寫。他的現實是什麼？是他會去坐牢嗎？是他現在要到比爾貝克在加默荷特的家，告訴她們沒人能承受的最壞消息嗎？

他經驗老道。他告訴過很多家屬他們的摯愛已經死了，讓他們心碎無數次；交通事故、災難、自殺，現在則是謀殺。

他走上眼前的階梯，心情沉重沮喪。蘿拉和她妹妹應門時，他面臨的處境絲毫沒有改善。

他什麼也沒說。

她們立刻明白了。

當晚，夢娜稍晚抵達，幫助維多利亞和女孩們冷靜下來。

「你要用所有你能動用到的資源搏鬥，卡爾。」兩人終於獨處時，夢娜說，「我會聯絡哈迪，問出他對舊案的看法是什麼，再跟你說。」

「露西雅怎麼辦，夢娜？我什麼時候才能再看到她？」

她微笑地看著他的一頭紅髮。「你現在和我結婚了，而我很習慣拜訪監獄，所以我一定會想出辦法的，你不覺得嗎？但你得戴個帽子才不會嚇到她。」

「好，萬一我得去坐牢的話。」

「沒錯，萬一。」

「阿薩德和蘿思還在犯罪現場，所以我們能預期，我現在隨時會被捕。」卡爾說。

她點點頭，擁抱他。

幾分鐘後，四周的牆壁被閃爍的藍色警燈點亮，便衣警察如海潮般衝往前門。

他們不請自來，馬庫斯·亞各布森和「緝毒犬」朝他往前走一步，身後是眾多卡爾不認得的臉孔。馬庫斯對夢娜點點頭，接著短暫對卡爾冷淡地點個頭。

「你破了那個案子，結束一切。」

卡爾點頭表示贊同。「是的，但我們沒能救到凡·比爾貝克，我們盡力了。」

「蘿思和阿薩德跟我解釋一切了，我們會回頭調查。現在，我們最好不要搞那麼多繁文縟節。」

卡爾點頭，兩個男人抓住他，將他的手拉到身後銬上手銬。

「卡爾是無辜的，馬庫斯，你應該知道。」夢娜說。

馬庫斯·亞各布森給了一個諷刺的笑。那一刻，卡爾大可對他的臉吐口水，但他沒有。

「很多事情都有可能，但就那點絕對不可能。」他冷淡地說，直視卡爾的眼睛。

「卡爾·莫爾克，現在是早上九點十七分，你被逮捕了。」

（全書完，故事未完）

致謝

謝謝我的妻子和靈魂伴侶漢娜，感謝她的愛支持以及評論，那對初稿來說必不可少。感謝海寧·庫爾的鼓勵。感謝伊莉莎白·阿勒費特—勞文格每日的支持、研究、三頭六臂和足智多謀。也感謝伊莎貝茲·魏倫絲、艾迪·基朗、漢娜·彼得森、米恰·舒瑪斯提格、凱斯·阿德勒·歐爾森、賈斯柏·賀柏、席格利德·恩格勒，和卡洛·安德森對早期校對提出的激勵和洞見。感謝我極端全能和多才多藝的編輯，Politikens Forlag 的勒內·威辛，感謝她的誠信和專業，以及尋求解答的強大能力。感謝 Politikens Forlag 的琳恩·朱爾和夏洛蒂·威斯所有形式的支持和鼓勵。感謝夏綠特·佛奈斯的所有協調與努力。感謝湯姆斯·海利克森緊盯製作，諾哈芬的摩根·拉森則打開好幾扇門。感謝黑勒·史考夫·瓦卻的小說公關工作。感謝路易絲·考妮格將我們保持在正軌。感謝行銷總監帕妮勒·魏爾和銷售主任帕妮勒·霍斯將小說送至全世界讀者面前。感謝校對傑特·提勒曼·武夫、安妮·霍斯倫德，和路易絲·烏斯·歐爾森的細心閱讀。大大感謝 Politikens Forlag 的其餘團隊無以比擬的工作，使各類出版過程進行順利。感謝雷夫·克利斯騰森警官指正警察相關資訊。感謝魯迪·厄爾班·拉姆森和席格利德·史塔南的重要觀察，維持整個世界運作。感謝波波·梅德森透過丹麥國家募款協會，借我在小說裡使用他的名字為一個角色命名。感謝歐拉夫·史洛特—彼得森再度在巴塞隆納創造更舒適的寫書環境。感謝丹麥國家警察公關經理湯姆斯・克利斯騰森的幕後協調。感謝哥本哈根警察局警官丹尼斯・萊斯歡迎我到瓦片半島，並更新我對警方的知識。感謝賈斯柏・戴斯、尼可拉斯・喬瑟森，和史特芬・法區・拉森，確保我們的寫作工作坊及時準備妥當。感謝史提納・伯瑟二〇二〇年秋季的精彩課程。感謝提納・哈登再度為推銷書的活動創造出非常特別、令人回味無窮的攝影作品，也感謝利耶・坎普允許我們使用他們優秀的修車店。

最後，感謝艾麗，她賦予我寫書的動力，我將這本書獻給她。

名詞對照表

A

Aalborg　奧爾堡
Abenra　阿本羅
Adam Holme　亞當．霍姆
Afif　阿菲夫
Alberslund　阿爾貝特斯隆
Allerød　阿勒勒
Amager　亞瑪格島
Amagerbrogade　亞瑪格大道
Andrea Thorsen　安德烈雅．索森
Anker Høyer　安克爾．荷耶爾
Arresø　阿勒湖
Assad　阿薩德
August Nielsen　奧古斯都．尼爾森
Augusto Pinochet
奧古斯都．皮諾契特

B

Bente Hansen　碧特．韓森
Birger von Brandstrup
伯格．凡．布蘭登史普
Bjarne's Coffee Shop
碧安娜咖啡館
Bobo Madsen　波波．梅德森
Brønderslev　布朗德斯勒夫

C

Café Sommersko　索摩斯科咖啡館
Carl Mørck　卡爾．莫爾克
Carl-Henrik Skov Jespersen
卡爾—亨利克．史考夫．傑伯森
Carlsberg　嘉士伯
Ceausescu, Nicolae
尼古拉．齊奧塞斯庫
Christiansborg　克莉絲汀堡
Claes Erfurt　克拉斯．埃佛特

D

Dag Hammarskjölds Allé
達格．哈馬舍爾德大道
Dagny Park Iversen
達格妮．帕克．愛文森
Debora　底波拉

E

Erik　愛瑞克
Eva　夏娃

F

Fælledparken　菲勒公園
Ferdinand Marcos　斐迪南．馬可仕
Franco Svendsen　佛朗哥．史文森

Frank Arnold Svendsen
法蘭克・阿諾・史文森

G

Gammel Holte　加默荷特
Gerda Lang　葛達・朗
Gertrud Olsen　葛楚德・歐森
Ghaalib　迦利布
Glostrup　格洛斯楚普
Gordon Taylor　高登・泰勒

H

Hafez el-Assad　阿菲茲・阿薩德
Hans Wegner　漢斯・韋格納
Hardy Henningsen　哈迪・海寧森
Hedehusene　赫德胡塞內
Helen and George Bernados
海倫和喬治・伯納多
Helsingør　赫爾辛格
Herlev　海萊烏
Herning　海寧
Hillerød　希勒羅德區
Hornbæk　霍恩貝克
Horsens　霍森斯
Hurup　胡魯普
Hvidovre　哈德維夫鎮

I

Idi Amin　伊迪・阿敏
Isak　以撒

J

Jean-Bédel Bokassa
尚—巴都・卜卡薩
Jean-Claude "Baby Doc" Duvalier
尚—克勞德・杜瓦利埃
Jesper　賈斯柏
Joseph Stalin　史達林
Jurek Jasinski　朱瑞克・賈辛斯基
Jutland　日德蘭半島

K

Karen Jochumsen　凱倫・喬亨森
Karla Alsing　卡拉・阿爾辛
Katowice　卡托維茲
Kim Jong-il　金正日
Kirsten D. Holme
克莉絲汀・D・霍姆
Kongens Nytorv　國王新廣場
Kurt Hansen　科特・漢森

L

laminitis　蹄葉炎
Laslo　拉斯洛
Laura Van Bierbek
蘿拉・凡・比爾貝克
Laurits　勞利茲
Leif Lassen　萊夫・拉森

Lis　麗絲
Lisbeth Park　莉茲貝絲・帕克
Løkken　勒肯
Louise von Brandstrup
　路易絲・凡・布蘭登史普
Lucia　露西雅
Ludwig　路威

M

Magnoliavangen　木蘭街
Maja Petersen　瑪嘉・皮特森
Manfred　曼佛瑞
Marcus Jacobssen
　馬庫斯・亞各布森
Mark Kurlansky　馬克・庫朗斯基
Martha　馬大
Martin　馬汀
Marwa　瑪娃
Mathilde　瑪蒂達
Maurits van Bierbek
　莫利茲・凡・比爾貝克
Max Petersen　馬克斯・彼得森
Mika　米卡
Miloševic, Slobodan
　斯洛波丹・米洛塞維奇
Møgeltønder　默厄爾滕德爾
Mona　夢娜
Morten Holland　莫頓・賀藍
Mrs. Sørensen　索倫森小姐

N

Nakskov　納克斯科夫
Nella　奈拉
Nora　諾菈
Nordhavnen　北港
Nordvang　諾凡
Nørrebro　諾雷布羅體育館
Nørresundby　諾勒鬆比

O

Odense　歐登瑟
Oleg Dudek　歐勒・度德
Øresunnd Bridge　松德海峽大橋
Østerport Station　奧司特普車站
Ove Wilder's Auto　奧維・懷德修
　車廠

P

Palle Rasmussen　帕勒・拉姆森
Pauline Rasmussen　寶琳・拉姆森
Pia Laugesen　皮雅・勞格森
Pol Pot　波布
Poul Kjærholm
　波爾・克賈霍爾姆

R

Ragnhild Bengtsen
　拉格希兒・班特森

Riget Hospital
哥本哈根大學教學醫院
Rødovre　洛德雷
Ronia　羅妮雅
Rønneholtparken　羅稜霍特公園
Ronny　羅尼
Rose Knudsen　蘿思・克努森
Roxan　羅克珊
Ruth　路得

S

Saddam Hussein　薩達爾・海珊
Sara　撒拉
Schiedam　席柴丹
Sigurd Harms　席格・哈爾姆
Sigurd Lang　席格・朗
Sisle Park　西絲麗・帕克
Skævinge　史凱文格
Slagelse　斯雷格瑟
Søllerød　索勒勒
Sønder Boulevard　南大街
Søsser　索瑟
Store Kongensgade　史托康根街
Sydhaven　南港

T

Tabitha Engstrøm
大比大・恩格史東
Tatjana Kuzlovski Kristensen
塔賈娜・庫洛斯基・克利騰森
Teglholmen　瓦片半島
Terje Ploug　泰耶・蒲羅
Thorleif Petersen　索雷夫・彼得森
Tikøb　蒂科布
Tisvilde　蒂斯維爾德
Torben Clausen　托本・克勞森
Tytte Laugesen　泰蒂・勞格森

V

Værløse　韋勒瑟
Valby　法爾比
Vanløse　萬洛瑟
Vendsyssel　凡徐塞
Vera Petersen　薇拉・彼得森
Vesterbro　維斯特布洛
Victor Page　維克多・佩吉
Victoria　維多利亞
Vigga　薇嘉
Vordingborg　沃爾丁堡

W

Wildling　威爾丁

Z

Zealand　西蘭島

BEST 嚴選 153

懸案密碼9：純潔殺手

原著書名／The Shadow Murders
作　　者／猶希．阿德勒．歐爾森（Jussi Adler-Olsen）
譯　　者／廖素珊
總 編 輯／王雪莉
責任編輯／何寧
行銷業務經理／范光杰
行銷企劃／陳姿億

發 行 人／何飛鵬
法律顧問／元禾法律事務所 王子文律師
出版／奇幻基地出版
城邦文化事業股份有限公司
115 台北市南港區昆陽街 16 號 4 樓
電話：(02)25007008　傳真：(02)25027676
網址：www.ffoundation.com.tw
e-mail：ffoundation@cite.com.tw
發行／英屬蓋曼群島商家庭傳媒股份有限公司城邦分公司
115 台北市南港區昆陽街 16 號 4 樓
書虫客服服務專線：(02)25007718．(02)25007719
24 小時傳真服務：(02)25170999．(02)25001991
服務時間：週一至週五 09:30-12:00．13:30-17:00
郵撥帳號：19863813　戶名：書虫股份有限公司
讀者服務信箱 E-mail：service@readingclub.com.tw
歡迎光臨城邦讀書花園　網址：www.cite.com.tw
香港發行所／城邦（香港）出版集團有限公司
香港九龍九龍城土瓜灣道 86 號順聯工業大廈 6 樓 A 室
電話：(852)25086231　傳真：(852)25789337
e-mail : hkcite@biznetvigator.com
馬新發行所／城邦（馬新）出版集團【Cite(M)Sdn. Bhd】
41, Jalan Radin Anum, Bandar Baru Sri Petaling,
57000 Kuala Lumpur, Malaysia.
Tel: (603) 90578822　Fax:(603) 90576622

封面設計／Bert
排　　版／芯澤有限公司
印　　刷／高典有限公司
■ 2024 年 7 月 30 日初版一刷

售價／499 元

家圖書館出版品預行編目資料

懸案密碼 9：純潔殺手 / 猶希．阿德勒．歐爾森
ussi Adler-Olsen) 著；廖素珊譯．-- 初版．-- 臺北
市：奇幻基地出版，城邦文化事業股份有限公司
出版：英屬蓋曼群島商家庭傳媒股份有限公司城
邦分公司發行，2024.07
面：公分．-（Best 嚴選）
譯自：The shadow murders

ISBN 978-626-7436-40-0（平裝）

881.557　113008477

ISBN 978-626-7436-40-0

書號：**1HB153**　　書名：懸案密碼 9：純潔殺手

｜奇幻基地・2024山德森之年回函活動｜

好禮雙重送！入手奇幻大神布蘭登・山德森新書可獲2024限量燙金藏書票！
滿回函點數或購書證明寄回即抽山神祕密好禮、Dragonsteel龍鋼萬元官方商品！

24山德森之年計畫啟動！】購買2024年布蘭登・山德森新書《白沙》、《祕密計畫》系列（共七本），各單書附贈限量燙金「山德森之年」藏書票一張！購買奇幻基地作品（不限年份）**五本以上，即可獲得限量隱藏版德森之年」燙金藏書票；購買十本以上還可抽總值萬元進口龍鋼公司官方商品！**

禮雙重送！「山德森之年」限量燙金隱藏版藏書票＆抽萬元龍鋼官方商品

時間：2024年1月1日起至2024年10月30日前（以郵戳為憑）

日：2024年11月15日。

辦法與集點兌換說明：2024年度購買奇幻基地任一紙書作品（不限年份，限2024年購入），於活動期間函卡右下角點數寄回本公司，或於指定連結上傳2024年購買作品之紙本發票照片／載具證明／雲端發票／網店購買明細（以上擇一，前述證明需顯示購買時間，連結請見奇幻基地粉專公告），寄回五點或五份證明可量隱藏版「山德森之年」燙金藏書票，寄回十點或十份證明可抽總值萬元進口龍鋼公司官方商品！

獎項說明

神祕密耶誕好禮＋「寰宇粉絲組」（共2個名額）

蘭登的奇幻宇宙正在如火如荼地擴張中。趕快找到離您最近的垂裂點，和我們一起躍界旅行吧！合內含：1. 躍界者洗漱包 2. 躍界者行李吊牌 3. 寰宇世界明信片 4. 寰宇角色克里絲別針。

神祕密耶誕好禮＋「天防者粉絲組」（共2個名額）

入天際，遨遊星辰，撼動宇宙！飛上天際，摘下那些星星！組合內含：1. 天防者飛船模2. 毀滅蛞蝓矽膠模具 3. 毀滅蛞蝓撲克牌 4. 寰宇角色史特芮絲別針。

說明

動限臺澎金馬。本活動有不可抗力原因無法執行時，主辦單位有權決定取消、中止、修改或暫停本活動。

以正楷書寫回函卡資料，若字跡潦草無法辨識，視同棄權。

動中獎人需依集團規定簽屬領取獎項相關文件、提供個人資料以利財會申報作業，開獎後將再發信請得獎者填資訊。若中獎人未於時間內提供資料，主辦單位有權取消得獎資格。

活動限定購買紙書參與，懇請多多支持。

意報名本活動時，您同意【奇幻基地】（城邦文化事業股份有限公司）及城邦媒體出版集團（包括英屬蓋曼群島商家庭傳媒股公司城邦分公司、書虫股份有限公司、墨刻出版股份有限公司、城邦原創股份有限公司），於營運期間及地區內，爲提供訂銷、客戶管理或其他合於營業登記項目或章程所定業務需要之目的，以電郵、傳真、電話、簡訊或其他通知公告方式利用您所資料（資料類別 C001、C011 等各項類別相關資料）。利用對象亦可能包括相關服務的協力機構。如您有依個資法第三條或其協助之處，得致電本公司（(02) 2500-7718）。

資料：

＿＿＿＿＿＿＿＿ 性別：＿＿＿＿ 年齡：＿＿＿＿ 職業：＿＿＿＿ 電話：＿＿＿＿＿＿＿＿

＿＿＿＿＿＿＿＿＿＿＿＿＿＿ Email：＿＿＿＿＿＿＿＿＿＿ ☐ 訂閱奇幻基地電子報

幻基地說的話或是建議：＿＿＿＿＿＿＿＿＿＿＿＿＿＿＿＿＿＿＿＿＿＿＿＿＿＿

奇幻基地

1 A Year of Sanderson 2024

請剪下右邊點數，集滿十點寄回奇幻基地即可參加抽獎，影印無效。